外国文学名著丛书

〔德〕台奥多尔·冯塔纳/著

# 艾菲·布里斯特

韩世钟/译

"外国文学名著丛书"编委会

人民文学出版社

Theodor Fontane
EFFI BRIEST
根据 Verlag Philipp Reclam Jun. Leipzig 1945 年版本译出

**图书在版编目(CIP)数据**

艾菲·布里斯特/(德)台奥多尔·冯塔纳著;韩世钟译. — 北京:人民文学出版社,2022
(外国文学名著丛书)
ISBN 978-7-02-016010-5

Ⅰ.①艾… Ⅱ.①台…②韩… Ⅲ.①长篇小说—德国—近代 Ⅳ.①I516.44

中国版本图书馆 CIP 数据核字(2022)第 021118 号

| 责任编辑 | 欧阳韬 |
| 装帧设计 | 刘　静 |
| 责任印制 | 王重艺 |

出版发行　人民文学出版社
社　　址　北京市朝内大街 166 号
邮政编码　100705

印　　刷　河北新华第一印刷有限责任公司
经　　销　全国新华书店等

字　　数　253 千字
开　　本　850 毫米×1168 毫米　1/32
印　　张　12.5　插页 3
印　　数　1—4000
版　　次　2022 年 2 月北京第 1 版
印　　次　2022 年 2 月第 1 次印刷

书　　号　978-7-02-016010-5
定　　价　76.00 元

如有印装质量问题,请与本社图书销售中心调换。电话:010-65233595

台奥多尔·冯塔纳

# 出版说明

人民文学出版社自一九五一年成立起，就承担起向中国读者介绍优秀外国文学作品的重任。一九五八年，中宣部指示中国科学院文学研究所筹组编委会，组织朱光潜、冯至、戈宝权、叶水夫等三十余位外国文学权威专家，编选三套丛书——"马克思主义文艺理论丛书""外国古典文艺理论丛书""外国古典文学名著丛书"。

人民文学出版社与中国科学院文学研究所，根据"一流的原著、一流的译本、一流的译者"的原则进行翻译和出版工作。一九六四年，中国社会科学院外国文学研究所成立，是中国外国文学的最高研究机构。一九七八年，"外国古典文学名著丛书"更名为"外国文学名著丛书"，至二〇〇〇年完成。这是新中国第一套系统介绍外国文学作品的大型丛书，是外国文学名著翻译的奠基性工程，其作品之多、质量之精、跨度之大，至今仍是中国外国文学出版史上之最，体现了中国外国文学研究界、翻译界和出版界的最高水平。

历经半个多世纪，"外国文学名著丛书"在中国读者中依然以系统性、权威性与普及性著称，但由于时代久远，许多图书在市场上已难见踪影，甚至成为收藏对象，稀缺品种更是一书难求。在中国读者阅读力持续增强的二十一世纪，在世界文明交流互鉴空前频繁的新时代，为满足人民日益增长的美好生活的需要，人民文学出版社决定再度与中国社会科学院外国文学研究所合作，以"网罗经典，格高意远，本色传承"为出发点，优中选优，推陈出新，出版新版"外国文学名著丛书"。

值此新版"外国文学名著丛书"面世之际，人民文学出版社与中国社会科学院外国文学研究所谨向为本丛书做出卓越贡献的翻译家们和热爱外国文学名著的广大读者致以崇高敬意！

"外国文学名著丛书"编委会
二〇一九年三月

## 编委会名单
(以姓氏笔画为序)

### 1958—1966

| 卞之琳 | 戈宝权 | 叶水夫 | 包文棣 | 冯 至 | 田德望 |
| 朱光潜 | 孙家晋 | 孙绳武 | 陈占元 | 杨季康 | 杨周翰 |
| 杨宪益 | 李健吾 | 罗大冈 | 金克木 | 郑效洵 | 季羡林 |
| 闻家驷 | 钱学熙 | 钱锺书 | 楼适夷 | 蒯斯曛 | 蔡 仪 |

### 1978—2001

| 卞之琳 | 巴 金 | 戈宝权 | 叶水夫 | 包文棣 | 卢永福 |
| 冯 至 | 田德望 | 叶麟鎏 | 朱光潜 | 朱 虹 | 孙家晋 |
| 孙绳武 | 陈占元 | 张 羽 | 陈冰夷 | 杨季康 | 杨周翰 |
| 杨宪益 | 李健吾 | 陈 燊 | 罗大冈 | 金克木 | 郑效洵 |
| 季羡林 | 姚 见 | 骆兆添 | 闻家驷 | 赵家璧 | 秦顺新 |
| 钱锺书 | 绿 原 | 蒋 路 | 董衡巽 | 楼适夷 | 蒯斯曛 |
| 蔡 仪 |

### 2019—

| 王焕生 | 刘文飞 | 任吉生 | 刘 建 | 许金龙 | 李永平 |
| 陈众议 | 肖丽媛 | 吴岳添 | 陆建德 | 赵白生 | 高 兴 |
| 秦顺新 | 聂震宁 | 臧永清 |

# 译本序

《艾菲·布里斯特》是十九世纪德国作家台奥多尔·冯塔纳(1819—1898)晚期写的一部长篇小说,它既是冯塔纳的代表作,也是德国批判现实主义的杰作之一。作品通过对普鲁士贵族女子艾菲一生遭遇的描绘,深刻揭露了普鲁士容克贵族社会道德的虚伪及其破产,对这个必然覆亡的社会作了无情的批判。

## 一

台奥多尔·冯塔纳一八一九年十二月三十日生于德国诺伊鲁平。他的祖先原是法国胡格诺教徒,于一六八五年定居德国。他的父亲路易斯·冯塔纳于一八一九年初迁居诺伊鲁平,在那儿开了一家药房,因此,冯塔纳的童年最初就在该地度过。一八二七年他随父母搬到斯温内明德,在那儿上了小学,后在家庭教师和父亲的辅导下学习。一八三二年回到诺伊鲁平,成了当地文科中学的学生。下一年,父亲把他送往柏林,进一所职业学校学习。他在那儿一直读到一八三六年。同年毕业后,进罗泽施药房当学徒,一八三九年通过满师考试。这时他对当代文学发生兴趣,经常阅读"青年德意志派"

出版的刊物《电讯》,参加资产阶级共和主义者的普拉顿俱乐部和雷瑙协会举办的集会。此时,冯塔纳开始在柏林报刊上发表最初的诗作。

次年冯塔纳离开罗泽施药房,时而在马格德堡,时而在莱比锡和德累斯顿工作,后又回到柏林。与此同时,他对文学的兴趣日益增长。一八四三年在莱比锡参加海尔维格俱乐部,公开表明他对这位革命民主主义诗人的向往。下一年五月他成了柏林"施普雷河隧道"诗人协会的会员,这个协会给他提供了发表作品的园地,他得以在斯图加特和柏林等地的报刊上陆续发表诗作。纪念古代普鲁士将军的诗歌《七个普鲁士将军》,就是在这样的条件下问世的。

一八四八年他在柏林经历了一场革命,他站在工人阶级一边,参加了街垒战,支持民主力量的兴起。他在报刊上发表文章,拥护共和政体和国家的统一。革命失败后,他和大多数同时代人一样,面对普鲁士国家的军事暴力一筹莫展。一八五〇年同埃米莉·罗昂纳特·库默尔结婚,随后出版了一些诗集。一八五二年四月至九月耽在伦敦,给柏林报纸写通讯、翻译英国诗歌,在此期间他写了一个散文集《伦敦的一个夏天》,不久又写了歌谣《阿奇博尔德·道格拉斯》,后来回到了柏林。

此后三年,他为柏林《普鲁士报》工作。后去伦敦,发表了《德英通讯》。一八六〇年重返柏林,在普鲁士报《十字架报》工作。次年发表《歌谣集》,同时又写下了《勃兰登堡漫游记》。一八六二年作为随军记者,跟着普鲁士军队上前线,写了若干描写战争的书籍。一八七〇年离开《十字架报》,集中精力为《福斯报》写评论文章,同时修改一八六二年开始写作的长篇小说《在风暴前》。该书于一八七八年发表,作者认为,写这部小说的本意是"介绍一八一二年冬至一八一三年间一大批勃兰登堡人物",其目的"不是为了描绘冲突,而是着意刻划产生于当时的各类人物所具有的伟大感情"。小说出版后,他又致函出版商,说明这部作品的倾向。这本书表达了一定的世界观和生活观,它偏袒宗教、习俗和祖国,但它痛恨普鲁士军国主义和虚伪的爱国主义,痛恨"上帝保佑国王和祖国"。作者从这本书开始,在创作上走上了一个新阶段。此后他又写出二十来部作品,有长篇小说、短篇小说和自传,开辟了德国批判现实主义的道路。这条道路后来由亨利希·曼和托马斯·曼继承下去,一直通往当代的某些批判现实主义作家。

在冯塔纳的晚年作品中,较重要的作品有长篇小说《沙赫·封·乌特诺夫》《迷惘、混乱》《施蒂娜》《燕妮·特赖勃尔夫人》和《艾菲·布里斯特》等。其中的《艾菲·布里斯特》,则是冯塔纳的杰作。

一八九八年九月二十日冯塔纳于柏林逝世。

## 二

冯塔纳的一生创作活动,可以明显地划分为两个阶段,而以一八七八年发表《在风暴前》为其重要的分界线。前一阶段的创作,主要写些诗歌和散文。一八六一年出版的《歌谣集》,大抵是一些以民间叙事谣曲形式写成的歌谣,其中多数以英国苏格兰民间故事为题材。散文方面主要写了一些游记,《勃兰登堡漫游记》共有四卷。到了后一阶段,作家才从普鲁士民谣歌手发展成为普鲁士制度的批判者。冯塔纳的这一历史性转变,奠定了他在德国文学史上的地位,成为德国批判现实主义文学的先驱。

存在决定意识,冯塔纳的这一转变,应该说跟他所处的时代和社会变迁有一定联系。

大家知道,十九世纪初,德国的封建专制割据阻碍了经济政治的进步。德国资本主义的发展,远远落在欧洲英、法诸国后面。到了十九世纪三十年代,德国社会的政治生活才有了显著的转变,工业革命的迹象逐渐显露,机器生产日益发展,无产阶级开始形成。四十年代爆发了历史上有名的西里西亚织工起义,这是德国工人阶级开始走向政治斗争的序幕。一八四八年《共产党宣言》发表。在德国爆发了一场资产阶级革命。然而革命终遭失败。及至一八七一年,普鲁士容克贵族俾斯麦通过"铁血"政策,实现德国统一,建立德意志帝国。

德国统一以后,资本主义迅速发展,工人阶级的队伍日益壮大,马克思主义的传播日益广泛,工人运动方兴未艾。早在一八六九年,德国社会民主党宣告成立。一八七四年国会大选时,"帝国的朋友"仅以微弱的多数战胜了"帝国的敌人"。在此后的年代里,埃森纳赫派和拉萨尔派合并,合并以后的这个党在一八七七年大选中获得五十万张选票。由于工人阶级力量的蓬勃发展,容克贵族感到威胁,于是俾斯麦在一八七八年搞出了一个反社会主义者的法令,妄图扑灭工人运动。然而"好景"不长,在工人阶级的顽强斗争下,法令不得不废除,俾斯麦本人也不得不下台。凡此种种,都给了冯塔纳以重大影响。当反社会主义者法令开始执行时,冯塔纳就赞赏工人

阶级,对俾斯麦开始采取否定态度。这年六月他给妻子的信中说:

"……千百万工人跟贵族和市民一样聪明,一样有教养,一样值得尊敬,有的还远比贵族和市民高明……所有这些人同我们的出身完全相同……他们不仅代表反抗现存制度一方,代表起义一方,而且也代表若干思想,其中部分思想有它存在的道理,这决非人们所能扼杀和禁锢得了的。"

后来,他给一位伯爵的信中说:

"人民中间逐渐酝酿着一种反俾斯麦的风暴……他满以为自己深孚众望,其实他弄错了。他的这种威望一度是巨大的,但现在已经不多了。眼下是与日俱减,每况愈下……"

除了上述种种客观因素外,在冯塔纳转变为普鲁士制度批判者的过程中,也有他内在的主观因素。第一,冯塔纳无论在普鲁士容克还是在霍亨索伦皇朝中,很少得到他们的赏识;第二,不管是他的《勃兰登堡漫游记》还是关于普鲁士战争的著作,都遭到了贵族和国王的冷遇。正因如此,他开始用另一种眼光来看待普鲁士统治阶级。这种清醒态度特别在一八七六年有了飞速发展。这一年他出任过皇家艺术研究院秘书。但三个月之后,这种为普鲁士皇朝当雇员的活动使他感到屈辱,他于是辞职不干。他情愿追求独立思考,而不愿出卖思想和灵魂;他宁可在资本主义社会里当个物质生活没有保障的自由作家,也不愿在普鲁士官场中混太平日子。一八八二年八月二十八日他在给妻子的信中写道:

"我是在不幸的七六年,方始成为一个真正的作家的;在此以前,我只是一个曾经写过一点东西的富有才华的人。但是作这样的人是不够的。"

在此前十一天，他给妻子的另一封信中说：

"我现在看清楚了，我实际上是在七十年代写了战争著作和小说(《在风暴前》)之后才成为一个作家的，这也就是说，成为这样的一个人，他干的是艺术这门手艺，他懂得艺术的种种要求，而后一点是特别重要的。歌德曾经说过：'一个正直的诗人和作家的产品，在任何时候都应该符合他认识的尺度。'他的话讲得非常正确。一个人也可能不带任何批判眼光写出一点好作品来，也许这些作品是这样的好，连他日后用带有批判眼光写的作品也赶不上。这一切当然毋庸争论。然而这些作品只是'上帝的馈赠'正因为是'上帝的馈赠'，那是极为罕见的。一年里面出现那么一次，而一年却有三百六十五天。那剩下来的三百六十四天，理当由批判的眼光，也就是认识的尺度来决定。"

应该说，对现实生活进行批判地"观察，检验和衡量"，是作者晚期创作的真正基础。而他晚期的现实主义作品，又是这种批判地"观察、检验和衡量"生活的产物，这些产物主要针对封建贵族和资产阶级的虚伪道德。

## 三

冯塔纳写的小说，大多以当时柏林生活为背景，真实地反映了十九世纪下半叶德国成了封建军事帝国以后的社会现实。《艾菲·布里斯特》也不例外，它所反映的时代背景正好是俾斯麦统治时期的前前后后，也就是十九世纪七八十年代。

《艾菲·布里斯特》是冯塔纳晚年的力作，初稿完成于一八九〇年，出版却在一八九五年。内容写一个普鲁士容克贵族家庭出身的美丽少女艾菲,十七岁那一年由父母做主嫁给母亲旧日的情人男爵殷士台顿。殷士台顿在海滨城市凯辛当县长,艾菲结婚以后,就跟丈夫去那儿生活。艾菲年轻、热情,喜欢玩乐,而殷士台顿则已年近四十,公务繁忙,有时不免把妻子冷落一旁。这样,艾菲渐渐感到日子过得寂寞无聊,生活中似乎缺少了什么。再加上那幢县长公馆阴森可怕,曾闹过鬼,这更使艾菲食不甘味,寝不安席,每逢丈夫因公离家,她就疑神疑鬼,心惊胆战。后来她要求丈夫掉换房子,殷士台顿不但没有同意,反而对她讲了一番大道理。就在艾菲这种寂寞无聊无以排解的当儿,殷士台顿的一位友人少校军官克拉姆巴斯认识了艾菲。两人从此常常一起出外郊游,不久发生了关系。六年以后,殷士台顿在一次偶然机会中发现此事,为捍卫名誉,他和克拉姆巴斯进行了一场决斗,决斗结果,克拉姆巴斯被打死,艾菲被退婚,亲生女儿离开了她。艾菲一个人和女仆罗丝维塔孤零零地住在柏林。最后她身患重病,父母才允许她回娘家居住,不久,就死在那里。

　　作者在这部作品里,以艾菲的婚姻为中心,着重描写这个贵族社会中人与人之间关系的一个重要方面——婚姻关系,剖析赖以维持这种关系的道德观念的虚伪、陈旧和腐朽,从而对这个社会进行无情的批判。

　　艾菲和殷士台顿的结合,并非出于爱情,而是出于对门第、地位、金钱等的考虑。在那样的社会里,不仅艾菲的母亲路易丝早年为了门第、地位、金钱,情愿抛弃殷士台顿,嫁给布里斯特,就连她亲生女儿的亲事,也得由她和她丈夫做主,许配给业已获得县长地位的殷士台顿。这里的一弃一取,充分证实了"资产阶级撕破了笼罩在家庭关系上面的温情脉脉的纱幕,把这种关系变成了单纯的金钱关系"①这句话也适用于贵族之间的联姻。事实说明普鲁士社会的传统观念和道德习俗,只是一种机械的僵死的制度,在这种制度的束缚下,即使像艾菲向往的那种单纯的爱情生活,也无法得到满足。相反,沉闷无聊的日常生活,使她感到痛苦,感到寂寞,只要有一个比较了解她心情的人闯到她的生活中来,她就无法抗拒了。个人与这种制度如果发生冲突,最后总是个人的毁灭。造成艾菲个人悲剧的原因也在于此。再看殷士台顿,他虽然一时飞黄腾达,官运亨通,但由于决斗和离婚,感到内心空虚,意志消沉,生活极不幸福。自从艾菲离开他以后,他觉得功名利禄是过眼烟云,不择手段追求幸福无异是捕风捉影。他认为"外表上光彩夺目的事物,往往其内容极为贫乏可怜;人们称之为'幸福'的东西,如果世界上确实存在的话,那也是金玉其外,败絮其中"。后来他跟维勒斯多夫的一席谈话,更说明他对功名利禄的一些看法。他说:"人们越是表扬我,我越是感到这一切一文不值。我心里暗自思量,我的一生从此毁了,我不得不跟这种往上爬和虚荣心从此一刀两断,我不得不和大概最符合我本性的教师爷行径从此分道扬镳,而这种行径却是一个更高一级的道学家所习以为常的。"

这里所谓的"教师爷"和"道学家",实际上是指殷士台顿自己在这个社会中所扮演的卫道士角色;这个"道",也就是普鲁士社会的传统道德。这种道德观念早已陈旧过时,而殷士台顿却"死守条文"不放。艾菲和克拉姆巴斯的私通事件,殷士台顿是在六年以后偶然发现的。六年以来他和艾菲之间

---

① 《马克思恩格斯全集》第四卷,第469页,人民出版社,1965年版。

的关系已经很融洽了,他是不是要为六年前的事情进行一次决斗,以洗刷名誉的污点呢。为了这件事,他曾和友人维勒斯多夫作了一席谈话,他问朋友要否为了六年前的一件事而进行决斗,因为他此时并不感觉嫉妒、愤怒,也不想复仇。但是他还是决定和克拉姆巴斯决斗。他所依据的理由是:"一个人生活在社会上不仅是单独的个人,他是属于一个整体的,我们得时时顾及这个整体,我们根本不可能离开它而独立存在……"在殷士台顿的眼里,维护个人的名誉,是普鲁士制度下必须遵循的道德准则,为了保护名誉,他下决心决斗。他还说,一个人"和人群共同生活时,就形成了某种东西。到了这一步,我们就习惯于按照其条文来评判一切,评判别人和自己。违犯这些条文,是不允许的;违犯了这些条文,社会就要看不起我们,最后我们自己也会看不起自己,直到完全受不了舆论的蔑视,用枪弹来结束自己的生命为止。"这里所谓"条文",无疑是普鲁士式的教育和传统习俗。小安妮后来受的也就是这样的教育:不认母亲,冷酷无情。维勒斯多夫听了殷士台顿的一番话以后,马上得出一个结论,他说:"咱们的名誉崇拜是一种偶像崇拜,但是只要这个偶像一天还起作用,咱们就得向它顶礼膜拜。"维勒斯多夫的这句话,真是一语中的。普鲁士军事国家机器所需要的是人们的盲目服从、偶像崇拜,这种盲目服从,后来也在艾菲身上表现出来。殷士台顿恰好成了这种偶像的俘虏。不仅是殷士台顿,就是艾菲的父母,开头也做了这个偶像的俘虏,他们不许艾菲回家,害怕舆论的压力,这些事实都足以说明这种捍卫名誉的虚伪的荣誉心,是造成决斗,造成杀人,造成艾菲死亡的真正原因。在这场决斗以后,殷士台顿虽然有所省悟:"所有这一切都不过是出于捍卫一个概念的一场戏,一个人为的故事,一出演了一半的喜剧。这出喜剧我现在还得继续演下去,还非得把艾菲遣走不可,毁了她,也毁了我自己……"但他并没有回头是岸,迷途知返,而是执意要把这出"喜剧",不,应该说是"悲剧"演到底。一句话,名誉崇拜,是普鲁士社会的道德核心,不论艾菲,殷士台顿,还是艾菲的父母,他们都是这个偶像的俘虏。正因为大家把捍卫名誉看作是最高原则,这才产生那样一个悲剧。小说通过艾菲的不幸遭遇,展示了这个以过时的道德观念作为精神支柱的容克贵族社会已经病入膏肓,危在旦夕。

然而,《艾菲·布里斯特》尽管揭示了普鲁士贵族社会道德观念的虚伪性,指出了这个社会必然灭亡的命运,但是,我们还应该看到冯塔纳笔下的女主人公艾菲,对于这个社会丝毫不敢反抗,她始终是痛苦绝望,听天由命。书中的其他人物,在反抗旧制度上也无所作为。而作者对于像殷士台顿这样一个人物,并没有加以鞭挞,到了全书末尾,还要通过老布里斯特的嘴称赞他"气量大""心地总是光明磊落",对他寄予同情。连艾菲在临终前,也要表示忏悔,认为殷士台顿做得对,主动要同他和解。

## 四

《艾菲·布里斯特》这部小说,结构非常紧凑,情节单线发展,它不像某些小说那样,一条主线以外,还穿插着若干支线。本书的情节自始至终沿着一条线向前发展,情节的中心是艾菲的婚姻。这婚姻发展到最后成了一个悲剧,而这种悲剧的结局是合乎逻辑的必然,是人们在事先所能预料到的。

全书的顶点不是艾菲的私通,不是私通事件的被发现,也不是殷士台顿和克拉姆巴斯的决斗或艾菲的死亡,而是殷士台顿在准备决斗前和他的朋友维勒斯多夫的一席谈话,这席谈话点明了小说的主题思想,展示了作者批判锋芒所向。

全书出现的人物虽然不算多,但情节的发展却包含着丰富的生活内容。小说从艾菲订婚开始,随着艾菲婚后生活这条线索的进展,社会场景从乡村到小城,从外省到首都,从县长公馆到部长官邸,从圣诞晚会到林务官的家宴,作者都以细腻的笔触作了不同程度的刻划。读者如果细细研读,就会觉得好像身历其境,看到了俾斯麦执政时期普鲁士德国的种种生活画面。从俾斯麦统一德国到俾斯麦下台,其间虽然不过一二十年,但这一二十年,却是德国向封建军事帝国的过渡时期,什么"时代精神",什么"保护关税",什么"殖民主义",书内都有或多或少或明或暗的反映;作者在这几个方面虽然着墨不多,但颇能勾勒出一个时代的风貌,这正是作者艺术技巧的杰出之处。

其次,关于人物形象的刻划,冯塔纳也有其独特的手法。像艾菲这个人物,不仅是作者自己最喜爱的形象,也是德国文学中塑造得最出色的女性形象之一。作者善于用陪衬对比的手法,使艾菲的性格鲜明地表现出来。艾菲本来是人们比较同情的一个人物,作者通过鬼屋的描绘,使人们更加同情弱小者艾菲的处境;同样,作者把艾菲和书中其他女性置于对比的地位,从而突出艾菲那种天真、纯洁的少女性格,这样能使读者对她寄予更多的同情。当然,今天看来,她毕竟是一个贵族少女,在她身上有许多贵族女子的弱点和缺点。

又如罗丝维塔这个人物,作者在她身上是着墨较多的。

这个人本身是劳动妇女,手工匠家庭出身,为人忠心耿耿,善良、憨直,在她身上保存了若干劳动人民的优良品质。这个人和约翰娜、克丽斯特尔一比,更显得她的形象高大;作者通过维勒斯多夫之口,称赞她比贵族们"高明",这实际上也反映出现实主义者的冯塔纳对于劳动人民的态度。

冯塔纳的艺术技巧,还表现在书中穿插的大量对话上面。作者通过对话,刻划了书中每个人物的心理活动和他那个阶级的想法、愿望和要求;通过对话,广泛而深入地反映了社会现实和突出人物的性格。这些对话都十分精彩动人,它们可以把无法用行动描绘出来的东西都鲜明地表达出来;同时每个人的对话各有特点,各自符合这一个人的性格和习惯。例如,老布里斯特常常把不能理解的问题,用"这是一个太广阔的领域"来表示;艾菲之死,他是无法理解的,因此他也用了上述这句话。这句话可以说是他的口头禅,也可以说是他这个人物的心声。又如罗丝维塔这个女仆,喜欢讲她那个老掉了牙的初恋故事,说话开门见山,单刀直入,这正符合她那憨直的性格。艾菲去世前不久,她为了索取爱犬洛洛给女主人做伴,曾致信殷士台顿直陈己见,打动了殷士台顿的心,这又体现出她对女主人的一片忠心。她和女主人之间的若干对话,读了之后,令人有"如闻其声,如见其人"之感。作者有时通过罗丝维塔这个人物的语言,表达他自己对某些问题的看法。

冯塔纳是一位现实主义大师,他善于典型地塑造形象,反对作自然主义的描写。在他的作品中,某些情节写得极为含蓄,某些场面只是一笔带过。比方像艾菲跟克拉姆巴斯的私通,他不作赤裸裸的描绘,不花大量笔墨,而是通过情节本身合乎逻辑的发展,使读者感到这是不言自明的事。又如,关于殷士台顿枪杀克拉姆巴斯的决斗场面,作者也只是简单交代几句,不花大量篇幅作自然主义的刻划。书中关于自然景色和社会环境的描写,其目的或加强情节的发展,或衬托人物的心境,都限在必要的范围之内,这是冯塔纳的又一特色。

德国文学批评家保罗·里拉稍稍改动了恩格斯论巴尔扎克的话,用来评论这位作家:"冯塔纳不得不违反自己普鲁士保守派的感情行事;他看出了自己以嘲讽的保留态度所偏爱的勃兰登堡贵族必然没落,把普鲁士世界的制度描写成一种偏狭固陋的不配有更好命运的习俗;他在那些为傲慢的新德意志社会所不齿的地方看出了才干、灵魂的伟大和未来——这一切可说是现实主义最伟大的胜利之一,也是冯塔纳老人最伟大的特点之一。"[1]

可以认为,这些论断很能概括冯塔纳创作方面的成就和特色。

韩 世 钟<br>
一九七九年六月

---

[1] 保罗·里拉:《文学·批评与论战》,德文版,柏林亨舍尔出版社,1952年版。

# 第 一 章

自从选帝侯格奥尔格·威廉①当政以来,封·布里斯特一家就在霍恩克莱门村定居了。邸宅的正厅面临大道,中午时分,岑寂的大道上洒满了明亮的阳光。正厅旁边是公园和花园,那儿造有侧厅,与正厅构成曲尺形,侧厅的硕大阴影起先投在用绿白两色方砖铺成的走道上,接着日斜影移,便笼罩在一个圆形的大花坛上。花坛四周为美人蕉和一丛丛大黄环抱,中央立有一口日晷。离此数十步,教堂庭院的一堵围墙在望,墙与侧厅平行,墙上爬满小叶常春藤,墙中仅有一处设有一扇白漆小铁门,墙后是霍恩克莱门村木板铺顶的钟楼。钟楼尖顶上装有一只风信鸡,新近才重新镀过金,闪闪发亮。正厅、侧厅和那堵围墙,从三面围成一个马蹄铁形的小巧精致的花园。空旷的一面,有一口池塘,塘边筑有一顶水桥,桥畔泊着一叶小舟,用铁链拴住。靠近池塘,还能看到一个秋千架,架子踏板的两侧上下,各用两条绳索缚住,架子的立柱已经有点儿倾斜。池塘和花坛之间一对高大、葱郁的老梧桐,却遮住了半个秋千架。

---

① 格奥尔格·威廉(1595—1640),自一六一九年至一六四〇年任勃兰登堡选帝侯。

每逢白云蔽日、阴翳横空的时刻,哪怕在邸宅的正面——那儿有一个平台,台上摆着栽有芦荟的木盆和花园靠椅——略作小憩,也能使人悠然自得,心旷神怡;但是,遇上赤日当空的时分,花园那一边却是人们,特别是这家主妇和她女儿喜欢流连的地方;即使在今天,她们也坐在这浓影匝地、方砖铺成的走道上。她们的身后是一排敞开着的窗户,上面攀满野葡萄藤,旁边是一个突出在屋外的小台阶,台阶的四个石级由花园通向侧厅的高台。这时母女俩忙于把一方方小料,拼缝成一块教堂祭台台毯。一绞绞毛线和一团团丝线摊在一张大圆桌上,五彩缤纷,斑驳杂陈。刚才她们曾在这儿用过午餐,现在桌上还剩有几只装点心的碟子和一个装满美丽的大醋栗的马约里卡彩陶碗。母女俩手中的银针快似飞梭,一来一往,随心所欲。但是就在母亲专心致志地做女红时,名叫艾菲的女儿却不时放下手中的针线,直起身来,伸腿弯腰,做出种种柔美的姿势,操练各节健身操和室内操。显然她特别喜欢做出这种略带滑稽的动作来逗引别人。当她站起身来,把胳膊慢慢举到头顶、合拢双掌时,她的妈妈也会放下手中的女红,抬起头来张望,不过她总是偷偷地瞥上一眼,因为做妈妈的不愿别人看出自己由于孩子的矫健而在脸上露出的喜悦神色,也不愿别人发现她那应有的母性骄傲在她内心所引起的激动。艾菲穿一件蓝白条子亚麻布罩衫,一半有点儿像小伙子穿的褂子;腰间紧束一根古铜色皮带,胸颈袒露,肩背上方披一条水手领。她的一举一动,显得既高傲又优雅。一对笑盈盈的褐色大眼睛,泄露出天生的绝顶聪明、热爱生活和心地善良。人们称她为"小丫头",她也乐意接受。因为她那美丽、窈窕的妈妈,还比她高出一个手掌宽哩。

正巧艾菲又一次直起身来,把身子时而朝左时而朝右转动的时候,妈妈恰好停下手里的女红,重又昂起头来,向她大声说:"艾菲,你本来应该进马戏团学艺,永远登云梯,在高空荡来荡去。我差不多相信,你是想干这一行的。"

"也许是这样,妈妈。但是,如果是这样,又该怪谁呢?我这种性格是谁给的?还不是你。或者你认为,是爸爸吧?要是你这样想,那你心里也会好笑的。再说,你干吗让我这样打扮,穿小伙子的褂子?有时我想,我又穿短褂了。只要我一穿上这玩意儿,我又会像黄毛丫头那样行屈膝礼。一旦拉特诺地方的军官来这儿,那我就骑在格兹大校的膝盖上,嗬嘘嗬嘘把他当马赶着走。干吗不可以这样做呢?他七分像叔叔,三分像求爱者。全要怪你。我为什么没有一套体面的衣服?你干吗不把我打扮成一个高贵的女士?"

"你想当高贵的女士吗?"

"不!"她说着就奔向妈妈,十分热烈地拥抱她,吻她。

"别那么疯疯癫癫,艾菲,别那么感情冲动。我看到你这样,心里就不安……"妈妈说这话,样子一本正经,看起来想要继续讲讲她的忧虑和担心。但她没有接着往下说,因为正在这当儿,有三个年轻的姑娘通过那堵围墙的小铁门来到花园,沿着卵石道走向花坛和日晷。三个女孩都举起阳伞向艾菲这边打招呼,然后急急忙忙地朝封·布里斯特夫人走去,吻吻她的手。夫人向她们问长问短,寒暄了一阵,然后邀请她们坐一会儿,或者请她们至少和艾菲再谈上半小时。"我反正有事要走,年轻人最喜欢跟年轻人做伴。你们好好聊。"她说着就跨上通往侧厅的石级。

现在的确只剩下年轻人了。

年轻姑娘中的两个,矮矮胖胖,一头金红色鬈发,这跟她们的满脸雀斑与温和性格十分协调。她们是乡村小学教师雅恩克的女儿。雅恩克对汉萨同盟城市①、斯堪的纳维亚以及弗里茨·罗伊特②十分倾倒。罗伊特是他的梅克伦堡同乡,又是他喜爱的诗人。根据罗伊特作品中两个孪生姊妹取名米宁和莉宁③的先例,雅恩克也就给自己的一对孪生女儿起名贝尔塔和赫尔塔。另一个姑娘名叫荷尔达·尼迈尔,是尼迈尔牧师的独生女儿;她比另外两个姑娘老成一些,但也因此显得老气横秋,孤芳自赏。她长有一头金发,淋巴肿胀,近视眼,眼球稍稍突出。虽然如此,她的一双眼睛却仿佛永远在寻求什么似的。因此,连骠骑兵里的克利卿也说过戏言:"她的样儿不是像时刻都在期待加伯列天使④的来临吗?"艾菲觉得,这位喜欢评头品足的克利卿说得极有道理。即便如此,艾菲对待三位朋友仍然一视同仁,避免厚此薄彼。至少她在此刻希望这样做。她一边用胳膊支着桌面,一边说:"针线活儿真无聊,感谢上帝,你们正好来了。"

"可我们把你妈妈赶跑了。"荷尔达说。

"哪里。她不是跟你们说了,她本来有事要走的。她在等个客人,等她少女时代的一位老朋友。关于这个人,我以后

---

① 汉萨同盟城市,指十三世纪德国北部沿海结成贸易同盟的城市,如不来梅,汉堡等。
② 弗里茨·罗伊特(1810—1874),生于梅克伦堡的德国小说家,诗人,以低地德语写作闻名,具有民主倾向,写有描绘梅克伦堡风土人情的著作。
③ 米宁和莉宁,弗里茨·罗伊特的长篇小说《乡居岁月》中的人物。
④ 加伯列天使,据《圣经》传说,系报信给玛利亚的天使,告诉她被上帝选中,将成为"救世主"的母亲。见《新约全书·路加福音》第一章第二十六节。

一定讲给你们听。这是一个英雄和美人的爱情故事,一个最终吹了的爱情故事,你们听了一定会惊得目瞪口呆的。再说,我在施万蒂科夫村里看见过妈妈的这位老朋友;他是个县长,身材挺好,很有丈夫气概。"

"这是最要紧的。"赫尔塔说。

"当然,这是最要紧的。'女人要有女人样,男子要有男子样'——你们都知道,这是我爸爸的一句口头禅。现在你们帮我先把桌子收拾好,要不,又得听教训哩。"

顷刻之间,大伙儿把线团全装进了针线筐子。等到大家重又坐下来时,荷尔达开腔了:"可现在,艾菲,该讲故事啦。现在应该讲吹了的爱情故事啦。这故事总不至于枯燥无味吧?"

"吹了的爱情故事绝不可能枯燥无味。不过嘛,只要赫尔塔光瞅着醋栗不动嘴,那我就不讲,她一个劲儿瞅着,其实你想吃多少就吃多少,等会儿咱们再去采好了。不过,栗壳要扔得远一些,或者,最好把栗壳放在这儿报纸的附刊上,回头咱们做个纸袋袋,把栗壳统统装进去。谁要是把栗壳到处乱扔,妈妈可不高兴,她老是说,踩在栗壳上会摔跤,摔断腿。"

"我不信。"赫尔塔说,一面起劲地吃醋栗。

"我也不信,"艾菲帮着腔,"你们想想看,我每天至少摔跤两三趟,可什么也没有摔断。一条结实的腿,不是那么容易摔断的。我的腿肯定不会,你的也不会,赫尔塔。你的看法呢?荷尔达?"

"一个人不该拿自己的命运作试验;骄必败。"

"你老是教训人;你天生就像个老处女。"

"可我还想结婚呢,也许比你早。"

"但愿如此！你以为我在等结婚？这还谈不上。再说，我已经有了一个对象，也许不久就要结婚。我一点也不害怕。那边的小芬蒂费格尼新近对我说：'艾菲小姐，可以打个赌，今年咱们这儿还要办喜事呢。'"

"那你怎么回答？"

"我说，很可能，很可能；荷尔达年岁最大，随时有可能结婚。但是他不是指荷尔达。他说：'不，我指的是另一位年轻姑娘，像金发的荷尔达小姐那样，是位黑褐色头发的小姐。'他一面说，一面一本正经地瞅着我……瞧，我一讲，就扯得远了，我忘了讲故事啦。"

"嗯，你总是节骨眼上留一手，也许你不愿意讲。"

"哦，我讲是愿意讲的，不过，当然啰，我老是在节骨眼上留一手，因为这故事有点儿特别，嗯，近乎罗曼蒂克。"

"可你不是说他是位县长吗。"

"一点也不错，是一位县长。他叫格尔特·封·殷士台顿，殷士台顿男爵。"

另外三个女孩都笑了。

"你们干吗笑呀？"艾菲不高兴地说。"你们这是什么意思？"

"啊，艾菲，我们可不拿你出洋相，也不想取笑男爵。你不是说殷士台顿？你不是说格尔特吗？这儿没有人叫这样的名字的。当然，贵族的名字往往是那么可笑的。"

"对了，我的朋友，贵族的名字就是这样。正因为是贵族，才取这样的名字。他们有权取这样的名字。越是久远，我指的是年代，他们越加可以取这类可笑的名字。但是，这一点你们不懂，你们别生我的气。咱们永远是好朋友。他叫格尔特·封·殷士台顿,是个男爵,他年纪跟我妈妈一般大,还是同一天生的呢。"

"那你妈妈到底有多大啦?"

"三十八。"

"正当盛年。"

"可不是。特别是一个人长得像妈妈那样后生就不容易了。她本来是个美丽的太太,你们说是不是?她什么都内行,永远那么充满自信,那么伶俐聪明,她从来不像爸爸那么不合时宜。如果我是个年轻的中尉,那我一定会爱上妈妈的。"

"不过艾菲,你怎么可以讲这样的话,"荷尔达提出异议,"这违犯第四条诫命①。"

"你瞎说,这怎么说是违犯第四条诫命?我相信,妈妈要是知道我讲了那样的话,她还会高兴呢。"

"也有这个可能,"赫尔塔随即把她的话岔断,"可是现在你总该讲故事了吧。"

"嗯,为了使你满意,我就开始讲……殷士台顿男爵!他还不满二十的时候,在拉特诺地方当兵,跟这儿的庄园有许多来往,他最喜欢上施万蒂科夫我外祖父贝林家里去。当然,他所以常去那儿,醉翁之意不在酒,不是为了外祖父。每逢妈妈讲起这回事,那谁也很容易看出,他到底为了什么人才去那儿的。我相信,这也是双方都有意思嘛。"

"后来怎么样?"

---

① 据《圣经·旧约》记载,以色列人出埃及时,上帝在西乃山晓谕摩西十诫,第四条诫命为:"当孝敬父母,使你的日子在耶和华你上帝所赐你的地上,得以长久。"见《出埃及记》第二十章第十二节。这儿是指艾菲说了对母亲大不敬的话。

7

"嗯,后来嘛,事情免不了有波折,天下事往往如此。他年纪还太轻。当我爸爸插到他们中间去的时候,他已经当了骑士顾问,有了霍恩克莱门这块封地。这就不用多加考虑,妈妈要了他,成了封·布里斯特夫人……后来生了一个孩子,你们一定猜得出,……这个孩子就是我。"

"不错,这孩子就是你,艾菲,"贝尔塔说。"感谢上帝,如果不是这样的话,我们今天可就没有你这位朋友了。你讲下去吧,殷士台顿干了什么来着,后来怎样?他没有自杀吧,要不,你们今天也不会等他了。"

"是的,他没有自杀。不过差点儿自杀了。"

"他企图自杀吗?"

"也没有。不过嘛,他不愿再耽在附近这一带地方了,那个时候,当兵的生活叫他感到厌倦。那个时候也的确是个和平时期。一句话,他离开了兵营,上大学念法律,爸爸说他'真像书呆子';只是到了七十年代战争爆发,他才重新入伍,但他没上原来的联队,而去佩勒贝格①部队,获得了一枚十字勋章。当然,这是由于他办事很果断。战后他马上当了文官,这就是说,俾斯麦十分器重他,连皇帝也器重他,就这样,他当上了县长,凯辛县县长。"

"什么凯辛?我知道这一带没有凯辛。"

"不错,凯辛不在咱们这一带,凯辛远在波美拉尼亚,离这儿有不少路,甚至远在波美拉尼亚腹地。这地方是个海滨浴场,要不,就不值一提了(那儿四周也都是浴场)。殷士台顿男爵这回是休假旅行,实际上是一次探亲访友的旅行,或者

---

① 佩勒贝格,德国地名。

类似探亲访友的一种活动。他想在这儿探望一下亲戚故旧。"

"他在这儿到底有亲戚没有?"

"可以说有,也可以说没有,随你怎么说都行,这儿没有殷士台顿家的同族人,我相信,压根儿就没有。但是他在这儿有远房姨表兄弟,特别是他大概要看望施万蒂科夫的朋友和贝林一家人,他有许多往事和贝林一家相连,前天他在那儿,今天他要上霍恩克莱门这儿来。"

"你爹对这说什么来着?"

"什么也没说。他不会那样敏感,他了解妈妈。他只是跟她开开玩笑。"

这时,时钟正敲十二下,钟声还没停下来,布里斯特家的老家人维尔克来催艾菲小姐了:"太太请小姐准时也去更换衣服;一点钟后,听说男爵老爷就要到了。"维尔克嘴里一面说,一面就开始清理桌子,他首先拿起放着醋栗壳的报纸。

"不,维尔克,别动;里面全是壳壳,这是我们的事,……赫尔塔,你现在得做个纸袋,袋里放块石头,这样容易沉到水里。然后咱们排成一个长长的送丧队,出发到湖上去埋葬纸袋。"

维尔克微笑起来。"有点疯疯癫癫,我家的小姐。"他心里这么想。可是艾菲一面把纸袋放到匆忙地收起来的台毯中央,一面说:"现在咱们四个人,每人抓住一个台毯角,唱个哀悼曲。"

"嗯,你说得好,艾菲。可是咱们该唱个什么呢?"

"随便唱一个吧;反正都一样,但是歌词里必须有个'呜'音;'呜'永远是个悲音。那么咱们就唱:

9

湖水,湖水,

埋葬一切祸祟……"

当艾菲郑重其事地哼着这个曲子时,四个姑娘摇摇晃晃地走上水桥,上了拴在桥畔的小舟,大伙儿把手一放,装有沉甸甸的小石块的纸袋便慢慢地沉到水里去了。

"赫尔塔,现在你的罪过沉到水里去啦,"艾菲说。"我忽然想起来了,据说从前也有些可怜的不幸的妇女,给人从船上沉到水里去,当然是因为她们对丈夫不忠实。"

"可不在这儿。"

"嗯,不在这一带,"艾菲笑了,"这儿没发生过这样的事。不过君士坦丁堡有过。你一定会像我刚才忽然想起来那样,也会像我一样清楚地记得那个故事,候补教员霍尔茨阿普费尔在上地理课讲这故事的时候,你也在场的呀。"

"是的,"荷尔达说,"他老是讲这些事,可是这些事人家容易忘。"

"我没忘,我记得。"

# 第 二 章

她们还这样继续谈了一阵。她们回忆起大家一块儿上地理课时的情景,想起霍尔茨阿普费尔讲的那些不伦不类的故事,心里又好气又好笑。不错,提起这件事真可以谈个没完没了,直到荷尔达忽然开腔说:"嗨,现在该是讲故事的时候了,艾菲;你的模样儿,嗯,我该怎么说好呢,你的模样儿好像刚刚摘完樱桃回来,全身衣服弄得稀皱;亚麻布衣服往往容易弄出皱裥,还有那个白色大翻领……嗯,说实在,我想出来了,你模样儿像一名水手。"

"要是我可以提出请求的话,那我要当个海军士官生。我总得带点儿我那种贵族气派呀。不过,当士官生还是当水手,这反正都一样。爸爸新近又答应给我买一根桅杆,竖在这儿秋千架附近,还答应给我买索子和绳梯。说真的,这些我都喜欢。我在桅杆顶上亲手插面三角旗,这点我一定要办到。而你呢,荷尔达,你从另一面往上爬,爬得高高的,咱们在高空一起喊'乌拉',咱们俩彼此送吻。老天爷,这才带劲呢。"

"老天爷……你瞧你说的……你说话真像个士官生。我可不敢跟你爬上去,我没有你胆子大。雅恩克说得有道理,他老说你性格像你妈妈,你有贝林一家人的脾气。我只是个牧师的孩子。"

"啊,去你的。闷声不响的人,肚里的功夫才深呢。你该记得吧,那个时候布里斯特堂兄当了军官来到这儿,你的年纪也不算小了吧,你干吗会从仓房顶上滚下来,嗯?好,我不来拆穿你。现在,咱们去荡秋千吧,一边两个;当然这游戏不怎么带劲,你们或许没有兴趣吧?瞧你们的面孔都拉得老长;那么,咱们玩抓奇袭吧。我还有一刻钟工夫。眼下我不想进屋去,全都为了向一个住在波美拉尼亚腹地的县长大人问声好。他也上了年岁啦,差不多可以做我的父亲。要是说,他住的地方真是个海滨城市,那么听说凯辛就是这么个城市。我穿了这身水手服应该最合他的口味,他一定会非常注意我。我听爸爸说,王侯们接待什么人,也总是穿着被接待者所在地区的服装。所以,我用不着担心……快,快,我先跑,这儿长凳边有个空地方。"

荷尔达还想提出一些规定,可艾菲早已跑上附近的卵石路,一忽儿向左,一忽儿向右,曲曲折折地往前飞奔,一直到人影子一下子完全消失为止。"艾菲,这样不行啊;你在哪儿呀?咱们不是玩捉迷藏,而是玩抓奇袭呀。"三位女友一面责骂,一面急急忙忙去追赶艾菲。在离花坛很远的后边,就是长着两株老梧桐的地方,那个消失得无影无踪的艾菲,冷不防地从她隐藏着的地方窜了出来,因为她已经来到追赶她的朋友的背后,嘴里轻轻地说着"一,二,三",就在长凳边的空地方出现了。

"你刚才在哪儿?"

"躲在大黄后面;大黄叶子大,比无花果树的叶子还要大……"

"呸……"

"不,'呸'应该送给你们,因为你们输掉了。荷尔达,眼睛睁得挺大,可就是什么也没看见,老是那么呆头呆脑。"艾菲说着再次穿过花坛,向池塘奔去。也许她早已胸有成竹,想先在那边叶子茂密的榛树丛里躲藏一下,然后绕个大圈子,兜过公墓和正屋,重新回到侧屋和屋边空地附近。她一切都算准了;但是,当然啰,她还没来得及绕过半个池塘,已经听到屋里有人呼唤她的名字了。她回头一看,只见妈妈从石级上走下来,手里拿块手绢向她频频挥动。转瞬之间,艾菲已经站到了妈妈面前。

"瞧你还穿着这件罩衫,客人已经到了。你总是不守时。"

"我是守时的,是客人不守时。现在还不到一点;离一点还早呢,"艾菲转身向着两个孪生姊妹(荷尔达更远远地落在后面),对她们叫道:"你们只管玩下去,我等会儿就来。"

接着艾菲跟着妈妈进了花园大客厅,这客厅几乎占了一整间侧屋。

"妈妈,你不许骂我,实际上现在才只半点钟。他干吗来得这么早?骑士从不晚到,可早到的更少。"

封·布里斯特夫人显然很窘;但是艾菲亲昵地紧挨着母亲说:"对不起,我现在得赶紧走;你知道,我也怪利索的,五分钟里面一个灰姑娘可以变成一位公主。这一点时间不妨让他等一下,或者跟爸爸聊聊。"

妈妈点点头。艾菲蹑手蹑脚地走上一条从花园客厅通向二楼的小铁梯。封·布里斯特夫人平日也不那么循规蹈矩,这时她突然把那个急急忙忙离去的艾菲叫住了,朝这个年轻而动人的姑娘周身上下打量一遍。此刻的艾菲由于刚才奔来奔去做游戏,兴奋得满脸绯红,这很像一幅生气勃勃的图画出现在她眼前。她差不多用闺蜜般的口气说:"临了,你最好还是就这副模样儿去见客人。嗯,就这副模样儿吧。你看来很不错,就算不怎么雅观,也表明你事前一无准备,根本没有好好打扮,问题是你现在就去。我不得不老实告诉你,我的心肝艾菲……"她攥着孩子的双手……"我不得不老实告诉你……"

"可是妈妈,你怎么啦?我心里真害怕呀。"

"我不得不老实告诉你,艾菲,殷士台顿男爵是来向你求婚的。"

"向我求婚?你不开玩笑?"

"这种事情怎么可以开玩笑。你前天见过他,我相信你也很喜欢他。当然,他年纪比你大,这实际上是一种福气,何况他这个人脾气好,地位高,品行又端正。要是你不反对——我想,我聪明的艾菲是不会反对的——那么,你二十岁时就站在了别人四十岁才能达到的地位。你远远超过了你妈妈。"

艾菲一声不吭,她在寻找一句答话。但是在她找到答话之前,已经听见从附近正屋的后间里传来父亲的谈话声。接着,骑士顾问封·布里斯特跨过花园客厅的门槛。他年约五十上下,外貌后生,生性温厚。跟在他后面的是殷士台顿男爵,身材颀长,头发黑褐,颇有军人风度。

艾菲一见到殷士台顿,神经质地哆嗦起来;但没有持续多久,因为几乎就在殷士台顿十分亲切地向她走来、朝她鞠躬致意时,那一对孪生姊妹的两个金红色头发的脑袋,在一半攀满野葡萄藤的敞开着的窗口中间出现了。那个最最顽皮的赫尔塔向客厅里叫了一声:"艾菲,来呀!"

接着赫尔塔俯下身子,姊妹两人从原来站着的长椅靠背上跳到花园地上,这时,人们只能听到她们一阵轻轻的吃吃的笑声了。

# 第 三 章

就在当天,殷士台顿男爵和艾菲·布里斯特订了婚。那位兴高采烈的未婚妻的父亲,不大会扮演他那庄严的角色。在随后摆设的订婚酒席上,他向年轻的未婚夫妇表示热烈的祝贺,这在封·布里斯特夫人的心上却留下了深刻的印象。这使她回忆起十八年前的往事。不过这种回忆也没持续多久;当时她自己没有能够和殷士台顿永结同心,现在替代她的却是她的女儿——然而总的说来,这样的事同样叫人称心如意,也许这样更加好些。尽管布里斯特为人有点儿干巴巴的,缺乏诗意,有时举止还有点儿模棱两可,叫人摸不透,但他们的夫妇生活还过得差强人意。一当酒席将尽,冰淇淋送上来的当儿,这位老骑士顾问再次即席讲话,他建议在第二次祝酒时,彼此之间应使用家庭里惯用的"你"这个字眼儿。他同时拥抱了殷士台顿,在他的左颊上吻了一下。不过对他来说,事情到此并没有结束。他接下去便口若悬河、滔滔不绝地说开了,他说,除了用"你"来彼此称呼以外,家庭里面往来可以亲切地直呼名字,或者按辈分称呼。他介绍了一连串亲热的称呼,当然这里注意到了长幼年齿和身份特点。他说,对他的妻子,最好永远叫"妈妈"(因为世界上也有年轻的妈妈),至于对他自己,不要用"爸爸"这个长辈称呼,干脆还是叫他"布里斯特"，因为这个称呼叫起来非常简便。至于称呼女儿和女婿——说到这儿，他和大约只比他年轻十一二岁的殷士台顿一阵面面相觑，不禁震颤了一下——，那么，艾菲仍旧叫艾菲，格尔特仍旧叫格尔特。他说，如果他没有记错，那么格尔特还有一层意思，可以当作一种顽长、挺拔的树干，而艾菲呢，就是绕在这树干上的常春藤。一对订婚人听了这句话，不由得你看看我，我看看你，神色有点儿窘，艾菲的脸上同时流露出充满稚气的快活神情。但是封·布里斯特夫人却插嘴说："布里斯特，你高兴怎么说就怎么说，高兴怎样表达祝酒辞就怎样表达，只是我请你话说得诗意一点，别扯题外话。"经妻子这样一指出，布里斯特表示非常同意，丝毫没有反感。"可能你说得对，路易丝。"

酒席撤去以后，艾菲立即得到允许上牧师家串门儿。一路上她心里琢磨开了："现在我赶在荷尔达前面订了婚，我想，她会不高兴。她一向太虚荣，太自负。"可是这回艾菲没有完全猜中。荷尔达听后居然无动于衷，非常亲切地接待了艾菲；倒是荷尔达的母亲，那位牧师太太，露出了不欢的神色，阴阳怪气地说："嗯，嗯，天下事就是这样。当然啰，娘老子没完成的事，得由女儿来接替。这层道理谁都懂。名门攀旧户，物以类聚嘛。"尼迈尔老牧师听了妻子后面那句缺乏教养的撒野的粗话，样儿极为狼狈，他再次悲叹自己跟一个雌老虎结婚真是倒了霉。

艾菲从牧师家里出来，自然也上乡村小学教师雅恩克家去；那一对孪生姊妹早已在等着艾菲，便在屋前的园子里接待她。

"喏，艾菲，"当三个女孩子在左右两边盛开着藤菊的小径上踱来踱去时,赫尔塔开口问道,"喏,艾菲,你心里怎么样?"

"我心里怎么样?哦,挺好嘛。我们现在已经用'你'和名字来相互称呼了。他叫格尔特,我想起来了,这个名字我早就告诉过你们。"

"不错,你曾经讲过。可我还是非常担心,这个人是不是跟你相配?"

"当然相配。这一点你不懂,赫尔塔。不论谁都相配。当然这个人出身贵族,有地位,长得漂亮。"

"上帝呀,艾菲,你怎么会说出这样的话来。你本来说话不是这个样儿的。"

"嗯,本来不是这个样儿的。"

"你现在感到很幸福吗?"

"谁只要两小时就订了婚,谁都会感到十分幸福。至少我是这么想的。"

"难道你一点儿也不感到,嗯,我该怎么说呢,一点儿也不感到腻烦?"

"嗯,有一点儿,但不怎么厉害。我想,往后就会好起来的。"

艾菲在牧师和小学教师家里串门不到半个钟点,接着便回家来,这时家人正在花园阳台上准备喝咖啡。丈人和女婿在两株老梧桐中间的那条卵石路上踱来踱去。布里斯特大讲当县长的难处;当局多次任命他当县长,但他每次都敬谢不敏,怎么也不肯干。"如果能按照我个人的意愿自行其是,那永远是我最高的理想。无论如何——对不起,殷士台顿,恕我这样说——也比把目光牢牢盯住上级来得妙。永远充当贯彻上级和最高当局意志的工具,这样的事我不会干。我在这儿生活多么逍遥自在,欣赏欣赏大自然的风光,为每一片绿叶,为长在那边窗上的野葡萄藤而喜不自胜。"

他还讲了一些诸如此类的话,申述种种反对当官的理由,不时插进一两句简短的表示歉意的话:"对不起,殷士台顿。"殷士台顿机械地点点头,表示同意。不过他实际上心不在焉,他一再出神地望着刚才布里斯特曾经提到过的、攀满野葡萄藤的窗户。当他这样沉思的时候,他仿佛又一次看到了两个金红色头发的姑娘就在野葡萄藤中间探出头来,同时听见了一个大胆泼辣的呼叫声:"艾菲,来呀!"

他不相信征兆和诸如此类的事物,相反地,他坚决反对种种迷信。可是尽管如此,他怎么也摆脱不了"艾菲,来呀"这一声喊叫;当布里斯特继续慷慨陈词的时候,他心里一直认为,这一次小小的经历并非出于偶然。

殷士台顿只有短短的几天假期,下一天他要回去了。临走时他答应以后天天写信来。"嗯,你得天天来信呀。"艾菲说,这是一句出自她肺腑的话。多年来她一直认为,天下没有再比接到朋友的来信更美的事了。每次逢到自己生日,接到许多亲友的祝贺信,她就会有这样的想法。每逢她生日那一天,大家都给她写信。出现在信里的那种陈词滥调,诸如"格特鲁德和克拉拉向你致以最衷心的祝贺",一概不许使用。格特鲁德和克拉拉如果想做艾菲的朋友,就得在信上贴一枚本地的邮票,要是有可能——因为艾菲生日时她们可能出外旅行去了——贴上一枚外地的邮票,例如瑞士或卡尔斯巴德①的邮票,那就更好了。

　　殷士台顿果然信守诺言,天天都有信来;这边接到他的来信,自然非常高兴,但作为答礼,他每周只能收到一封极其简短的回信。回信内容虽然无关紧要,但每次都叫殷士台顿心花怒放,不能自已。来信中商量一些比较正经的事情,例如封·布里斯特夫人跟女婿商量婚期、嫁妆和房间摆设等种种问题。殷士台顿虽然已经当了三年县长,但他在凯辛的住处陈设并不怎么豪华阔气,不过也很体面,和他的身份地位十分相称。封·布里斯特夫人在信里问他凯辛住屋的情况,殷士台顿一一作了介绍,好让岳母心中有数,免得过多添置一些不必要的家具,这样做有其必要。最后,当封·布里斯特夫人对凯辛的情况了如指掌以后,母女这方决定去柏林一次,以便像布里斯特所表示的那样,为公主艾菲采办"嫁妆"。艾菲能在柏林耽上几天,心里十分高兴,但使她更加快乐的是:父亲同意她们下榻"北方饭店"。"所有费用一概从嫁妆采办费中开支,殷士台顿反正有的是钱。"父亲的这番话究竟是出于开玩笑还是说正经话,艾菲都不加考虑地欣然表示赞同。她完全反对妈妈那种断然不同意这样做的"吝啬态度"。艾菲眼下忙于设想柏林之行的情景,特别是母女俩出现在饭店宴会桌前,出现在眼下颇享盛名的施平公司②、门克公司③、戈申霍夫公司④以及诸如此类的大商号里时,她会给人以什么样的印象。但当盛大的柏林一周之行真正来临时,她的那种美丽

────────
①　卡尔斯巴德,德国地名,为温泉疗养胜地。
②③④　均系当时柏林大公司的名称。

的幻想也正和她的言谈举止十分相称。在亚历山大联队里服役的堂兄布里斯特,是个生性极为放纵不羁的年轻少尉,爱开玩笑。他手里拿着一份《飞报》①,使用了全部业余时间陪伴艾菲母女到处观光。她们时而和他坐在克兰茨勒咖啡馆墙角的窗前,时而在他获准事假的时间里和他上鲍尔咖啡馆喝咖啡,下午上动物园看长颈鹿。堂兄的名字叫达戈贝特,他对长颈鹿发表偏爱的看法:"它们看起来好像是贵族出身的老处女。"他们每天按照预定的日程行事,到了第三天或第四天,就像他们预先说定的那样,三人上国家绘画陈列馆参观。堂兄打算让堂妹艾菲欣赏《亡灵岛》②这幅画,所以他说:"尽管堂妹小姐快要结婚了,但在结婚前让她见识一下《亡灵岛》也许是恰当的。"伯母封·布里斯特夫人一听,马上用扇子打了他一下,但同时却以极为慈祥的目光瞅了他一眼,使他找不到借口来改变自己的语调。这些天对这三个人来说,是些极其愉快的日子,对于堂兄更是如此。他善于照拂女人,善于很快消除三人之间暂时出现的小小分歧,使彼此重新言归于好。在这些日子里,她们之间确实也产生过不同意见,但幸运的是,这种不同意见并不是为了购买物品而发生的。一样物品,买它三打还是六打,在艾菲看来全无所谓,她都表示同意;后来她们在归途中计算刚才购进的各种货物的价格时,她照例会把数字搞错。封·布里斯特夫人本来对一切非常严格,即使是亲生爱女也不例外,可是现在她对艾菲这种无所谓的态度非但不怪,反而认为这样倒好一些。"这一切东西,"她心

---

① 《飞报》,系一份一八四四年在慕尼黑创刊的幽默周报。
② 《亡灵岛》,又译《坟墓岛》《死岛》,瑞士画家阿诺德·勃克林(1827—1901)的油画。勃克林曾为此画画过五个版本,其中之一藏于柏林。

里暗暗合计,"对艾菲来说并不算多。艾菲对什么都是无所要求;她整天生活在梦幻之中,要是弗里德里希·卡尔亲王夫人①驾车从她面前经过,从车上亲切地向她打个招呼,那么,在艾菲看来,这胜过一整箱洁白的礼服。"

这些想法果然不错,但也只是猜对了一半。对于日常用品多买或者少买,艾菲并不计较。但是每当她偕同妈妈逛椴树下大街,走进德穆特商号,张望美丽的玻璃橱窗,为她计划中的意大利蜜月旅行选购各类物品时,她的真实个性才暴露出来。她只喜欢最高档的精品,要是店里备货不足,她就宁缺毋滥,连次一档的也不要。因为在她看来,次一档的没有意思。一点不错,她宁愿放弃这些东西。就她的这种脾气来说,妈妈的想法没有错,在宁愿放弃这点上,意味着她无所要求;然而在例外的情况下,当她要认真占有某种东西时,那么,这种东西必须是完美无缺的。在这点上,她又显得非常苛求。

---

① 指普鲁士亲王弗里德里希·卡尔(1828—1885)之妻玛利亚·安娜·封·安哈尔特(1837—1906)。弗里德里希·卡尔亲王1870年起任普鲁士陆军元帅。

# 第 四 章

　　艾菲母女将要返回霍恩克莱门时,堂兄达戈贝特前往火车站送行。他们相处的几天是幸福的,特别是相互之间没有发生过不愉快的事情。作为亲戚之间的正常往来,也颇符合分寸。"这次我们来这儿,"艾菲一到柏林便立即表示,"要瞒着特蕾泽婶母。请她上饭店来是不行的。'北方饭店'和特蕾泽婶母,两者之间可对不上号。"妈妈对女儿的这番话最后完全同意,她在爱女的额上吻了一下,以表示她的赞许。

　　不言而喻,堂兄达戈贝特的情况跟她不一样,他不仅有着近卫兵的机智,而且还有亚历山大联队军官优良传统的温和脾气。他凭着这一切,使母女俩在柏林逗留期间始终心情振奋,精神饱满。"达戈贝特,"艾菲在告别时还说,"在我结婚前夕,你一定要到霍恩克莱门来噢,当然跟同伴们一起来。婚后要举行舞会,侍役和小商人不会参加。你想想,我一生中的第一次大型舞会也许是我最后的一次。朋友当中舞跳得最好的不到六个,他们都不来。你一定要来,你们可以坐早车回去。"堂兄当场一口答应,于是他们便分手了。

　　将近中午时分,母女两人抵达四周是一片沼泽地的哈斐尔兰车站,再坐半小时,便到霍恩克莱门了。布里斯特一见妻子和女儿回到家里,心里十分高兴,他一口气向母女俩提出了许多问题。但十之八九不等对方作出回答,就自己先给她们详细地介绍家里近几天发生的情况。"你们在信里给我讲了参观国家绘画陈列馆的事,讲到《亡灵岛》这幅画。——嗯,你们离家期间,我们这儿也发生了一些事;咱们的总管平克勾搭上了园丁的妻子。当然,我不得不把平克解雇,不过把他解雇,心里老大不愿意。麻烦的是,这样的事几乎总是发生在收获季节。平克原是个非常能干的家伙,可惜他在这件事情上走了邪路。不过咱们还是不谈这个吧;不然,维尔克要有想法了。"

进餐时分,布里斯特比较仔细地谛听母女俩的叙述;她们讲到跟堂兄愉快相处的几天,讲到有关他的许多事情,受到了布里斯特的赞扬。关于瞒着婶母特蕾泽一事,她们讲得不多,但可以清楚地看出老布里斯特表面上尽管不大赞同,内心里却是暗暗高兴;因为开一点小小的玩笑,颇合他的脾胃。再说婶母特蕾泽确实也是个可笑的人物。他举起杯子,跟妻子女儿碰杯。饭后,母女俩赶忙打开箱子,把采办来的漂亮东西一一让他过目,请他评判好坏。他很有兴趣地观赏各类货物。当他把账单匆匆过目一遍之后,他的兴趣反而更加增长,或者至少没有完全消灭。"价格贵是贵了一点,或者可以说很贵,但这没有关系。应该有那么多漂亮的东西,我真想说应该有那么多动人的东西。要是你们在圣诞节前送给我那么多箱子的东西和旅行毯子,那么,我们在复活节也上罗马去作我们十八年后的蜜月旅行,这是我的想法。你说呢,路易丝?我们要不要补上蜜月旅行这一课?你们回来得晚了几天,不过嘛,你们总算回来了。"

封·布里斯特夫人把手一挥,仿佛要说:"补不了啦。"这使他心里感到内疚,但不怎么厉害。

到了八月底,婚期(十月三日)日渐临近。不论在布里斯特邸宅,还是在牧师家和小学里,大伙儿一直在为闹婚之夜事做着种种准备。一向崇拜弗里茨·罗伊特那种热情的雅恩克,忽发"奇想",用北德方言写了一出戏,他让自己的两个孪生女儿贝尔塔和赫尔塔扮演米宁和莉宁,而荷尔达则扮演《接骨木树》一场中的凯特欣·封·海尔布隆①,骠骑兵少尉恩格尔布雷希特则演神气非凡的施特拉尔伯爵韦特尔②。同意别人称自己为思想之父的尼迈尔,毫不踌躇地也为殷士台顿和艾菲写了一首羞人答答的新婚颂词。他自己对这个作品表示满意,曾在许多人面前作过朗诵。所有听众都表示赞许,当然只有一人例外,那就是推荐他担任教区牧师的老友布里斯特。布里斯特听了这个仿佛是克莱斯特③和尼迈尔合写的颂词之后,颇为激动地提出了异议,当然问题不是出在创作方法方面。"左一个高贵的先生,右一个高贵的先生——这算什么意思,这只会造成思想混乱,使一切颠三倒四。毋庸争辩,殷士台顿是一位杰出人物的榜样,秉性温良,为人果断,但是布里斯特一家——对不起,恕我来一点柏林演说派头,路易丝——,布里斯特一家毕竟也出身名门望族。我们是有着悠久历史的家族,让我再补充一句,感谢上帝,殷士台顿家却不

---

① 凯特欣·封·海尔布隆,德国戏剧家克莱斯特同名骑士剧中的女主角名,这是一个不受引诱、忠实于丈夫的女性典型。
② 施特拉尔伯爵韦特尔,德国戏剧家克莱斯特骑士剧《凯特欣·封·海尔布隆》中的男主角。
③ 克莱斯特(1715—1759),德国戏剧家、小说家,著有《破瓮记》《凯特欣·封·海尔布隆》《智利地震》《马贩子米歇尔·戈哈斯》等作品。

是;殷士台顿他们只是门第古老,就算是古老的贵族吧,不过,什么叫古老的贵族?我不愿布里斯特家的一个孩子,或者至少是一个待嫁的姑娘——我们的艾菲谁也看得出就是这样一个姑娘——这样降尊纡贵;我不愿布里斯特家的一个孩子间接或直接地开口闭口称人'高贵的先生'。殷士台顿至少像个冒牌的高级税务官,世界上确有这种人的。不过他不是,我再次提醒您,您这样会把水搅浑。"

事实也确是这样,布里斯特以特殊的韧性,长久坚持了自己的这种观点。剧本第二次排练时,演"凯特欣"的荷尔达化妆快要就绪,她穿起一件紧身的天鹅绒背心。布里斯特平时对荷尔达也相当崇拜,这时方始开腔了。他说:"凯特欣真是武士打扮。"好像立刻就要放下武器,或者已经把武器扔出去了。这一切排练是瞒着艾菲进行的,因此在她的面前也从来不提这些。就艾菲这方面说,她对此也没有多大兴趣和好奇心。她从不挖空心思去打听婚事的准备情况和计划中演出的一鸣惊人的节目。她在妈妈面前强调说,"她可以耐心等待",如果母亲有所怀疑,艾菲就再三再四提出保证:她确实可以耐心等待,妈妈可以相信她的保证。干吗不能相信她呢?她说,这一切无非只是做戏,其内容的精彩和诗意,也不会超过她在柏林最后一个晚上观看过的《灰姑娘》这出戏,她确实自己也想参加演出,即使只在可笑的寄宿学校教员背上用粉笔画一道杠杠,她也真想自己亲手画一次。"最后的一幕多吸引人,'灰姑娘作为王妃的觉醒,或者至少作为伯爵夫人。不错,这的确像一个童话。"艾菲现在常常用这种方式和妈妈谈论,十回有八九回比从前更加放肆。只有对女友们经常的窃窃私议和背着她的鬼祟动作,她才会感到生气。"我本来希望她们不这么一本正经,更多地支持我,可她们一见我就不再作声了,我不能不提防她们,我为她们是我的朋友而害臊。"

艾菲的冷言冷语就此张扬开去,她不那么关心自己的闹婚之夜和婚礼,这是毋庸置疑的。封·布里斯特夫人对艾菲的这类想法已经注意到了,不过她并不因此担心,因为艾菲常常考虑自己的未来,这是一个好的征兆。艾菲像她自己一样,富于遐想,有时往往一个人十多分钟在脑袋里想象未来的凯辛生活,有时在经过一番想象之后,为了讨妈妈的欢喜,她絮絮叨叨地讲她对波美拉尼亚腹地的奇特设想,或者也讲一点她未来的巧妙打算,她喜欢把凯辛看作和西伯利亚差不多的地方,那儿一定是一年到头冰封雪飘的。

"今儿戈兴霍夫公司把最后一批货物寄到了。"封·布里斯特夫人说,今天她和平常一样,跟艾菲坐在侧屋前的工作台边,台上经常堆满许多麻布衣服和内衣;本来在台上占有一定位置的报纸,如今却越来越少了。"我希望你的嫁妆已经样样齐备,艾菲。不过,你假如还有什么小小的要求,那你现在就得提出来,现在作些补救还来得及。爸爸新近卖掉油菜籽,卖了个好价钱,情绪特别好。"

"特别好吗?他情绪一直是挺好的。"

"情绪特别好,"妈妈再重复一遍,"你得利用他情绪好的时机。你现在还要什么东西,就提出来。在柏林的时候,我多次感到你对于这样或那样东西,还有很怪的要求呢。"

"嗯,亲爱的妈妈,我该怎么说呢。说实在的,我要用的东西全有了,我是说,在这儿需用的东西全有了。不过,我现在心里有一点比较清楚,日后我是要住到相当遥远的北方去的……我想过,我没有御寒的衣服。但是话得说回来,我喜欢北极光,喜欢星星明亮的光彩……现在我心里有个明确的想法,我真想有件皮大衣。"

"可是艾菲,我的孩子,你这是完全说傻话呀。你又不是上彼得堡①或阿尔汉格尔②去。"

"是的,不过我毕竟是朝那个方向去的……"

"不错,孩子。你是朝那个方向去的;但是这又算得了什么?假定你从这儿到瑙恩③去,你也是朝着俄国的方向走啊。再说,如果你有那么个愿望,你可以得到一件皮大衣。不过我要把话说在前面,我劝你不要这玩意儿。皮大衣是老年人穿的东西,就是你上了年纪的妈妈穿这样的衣服,也不太相宜呢。要是你十七岁年纪,就穿起了貂皮大衣或鼬皮大衣,那么凯辛人一定以为在搞化装游行呢。"

母女俩说这样的话是在九月二日那一天。这一天要不是色当战役纪念日④,她们两人还会继续把话谈下去。因为正在她们谈话的当儿,一阵鼓声和笛声把她们的话打断了。艾菲前一阵曾听说当地要举行这样一次游行,但一时竟把它忘得一干二净。现在一听这声音,她便马上离开她们正在做针线的工作台,经过花坛和池塘,来到砌在公墓围墙边的一座小小的阳台边。这个台离地有六级石阶,石阶比普通梯子宽不了多少。她像一阵风似的一直奔到台上。举目一望,果然不

---

①② 均系俄罗斯北部城市名。
③ 德国地名。
④ 色当战役,一八七〇年九月二日德军大败法军于色当。嗣后直到一九一八年,德国人以此作为纪念日。

错,那边来了一队小学生,雅恩克老师走在队伍的右侧,神态威严。一个矮个子鼓手长,迈开大步走在队伍前面。此人脸部的表情仿佛奉命要再进行一次色当战役似的。艾菲挥挥手帕向雅恩克示意。雅恩克没忘记用晶光透亮的球棒向艾菲答礼。

一周以后,母女俩重又坐在老地方忙着她们的女红。这是一个极其美妙的日子;日暑四周精致的小花床上,天芥菜还在花蕾怒绽;微风轻拂,把一阵阵芬芳的香气带到她们的身边。

"啊,我真开心呢,"艾菲说,"非常开心,非常幸福,我想天堂也不会比这更美了。说到底,谁知道天上是不是有这样美丽的天芥菜。"

"可是艾菲,这样的话你可不许说;你这是从你不敬上帝的父亲那儿听来的。他最近甚至说:尼迈尔牧师看起来像罗得①。这样放肆的话,真是从来也没听到过。这样的话意味着什么呢? 第一,他根本不知道罗得的相貌怎样;第二,这是肆无忌惮地侮辱荷尔达。幸而尼迈尔只有一个独生女儿,他信口胡说根本就站不住脚。当然,有一件事,他的话说得很有道理,那就是关于'罗得妻子②',也就是关于善良的牧师太太所说的一番话。她也确实是既愚蠢又傲慢,她新近又对色当

---

① 罗得,据《圣经·旧约·创世记》第十九章记载,他是亚伯拉罕的侄子。上帝差遣天使把罗得一家从所多玛城救出以后,他在山洞里和两个亲生女儿发生了乱伦行为,所以这儿说,把尼迈尔比作罗得,就是侮辱了尼迈尔的女儿荷尔达。
② 罗得的妻子因没听天使的话,在逃亡中回头看家乡,被变成了盐柱。

纪念日大肆攻击。噢,我想起来了,前几天雅恩克和他的学生打这儿经过,打断了咱们的谈话——咱们谈了些什么,至少我是记不完全了。你好像说,你唯一的愿望是要件皮大衣。那么,告诉我,我的宝贝,你心里还有别的什么要求吗?"

"没有了,妈妈。"

"真的没有了吗?"

"嗯,真的没有了;我讲的全是实话……不过嘛,假如末了还可以提个想法的话……"

"那你说嘛……"

"……那就是要一套日本式的床前屏风,黑底金鹤,每一扇屏风上都有一个长长的鹤嘴巴,……也许还可以在卧室里装一盏放红光的吊灯。"

封·布里斯特夫人默不作声。

"瞧你,妈妈,你不说话了,你的模样儿仿佛我提出了什么特别不恰当的要求似的。"

"不,艾菲,没有什么不恰当的。在你母亲面前确实不会有。因为我是了解你的。你是一个想象丰富的小丫头,你喜欢给自己的未来描绘许多美丽的图景,这些图景越是色彩缤纷,你就越觉得它们美丽可爱。咱们上回去柏林采办你蜜月旅行时的用品,我就看出这一点。现在你简直异想天开,要一套饰有各类珍禽异兽的屏风,再加上一盏半明不暗的红光吊灯。你真把一切都想得宛如一个神话,你自己想做神话中的公主。"

艾菲抓住了妈妈的一只手狂吻。"是的,妈妈,我就是这样。"

"嗯,你就是这样。我完全知道。可是我亲爱的艾菲,咱们待人接物,都得小心谨慎哪,特别是咱们做女人的。日后你要去凯辛那边生活,那是个小地方,那儿夜里连路灯也不点一盏,你刚才讲的那些东西,人家听了心里要好笑。如果单单是笑笑,那倒也罢了,只怕人家瞧你不起,这种人世界上有的是,说你缺乏教养,还有人会说你更坏的话呢。"

"那么,就不要日本式屏风吧,也不要吊灯了。不过,我可以向你承认,我把一切都想象得那么美,那么富有诗意,我把一切都看作是笼罩在玫瑰色灯光下的幻景。"

封·布里斯特夫人有点儿激动了。她站起身来,吻一吻艾菲。"你是个孩子。美丽而富有诗意。那都是头脑里装的幻想。但现实却是另一回事,往往不是光明,而是黑暗。"

艾菲正想回答,维尔克却送信来了,其中有一封是殷士台顿从凯辛寄来的。"啊,是格尔特寄来的,"艾菲说,她一边把信塞进口袋,一边声调平静地说:"可是在我将来的房间里斜摆一架大钢琴,这点你会同意吧。格尔特答应装个壁炉,我倒情愿要一架钢琴。你的照片呢,我就放在镜框里;假如看不到你的影儿,我就没法生活。啊,我会多么惦念你啊。也许就在去凯辛的路上就想念你了,到了凯辛肯定会想着你。听说那儿没有卫戍部队,连军医也没有,幸而那儿至少还有个海滨浴场。一想到堂兄布里斯特,我就会精神百倍,他的母亲和姊妹总是到瓦尔纳闵德①去——嗯,我真的不明白,知心的亲戚干吗不上凯辛来指点指点。所谓指点,当然不是说搞个参谋部。我想,堂兄是很想进参谋部工作的。当然,不当参谋,也可以上我们那儿去。再说,有人新近跟我说,凯辛那儿有一艘相当

---

① 德国在波罗的海的疗养胜地。

大的汽轮,一星期两次开往瑞典。船上举办舞会(当然还伴有音乐),而他的舞跳得很好……"

"谁啊?"

"哦,达戈贝特。"

"我还以为,你说的是殷士台顿呢。不过无论怎么说,现在总该知道一下他信里写点什么……信在你的口袋里呢。"

"对了,我差点忘了。"她拆开信,匆匆浏览一遍。

"喏,艾菲,怎么不说话啦?你脸色不好看,笑容也没有了。他每回来信,总是给人快乐,写得娓娓动听,从来不带教训人的口气。"

"如果他教训人,我说什么也不会答应。他已经上了年纪,而我还年轻。如果他教训人,我就要指着他的鼻子当面回敬他:'格尔特,你考虑一下,怎样做比较合适。'"

"那他会回答你:'你是怎么想的,艾菲,怎样做才比较合适?'他不单相貌堂堂,人也正派、聪明,他很懂得年轻人的心理。他一直告诫自己,办事要适合年轻人的口味,你们结婚以后,要是他仍然保持这种多为别人着想的优点,那你们的婚姻就够美满的了。"

"嗯,这一点我也相信,妈妈。不过你可以设想,说什么美满的婚姻,那我简直要害臊,我不喜欢说什么美满的婚姻。"

"你看来确实是这样。那么,现在你得告诉我,你到底喜欢哪些东西?"

"我是……嗯,我喜欢志趣相同,当然也喜欢温存和爱情。要是得不到温存和爱情,那么,我喜欢财产和舒适的房子。因为爱情正如爸爸说的,只是一种胡说八道(这一点我不相信)。我希望在弗里德里希·卡尔亲王去打猎的地方有一幢极为舒适的房子,或者在埃尔赫维尔德、奥尔亨,或者在老皇帝①经常路过的地方。老皇帝喜欢跟每一个女士谈话,即使是年轻的女子,他也要说上一两句亲切的话。要是咱们上柏林去,那我喜欢宫廷舞会和皇家歌剧院,每回都坐在靠近皇家包厢的地方。"

"你说这样的话,只是因为心地高傲,一时心血来潮吗?"

"不,妈妈,我完全说正经话。我首先要爱情,其次是荣光和名誉,最后是娱乐和消遣——是的,娱乐和消遣,天天换换花样,天天叫我哭或者让我笑。我最受不了的,是无聊。"

"你觉得跟我们生活在一起怎么样?"

"哦,妈妈,你怎么问出这样的话来?当然,到了冬天,许多知心的亲戚来这儿,耽上大半天或者更多的时间,姨妈贡德尔和舅妈奥尔迦喜欢仔细打量我,发现我冒冒失失,就要给我不客气地指出来——姨妈贡德尔曾给我讲过一次——嗯,这一点有时叫我心里很不痛快,这些我承认。但是除此之外,我在这儿一直很幸福,非常幸福……"

艾菲说这话的时候,呜呜咽咽抽泣起来,跪在妈妈跟前吻她的双手。

"起来,艾菲。像你这样一个快要结婚的年轻人,对未来还把握不定,是容易动感情的。现在你把信念一念,看看有没有特别的内容,或者有什么秘密。"

"秘密,"艾菲笑着说,蓦地情绪大变,跳了起来。"秘密!是的,他写起信来总是长篇大论,但内容十之八九就像我在村

---

① 指德皇威廉一世(1797—1888),1871年至1888年在位。

长办公室里读到的那张县长布告一样。对了,格尔特现在也是个县长啦。"

"念吧,念吧。"

"'亲爱的艾菲……'开头总是这么一句,有时候他也把我称做他的'小夏娃'。"

"念吧,念吧……你该念下去。"

"那好:'亲爱的艾菲!我俩的佳期越是临近,你的信就来得越少了。每当信差来到这儿,我总是首先寻找你的手迹。但是,如同你知道的(我也没有别的愿望),照例总是白等。家里现在请了几个工匠来装修裱糊房间,准备迎接你的到来。当然装修的也只有很少的几间。要是咱们去作蜜月旅行期间,房间能装修裱糊竣工,那是最理想的了。裱糊匠马德隆是个能手,他供应一切材料。关于这个人,以后我再跟你讲。但首先是我因为有了你,有了我甜蜜的小艾菲而感到极为幸福。眼下我的心情真像热锅上的蚂蚁。现在我住的这个很不错的城市越来越安静,越来越冷清了。最后的一位浴客在昨天已经离开此间;他最后洗的那次浴,气温在摄氏九度。浴场职工看着他健康地离去都很高兴。因为他们原来担心他会突然中风,如果这样,就会损坏浴场的信誉,仿佛这儿的浪涛比别的地方更加凶险。每当我想起再过四个星期我将带了你从威尼斯广场出发到海滨浴场或者到穆拉诺①去,那我真想纵情欢呼。穆拉诺生产玻璃珠和美丽的饰物,而最美丽的饰物我想应该献给你。请向你爸爸妈妈多多问候,给你一个最温情的

---

① 穆拉诺,意大利地名,在威尼斯郊区。冯塔纳 1874 年 10 月曾到访威尼斯。

甜吻,你的格尔特。'"

艾菲把信纸重新折好,放进信封里面。

"这是一封写得很漂亮的信,"封·布里斯特夫人说,"他各方面都很有分寸,这不止是个优点。"

"嗯,他各方面都很有分寸。"

"我亲爱的艾菲,让我向你提个问题:你是不是不希望他的来信很有分寸,你希望他写得更加温情一点,也许是温情脉脉吧?"

"不,不,妈妈。真的不,我不希望他温情脉脉,我希望他还是像现在这样写比较好。"

"还是像现在这样写比较好。你怎么又这样讲了呢。你这人真特别。你刚才不是哭过吗?你心头还有什么事吧?现在还来得及。你不喜欢格尔特吗?"

"我干吗不喜欢他呢?我喜欢荷尔达,我喜欢贝尔塔,我喜欢赫尔塔。我也喜欢老牧师尼迈尔。我爱你们,这是不用多说的。我爱一切待我好、对我没有恶意、纵容我的人。格尔特大概也会纵容我。当然用他那种方式纵容我。他准备在威尼斯送给我饰物。他不知道我压根儿不喜欢饰物。我宁愿爬山,荡秋千,我最喜欢杞人忧天,什么地方地面忽然裂开来,我就会跌落下来。这样,我的脑袋立即会摔个稀巴烂。"

"你可能也爱你堂兄布里斯特吧?"

"是的,很爱他。他一直使我愉快。"

"你想跟堂兄布里斯特结婚吗?"

"结婚?我怎么也不愿意。他还是个半大小子。格尔特可是个男子汉,一个美男子。我可以为有这样的丈夫而自豪,他将来会干出一番伟大的事业来。你怎么会有这种想法的,妈妈。"

"你这话才对头,艾菲,这使我高兴。不过你心里一定还有疙瘩。"

"也许是这样。"

"那么,你说出来吧。"

"你瞧,妈妈,他年纪比我大,这没有多大关系,这也许挺好:他不算老,身体健康,生气勃勃,有军人气派,为人果断。我简直想说,我非常非常喜欢他,只要他……嗯,只要他的性格稍微改变一下就好了。"

"这怎么说,艾菲?"

"嗯,怎么说呢?好,你别笑我。有件事,我不久以前才从牧师家里听到的。我们在那儿谈论殷士台顿,老尼迈尔忽然眉头一皱,不过还带点尊敬和钦佩的神色说:'嗯,这位男爵!他是个有性格的人,一个有主见的人。'"

"他确是这样,艾菲。"

"毫无疑问。我记得尼迈尔后来甚至说,他还是个很讲原则的人。我相信,他这话里面一定还有文章。啊,我……我没有。你瞧,妈妈,这就是我的心事,这使我痛苦,叫我担心。他对我却是非常亲切、非常和气、非常宽厚的,可是,……我怕他。"

# 第 五 章

　　霍恩克莱门的婚期已经过去；所有来宾都已离开那儿，连这对年轻的新婚夫妇也在当晚动身出外旅行去了。

　　结婚前一天晚上的盛况，使前来参加婚礼的人个个感到满意，特别是参加演出节目的几个人更是如此；荷尔达的动人表演，迷住了所有的年轻军官，不论他们是来自拉特诺的骠骑兵还是来自目光更挑剔的亚历山大联队。总而言之，一切仪式都非常顺利地进行，几乎超出人们事前的预料。只有贝尔塔和赫尔塔痛哭了一场，因为她们朗诵雅恩克用北德方言改写的诗完全失败了。但是这也没有什么了不起。几位行家认为"这种感情恐怕也是真实的；结结巴巴，断断续续，抽抽噎噎，令人费解——这种迹象（尤其是这样的事发生在两位极其漂亮的长着金红色鬈发的姑娘身上）倒是表明演出获得了最大的成功。"堂兄布里斯特自创的角色得到了众口一致的赞美，赢得了非凡的成功。他作为德穆特商号的伙计出场，他打听到年轻的新娘在婚后立即要去意大利作蜜月旅行，因此他愿意提供一箱旅行时需用的物品。人们打开箱子一看，自然是赫费尔公司①出品的一个巨大的漂亮的糖果盒子。那个

---

① 赫费尔公司，柏林的巧克力厂，在椴树下大街开有漂亮的甜品店

晚上的舞会一直持续到凌晨三时。老布里斯特在这个场合喝了大量香槟酒,情绪高昂,废话连篇,他谈到某些宫廷眼下还盛行的火炬舞会①,还谈到随心所欲的袜带舞会的奇特风俗,谈锋越来越健,简直一发不可收拾。到了最后,他口若悬河,滔滔不绝,竟得非有人来给他关上闸门不可。"你得留意,布里斯特,"他的妻子用相当严肃的声调对他悄然耳语,"你今天在这儿是招待宾客的主人,而不是为了说些不伦不类的话。咱们正在办喜事,而不是搞狩猎。"布里斯特一听,便连忙回答:他认为二者之间没有多大的区别;再说他今天兴致很高嘛。

结婚的当天,一切进行得都很顺利。尼迈尔说了许多动听的贺词,而一位半属于柏林宫廷社交界的老先生,从教堂返回布里斯特宅邸的途中却明确表示,在我们这个国家里培育出那么多的人才,应该引起人们的注意。"我从这点看出咱们各类学科,特别是咱们在哲学方面取得的胜利。每逢我想起尼迈尔,这位乡村老牧师,人们起初会把他看成是贫民院里的孤老头……嗯,朋友,你不是自己说他讲话像个宫廷传教士吗?他写的诗歌,对仗和节奏的技巧完全像克格尔②,在感情上还超过克格尔。克格尔的感情太冷漠了。当然,一个人有了像他那样的地位,不能不冷静一些。这个人一生之所以失败究竟在于哪个方面呢?应该说终究在于缺乏热情方面。"听他发表意见的那个人是个学者,还没有结过婚,但是可能由于这个缘故,他在一种"暧昧关系"中第四次

---

① 火炬舞会,古代德国宫廷中的一种舞会,直至二十世纪初,火炬舞会仍然在王家普鲁士宫廷中举行婚礼时盛行。

② 克格尔(1829—1896),德国神学家,从一八六三年起担任普鲁士宫廷传教士。

得到了上级的擢升。他自然同意对方所说的话。"你的话说得太好了,亲爱的朋友,"他说,"尼迈尔比克格尔热情得多……你的话挺有道理……此外,我日后再得跟你讲一件事。"

喜期过后的次日,是个绚丽的十月天。早晨的太阳闪烁着耀眼的光芒;不过这时已经进入凉爽的秋季。刚好和妻子一起吃罢早饭的布里斯特,反剪着双手,离开座位站了起来,背朝着渐渐熄灭的壁炉火。封·布里斯特夫人双手拿着针线活,缓步走近壁炉,对着正欲走进屋来收拾早餐桌的维尔克说:"喂,维尔克,你先到大厅里去收拾收拾,然后请人分送蛋糕;胡桃蛋糕送到牧师家去,盆子里的小蛋糕送到雅恩克家去。你收拾玻璃杯的时候要多加小心。我指的是那些挺薄的磨光玻璃杯。"

布里斯特已经在抽第三根纸烟了,他容光焕发,神态安详。他说:"人逢喜事精神爽,当然办自己的喜事是例外。"

"我不明白,布里斯特,你怎么会说出这样的话来。我对你的话确实感到奇怪,你办自己的喜事究竟有哪些地方不称心?我不知道原因在哪儿。"

"路易丝,你就是开不得玩笑。我可没有恶意,我从来没有恶意。再说,咱们结婚后没有作过蜜月旅行,咱们又有什么话可说呢。是你父亲反对旅行嘛。可是艾菲他们现在去作蜜月旅行,我真对他们有点眼红。他们坐十点钟的那班火车动身,现在一定到了雷根斯堡;我认为殷士台顿会把他——不用说,他们用不到中途下车——在瓦尔哈拉①看到的主要艺术

---

① 雷根斯堡的先贤祠,陈列有很多德国名人的胸像。

珍品讲解给她听。殷士台顿是个出众的人才,但也是个艺术迷;可是艾菲呢,我的上帝,咱们可怜的艾菲,却喜欢大自然,我担心殷士台顿会用他的艺术癖好折磨艾菲。"

"谁都折磨自己的妻子。艺术癖好还远不是最糟的。"

"不,肯定不是;无论怎么说,咱们不愿为此争论;这是一个广阔的领域。而人也是有各式各样的。你,哦,你跟他倒挺相配。不管怎么说,比艾菲更相配。可惜,现在已经太晚了。"

"且不说我跟他并不相配,就是相配,这总归是一件风流逸事;不管怎么说,过去的事情终究已经过去了,他现在成了我的女婿,老是回首话当年,是没有意思的。"

"我只是想叫你兴奋兴奋。"

"谢谢你的好意。但这大可不必,我本来就很兴奋嘛。"

"你情绪也好吗?"

"我差不多可以说很好。但你别伤害我的情绪。哦,你还有什么话要说?我看你心里还有话搁着哪。"

"你喜欢艾菲吗?你喜欢他们的结合吗?她的脾气很怪,还像个不懂事的孩子,但又很自负,她压根儿不会对自己的丈夫保持应有的谦逊。然而,他们也只好这样结合在一起,她还不知道该怎样和他相处。或者干脆说,她是不是真的爱上了他。要是不爱,那就糟了。因为从殷士台顿身上的种种优点来看,他不是那种肯用轻率的举止来赢得爱情的人。"

封·布里斯特夫人一声不吭,她在数织物上的针数。最后她开口道,"布里斯特,你刚才说的,我看是这三天来你说得最明智的话,包括你在酒席上说的那些话在内。我也有同样的顾虑。不过我认为,咱们尽可以放心。"

"她是不是把心里的话全讲给你听了?"

"这个我不敢保证。她大概要讲的全讲了,不过,她没有把心里话全抖出来,有许多话她一个人闷在心里不说。她这个人既喜欢说话,又不大肯暴露真实思想,脾气摸不透;完全是个十分独特的混合体。"

"我完全同意你的看法。但是如果说,她一点儿没有透露给你,那你又从何知道呢?"

"我只是说,她没有把心里话全吐露给我。她压根儿不想全部抖出来,不想把灵魂深处的东西和盘托出。这也不能全怪她,她偶尔出于一时冲动,蓦地漏出一句两句,接着又冷静下来,不想多说了。但是正因为这样的话并非出于自愿,但又像是她的心声,所以我觉得就特别重要。"

"你在什么时候什么场合碰到过这种情况?"

"离现在正好有三个星期了,我跟她坐在花园里,忙着为她准备各色各样的陪嫁东西,这时维尔克拿了殷士台顿的一封信来。她开头把信往口袋里一塞,我不得不在一刻钟以后提醒她看看这封信。接着她念起信来,可一点儿不动声色。我老实跟你讲,当时我很为这事担心,担心我自己在这样的事情上能否知道多少实情。"

"这话不错,这话不错。"

"你的意思是说?"

"呃,我的意思只是……不过,这反正都一样。你尽管往下说,我仔细听着。"

"于是我坦率地问她,她心里到底还有什么话要说,因为我知道她的脾气。我并不用一本正经的口气问她,我尽可能装得非常轻松,若无其事,好像随口说说似地提出了问题,问她是不是爱上了在柏林向她大献殷勤的堂兄布里斯特,是不是宁愿和他结婚……"

"她怎么说?"

"你本来应该知道她的心思。她接下来的回答是轻蔑地一笑。她说堂兄布里斯特到底只是一个穿少尉制服的高个子候补军官。而她是不可能爱上一个候补军官的,更谈不上同这样的人结婚。接下去她讲起殷士台顿,在她心目中殷士台顿突然成了一个具有所有男子美好品德的丈夫。"

"这你怎么解释?"

"十分简单。艾菲是一个活泼伶俐、热情奔放的丫头,几乎是激情满腔,也许正因为如此,她才不是那种死心塌地倾心于爱情的人,至少不是和爱情这个词儿的实际情况相称。虽然她一讲起爱情,总要竭力强调,或者在声调里充满信心,但这不过只是因为她在什么报刊上读到过关于爱情的文章,这些文章照例说,爱情是至高无上的,极其美好的,最最光彩夺目的等等陈词滥调。也许这些东西她是从多愁善感的荷尔达那儿听来的。她只是跟着荷尔达那样说说而已。艾菲自己对爱情并没有多少感受。很可能日后情况还要糟,但愿上帝保佑。不过目前还没有糟到这个地步。"

"究竟到了什么地步?她想点什么来着?"

"按照我的看法,也是按照她自己的看法来说,她有两个特点:贪图享乐,爱好虚荣。"

"唔,这也无伤大雅。我并不为此担心。"

"我可担心呢。殷士台顿是个很有事业心的人——说他一心往上爬,这倒未必,他也不是这号人,他这个人确实品行高尚——就说他很有事业心吧,这一点很可以满足艾菲的虚荣。"

"是啊,这倒挺不错。"

"嗯,这是好的一面!但这才满足了她的一半。她的虚荣心得到了满足,但她那种贪图享乐和喜欢冒险的脾气是不是也得到满足了呢?这一点我表示怀疑。殷士台顿很不善于使一个热情奔放的小丫头一天里面获得几小时的娱乐和消遣,不善于使她战胜她的死敌——无聊。当然他不会使她的精神极度空虚,这一点他很会对付,也有一套办法。但是他不会使她特别愉快。最糟的是,他不知道该怎样来对待这个问题,不知道到底从什么地方下手才好。他们小两口可能一时相处得很融洽,不闹什么别扭,但是到头来她会发现自己受到了侮辱。到了那个时候,我就想不出将会发生什么事情了。因为她有时非常软弱,迁就别人,有时则会大发雷霆,对什么也不买账。"

这时维尔克从大厅走进房间来报告说,他已按照太太的吩咐,把话传下去了,家人们也已一切照办;美中不足的只是打碎了一只精致的酒杯,不过那是昨天大家干杯时打碎的——是因为荷尔达小姐和宁克肯少尉碰杯时用力过猛了。

"这可以理解,荷尔达这个人一直懵里懵懂,演《接骨木树》那一场自然不可能演好。她真是个蠢丫头,我真弄不懂宁克肯怎么会看中她。"

"我完全理解他。"

"他其实不可能跟荷尔达结婚的。"

"不可能。"

"那他这么干到底为什么?"

"这是一个广阔的领域①,路易丝。"

老夫妻之间的一席谈话是在喜事后第一天进行的。三天之后,从慕尼黑寄来了一张字迹潦草的小明信片,上面只有两个字母的署名。

亲爱的妈妈:

今天上午参观了绘画陈列馆。格尔特还想去参观别的什么,这我就不在这儿一一禀告了。因为这些地方我叫不出全名,又不想问他。他待我十分温存体贴,参观时给我作详细的解释。这儿全都很美,不过我们的时间挺紧。以后去意大利大概会充裕一些,不会像这儿那样匆忙。我们下榻在"四季饭店",格尔特借题发挥地对我说,"外面已经是秋天了,可是他在我身上获得了春天"。我觉得他这番话挺有意思。他说话非常注意分寸,我当然也得注意分寸,特别是在他说什么或解释什么的时候。他对一切掌故之类全都熟记在心,他作讲解时就用不到参考或查阅什么资料了。他提到你们的时候,特别是提到妈妈的时候,总是心花怒放。他觉得荷尔达爱好穿着打扮,不过尼迈尔牧师给他的印象很好。向你们多多问好。

你们完全陶醉了的但也有点儿疲倦的艾菲

像这一类的明信片,天天都有得寄来,寄自因斯布鲁

---

① "说来话长"之意。

克①,寄自维罗纳②,寄自维琴察③,寄自帕多瓦④,每一张明信片的开头总是这样一句:"我们今天上午参观了本地极著名的画院",或者如果不是画院,那就是参观一个竞技场或者某一个带有别名的"圣玛丽亚"教堂。从帕多瓦寄来明信片的同时,还寄来了一封真正的信。

昨天我们在维琴察。因为想参观巴拉斯官殿,我们才不得不去维琴察;格尔特对我说,一切现代艺术都植根于此。当然,他这儿指的只是建筑艺术。在这儿帕多瓦(我们今晨抵达此间),他坐在车子里自言自语了好几遍:"他葬在帕多瓦。"⑤我告诉他,我从来没听过这样一句话,他便显得十分惊愕。不过他后来终于这样说,这样也挺好。我对此事一无所知倒很好。他为人十分公正,对我像天使般体贴温存,一点儿也没有瞧不起我,也没有在我面前倚老卖老。我马不停蹄地跟在他后面东奔西跑,或者在一幅幅绘画前踟蹰流连,弄得精疲力竭。不过这也并不出乎意外。我非常高兴,将要去威尼斯,我们将在威尼斯耽五天,也许整整一周。格尔特早就向我夸说圣马可广场的鸽子,人们可以买几纸袋豌豆喂那些美丽的小飞禽。他说,应该有个画家把这情景画下来,画里有个美丽的金发女郎,"像荷尔达那种的"。而我也不免想起雅恩克的女儿。啊,要是我能和她们坐在我家院子里

---

① 因斯布鲁克,奥地利地名。
② 维罗纳,意大利地名。
③ 维琴察,意大利地名。
④ 帕多瓦,意大利地名。
⑤ 出自《浮士德》第一部"邻妇之家"一场中梅菲斯特的话。

的车辙上喂我家鸽子,那该多么幸福。你们可不能宰杀那些嗉囊鼓起、毛色像孔雀的鸽子呀,我以后还想去看看它们哩。哦,这儿有多美啊,也可能是世界上最美丽的地方了。

你们幸福的但有点儿疲倦的艾菲

封·布里斯特夫人朗读完信便说:"这个可怜的孩子,她在想家了。"

"不错,"布里斯特说,"她在想家。这个讨厌的蜜月旅行啊……"

"你现在何必再说这样的话?你本来是可以不让他们去旅行的。但是,这正是你的拿手杰作:当事后方知的哲人。要等孩子落下井去了,你们这些顾问老爷才会把井口盖上。"

"啊,路易丝,我倒不曾想到那样的事。艾菲原是咱们的孩子,但从十月三日以后,她已成了殷士台顿男爵夫人。而她的丈夫,也就是咱们的女婿,提出要作一次蜜月旅行,借此机会参观各地的画院,这样的事我怎么能阻挡呢。这正是人们说的婚姻大事呀。"

"那么现在你自己承认这一点了。关于妇女所处的屈从地位,你一直还跟我争论不休呢。"

"不错,路易丝,我确实跟你作过争论。不过,现在还争论什么呢。这确实是一个太广阔的领域。"

# 第 六 章

十一月中旬,他们到了卡普里岛①和苏莲托②,这时殷士台顿的假期已经度完。准时销假,正是殷士台顿的一贯习性。十一月十四日一早,他们也就乘了快车回到柏林,堂兄布里斯特前来车站迎接他们俩,并建议他们利用什切青班车开车前两小时,参观一下圣普里伐特普法战争全景画展,然后吃些早午餐之间的点心。殷士台顿和艾菲对这两项建议欣然同意,并对堂兄致以谢意。中午时分,他们三人才回到车站,照例又是一番寒暄,然后热烈握手道别。艾菲和殷士台顿邀请堂兄"日后光临凯辛"。火车开动的当儿,艾菲还从车厢里向堂兄招手致意。然后她舒舒服服地坐下来,合上双眼;不时坐直身子,把手递给殷士台顿。

这是一次顺利的行程,火车准时到达小坦托夫车站,从这儿开始,有一条两英里长通往凯辛的公路。在夏季,特别是在浴场开放月份,人们去凯辛不走陆路,情愿坐上一艘旧式双轮汽船,沿着凯辛小河走水路去那儿,凯辛这个地方也因这条小河得名。但是,每年十月一日以后,这艘"凤凰"汽船照例停驶,人们在这儿等船总是白费工夫,浴场营业进入淡季以后,

---

①② 卡普里岛和苏莲托,均为意大利地名。

这艘汽船的名字就为大家所渐渐淡忘。因此今天殷士台顿到了什切青以后,便给家里的马车夫克鲁泽发了个电报:"五时,抵小坦托夫站。如天好,放一辆敞篷车来。"

天气果然很好,克鲁泽已经驾着一辆敞篷马车停在车站前。他作为一名车夫,以一种极为得体的举止,彬彬有礼地向殷士台顿和艾菲招呼致意。

"喂,克鲁泽,一切都准备停当了吗?"

"是,县长老爷。"

"那么,艾菲,请上车吧。"艾菲上车时,车站上的搬运工人把一个小手提箱搁在马车夫面前,殷士台顿吩咐他们把其他行李装进一辆出租马车。说罢,殷士台顿也坐上了自己的位子,非常和气地向站在周围的一个人要个火,然后招呼车夫克鲁泽:"现在出发吧,克鲁泽。"马车越过铁路交叉口有许多轨道的地方,斜斜地下了路堤,打一幢开设在公路边的名叫"俾斯麦公爵"饭店的门前经过。公路正好到这儿分成两条岔道,朝右的通向凯辛,朝左的通向伐尔青。饭店前面站着一个中等身材、肩膀宽阔的男子,头戴皮帽,身穿皮大氅。县长先生的马车打他面前驶过时,他毕恭毕敬地脱帽致敬。"这是个什么人?"艾菲问道。她对眼前看到的一切极感兴趣,情绪也特别好。"他样儿像个地方官,当然在这方面我得承认,我从来也没有看见过一个乡村地方官。"

"没有见过又有什么关系,艾菲。尽管如此,还是给你完全猜中了,他样儿像个地方官,他也的确是个地方官。他是半个波兰人,名叫戈尔肖夫斯基。每逢我们这儿有什么选举或别的什么角逐,他总要插上一手。他是个很靠不住的家伙,我不大相信他。这个人干过的坏事可不少,但是他表面装得比

*48*

谁都忠厚。当伐尔青的大人先生们①来这儿时,他恨不得拜倒在车子跟前。我知道,他对公爵②也持有敌意,但这有什么办法,我们可不能跟他闹翻。因为我们也要利用他。他对这儿一带地方了如指掌,他比谁都懂得玩选举的权术,他也算很有钱财,专门放债盘剥,别的波兰人都不像他;他们的作风往往跟他相反。"

"不过他样儿还和气。"

"是的,他样儿装得很和气。这儿的人十之八九样儿都装得很和气。这是一帮外表不错的人。关于他们最大的优点,所能讲的就是这些罢了。你们勃兰登堡人样儿不怎么引人注目,甚而令人讨厌,他们的言行举止,也不会叫人心悦诚服,这根本不可能。但是他们是非分明,决不含糊。人们可以信赖他们,而这儿的人就都靠不住。"

"你干吗要给我说这些话呢?我不是日后要和他们一起生活的吗?"

"你不会跟他们一起生活。你不会跟他们有很多的接触。因为这儿城里和乡下的情况完全不同。你只会认识我们城里人,我们善良的凯辛人。"

"我们善良的凯辛人。这是说着玩的,还是他们真的很善良?"

"他们是不是真的善良,我不想过多强调。但是他们确实和另一些人不同;是的,他们和这儿的乡下人毫无相同之点。"

---

① 伐尔青,当时是俾斯麦的驻地。伐尔青的大人先生们,指驻地里的成员及俾斯麦的随从。
② 公爵,这儿指俾斯麦。

"这是什么原因?"

"因为他们恰恰是另一种人,这是由于他们的出身和社会关系决定的。你在这儿乡下看见的就是所谓的卡舒布人。你可能听说过关于他们的事吧,他们是斯拉夫族的一个支系,他们生活在这儿已经有上千年了,或许还要长久一点。但是所有住在靠近这儿海滨小城和商业小镇里的人,都是从远地迁徙来的,他们不关心卡舒布腹地,因为他们与其几乎没什么关系。他们完全依靠别的生计过活。他们借以为生的是他们经商的那些地方。他们在那儿跟五洲四海打交道,跟五洲四海都有联系,你可以在他们中间找到来自世界各个角落的人,连我们凯辛这个好地方也找得到,尽管凯辛只是一个小镇。"

"但是这个地方很吸引人,格尔特。你老是说什么小镇。要是你不是说过了头,我看,这儿是个完全崭新的世界。这儿有各种各样异国情调。不是吗,你指的不也就是这些东西吗?"

他点点头。

"我说,这是一个完全崭新的世界。这儿也许可以找到一个黑人,或者一个土耳其人,也许甚至可以找到一个中国人。"

"也可以找到一个中国人,你猜得真对呀。我们完全有可能真的找到一个。不过,无论如何,我们那儿从前有过一个;现在他已经死了,人们把他埋在公墓旁的一小块用栅栏围起来的土地里。要是你不觉得害怕,我日后有机会就带你去看他的坟墓;它坐落在沙丘中间,那儿到处只长海草,有时也长几株千日红。在那儿,一年到头都能听到海涛声,地方非常美丽,也很可怕。"

"嗯,可怕,我很想再听你讲下去。不过还是不讲为好,我听了常常会胡思乱想,会做噩梦;我希望今儿晚上好好睡一觉,我不想在睡梦中看见一个中国人走到我的床前来。因此还是不讲下去为好。"

"他也不会走到你床前的。"

"他也不会走到我床前。你听,你说话的声调有点儿两样,好像这样的事还有可能似的。你想使我对凯辛产生兴趣,但你走得稍微远了一点儿。这样的外国人在你们凯辛多不多?"

"很多。整个城里都有这样的外国人,有些人的父母或祖父母,原来是住在外国什么地方的。"

"好奇怪,请你再讲一点吧。但是不许讲可怕的故事,什么一个中国人,我认为,这总有点儿叫人害怕。"

"不错,是这样的,"格尔特笑了,"不过其他的人,感谢上帝,那完全是另一种样子,是地地道道的正人君子,这中间也许商人稍微多了一点,他们对自己的利益考虑得多一点,跟人做买卖不爽气,生怕别人骗了他。是的,我们跟这些人打交道要当心。但是除此以外,完全可以胆大放心。你日后会明白,我这样说没有骗你,我只是想给你作一点简单的介绍,像户口登记簿或花名册那样简单介绍一点。"

"好,格尔特,你说吧。"

"比方说,离咱们住的地方不到五十步远,甚至在咱们花园相邻的地方,住着能修机器和挖泥船的师傅马克费松,他是个地道的苏格兰人和高地居民。"

"他的穿着打扮也像苏格兰人那样吗?"

"不,上帝没有保佑他。他是个伛偻的小老头,不论苏格兰高地人还是司各特①,都不会因为他而特别感到骄傲。在马克费松住的那幢屋子里,还住有一个伤科老医生,他的名字叫贝扎,原来只是个理发师;他出生在里斯本,有名的德·梅扎将军也出生在里斯本。所以,梅扎、贝扎,你听听就能听得出他们是同乡人。再有,在我们那条凯辛河上游防浪堤那儿——这就是说在泊有船只的码头那儿——,住着一位名叫斯特丁克的金匠,这人出身于瑞典的古老家族。嗯,我相信,那儿甚至还有一些称做帝国伯爵的人。至于其他的,我暂时就不一一介绍了。我们那儿有位善良的老大夫汉内曼,他是个丹麦人,曾经在冰岛待过一个很长时期,甚至还写过一本记叙赫克拉火山②或克拉布拉火山③最近一次爆发的小书。"

"这可了不起,格尔特。这本书抵得上六部长篇小说,叫人根本读不完。这本书开头可能平淡无奇,可到了后来就别具一格。对了,因为这儿是个海滨城市,我想你们不仅有外科医生,有理发师,或者还有别的诸如此类的人物吧,譬如说,你们一定有船长,有某位漂泊的荷兰人④,或者……"

"你说得完全有道理。我们这儿的确有过一位船长,他原先是个黑旗海盗。"

"我不懂。什么叫黑旗?"

"这是指一些远在东京⑤和南海的人……但是他后来洗手不干海盗,当了平民百姓,他的样儿又变得挺和气,喜欢跟

~~~~~~~~~~~~~~~~~~~~

① 司各特(1771—1832),英国诗人、小说家。著有反映苏格兰人民反抗英格兰侵略者斗争的作品。
②③ 均冰岛火山名。
④ 《漂泊的荷兰人》原系德国作曲家理查德·瓦格纳(1813—1883)的歌剧名。
⑤ 东京,指越南以河内为中心的北部地区。

人聊天。"

"要是我见了他,我仍然会害怕的。"

"这一点完全不必要,什么时候也不用害怕。就是我下乡去,或者去赴公爵的茶会,或者上咱们别的熟人的地方去,你也不用害怕。感谢上帝,咱们还有洛洛呢……"

"洛洛?"

"嗯,洛洛。假定在尼迈尔或者雅恩克那儿听到了这样的名字,你一定会联想到诺曼底公爵①的身上去,这样的人我们凯辛也有。其实洛洛只是一条纽芬兰狗,长得挺漂亮,它喜欢我,日后也会喜欢你。因为洛洛很识人。只要有它在你身边做伴,你就会平安无事,无论是活物还是死鬼,都无法跟你接近。但是你瞧瞧那边的月亮吧,这难道不美丽?"

艾菲默默地在沉思。她半怀恐惧半怀好奇地听取了殷士台顿说的每一句话。此刻她把身子坐坐端正,眼睛往右边望去,但见一轮新月在飞逝而过的白云中间冉冉上升,像一个紫铜大盘悬挂在赤杨树后的天际,它的银辉时而倾泻在广阔的凯辛河湾上,时而倾泻在跟大海毗邻的海湾上。

艾菲看得发愣了。"嗯,你说得不错,格尔特。多美呀!但同时又那么阴森可怕。咱们在意大利旅行从来没有这种印象,咱们从梅斯特雷到威尼斯去的一路上,也没有看到这种情景。那儿也有水,也有沼泽,也有月光,我想,就是那儿的桥断了,也不会像这儿阴森可怕。这到底是什么原因?难道因为这儿是北方吗?"

---

① 诺曼底公爵(846?—932),第一位统治诺曼底的维京人,其斯堪的纳维亚原名叫罗夫(Rolf),拉丁文名为罗洛或洛洛(Rollo)。

殷士台顿不禁哑然失笑。"咱们这儿比霍恩克莱门稍北十五英里,要看到北极的白熊,你还得往北走好多好多路呢。我相信你因为长途跋涉弄得精神紧张了,此外还因为参观了圣普里伐特全景画展览,听了中国人故事的缘故。"

"故事你根本没有跟我讲过。"

"嗯,刚才我只是提到了他。但是一个中国人本身就构成一个精彩的故事……"

"嗯。"她笑了。

"不管怎样,你一定很快就会习惯的。你瞧见前面那间有灯光的小房子吗?那是个铁匠铺子。到了那儿路就拐弯了。等我们拐了弯,你就能看到凯辛教堂的那个钟楼或者更准确地说是两个……"

"有两个吗?"

"嗯,凯辛的市面近年来繁荣起来了。现在那儿多了个天主教堂。"

半小时以后,马车停在市梢尽头县长公馆门前。这是一幢简朴的有点儿老式的房子,正面朝着通向海滨浴场的主干道,但是在这幢房子的山墙上,可以瞭望到整个县城和沙丘中间名为"种植园"的小树林。这幢房子是殷士台顿的私人住宅,办公不在那个地方,县长的办公大楼是在马路的斜对面。

克鲁泽没有必要连鸣三下鞭子向家人报告马车业已到达,因为家人们早就从大门和窗子里望见殷士台顿夫妇的到来。车子还没停妥,所有的家人仆役早已一长排聚集在门槛前的街沿石上了。在这一排人最前面的是洛洛。马车刚刚停下,洛洛就开始绕着车子转来转去。殷士台顿首先搀扶年轻的妻子下车,然后用一条胳膊挽着妻子在家人仆役的亲切招呼下走进屋子。此时大伙儿簇拥着这对年轻夫妇步入四周摆满金碧辉煌的老式壁橱的过道。一名漂亮的使女帮着太太取下暖手筒,脱下大衣。这名使女体态丰腴,已经有了一点年纪,美丽的金发上戴着一顶体面、精致的小帽,衣服和帽子同样体面而精致。使女正欲弯下身子帮太太脱下皮毛衬里的橡皮长靴,殷士台顿赶忙插进来说:"最好让我先给你介绍一下咱们家的全体成员,只有不愿见人的克鲁泽大娘除外。我估计这位大娘又和她那少不了的黑母鸡在一起了。"大伙儿一听,都哄堂大笑起来。"不过,咱们还是不谈克鲁泽大娘吧……这位是我的老朋友弗里德里希,他在大学里就跟我待在一起了……对不起,弗里德里希,那个时候时势很太平啊……这位是约翰娜,勃兰登堡人,跟你是同乡,尽管她是帕泽瓦尔克一带人,可完全够得上是你的同乡。这是克丽斯特尔,专给咱们的中饭和晚饭增添欢乐,我可以向你保证,她很会烧菜。这位是洛洛。喏,洛洛,你怎么样?"

洛洛仿佛只是在等待主人对它的这声招呼,因为正好在它听见主人叫它名字的当儿,就欢乐地汪汪吠叫起来。它站直身子,把两只前爪搭在主人肩上。

"好了,好了,洛洛。不过你瞧,这是太太;我已经跟她提到过你了,我对她讲过,你是个漂亮的动物,你会保护她。"这时洛洛爬下地来,坐在殷士台顿的面前,眼睛好奇地瞪着这位年轻的太太。太太把手伸过去,它向太太撒娇讨好。

在殷士台顿向艾菲一一作介绍的当儿,艾菲趁机环顾四周,这一看使她呆呆地出了神,同时她觉得过道里的光线亮得叫人睁不开眼睛。过道的前半段,燃着四五盏壁灯,壁灯本身做得非常粗糙,全系用白铁皮敲成,但是经白铁皮一衬,光线反而显得明亮。一对配有红纱灯罩的透明煤气灯,是尼迈尔送给他们的结婚礼物,现在安放在两个栎木大橱中间的折叠桌上,台灯前面是茶壶,茶壶下的炉子已经点燃。此外还有许许多多别的家具杂物,其中有一部分东西跟这一切相比,显得异常特殊。横穿过道的上空,安有三根梁木,这三根梁木把过道的天花板均匀地一分为四;第一根横梁上吊着一只海船的模型,船上张着满帆,船尾装着高高的甲板,此外还有炮筒状的天窗。第二根横梁上挂着一条大鱼,其姿势仿佛是在半空游泳似的。艾菲把那顶还拿在手里的阳伞,轻轻地拨动一下这个庞然大物,于是它就在空间慢慢地荡来荡去。

"这是什么,格尔特?"她问道。

"这是鲨鱼。"

"最后一根梁木上挂的是什么?它看起来好像烟草铺里出售的一根大雪茄?"

"这是一条年岁不大的鳄鱼。不过这些玩意儿你明儿早上看更加清楚;现在咱们去喝一盅热茶吧。一路上你尽管罩了披肩,盖了毯子,但你仍然会挨冻的。最近天气实在冷得够呛。"

他说着把胳膊伸给艾菲,这时两名使女已经退去,只有弗里德里希和洛洛还跟在他们后面。他们往左跨进男主人的起居室兼工作室。艾菲进了这个房间,仍然像在过道里一样感到惊诧异常;但是在她还没有表示自己的看法以前,殷士台顿已经把一扇门帘撩开,门帘后面是另一个比较大的房间,从这个房间可以望到院子和花园。"艾菲,这是你的房间。弗里德里希和约翰娜已经按照我的吩咐,尽了最大努力把这个房间布置好了。我觉得,房间还可以。如果你也觉得中意,那我就蛮高兴了。"

她从他的胳膊中抽出自己的手臂,踮起脚尖,准备给他一个甜吻。

"我是个可怜的小丫头,你可是那么宠我。这一架大钢琴,这一条地毯,我相信是土耳其的,这个金鱼缸,这个摆花盆的台子,我看到的全是细心周到。"

"是啊,我亲爱的艾菲,这些东西一定会叫你高兴,你是那么年轻,漂亮,活泼可爱,享用这一切完全当之无愧,凯辛人日后也一定会明白这一点。至于这些东西是从哪儿来的,这只有上帝知道。至于那个花台,这就不能怪我了。弗里德里希,这花台是哪儿来的?"

"是药店老板吉斯希布勒送的……上面还留有一张名片呢。"

"啊,吉斯希布勒,阿隆佐·吉斯希布勒。"殷士台顿说,他笑着,兴头也上来了,同时把名姓听起来有点儿像外国人的那张名片递给艾菲。"吉斯希布勒,这个人我忘了给你介绍啦,他偶尔也用医生这个头衔。不过人家真的叫了他医生,他却不高兴,他认为这样叫他,只会使真正的医生听了生气,他这话很有道理。嗯,我想,你日后会认识他,而且也要不了多久;他是咱们这儿数一数二的人物。出类拔萃,才华横溢,特别是感情充沛,这是主要之点。不过嘛,咱们现在不谈这些吧,咱们还是坐下来喝盅茶。在哪儿喝?在你的房间里,还是到我那边去?因为没有别的地方了。我这草窝真是又小又窄哪。"

她不假思索地往一张放在屋角的小沙发上一坐。"今儿咱们就在这儿喝,今儿你在我房间做客。或者干脆这样吧:凡是喝茶,一概在我房间里,用早餐,就在你房间里;这样大家都轮到。我很想知道哪儿是我最喜欢的地方。"

"这是个迟早就能解决的问题。"

"那当然。但是要看这问题是怎样提出来的,或者说得更明确一些,咱们是怎样看待这个问题的,关键恰恰就在这儿。"

她笑了,身体依偎着他,想吻他的手。

"不,艾菲,看在老天爷面上,别这样。我不想当个受你尊敬的人。对凯辛人来说,我是个值得尊敬的人。对你来说,我嘛……"

"那么是什么?"

"啊,算了吧。我还不敢直截了当地说出来呢。"

# 第 七 章

次日早晨艾菲一觉醒来,已经是个明亮的大白天了。她十分费力地聚神回忆。她眼下在哪儿?不错,在凯辛,在殷士台顿县长的公馆里。她已经成为他的妻子,成为殷士台顿男爵夫人了。她坐起身来,好奇地环顾一下四周;昨晚上她实在太累了,没有仔细观察一番在她看来既有几分陌生又有几分古色古香的环境。两根圆柱撑着天花板的屋梁,绿色的帷幕把房间一隔为二,一边是安放着大床的壁龛形卧室,另一边是房间的其余部分;只有房间中央没挂帷幕,或者帷幕已经撩到一边,免得挡住她从床上望出去的视线。两扇窗户之间,装有一面狭长的高达房顶的穿衣镜,衣镜右边靠近过道墙壁的地方,矗立着一个用釉砖砌成的黑色大壁炉,这个壁炉还是按照旧式习俗从房间外边生火加料,这一点她在昨晚上就已经注意到了。这时她感觉到炉子的暖气一阵阵向她袭来。她如今回到了自己的家里,这毕竟是件美好的事情;她在整个旅程中,从来没有感到像现在这样惬意过,连在苏莲托时也没有。

可现在殷士台顿上哪儿去了呢?她的四周是静悄悄的,一个人也没有。她只听到一只小挂钟的嘀嗒嘀嗒声,时而从炉子里也发出沉闷的毕剥声。她由此推测,一定有人在外边过道里向炉子投进了几片木柴。她也渐渐记起格尔特昨晚上给她讲的电铃,这个电铃近在床边,她用不到费多大工夫便能找到;紧靠枕头,有个白色象牙小电钮,她于是用手去轻轻按了一下。

她刚按过电钮,约翰娜就进房间来了。"太太有什么吩咐?"

"啊,约翰娜,我相信,我已经睡过头了。辰光一定不早了吧?"

"正好九点。"

"先生他……"她不大好意思直截了当地就称自己的"丈夫"为先生……"他一定轻手轻脚地起了床;我一点声音也没听见。"

"他肯定是这样。太太想必睡得很熟。在长途旅行以后……"

"嗯,我的确很累。可先生他总是这么早起身吗?"

"总是这么早,太太。他对这一点很严格;他不容许别人睡懒觉,他一跨进那边的房间,炉子一定要已经生好,房间里要暖烘烘的,咖啡也得马上端去。"

"那么,他已经吃过早饭啰?"

"哦,这倒还没有,太太……老爷……"

艾菲随后觉得还是不提这个问题好。她估计殷士台顿可能不会等她一块儿吃早餐,她的这一想法还是不说出来为好。她也竭力想弥补这一失言的过错。她起身坐到穿衣镜前,立即接下去说:"先生做得很对,天天早起,这也是我娘家的一种规矩。早上睡懒觉,整天就会神魂颠倒。但是先生对我不会这么严格;昨晚上我有好一阵没睡着,甚至有点儿害怕。"

"您得跟我说,您干吗害怕呀,太太!您到底害怕什么?"

"在我床顶上面有一种十分奇怪的声音,不太响,但是很吓人。开头这声音好像是长裙在楼板上拖过去,待我提心吊胆地细听时,有几回我仿佛看到了几双白缎小鞋。楼上像是有人在跳舞,但声音很轻很轻。"

艾菲正在这么说的时候,约翰娜的视线越过年轻太太的双肩,射到狭长的高高的穿衣镜上,她想从镜里观察太太的神色。接着她说:"是啊,这声音是从上面楼厅里传来的。从前我们在厨房里也听到过。可是现在我们早就听不见了;我们已经习以为常了。"

"这里面到底有啥蹊跷?"

"哦,上帝保佑,一点儿也没有。有好一阵子大伙儿不知道这声音是从哪儿来的。传教士先生装出一副尴尬相。可是吉斯希布勒大夫对此总是一笑置之。现在我们却知道那是窗帘的声音。因为楼厅里有点儿霉臭味,只要不来暴风雨,楼厅的窗子一年到头总是开着。一阵阵疾风吹进窗子,使得那些过长的白色旧窗帘在楼板上拖来曳去。这种声音听起来好像丝绸长裙在楼板上拖曳,也像白缎鞋在楼板上磨蹭,正如太太刚才说过的那样。"

"当然就是这样的声音。可我就是不明白,干吗不把这些窗帘拆掉,或者把它们剪短。这种声音可真怪,叫人的神经受不了。那么好吧,约翰娜,请你把这块小头巾给我包在额上,或者把清凉油膏从我的旅行袋里拿出来……啊,这玩意儿挺不错,能给我提神。现在我要上他的房间去。他还在那儿吗?或是他已经走了?"

"老爷已经走了,我猜想他到斜对面办公大楼里去了。不过,一刻钟以后他就会回来。我去关照弗里德里希,叫他马上送早餐来。"

约翰娜说罢就走出房间去,艾菲再次对准穿衣镜照照,然后把目光扫向过道。此刻阳光已经照进过道,使得昨晚的异样情景一扫而光。这时,格尔特正好走进屋来。

格尔特进屋以后,往他的一张写字桌边一坐,这是一张有点儿笨重的卷帘木罩办公桌,因为这是祖传的一件遗物,殷士台顿真不愿舍弃它。艾菲站在他的背后,没等他站起来,就拥抱他,吻他。

"已经起身了?"

"你说,已经起身了;这当然是取笑我啰。"

殷士台顿摇摇头。"我怎么会取笑你?"但是艾菲性喜撒娇,她根本不要听丈夫的这些辩白。其实,殷士台顿问"已经起身了",倒完全是出于真心。"你在这次旅行中想必也看到,我一直是大清早就起身,从不让你等我。但是后来,嗯,情况才有所改变,这是事实,后来我不是非常准时起身了么,但我也不是个喜欢睡懒觉的女人。我想这一点,我爸妈早就教导过我。"

"这一点吗,应该说各方面,你都是我的甜蜜的艾菲。"

"你所以这么恭维我,因为咱们还在新婚后的第一周……可是不,咱们早已超过结婚后的第一周了。我可以向老天爷发誓,格尔特,我压根儿还没想过这一点,咱们结婚已经有六周多了,六周多一天。嗯,这就不同了;我不再把你的话当作一种恭维,而当作一种真心话。"

这时,弗里德里希走进房间,端来了咖啡。早餐桌斜放在一张长方形的小沙发前,这沙发正好占据了起居室的一角。殷士台顿和艾菲都坐在沙发上。

"这咖啡真够味。"艾菲说,一面打量房间和房间里的摆设。"这还是饭店里的咖啡,或者像波特戈尼产的咖啡……你还记不记得,咱们在佛罗伦萨参观了大教堂。这件事我得写信告诉妈妈。我们在霍恩克莱门喝不到这种咖啡。说实话,格尔特,我现在才明白,结了婚有多开心。我在老家,日子过得很平淡。"

"你真傻,艾菲,我从来没见过有哪家像你老家那样安排得井井有条的。"

"可是,瞧你住的地方有多好。我爸爸在家里买了个枪械柜,写字桌上面挂了个牛头,紧靠牛头下面有一张符兰格尔[①]的旧画像,因为爸爸曾经当过副官。他原来以为这一切摆设是最好不过的;可我在这儿往四周一瞧,我觉得霍恩克莱门的整个华丽的摆设就显得多么寒酸和平常了。我压根儿不知道该拿什么东西来和这儿的一切相比;昨晚上我只匆匆看了一遍,我就有了种种想法。"

"哪些想法,我可以问一下吗?"

"嗯,哪些想法吗?我说出来,你可不能笑我。我从前收藏过一本图画集,集里画有波斯或印度国王(因为他戴着国王的王冕)盘膝坐在一个红绸坐垫上,背上还背一个大的红绸卷儿,绸卷儿的两头高高鼓起。这位印度国王身后的墙上,挂有刀剑、匕首、豹皮、盾牌和土耳其长刀。你瞧,你这儿的摆设真和这位国王差不多,要是你也盘膝而坐,那就完全一模一样了。"

---

① 符兰格尔(1784—1877),普鲁士元帅。一八六四年担任普鲁士奥地利联军司令,与丹麦作战。

"艾菲,你真是个娇丽的、可爱的宝贝。你根本就想不到我见你这副模样心里有多高兴,我随时愿意把我对你的看法告诉你。"

"哎呀,这以后有的是时间;我才十七,还不想去死呢。"

"至少不能死在我前面。当然,如果我要离开这世界,最好是带你一起走。我不能把你留给别人,你说呢?"

"这点我还得考虑考虑。或者还是这样说,咱们谁也不讲这些吧。我不喜欢讲死,我喜欢活着。告诉我,咱们在这儿怎样生活?你一路上已经把城里和乡下的种种怪事都给我讲了。可是咱们自己将在这儿怎么生活,你对这个问题却一句也没说。这儿的一切跟霍恩克莱门和施万蒂科夫完全不一样,这一点我早已看出来了,但是咱们也得像你常常讲的,在'凯辛这个好地方'和亲友们来往啊。你在城里有亲友吗?"

"没有,我亲爱的艾菲;关于这方面,你将要大失所望。在这儿近郊有几家贵族,以后再给你介绍,但是在这儿城里,可一家也没有。"

"一家也没有吗?这我不信。你们这儿城里不是住有三千人,在这三千人当中,除了小百姓像理发师贝扎(他大概叫这个名字吧)以外,总还有些达官贵人、文人雅士,或者诸如此类的人吧。"

殷士台顿笑了起来。"嗯,文人雅士倒有几个。不过仔细算算,那也不多。当然咱们这儿还有个传教士,有个法院推事,有个学校校长,有个港务总督。这样的公职人员,这儿确有十来个,但是他们之中十之八九是好好先生,文化修养很低。剩下来的,就只不过几个领事罢了。"

"只不过几个领事罢了。我请你,格尔特,口气别这么大,说什么'只不过几个领事'。这样的人到底很高贵,很了不起,我简直要说,这样的人叫人望而生畏。领事外出,还带着那个束棒,从里面,我相信,还能看到一把大斧伸出来。"

"并非全都这样,艾菲。这样的随从就叫做仪仗队。"

"对了,他们叫仪仗队。但是领事也很高贵,很威风。布鲁图斯①总算是一个吧。"

"是的,布鲁图斯是个执政官。可是咱们这儿的领事跟他不一样,这儿的领事满足于拿糖和咖啡做交易,或者打开一箱橙子,卖给你十芬尼②一只。"

"这不可能。"

"岂止是可能。他们还是些狡猾的小商人,假定有几艘外国轮船开进港来,碰到某个业务问题无法解决,那么,他们给你出主意,想办法。一旦他们出了点力气,给某一艘荷兰轮船或葡萄牙轮船作了点贡献,那么,他们最后成了这些国家所信托的代表,正像他们国家在柏林驻有许多大使和公使那样,在我们凯辛也有那么多领事,逢到假期或节日,到处扯起三角旗,而这儿也确实有那么多假期和节日。如果早上的太阳特别明亮,那么你在那样的日子里可以看到欧洲各国的旗帜在屋顶上空迎风飘扬,此外,还有美国的星条旗和中国的龙旗。"

"你存心捉弄人,格尔特,也可能你说得不错。但是对我这种初出茅庐的人来说,我不得不向你承认,我觉得这一切都那么吸引人。我们哈维尔兰的城镇跟这儿一比,那就相形见

---

① 布鲁图斯(约前85—前42),古罗马执政官,组织并参与了对恺撒的谋杀。"执政官"的德文是 Konsul,和"领事"是同一个词,这里一词两义。
② 德国币制单位名,一百芬尼等于一马克。

65

绌了。哈维尔兰的城镇每逢庆祝皇帝寿辰,总要扯起一些黑白旗子,至多夹杂着一点红的,这种景象和你说的旗海真不能比,根本就不好比。我已经跟你说过,我一直有这样一种感觉:我在这儿好像身在异邦,这儿的一切是我从来没有见过的,从来没有经历过的。这怎么不叫我惊叹不止呢。昨儿晚上我就在外边过道里看到了奇形怪状的帆船模型,后面是鲨鱼和鳄鱼,还有你自己的那个房间,一切都那么富于东方色彩,我得再说一遍,一切摆设像一个印度国王……"

"假定我是国王,我祝贺你,你是王后了……"

"还有上面那个楼厅和楼厅里拖到楼板上的长窗帘。"

"关于这个楼厅,你到底听到点什么呢,艾菲?"

"除了我刚才讲的长窗帘以外,别的什么也不知道。昨儿晚上我醒来大约有一个钟点,我仿佛听见鞋子在楼板上磨蹭的声音,好像有人在上面跳舞。我也好像听见音乐声。但这一切都是轻轻的,轻轻的。今儿早上我已经把这一切经过讲给约翰娜听了,但只是为了说明我为什么睡过了头,我请求原谅。而她对我说,大概是楼厅里的长窗帘作怪。我想,咱们得赶快结束这无头案,要么把窗帘剪短,要么至少把窗子关起来;何况不久暴风雨就要多起来。现在已经到了十一月中旬啦。"

殷士台顿显得有点儿尴尬,似乎在考虑要不要回答艾菲提出的这些问题。最后他避而不答。"艾菲,你说得很对,咱们可以把长窗帘剪短。但不必操之过急,特别是不能肯定剪短了是不是有用之前,更加不要着急。这也可能是别的什么东西弄出来的响声,这响声或许来自烟囱,或许来自木头里的蛀虫,也可能是黄鼠狼搞的花样。咱们这儿黄鼠狼可多呢。

不过无论怎么说,咱们动手剪窗帘之前,先得把咱们家的四周环境仔细察看一番,当然由我带领你去看:花一刻钟时间把一切都看完。然后你梳妆打扮一下——只要稍稍梳妆一下便成了,因为你本来就已经十足动人了——,等待咱们的朋友吉斯希布勒来登门走访;现在已经敲过十点,要是他不在十一点以前,或者至迟在中午时分上这儿来,毕恭毕敬地拜倒在你跟前,那我一定是把他看错了。我这些赌咒发誓的话全是他说惯了的。再说,我可以告诉你,他人品出众,为人正派。要是我没有把他看错,也没有把你看错,那么,他日后一定会成为你的朋友。"

# 第 八 章

十一点早已敲过,吉斯希布勒一直还不见来。"我不能再久等了,"格尔特说,因为他有公事在身,"要是吉斯希布勒还是来了,那要尽可能热情地招待一番,大家要高高兴兴,千万别使他感到窘迫;要是他感到不自在,那他就会一言不发,或者说些稀奇古怪的话儿来敷衍一番;但你如果对他表示信任,诚恳地对待他,那他会出口成章,滔滔不绝。不错,你一定办得到。下午三点以前,你不用等我;那边有许多事情等着我处理。关于上面楼厅的事,日后再加商量,不过最好还是不去动它,维持原来的样子。"

话音刚落,殷士台顿便出门去了。他让年轻的妻子一个人留在家里。她坐在窗边的一个僻静的角落,身子稍稍往后靠着,两眼望着窗外。她的左胳膊支在从写字桌里抽出来的一块小搁板上。那条通向海滩去的大街,是本地的交通要道,即使在夏天,这街上也是车水马龙,熙来攘往。可是如今在十一月中旬,街上却是空荡荡的,岑寂异常。眼下只有穷人家的几个孩子,拖着木屐嘚嘚哒哒打殷士台顿公馆门前走过。这些孩子的父母住在"种植园"最外边的几间茅屋里。艾菲对这种孤寂的景象毫不在意,因为此刻她在回想刚才参观整幢公馆时看到的稀奇古怪的事物。这次参观从厨房开始,厨房里的炉灶结构新颖,天花板上装有直通使女睡房的电线——这两处的电线是在不久前才安装的。殷士台顿跟艾菲谈起这一切,艾菲心里很高兴。接着殷士台顿带领她从厨房出来,重又回进过道,再从过道进入院子,前半个院子比起两侧厢房中间相当狭窄的那条通道来大不了多少。侧屋里安放着各类家具什物。右边是使女的睡房和男仆的睡房以及洗熨衣服的小屋。左边一侧,在马厩和停车房之间,是车夫克鲁泽一家人住的小屋。小屋上面有个木棚,这儿是母鸡的栖息所在。马厩上面搭了一间小屋,这是鸽子进出的草窝。这一切在艾菲看来都是非常有趣的,但是她后来看到的使她产生更大的兴趣。他们从院子回进正屋,在殷士台顿的带领下走上通往楼厅的扶梯。这个梯子歪歪斜斜,摇摇晃晃,黑咕隆咚,看不清楚。但是楼梯上面的入口处却完全不同,这儿既十分敞亮,又可以饱览四周的景色,真是美不胜收。从一边望去,越过市梢房子的屋顶和"种植园",可以看到一架高高地矗立在一个沙丘上的荷兰式风车。朝另一边望去,就可以看到凯辛河湾,它在这儿相当开阔,直接汇流入海。这儿的景色给人一种壮丽的印象,使人久久不能忘怀。艾菲此刻情不自禁地道出了她的快活心情。"是啊,真美啊,好像置身在画中一般。"殷士台顿不问艾菲喜从何来,便马上接腔。接着他把两扇有点儿斜悬的蝴蝶门打开了,从这儿往右通向所谓楼厅。楼厅几乎占了整个一层;厅前和厅后的窗子全都敞开着。那些多次提到过的长窗帘在疾风中摇来摆去。一堵侧墙的中央装有一只壁炉烟囱,壁炉前挡有一块大石板。对面的侧墙上悬着一对铁皮做的挂灯,每盏灯上可插两支蜡烛,这种灯的式样和下面过道上的一模一样,不过这儿所有的灯都显得黯淡无光,看样子已有好久没人收拾过。艾菲的表情带有几分失望,她把自己的想法都跟殷士台顿讲了,她说与其来看这个荒凉的、可怜巴巴的大厅,还不如去看入口左侧的房间。"那边确实啥也没有。"殷士台顿回答,但他还是把通向左边去的门打开了。那边一共有四个房间,每个房间只有一扇窗子,墙壁跟大厅的一样,全都刷成黄色,房间里也是空荡荡的。只有在一个房间里摆着三张铺有席垫的靠背椅,席垫早已磨破。一张椅子的靠背上贴着一张只有半个手指长的图片。图片上有个中国人,蓝上装,黄色灯笼裤,头上戴个平顶帽。艾菲看了看说:"这个中国人贴在这儿干什么?"看来殷士台顿自己对这张小图片也感到意外,他赌咒发誓说,这个他不知道。"这大概是克丽斯特尔或约翰娜贴上去的。她们是闹着玩的。你准看得出,这是从一本启蒙读本上剪下来的图片。"艾菲对此也有同感,只是叫她感到奇怪的是,殷士台顿对这一切都是那么一本正经,好像其中还有难言之隐。艾菲的目光再次扫向大厅,同时认为,这儿全都闲着不用,真是太可惜了。"咱们楼下只有三个房间,要是有客人来,就会手忙脚乱,腾不出一个房间来。这个楼厅完全可以隔成两个给客人住的漂亮房间,你说是不是?比方说给妈妈来这儿住;她可以睡后面一间,那儿望得见凯辛河和港口的两个防浪堤。前面一间可以看到凯辛城和荷兰风车。在我们霍恩克莱门,只有一种德国式风车。你说说看,你的意见怎样?明年五月份妈妈大概要上这儿来了。"

殷士台顿全都表示同意,只是末了附加一句:"一切挺好。不过毕竟还是请妈妈安歇在对面,安歇在县长办公大楼;那边整个二层全空着,跟这儿一个样,她住在那儿一定更舒服。"

这是初次巡视全屋的结果。艾菲回到房里以后便梳妆打扮起来，只是时间没有像殷士台顿预料的那么快。梳妆完毕，她到丈夫的房间里来坐，一会儿想着楼厅里小小图片上的中国人，一会儿想着一直还没有到来的客人吉斯希布勒。一刻钟以前，确有一位斜肩膀的矮子从大街那一边走过，此人样儿有点畸形，抬起头朝她这儿的窗子张望。他穿着一件漂亮的皮短上装，戴一顶高高的、刷得十分光洁的大礼帽。不过，这大概不会是吉斯希布勒！不会是的，这位斜肩膀的先生，实在有点儿威严非凡，这一定是首席法官先生。她也回想起，她在婶母特蕾泽家的宴会上好像看见过这个人。直到这时候，她忽然想起来了，凯辛这地方只有一位法官先生啊。

她还在作这样的遐想时，她想象中的那个人又一次出现在她面前，这个人显然刚刚绕着种植园作了一次晨间散步，或者作了一次健身散步回来了。一分钟以后，弗里德里希进房间来通报药店老板吉斯希布勒前来求见。

"请他进来。"

这位可怜的年轻的太太，心里扑通扑通地跳得可厉害。因为这是她初次作为主妇，作为本城的第一夫人在陌生人跟前露面。

弗里德里希帮吉斯希布勒脱下皮上装，然后替他把门打开。

艾菲把手递给走进房间来的神态窘迫的客人，来人以一种极为热情的动作吻了吻她的手。看来这位年轻的太太立刻给了他一个深刻的印象。

"我丈夫关照过……不过我在他的房间里接待您……他

上办公地方去了,随时都可能回来……我可以请您进屋去吗?"

吉斯希布勒跟着艾菲走进隔壁房间,艾菲自己在一张沙发上坐下来,一边指着一张圈椅请对方坐下。"我可以告诉您,您昨天派人送来的鲜花和名片,我看了有多么的高兴。我一下子感到我在这儿并不是举目无亲的,我把这一想法告诉了殷士台顿,他对我说,我们将来终究会成为好朋友。"

"他真的这样说吗?这位好心的县长先生。嗯,县长和您,最仁慈的夫人,请容许我说一句,真是郎才女貌,天生的一对哪。因为您丈夫的为人,我是知道的,至于您,我最仁慈的夫人,我一眼就看出来了。"

"您别用太友好的目光看人。我还太年轻。而年纪轻……"

"哦,我最仁慈的夫人,您别以为年纪轻不好。年轻人即使有了错误,也还是天真、可爱,而上了年纪的人,即使道德品质好也无足道啦。我个人当然不能对这个问题发表什么见解,对上了年纪的人评头品足还可以,对年轻人就不行,因为我自己从来没有年轻过。像我这样的人,从未拥有过青春。请容许我说一句,这是最最悲哀的事情。像我这种人缺乏真正的勇气,对自己也缺乏信心,连邀请一位太太跳舞也不敢,生怕遭到对方的拒绝,弄得下不了台,一个人的年华就这样逝去了。年岁一大,生活就变得贫乏和空虚。"

艾菲伸手给他。"哎,您别说那样的话。我们女人决不会这样不讲道理。"

"哦,不,肯定不会……"

"要是我回想一下,"艾菲接下去说,"我走过来的生活道路……实在也不长啊。因为我一直住在乡下,世面见得不多……不过我回想起来,我还是感到我们一直热爱着值得热爱的生活。不过我也马上看出,您与众不同,我们女人眼力可真不错。也许是您的名字在这种场合起了作用。这是我们乡村老牧师尼迈尔的一句口头禅,他喜欢这么说,一个人的名字,尤其是受洗的名字,有一种神秘的力量。我以为,阿隆佐·吉斯希布勒这个名字,给人开拓了一个全新的世界,嗯,请容许我放肆说一句,阿隆佐是一个罗曼蒂克的名字,是一个普雷希奥萨①般的名字。"

吉斯希布勒微微一笑,心里怀着异样的高兴,他鼓足勇气,把那个与他身材不相称的、一直拿在手里翻来转去的大礼帽放在一边。"是的,我最仁慈的夫人,您的话真是一语中的呀。"

"哦,我明白。我听说凯辛这地方有许多领事,也听说令尊大人曾经在西班牙领事家里认识了一位船长的女儿,我猜想,她一定是位美丽的安达卢西亚②姑娘。安达卢西亚的女子都是美丽的。"

"您猜得对,我最仁慈的夫人。家母的确是个美女,我个人实在口拙词穷,无法把她的美容尽加描述。不过尊夫三年前来这儿时,她还活着,她有一对火样的眼睛。尊夫可以证实我的话。我个人的长相像家父,其貌不扬,不过在别的方面还过得去。我们迁来这儿已有四代,一百多年了,假如说曾经有过一个开药房的贵族……"

---

① 《普雷希奥萨》是德国作曲家韦伯(1786—1826)1821年创作的歌剧,以其中的《波希米亚进行曲》闻名。
② 西班牙省名。

"您当然可以提出这样的假设。在我来说,我是完全相信的,甚至是无条件地相信的。我们这种出身于古老家族的人,最容易相信这一点,因为我们这种人,至少像我这样的人,父母教育过我:任何一种好思想,不管来自哪一方面,都应当欣然接受。我娘家姓布里斯特,是有名的布里斯特的后裔,他曾在费柏林战役①前的一天奇袭了拉登诺,这段历史您大概听到过吧……"

"哦,那还用说,我最仁慈的夫人,这方面我还在行。"

"我是布里斯特家族的后裔。家父跟我说了不下上百次:艾菲(这是我的名字),艾菲,就在这儿,只是在这儿,弗罗本跟选帝侯交换了坐骑②,因为他是贵族。路德③说,'这是我的立场。'只因为他也是个贵族。我想,吉斯希布勒先生,殷士台顿说对了,他曾经向我保证,说咱们日后会成为好朋友的。"

本来吉斯希布勒很想即席发表一篇衷心倾慕的宣言,并对艾菲提出请求,允许他作为熙德④或者别一个西班牙英雄,为她战斗,为她献出生命。但是他没有说出口来,而他的内心再也憋不住了,于是他站起身来,慌忙找帽子,幸好马上找到了。他再一次吻了吻艾菲的手,一句话也没说,便匆匆忙忙地走了。

---

① 费柏林战役系指一六七五年六月二十八日普鲁士打败瑞典人入侵的一次战役。
② 伊曼努埃尔·封·弗罗本(1640—1675),系选帝侯腓特烈·威廉的司厩吏,传说一六七五年费柏林战役前,他给选帝侯换了自己的坐骑,救了选帝侯的生命,而他自己却因此牺牲。
③ 指宗教改革家马丁·路德(1483—1546)。
④ 西班牙史诗《熙德之歌》中的英雄。

# 第 九 章

艾菲到凯辛的第一天就这样过去了。殷士台顿还给她半周时间让她安排自己的生活,给霍恩克莱门写信,给妈妈写信,给荷尔达写信,给一对孪生姊妹写信;然后他们开始走访城里的友人。有几家(因为正好天下雨,有机会作此不平常的出行)的访问是坐在一辆密不通风的马车里进行的。等到城里的几家访问完毕,就开始对乡间贵族的访问。这次访问时间拖得比较长,因为大部分走访对象住得比较远,一天只能访问一家。最初访问罗滕莫尔的博尔克一家,接着上摩格尼茨、达贝尔戈茨和克洛欣丁等地方,访问了阿勒曼一家、雅茨柯夫一家和格拉塞纳布一家。访问这几家,是属于礼尚往来,非去不可的。除此之外还有几家要走,其中有巴本哈根的封·居尔登克莱老男爵。但是不管上哪一家,艾菲得到的印象却是一模一样:全是一些庸庸碌碌之辈。他们谈论到俾斯麦和太子妃时,十次有八九次露出虚假的情意。他们的本意只是想仔细看看艾菲的穿着打扮,有些人认为,年纪轻轻的夫人这样打扮,实在狂妄自大;另一些人则觉得具有如此社交地位的夫人,这种穿着未免礼貌欠周。人们发现艾菲的穿着打扮学的全是柏林气派:注重外表,华而不实。一谈论重大问题,不是尴尬地无词以对,就是支支吾吾,不知所措。先在罗滕莫尔的博尔克家,后在摩格尼茨和达贝尔戈茨两家,艾菲都被看作是"感染上理性主义毛病"的人,后来在克洛欣丁的格拉塞纳布家,人们干脆把她看作是个"无神论者"。无论如何,封·格拉塞纳布老夫人——一个南德人(娘家姓施蒂费尔·封·施蒂费尔施太因)——曾经作过一次小小的尝试,她想劝说艾菲至少相信理神论①。但是西多妮·封·格拉塞纳布,一个四十三岁的老处女,却粗暴地打断了她母亲的话:"我说,妈,她干脆是个无神论者,不折不扣,往后也不会改变。"那位见自己女儿怕三分的老夫人,便识趣地默不作声了。

这整个访问旅行持续了大约有两周之久。当他们两人深夜从最后走访的一家回到凯辛时,已经是十二月二日了。最后走访的那一家是住在巴本哈根的居尔登克莱。走访这一家时,殷士台顿运气不好,居尔登克莱老头缠住他大谈政局。"嗯,最尊贵的县长,我一想到时代的变迁,心里就不安!离今一个世代,或者将近一个世代之久的十二月二日这一天,这位拿破仑的侄子,好心的路易②——如果他确是拿破仑的侄子,而不是出身于别的家族的话——用榴霰弹镇压了巴黎暴民的起义。哦,他这么干可以谅解,他干这一套可是拿手好戏。我赞成这样的说法:'一个人善有善报,恶有恶报。'可是此后他的判断完全错误。七〇年③,他无缘无故向咱们德国

~~~~~~~~~~~~~~~~~~~~~~~~
① 理神论,又称自然神论,相信神的存在,但主张用"理性宗教"或"自然宗教"代替"天启宗教"。
② 路易·拿破仑·波拿巴(1808—1873),即拿破仑三世,拿破仑一世的侄子,一八五二年称帝,一八五三年与欧仁妮结婚,一八七〇年在普法战争中被俘。因战败而退位。
③ 指一八七〇年。

人挑衅,你瞧,男爵,这诚如我所说的:蛮横无礼到了极点。不过他也遭到了狠狠的惩罚。咱们的上一代人不允许别人跟他们开玩笑,他们和咱们是站在一起的。"

"嗯,"殷士台顿说。他为人是够聪明的,对于这类偏狭的见解,显然很愿意认真地加以讨论:"萨尔布吕肯的英雄和占领者①不知道自己干了些什么。不过您也别太严格地指责他个人。请看今日的法国,竟是谁家之天下?我看谁也不是。我已经指出,今日法国政府的领导权落到了别人手中,路易·拿破仑完完全全成了他信仰天主教的妻子手中的玩物,或者咱们还是说,他成了他那信仰耶稣会的妻子手中的玩物。"

"成了他妻子手中的玩物,让他妻子牵着鼻子走。当然,殷士台顿,他是这样一个人。可是您是不是因此想拯救这个傀儡呢?他现在是、将来也是个持有一定见解的人。不过他的这种见解是不是正确,始终没有证实,"他说这话的时候,有点胆怯的目光探索着殷士台顿妻子的眼睛。"女人统治实际上是否有它的优点,这是不言而喻的,女人也可以治理国家。不过这个女人是什么人?她根本就不像个普通女人,她是个贵夫人,大家都这么说;'贵夫人'几乎都有某种特殊的风味。这个欧仁妮②——我很乐意谈谈她跟犹太银行家③的关系,因为我痛恨道德上的自负——,从设有低级歌舞场的咖

---

① 即指路易·拿破仑·波拿巴。他于一八七〇年八月二日曾率法军暂时占领萨尔布吕肯。
② 欧仁妮(1826—1920),法国皇后,一八五三年成为拿破仑三世之妻,曾代替拿破仑三世摄政。拿破仑三世下台后,她移居英国,后死在马德里。
③ 指阿尔丰斯·德·罗斯柴尔德(1827—1905)。

啡馆里学得不少坏习气,她住的那个城市名叫巴别①,因此她是巴别女人。我不想明白说出来,因为我知道,"他向艾菲鞠了个躬,"我对德国女人抱有歉意。请原谅,最仁慈的夫人,我竟用这样的话来玷污您的耳朵。"

他们之间的谈话就这样进行着,在这以前,他们还谈到大选,谈到诺皮林②和油菜。现在殷士台顿和艾菲回到了家里,他们还继续谈了半小时。屋里的两名使女已经上床睡觉了,因为那时已近午夜。

殷士台顿已经换了短便服,脚穿萨非鞋,在房间里踱来踱去;艾菲的一身礼服还没有脱下,扇子和手套却放在一边了。

"嗯,"殷士台顿说,同时停下步来,"今天这个日子咱们本应该好好庆祝一番的,我只是不知道该拿什么来庆祝。我是不是给你奏一支胜利进行曲,或者拨动室外的鲨鱼助兴,或者在凯歌声中背着你穿过走道?好歹总得像个凯旋的样子,因为你得知道,今天咱们的走访结束了。"

"谢天谢地,总算盼到了出头日子,"艾菲说,"不过如今咱们终于能安安静静了。我想,这正好是一种庆祝。你只能给我一个吻。不过,你方才好像没有想到这一点。在整个迢迢的旅程中,你坐着一动也不动,冻得像个雪人,而且还一个劲儿抽烟。"

"算了吧,我以后会聪明一点的,我很想知道,你对这一切应酬交际是不是赞同?你是不是对这件事或那件事发生强

---

① 巴别,《圣经》中记载的罪恶城市,见《创世记》第十一章第九节。此处系指维也纳。
② 诺皮林(1848—1878),无政府主义者。一八七八年六月二日曾在柏林行刺威廉一世,结果导致俾斯麦实施反社会主义者法令,即非常法。

烈兴趣？博尔克一家是不是对格拉塞纳布一家进行了攻击，或者与此相反？或者你自己真的同情居尔登克莱老人？关于欧仁妮的一席话，倒也给人一种高贵、纯洁的印象。"

"啊唷，你瞧，封·殷士台顿先生，您居然也会那么恶意中伤！我现在倒认识您为人的全新的另一面了。"

"就算不谈贵族吧，"殷士台顿径自接下去说，"那么，你对凯辛城的上流社会人士有什么看法？你对俱乐部又觉得怎样？这对咱们确实是生死攸关哪。最近我见你跟咱们的预备少尉衔法院推事谈话，只要他放弃那种仿佛率领侧翼部队准备重新占领布尔歇①的神气，他也许是一个很容易接近的爱好修饰的小男人。而他的妻子！则是打纸牌的能手，也有着最漂亮的筹码。好，再说一遍吧，艾菲，你觉得凯辛这地方今后会怎么样？你能在这儿长期生活吗？如果我想进入国会的话，你能跟大家打成一片，使我能争取到多数票吗？还是你愿意做一个隐居者，跟凯辛城乡的人们老死不相往来？"

"要不是摩尔人药房老板拉我一把，我真想决心当个隐士呢。对付西多妮这样的人，我自然更加要深居简出，不想跟她交际。但是我也得冒一下风险；斗争是不可避免的。我的成败取决于吉斯希布勒。这话虽然听来有点可笑，但他确实是一位唯一的可以打交道的人，他是这儿唯一的一位正人君子。"

"他确是这样的人，"殷士台顿说，"看你倒多么会挑选人。"

"要不，我怎么会选中你呢？"艾菲说，一面把身子靠在他

---

① 布尔歇，一八七〇年普法战争时两军反复争夺的法国地方。

的胳膊上。

这是十二月二日。一周后,俾斯麦将抵达伐尔青。殷士台顿知道,从现在开始到圣诞节,也许到圣诞节以后,他不会有太平日子好过。公爵还在凡尔赛的时候,就很赏识他,每当他来伐尔青,他往往要请殷士台顿去他那儿赴宴。但有时也只请他一个人,因为这位年轻有为的县长由于举止文雅,为人聪明,同样受到公爵夫人的青睐。

十四日那天第一份请柬送到了。那天正好大雪纷飞。因此殷士台顿必须坐两小时雪橇赶往火车站,再坐一个钟点火车上伐尔青。"别等我,艾菲。午夜以前我不可能回来;可能要到两点,或者更晚。但我回来不会打扰你。你好好地睡吧,明儿早上见。"说罢他就登上雪橇,两匹褐黄色的格拉迪茨①马飞快地穿过城市,经过乡间大道,向火车站快速驰去。

这是殷士台顿和艾菲第一次较长时间的分别,这段时间大约有十二小时之久。可怜的艾菲,她该怎样度过这个晚上呢?如果过早上床,那是危险的,她会夜里醒来,再也睡不着,然后侧耳谛听四周的动静。不行,首先要感到很疲倦,方能好好酣睡,这是最好的办法。她先写封信给妈妈,然后去找克鲁泽大娘,大娘那种郁郁寡欢,心绪不宁的样子——她常常把黑母鸡放在膝间一直抱到深夜——获得了艾菲的同情。艾菲讲了一些亲切友好的话,可是克鲁泽大娘只是默默无语,两眼出

---

① 格拉迪茨,普鲁士马匹繁殖总场,在萨克森境内,地处易北河畔。建于一七二二年。

神,坐在因炉子生得过火的温暖如春的房间里不吱一声。艾菲看到自己的这一次走访不但没有给对方带来欢乐,反而打扰了她,于是便转身告辞,临走,还问了一声患病的大娘需要什么东西,大娘一口回绝,说她什么也不要。

这时已经到了黄昏时分,华灯初上。艾菲凭靠在自己房间的窗口,眺望着屋外的小树林,此刻树枝上已积满晶莹的白雪。艾菲一时为这种美景所陶醉,竟然不再注意身后房间内的动静。等到她再次环顾四周时,发现弗里德里希悄悄地在桌上铺了台布,把一只食盘放在沙发前的茶几上。"啊,是晚饭端来了……那我只好坐下来。"但是她此刻还不想吃饭,因此又重新站起来再次读一遍写给妈妈的那封信。要是说刚才她有一种寂寞的感觉,那么此刻她感到的是双倍的寂寞。要是此刻雅恩克家的两个红发姊妹走进房间来,或者连荷尔达也走了进来,那她不知有多么高兴呢。荷尔达自然总是那么多愁善感,十回有八九回陶醉在她的胜利之中。尽管这种胜利是多么捉摸不定,多么不能置信,然而艾菲这时很想听一听别人给她讲这种胜利。最后她打开钢琴想弹上一曲,可是不行。"不,弹琴反而会叫我纳闷,还是读一点什么东西好。"于是她找书来看,第一次拿到手中的书是一本厚厚的红封面的旅行指南,出版年代久远,也许还是殷士台顿当少尉时的读物。"嗯,我要读这本书;没有别的书像这类书那样读了叫人心安理得。要说有什么危险性的话,那只是书中的几张地图,不过我痛恨这些字迹细小的玩意儿,我会小心提防。"就这样她随手打开书本,翻到第一百五十三页。她听见隔壁房里时钟的嘀嗒声和门外洛洛的鼻息声。洛洛早已不睡在停车间,它今天和每天晚上一样,天黑以后就摊开四肢躺在艾菲卧室前的大草席上。艾菲想到洛洛近在身边,她那孤寂的感觉就有所缓和;不错,她的情绪几乎平静下来了,就毫不迟疑地读起指南来。在她刚打开的一页上正好记载着拜罗伊特①附近的"隐庐",也就是著名的马克伯爵的金屋藏娇之所——欢乐宫;拜罗伊特,理查德·瓦格纳,这些都吸引着艾菲。于是她就读下去:"在所有隐庐的画像中,我们还要提起一幅画,它不是因美丽著称于世,而是因年代久远和它所描绘的人物而引起人们的兴趣。这是一幅色彩极为暗淡的女人像,她脸部的表情严峻而又可怕,一件时式绉领上衣衬托着一颗小脑袋。有人说,这是十五世纪末的一位老马克伯爵夫人像,另一些人认为,这是奥尔拉闵德②伯爵夫人像;然而这两种意见有其共同之处:这是一幅仕女像,是霍亨索伦王朝历史上以'白衣女人'而出名的画像。"

"正好给我找到了,"艾菲说,一面把她那本旅行指南推到一边;"我想让神经安静一下,我首先读到的是我害怕的'白衣女人'的历史,这是我所能想起的。不过,我且不理睬这种可怕的东西,我还是把文章读完……"

于是她又把书打开,继续读下去:"……正是这幅古老的肖像画(它的原作在霍亨索伦家史中起过重要的作用)。作为一幅画像,它在有关隐庐宫的专史中也曾占有一席地位。这幅肖像画挂在陌生人不易发现的用壁纸糊起来的门上,门

---

① 拜罗伊特,巴伐利亚上弗朗克和中弗朗克地区之间的城市名。十七、十八世纪时,是马克伯爵的行宫所在地。这里有许多新旧宫殿和歌剧院。一八七二年德国作曲家理查德·瓦格纳移居此间,该城也因每年一度的瓦格纳音乐节而闻名。
② 奥尔拉闵德,德国图林根城市名,自十世纪后,成为伯爵的世袭领地。

背后有一条梯子通往地下室。据说,拿破仑在这儿宿夜的那个晚上,这位'白衣女人'竟从镜框里走出来,朝着拿破仑睡着的床走去。这位皇帝大吃一惊,一骨碌从床上跳起,大声呼叫他的副官;一直到他死,他一提起那个'maudit château'①,就要心惊肉跳。"

"要想靠读书使自己安下心来的这个打算,我也只好作罢,"艾菲自言自语。"如果我再读下去,我一定会来到圆形拱顶的地下室,魔鬼坐在那里的一只酒甏上。我相信,这类东西在德国还有不少呢。当然在一本旅行指南上肯定可以找到。我还是闭起眼睛,尽可能回想一下我结婚前一晚的情景吧:那一对孪生姊妹,热泪盈眶,无法继续下去。堂兄布里斯特见到她们那副狼狈相,便以令人惊异的庄重态度说道,这种眼泪为一个人打开了进入天堂之门……他真是温文尔雅,而且总是那么大胆豪放……可我现在处在什么境地呢?恰恰是在这儿。啊,我压根儿不适于当贵夫人。妈妈,嗯,她在这儿倒相配,她在这儿会摆出县长夫人的气派,西多妮·格拉塞纳布见了她一定会五体投地。不管你信不信,她在这儿一定会非常心安理得。可是我……我还是个孩子,我也永远像个孩子。我曾经听人说,这是一种幸福。我却不相信这话是真的。一个人总得随遇而安,适应环境。"就在这时候,弗里德里希进房间来收拾桌子了。

"什么时候了,弗里德里希?"

"快九点啦,太太。"

"唔,好极了。您把约翰娜叫来。"

---

① 法文:"该死的古堡。"

"太太有什么吩咐?"

"嗯,约翰娜,我想上床了。实际上时间还早。不过我一个人孤单单的。请您先把信拿去寄掉,等您回来的时候,大概是上床的时候了。即使那时还早,我也要上床了。"

艾菲拿起灯走到自己卧室那边去。不错,洛洛躺在草席上。它见艾菲走来,站起来让开一条路,用垂下的耳朵摩擦她的手。接着它重新躺下了。

这时,约翰娜朝县长办公大楼那边走去寄信。她去那儿并不特别着急,动作磨磨蹭蹭,跟大楼侍役的老婆帕兴大娘聊天。她们谈论的话题自然是这位年轻的县长太太。

"她究竟怎么样?"帕兴大娘问。

"她很年轻。"

"哦,年轻并非坏事,而是恰恰相反。年轻人,心地善良,整天伫立在镜子前梳妆打扮,她们见闻虽然不广,但还不至于因为没有人吻自己,就在屋外数点残烛,妒忌别人跟人接吻。"

"嗯,"约翰娜说,"我以前的女东家就是这样,而且完全不必要这样做。不过嘛,我们现在的这位太太完全不一样。"

"你家老爷非常温柔体贴吗?"

"噢,很体贴。这一点您一定想得出。"

"那他干吗让她一个人……"

"嗯,亲爱的帕兴大娘,别忘了……公爵。再说我家老爷毕竟是一位县长。也许他也还想高升哩。"

"肯定是的,他还想高升。他日后确实会高升的。他有才干。帕兴也常常这样说,他很识人哪。"

她们在办公大楼那边一问一答,谈了大约一刻钟,等到约翰娜回到家,艾菲早已坐在穿衣镜前等她了。

"您去得好久哪,约翰娜。"

"嗯,太太……请太太原谅……我在那边碰到帕兴大娘,在那儿耽搁了一会儿。这一带地方真静哪。要是在路上碰到一个人,聊上几句,这就叫人高兴。克丽斯特尔人是很好,就是话不多,而弗里德里希,生性极为怠惰,做事前怕狼后怕虎,说话吞吞吐吐。不错,一个人也该懂得沉默不语。而这位帕兴大娘嘛,事事好奇,本来这个人压根儿不合我的口味;不过一个人假如能听到一点看到一点,那总是高兴的。"

艾菲叹了口气。"嗯,约翰娜,这也是最好的……"

"太太您的头发真美,又长又像丝绸那么柔软。"

"是的,我的头发很柔软。但这是不好的,约翰娜。一个人有怎样的头发,就有怎样的性格。"

"一点不错,太太。一个柔和的性格总比暴躁的要好。我的头发也是柔软的。"

"嗯,约翰娜。您的头发还是金色的呢。男子最喜欢这种头发。"

"啊,这也有不同情况,太太。有些人倒喜欢黑头发。"

"这当然,"艾菲笑了,"我也碰见过这样的人。这大概另有原因。不过金黄头发的人,也总是长的白皮肤,您也是的,约翰娜,我可以打赌,您一定有许多追求您的人。我还很年轻,可我也知道这一点。因为我有一位女朋友,她的头发也是金黄的,完全像亚麻色,比您的还黄,她是个牧师的女儿……"

"嗯,因为……"

"不过我请您说一说,约翰娜,您的这一声'嗯,因为'是什么意思。这话听起来好奇怪,完全是嘲笑人,您总不至于反对牧师的女儿吧……她是一个很漂亮的姑娘,连我们那儿的军官——我们那儿有军官,还有红色骠骑兵——也这样看,她很会打扮,黑天鹅绒马甲上别一朵玫瑰花或者向阳花,要是她没有那一双突出的大眼睛……啊,您如果见到这双眼睛,约翰娜,至少有这么大(艾菲笑着扯一下右眼皮),她就美在这地方。她叫荷尔达。荷尔达·尼迈尔,我们过去从来没有这么亲热过;不过嘛,假如她现在就在我身边,坐在我跟前,坐在那边小沙发上,那么我就要跟她谈到深更半夜,或者还要长久些。我有这样的渴望,……"说着,她把约翰娜的脑袋拉到自己身边……"我这样害怕。"

"噢,如今害怕的心情已经没有了,太太,从前我们大伙儿都有过。"

"你们都有过吗?这话怎么讲,约翰娜?"

"……要是太太真有这种害怕心情,我可以在这儿临时搭个铺睡。我拿张草垫来,把一张椅子转过来把头靠在上面,就可以在这儿睡到明儿早上,或者睡到老爷回来。"

"他不想在我睡梦中打扰我。这是他亲口答应的。"

"或者我就靠在沙发角上打个盹。"

"嗯,这也许行。不过,不,这不行。不能让老爷知道我心里害怕,这个他不喜欢。他一直希望我跟他一样勇敢,坚定。这一点我可办不到;我过去身体虚弱……不过当然,我明白我得勉强自己在这些方面顺从他的意志……我还有洛洛。它躺在门槛前面。"

约翰娜对太太的每句话都点头表示同意,然后点起床头柜上的小灯。她拿起灯问:"太太还有什么吩咐?"

"没有了,约翰娜。百叶窗都关紧了吧?"

"只是掩上了,太太。要不,太暗了,也不透气。"

"好,好。"

约翰娜于是离去了;艾菲睡到床上,钻到被窝里面。

她没有把灯熄掉,因为她不想马上就睡。她还想像刚才回忆结婚前夕的情景那样,回忆一下蜜月旅行的经过,让所有的情景重新在眼前浮现。但是她的设想没有做到,当她回想到去维罗纳参观尤利阿·卡普莱特神殿时,她的眼睛不由自主地合上了。小银烛台上的残烛渐渐燃尽,最后闪烁了一下便熄灭了。

艾菲睡了一会儿,睡得很熟。但是她忽然大叫一声,从睡梦中惊醒过来。她确实还听见自己的叫声,也听见洛洛在外面"汪汪汪"地吠叫起来;——这声音传到过道里,深沉而近乎阴森可怕。她仿佛觉得自己的心停止了跳动,她叫不出声来;就在这一刹那间,好像有什么东西打她面前窜过,通向过道去的门突然打开了。但是,这个最可怕的一刹那也正是她获得拯救的片刻,这时跑来的不是什么可怕的东西,而是洛洛。洛洛用它的头在寻找她的手,当它找到她的手以后,就伏在她床前的地毯上。艾菲自己用另一只手连揿三次铃,不到半分钟,约翰娜已经来到房里。她赤着一双脚,裙子搭在臂上,头上和肩部披一块方格子大头巾。

"谢天谢地,约翰娜,您总算来了。"

"到底什么事啊,太太? 太太做了梦吧。"

"嗯,做了梦。一定是那么一回事……但也可能是另一回事。"

"那到底是什么呢,太太?"

"我睡得正熟的时候,忽然惊叫起来……也许,是梦魇……我们家里人有梦魇这毛病,我爸爸也有,真把我们吓得要命,只有妈妈常常说,他不能再这样下去了;但是说说容易……我在睡梦中大叫一声醒了过来,我向四周看看,两眼刚好在黑暗中看明白,好像有什么东西打我床边经过,正好在您现在站着的地方,约翰娜,接着便看不见了,我如果认真地问一下,这是什么……"

"喏,究竟是什么呢,太太?"

"如果认真地问一下……我不愿说,约翰娜……不过我相信就是那个中国人。"

"上面那一个吗?"约翰娜真想笑出来,"咱们贴在椅背上的那个中国人?这是克丽斯特尔和我贴的。啊,太太,您一定做梦了,要是您醒着,您就知道这一切只能是梦中才有的。"

"这话我当然愿意相信。不过嘛,事情发生的一刹那,洛洛正好在外面汪汪地叫,它一定也看见了什么东西,接着门打开了,那个忠实、善良的畜生就奔到我这儿来,好像来拯救我似的。啊,我亲爱的约翰娜,这实在可怕。我是那么孤独,又是那么年轻。啊,假如有谁在我身边,我可以向他大哭一场,那就好了。可是这儿离我的老家是那么遥远……啊,离我的老家……"

"老爷随时都可能回来的。"

"不,还是不要他来;不要让他看见我。他见了也许会笑我,这样我就永远不会原谅他。因为事情是那么可怕,约翰娜……您得留在这儿……不过也别去叫醒克丽斯特尔和弗里德里希。这样的事不要让任何人知道。"

"或者我去把克鲁泽大娘叫来;她不睡觉,整个晚上都坐着。"

"不,不,她本身就是神神道道的。她那匹黑母鸡也是这一类东西;不要让她来。不要,约翰娜,您一个人留在这儿吧。您刚才只把窗掩上,那多好。您如果把它推开,就会有声响,这样我就能听见,听见一个人的声响……即使有异常的声响出现,我也会把它当作是人的声音……您把窗稍微打开一些,让空气和亮光透进来。"

约翰娜按照太太的吩咐做了,艾菲重新躺回到枕头上去,不久就昏昏沉沉地睡着了。

# 第 十 章

早上六点,殷士台顿方才从伐尔青回来,洛洛向他摇头摆尾十分亲昵;他摆脱洛洛的纠缠,蹑手蹑脚地走进自己的房间。他在这儿安适地躺到沙发上,让弗里德里希给自己身上盖上一条旅行毛毯。"九点钟叫醒我。"九点他被准时叫醒。他迅速站起身来说:"拿早点来。"

"太太还在睡呢。"

"时候可不早了。发生了什么事吗?"

"我不知道;我只知道,约翰娜整个晚上都睡在太太的房间里。"

"啊,把约翰娜叫来。"

约翰娜马上就来了。她像平日那样,面色红润润的,看来昨晚的事并没给她特别强烈的印象。

"太太怎么啦?弗里德里希跟我说,发生了什么事情,听说您在她那儿睡。"

"是的,男爵老爷,夜里太太接连揿了三次铃,我立即想到一定有什么事。果然出了事。她大概做了个噩梦,或者也可能是别的什么事情。"

"别的什么事情啊?"

"噢,这老爷明白。"

"我什么也不明白。这样疑神疑鬼无论如何得告个结束。您觉得太太怎么样?"

"她吓得要命,她拼命抓住站在她床边的洛洛的颈环,而那个畜生也吓得要命。"

"她梦见了什么啦?还是她听见了什么声音或者看见了什么东西?她说了什么?"

"她说,好像有人悄悄打她床跟前走过。"

"什么?谁?"

"上面那个。上面楼厅里或者小房间里的那个人。"

"我说,胡说八道。尽说那种傻话;我可不要再听了。您后来就留在太太那儿了吗?"

"嗯,老爷。我在她床跟前搭个地铺。她要我拉住她的手,她这样方才睡着了。"

"她现在还在睡吗?"

"睡得很熟。"

"这真叫我担心哪,约翰娜。一个人可能因为身体健康睡得好,但也可能有病想睡觉。咱们得把她叫醒,当然要小心在意,别再使她受惊。您叫弗里德里希别把早点马上拿来;我在这儿等待,等太太上这儿来。您去叫醒她千万要当心啊。"

半小时以后艾菲进房间来了。她样儿十分激动,脸色苍白,全靠约翰娜扶掖着。但是她一见殷士台顿,就冲着他扑了过来,拥抱他,吻他。这时泪珠从她脸颊上像断线珍珠似的掉下来。"啊,格尔特,谢天谢地,你总算回来了。现在一切都好了。你不要再离开我,你不能再让我一个人留在家里呀。"

"我亲爱的艾菲……弗里德里希,你把早点放在那儿,我自己会安排……我亲爱的艾菲,我把你一个人留在家里,并不是对你不关心,或者跟你赌气,而是我没有办法呀;我没有旁的选择,我是一个有公事在身的人,我总不能对公爵或公爵夫人说:阁下,我不能来,因为我妻子一个人在家;或者对他们说,我妻子一个人在家害怕。要是我说了那样的话,就会给人笑话,肯定有人会笑我,就连你也免不了受人嘲笑。好吧,现在先喝一杯咖啡吧。"

艾菲喝了咖啡,神色显然好转。接着她又抓住丈夫的手说:"你说得对,我知道这样做是不行的。再说,咱们日后还想高升。我说咱们,因为实际上我比你还心急……"

"女人都是这样。"殷士台顿笑了。

"那么,一言为定;你还是像原来的样子吧,别人来邀请你,你就去,我留在这儿等待我那'高贵的先生',我想起了接骨木树下的荷尔达。她近来怎样?"

"像荷尔达那样的小姐,日子总是过得不错的。可你还有什么话要说吗?"

"我想说,如果有必要,我也可以一个人留在家里。不过,我不想待在这幢房子里,让咱们换幢房子吧。港口附近有的是漂亮的房子。马滕斯领事和格吕茨马赫领事寓所中间就有一幢,市场附近吉斯希布勒住处的对面也有一幢;咱们干吗不能搬到那儿去?干吗一定要住在这儿?咱们外出作客时,常常听亲友们说,人们在柏林,往往为了点钢琴声,或者为了几只蟑螂,或者为了一个泼辣的看门女人,就要搬家;如果为了这样鸡毛蒜皮的小事尚且要搬家……"

"小事?看门女人,这不是说……"

"如果为了这样的事情尚且要搬家,那么,为了咱们这儿的事也有可能搬家。你在这儿是县长,人们听你差遣,许多人甚至还应该巴结你。吉斯希布勒在这样的事情上肯定会帮咱们忙,即使仅仅为了我,他也肯帮忙,他很同情我。告诉我,格尔特,咱们放弃这幢倒霉的房子好不好,这幢房子和……"

"……你想说那个中国人吧。你瞧,艾菲,即使没有他,人们也会讲点吓唬人的话。你看到的,或者你说的从你床跟前悄悄走过去的人,就是使女们贴在楼上靠背椅上的那个小个儿中国人吗?我可以打赌,那个人穿件蓝上装,戴个平顶帽,帽子上有颗闪闪发亮的结子。"

她点点头。

"哎哟,你瞧,其实这是梦,这是一种幻象。约翰娜昨晚上大概跟你讲过这儿楼上的婚礼吧……"

"没有。"

"没有讲更好。"

"她没有跟我讲一句话。不过,我从这一切迹象中看得出,这里面一定有文章。还有那条鳄鱼;这儿的一切都是那么可怕。"

"你看到鳄鱼的第一个晚上,你觉得它挺神奇的……"

"嗯,那个时候……"

"……听我说,艾菲,我不能好端端地把房子卖掉,或者跟别人换一幢,就是有这个可能,我也不能这样干,就像不能不应酬伐尔青的邀请那样。我不能让这儿城里的人说长道短:什么县长殷士台顿所以要把房子让掉,是因为他的太太看见贴在椅子靠背上的小个子中国人在她床边闹鬼。如果人们这样议论纷纷,那我的名声也就完了,艾菲。这种可笑的事情叫人听了扫兴。"

"唏,格尔特,你就有把握,世界上就没有这种玩意儿?"

"我不愿意把话说绝了。这种玩意儿,不可全信也不可不信。就算世界上有这种玩意儿,那有什么关系?你要是听说空气中有细菌到处乱飞,这就比闹鬼糟得多,危险得多。就算那种鬼东西确实存在,到处乱转,那也没有什么大不了。出我意料的是,恰恰是你,布里斯特家族的后裔,对这种东西那么害怕,那么厌恶,仿佛你是出身于一个小市民家庭似的。其实,鬼是个好东西,它像一本家谱或者诸如此类的东西,我知道某些贵族人家愿意像家徽一样看重他们的'白衣女人'①,当然这也可能是'黑衣女人'。"

艾菲一言不发。

"喂,艾菲,怎么不作声啦?"

"我该说什么呢?我听你的,我乐意照你的办;不过我觉得,从你这方面说,你是非常同情我的。但愿你知道我是多么盼望得到你的同情呀。我很痛苦,真的很痛苦,我见了你,心里就想,这下子我就用不到害怕了。可你只是对我说,你不高兴在公众面前丢丑,既不能在公爵面前丢丑,也不能在城里人面前丢丑。你真叫我大失所望。但是叫我更为失望的是,末了你说话自相矛盾,看来不仅你本人相信这种玩意儿确实存在,而且还要求我像贵族那样拿鬼当作骄傲的资本。哼,我没有这种骄傲。你还说什么有些贵族人家把鬼看得像家徽一样重要。这是见仁见智,各人有各人的看法;我是把家徽看得比鬼重要。谢天谢地,我们布里斯特家族没有鬼。布里斯特家族一直都是些好人,这大约跟没有鬼有关系。"

---

① 白衣女人,参见本书第九章。

要不是弗里德里希走进房间来给太太送一封信,这场争论大概还会继续下去,也许会变成他们夫妇之间第一场严重的争吵。"这是吉斯希布勒先生的信。信差立等回音。"

浮现在艾菲脸上的不快神色顿时烟消云散;只要听到吉斯希布勒这个名字,艾菲心里就会觉得高兴。现在看到了他的来信,她的这种欣慰之情溢于言表。首先,这根本不是一封信,而是一个请柬,上面写着一行字:"封·殷士台顿男爵夫人(娘家姓封·布里斯特)台启",花体字写得漂漂亮亮。请柬封套口不盖骑马图章,却贴着一枚圆形图画,画面是一架七弦琴,琴上插有一根棒头,不过这根东西也可能是一支爱神的箭。艾菲把请柬递给丈夫,殷士台顿看了同样感到诧异。

"你念一下吧。"

艾菲撕下了贴在请柬上的火漆印,念了起来:

最尊敬的太太,最仁慈的男爵夫人!

请允许我向您致以午前最崇敬的问候,并向您提出一项十分恭顺的请求。

我的一位多年好友,我们凯辛名城的女儿玛丽埃塔·特里佩莉小姐将搭乘今天中午的一班火车抵达此间,并将在咱们这儿耽到明儿早上。十七日她将动身去彼得堡,她将要在那儿举办各种音乐会,直耽到明年一月中旬。科乔科夫公爵将在那儿重新打开迎宾馆欢迎她。本着她跟我的多年交情,她答应今晚留在寒舍,并根据我的挑选(她在这方面一无困难),演唱几首名歌。男爵夫人能否赏光参加此次晚会,盼即赐告。时间为晚上七点。尊夫想必偕同莅临此间,以满足我最恭顺的请求。在座的只有林德克维斯特牧师（陪同前来），当然此外还有特里佩尔牧师的遗孀出席。

  您最忠实的阿·吉斯希布勒

"你看——"殷士台顿说，"去不去呢？"

"当然去啰。这可以使我散散心。再说，这是友好的吉斯希布勒第一次邀请我，我可不能一口回绝呀。"

"我同意。喂，弗里德里希，送信来的人大概是米拉姆博吧，请告诉他，我们一定去。我们能参加晚会感到不胜荣幸。"

弗里德里希转身出去传话。他一走，艾菲立即问殷士台顿："谁是米拉姆博？"

"真正的米拉姆博，是非洲的一个强盗头子……就在坦噶尼克湖那边。要是你的地理知识丰富……但是我讲的这个黑炭米拉姆博，却是吉斯希布勒药房的煤炭运输员，又兼总管，今儿晚上他很可能穿了燕尾服，戴上棉手套，在一旁伺候客人。"

显而易见，这个小小的插曲在艾菲身上起了很好的作用，她又恢复了一部分随遇而安、无忧无虑的本性。但是殷士台顿还在千方百计想办法使她更加快活。"我很高兴，你十分爽快、毫不犹豫地接受了邀请。现在我想给你再提个建议，使你恢复到从前的样子。我知道，你对昨晚的事，心有余悸，这跟我的艾菲很不相称，你得完全把这些事抛在一边。当然要完全做到这一点，除了呼吸新鲜空气而外，再没有更好的办法。今天天气很好，空气又清新又温和，一丝风儿也没有；咱们出去作一回散步，你觉得怎样？咱们不是仅仅穿过种植园走短短的一段，咱们作一次较长的漫游，当然坐了雪橇去，让铃声叮叮当当,在银色遍野的雪地上遨游。下午四点回来,稍事休息,七点钟上吉斯希布勒家听特里佩莉演唱。"

艾菲挽住他的手。"你真好,格尔特,你对我真体贴。我今天在你眼里一定幼稚得可笑,或者至少太孩子气;起先是那么害怕胆怯,接着又劝你把房子卖掉,更糟的是想叫你让公爵走人——这真是极端愚蠢可笑。公爵毕竟是决定咱们命运的人,也是决定我命运的主宰。你根本不了解,我的虚荣心多么强。老实说,我所以肯跟你结婚,也完全出于虚荣心。可你在这一点上,不要板起脸孔向我说教。我的确爱你……如果有人折下一根丫枝,硬要扯去相连的残叶,这好比是什么?这叫做心如刀割,痛苦异常。"

然后她爽朗地笑了。因为殷士台顿一直不吭气,她接下去说:"告诉我,咱们上哪儿去?"

"我想过,上火车站吧,不过绕道走,然后沿着公路回来。咱们在火车站吃中饭,或者更阔气些,在戈尔肖夫斯基掌柜的'俾斯麦公爵'饭店吃饭。你也许记得这个地方吧,那天咱们来凯辛,曾经打这个地方经过。这种顺道走访总是很有意思的,我可以跟这位地方官大谈艾菲小姐的高贵品性,他本人虽然没有多大才干,可他的营业却十分兴旺,他的酒菜更为出色。这地方的人很懂得吃喝这一套。"

他们在这样谈论的时候,已经到了十一点钟。十二点,克鲁泽在大门前停好雪橇。艾菲乘上雪橇,约翰娜正想给太太去拿脚套和皮大衣,艾菲却叫她不必去拿,因为这只是为了呼吸点新鲜空气,随身只消带条双人毛毯就够了。可是殷士台顿对克鲁泽说:"克鲁泽,咱们上火车站去。今儿早上咱们两人到过那儿。现在人家看到咱们也许会感到稀奇:他们怎又来了。但这没有关系。我想,咱们可以从这儿种植园旁边过去,然后往左拐,朝着克罗欣丁教堂钟楼驶去。你让马跑得快一点。一点钟,咱们得赶到火车站。"

旅程就这样开始。微风轻拂,城市白色屋顶上空的炊烟袅袅直上。连乌特帕特尔的风车也转动得十分缓慢。他们打风车旁边飞驶而过,紧贴公墓辚辚前进。公墓四周的栏杆上爬满牵牛花藤,藤尖擦着艾菲的身子,残雪就掉在旅行毯子上。路的另一边,是用栅栏围着的一方空地,这空地比一个花坛大不了多少。从外面望进去,什么也看不见,只有一株小松树从栅栏中间探出头来。

"这儿也埋着什么人吧?"艾菲问。

"嗯,那个中国人。"

艾菲吓了一跳;这句话好像一根芒刺刺着了她。不过她还有足够的力气来稳住自己,她用平静的声调问道:"就是咱们的那一个吗?"

"嗯,咱们的那一个。他当然不可能安葬在教区的墓地里,他的朋友托姆森船长为他买了这块地,把他埋在这儿。这儿还有块墓碑刻着文字。当然这一切还是在我来以前发生的。不过这件事人们至今还常常谈论着。"

"这么说来,这里面总有点蹊跷,有个故事吧。你在今儿早上还谈起过。说到底,这故事你最好讲给我听听。只要我一天不知道底细,尽管你好话连篇,可我总是胡思乱想,不得安宁。请你把实情告诉我。实情不会像胡思乱想那么折腾我。"

"好极了,艾菲。我本来不想讲。可是这个哑谜现在自动解开了,这是好事。再说,实际上也只是个虚幻的故事呵。"

"虚幻的故事也好,多讲也好,少讲也好,对我全一样。你赶快讲吧。"

"嗯,这故事讲起来很简单。万事起头难,讲故事也不例外。好,我想,我从托姆森船长讲起吧。"

"好的,好的。"

"说起托姆森,我已经跟你讲过这个人了。他有好多年担任所谓中国船船长,在上海和新加坡之间来往运稻米。他来这儿的时候,年纪已在六十上下。我不知道他是否出生在这儿,或者与这儿有别的什么关系。一句话,他来这儿的时候,已经把船卖掉了,卖那艘旧船他没赚多少钱。他买下了咱们现在住的这幢房子,因为他在外闯荡,攒下了一笔身家。鳄鱼、鲨鱼,当然还有挂着的那艘船,也就是这么来的……就这样,一个规规矩矩的人(至少别人是这样对我说的)来到了这儿。托姆森事事顺利,左右逢源,就连市长基尔斯泰因和凯辛前任牧师,一个比他稍早一点来这儿的柏林人,也都跟他应酬来往,这儿妒忌他的人可不少哪。"

"我相信这点,也看到这点了;他们在这儿,对人尖刻,自以为是。我认为,这是波美拉尼亚人的作风。"

"可以说是,也可以说不是,要看具体情况而定。也有一些地方他们对人根本不严,眼开眼闭……可是你瞧,艾菲,克罗欣丁教堂的钟楼就在咱们的面前了。咱们仍然上火车站去呢还是上封·格拉塞纳布老太太的地方去?如果我没听错的话,西多妮是不会在家的。咱们可以胆大放心地……"

"我请你注意,格尔特,亏你想得出来?这儿海阔天空,可以自由翱翔,我在这儿感到无拘无束,自由自在,所有的恐

99

惧全都一扫而空。难道就只是为了要匆匆忙忙地去探望这些熟人,要我放弃这一切?这样做很可能使她感到尴尬。看在老天面上,别去了吧。我现在首先要听故事。你刚才讲到的船长托姆森,我当他是个丹麦人或者英国人,穿着硬邦邦的高领白外衣,衬衣也是雪白的,十分清洁……"

"不错,据说他是这副模样的。跟他在一起的有一个年轻女人,年约二十,有人说,这女人是他的侄女,但大多数人认为,这女子是他的孙女。按照年龄来看,孙女不大可能。除了这个孙女或侄女之外,托姆森身边还有一个中国人,这个人葬在沙丘中间,咱们刚刚打他的坟前经过。"

"好,好。"

"这个中国人原是托姆森的仆人,托姆森非常器重他,与其说这个人是他的仆人,倒不如说是他的朋友。日子就这样年复一年、日复一日地过去了。托姆森的孙女我记得叫尼娜,后来听说按照老船长的意思要和另一位船长结婚了。不错,她的对象也是个船长。于是就在咱们那幢房子里举行盛大的婚礼,柏林的牧师赶来给他们证婚。家庭祈祷会成员米勒·乌特帕特尔和城里人心目中宗教信仰不大虔诚的吉斯希布勒,也被请来参加婚礼,特别是许多船长带着他们的妻女也来了。这你可以想象得出,婚礼的规模有多么盛大了。结婚当晚举办舞会,新娘跟每个男宾跳了舞,最后也跟那个中国人跳了舞。突然之间,有人说她跑掉了,当然指的是新娘。她也真的跑了,跑到什么地方去了。当时谁也不知道发生了什么事。半个月以后,这个中国人死了;托姆森买了那块我刚才指给你看的地,把他埋在那儿。据说,柏林那位牧师说过:其实完全可以放心大胆地把他葬在教区的墓地里,因为这个中国人是个非常好的人,跟别的人一样好。吉斯希布勒跟我说,这些'别的人'牧师指的究竟是谁,没有人知道。"

"可我在这件事上坚决反对这位牧师;他这种话不应该明白说出来,这样说是胆大妄为,不合时宜。这样的话连尼迈尔也不会说。"

"这位名叫特里佩尔的可怜的牧师,也遭到人们的极大怀疑,幸而这人不久就死了,要不,他连牧师的职位也保不牢哩。因为尽管全城选他当牧师,可是城里也有人反对他,正像你那样。宗教法庭当然更加反对他。"

"你说他叫特里佩尔吗?那么这个人到底和我们今儿晚上将要见面的特里佩尔牧师夫人有什么关系?"

"当然跟她有关系。他是这位夫人的丈夫,也是特里佩莉的父亲。"

艾菲嫣然一笑。"原来是特里佩莉的父亲!现在我一切都明白了;她在凯辛出生,吉斯希布勒已经在请柬上写得明明白白了,我原来却以为她是某一位意大利领事的女儿。咱们这儿外国姓氏确实不少。我现在才知道她是德国人,出身于特里佩尔家。她是不是与众不同,大着胆子使用意大利人的姓氏?"

"世界就属于胆大的人。再说,她也的确能干。她有好几年一直耽在巴黎,在有名的维阿多①门下学习,她在那儿也结识了俄罗斯公爵科乔科夫,因为这些俄罗斯公爵为人开明,毫无阶级偏见。就是靠科乔科夫和吉斯希布勒——这人你可以叫'叔叔',差不多可以说他生来就像个叔叔——这两个

---

① 声学女教师名。

人,小玛丽·特里佩尔才能获得今天这样的身份和地位。她通过吉斯希布勒去巴黎学习,而科乔科夫使她变成了特里佩莉。"

"哦,格尔特,这一切是多么有意思啊。我在霍恩克莱门过的日子却是那么平淡无奇!我再也不要这种单调乏味的生活了。"

殷士台顿挽住她的手说:"你别这么说,艾菲,关于鬼的事,你高兴怎么想就怎么想。不过,你对这种单调乏味的生活可要多加小心,或者对人们称做单调乏味的事情要多加小心。瞧你对她的生活多么神往——我也考虑过特里佩莉过的是哪样一种生活——其实这种生活通常是要拿幸福来作代价的。我很了解你是多么热爱你的霍恩克莱门,多么眷恋你的霍恩克莱门。不过你有时也嘲笑它,你没有懂得霍恩克莱门过的那种宁静生活的意义。"

"我懂,我懂,"她说。"我完全明白。我很喜欢听这些新鲜事儿,然后对这些事儿产生兴趣。不过,你说得完全对。我本来是向往那种宁静的生活的。"

殷士台顿用手指指着数落她。"我的唯一亲爱的艾菲,你现在又在胡思乱想了。你老是想入非非,一忽儿这样,一忽儿又那样。"

# 第十一章

他们的旅行完全按照预定计划进行。下午一点钟,雪橇停在铁路旁"俾斯麦公爵"酒家门前。戈尔肖夫斯基见到县长大驾光临,心里不胜欢喜。他热情招呼客人,为他们准备精美的午饭。当最后的一道菜——点心和匈牙利葡萄酒端上来以后,殷士台顿招呼那个不时露面张罗店堂生意的老板,坐到他们桌边来随便聊聊。戈尔肖夫斯基正是这方面的老手;方圆两英里之内,事无巨细他都了如指掌。今天又一次表明了他的这种才能。殷士台顿料事如神,西多妮·格拉塞纳布跟去年圣诞节一样出门一月,作"宫廷传教"的旅行去了。戈尔肖夫斯基接下去说:封·帕勒斯克太太为了一件不愉快的事情,突然把她的使女辞退了。弗劳德老头卧病在床,虽然请大夫看了,但病情凶险,据说是中风,他那个在利萨骠骑兵部队里服役的儿子,随时都可能赶回家来。他们就这样东拉西扯地谈了一阵,然后把话题转到比较正经的事情上来。他们开始谈伐尔青的情况。"不错,"戈尔肖夫斯基说,"要是把公爵看作是造纸厂老板,那就糟了!事情就是那么稀奇;他不能容忍这种粗制滥造的书写纸,至于印刷纸,更不用说了。现在他想自己投资开一个造纸厂。"

"你说得对,亲爱的戈尔肖夫斯基,"殷士台顿说,"可是一个人一生中避免不了这类矛盾。这种麻烦连公爵和大人物也避免不了。"

"是的,是的,大人物也避免不了。"

要不是正好此刻从铁路那边传来火车快要进站的信号钟的钟声,他们可能还会继续谈论公爵。殷士台顿看了一下怀表。

"这是哪一班车,戈尔肖夫斯基?"

"这是但泽快车,在这儿不停,不过我倒是常常走到铁路边数数有几节车厢,偶尔也望见某个车窗口坐着一位熟人。我这儿院子后面有一座通向铁路的台阶,直通四百一十七号候车室……"

"哦,咱们不妨试一试,"艾菲说,"我很喜欢看火车……"

"要看火车,现在就走,太太。"

于是三人立即动身,等到他们到了上面铁路边,就站在候车室旁的狭长花园附近,现在这个园子银装素裹,白雪皑皑,但有一处积雪已经铲除干净。铁路信号员手里拿了一面小旗已经站在那儿了。这时火车在车站的轨道上疾驰而过,片刻之间穿过了小屋和狭长花园。艾菲因为心里特别激动,看什么都像一晃而过,但见最后一节车厢高处坐着一位刹车员。她出神地望着列车渐渐远去。

"六点五十分到柏林,"殷士台顿说,"再过一个钟点,要是顺风,霍恩克莱门人在离铁路远处也能听见火车轰隆轰隆开过的声音。你想不想随车而去啊,艾菲?"

她什么也没说。但当他望着她时,他见艾菲的眼眶里噙满泪水。

当火车从她身边疾驰而去的时候,她心里充满了一种强烈的渴望。尽管她和丈夫相处得很融洽,但她仍然感到自己生活在一个陌生的世界里。她刚才还醉心于这件事或那件事,但事后她立刻就意识到自己失掉了什么东西。伐尔青在那一边,而另一边呢,闪闪发光的克罗欣丁教堂钟楼就在眼前,再过去便是摩格尼茨教堂,格拉塞纳布一家和博尔克一家就在那儿,但贝林一家①不在那儿,布里斯特一家也不在那儿。"嗯,故乡在哪方!"殷士台顿说得对,她的情绪瞬息万变。现在她又把一切往事看得无限美好。不过她一方面望着列车远去,心里怀有无限的渴望,而另一方面她那瞬息万变的情绪却久久不能平静下来。回家途中,当一轮红日渐渐西沉,夕阳的余晖洒满残雪时,她又感到无拘无束,逍遥自在了;她觉得一切都是那么美丽,清新;当她回到凯辛,差不多随着敲打七点钟的钟声踏进吉斯希布勒家的门厅时,她不仅心情开朗,而且简直是容光焕发,神采奕奕了。其所以如此,也许要归功于弥漫全厅的缬草和紫罗兰根的香气。

殷士台顿夫妇准时到达吉斯希布勒的住所;虽然他们准时到达,然而他们到得还是比别的客人晚了一些,牧师林德克维斯特、特里佩尔老夫人以及特里佩莉本人都已在场了。今晚吉斯希布勒穿了一件蓝色燕尾服,上面配有光泽暗淡的金色纽扣;一副夹鼻眼镜上的黑色阔带子,像绶带那样耷拉在他那闪闪发亮的白花布马甲前面。吉斯希布勒竭力掩盖住自己内心的激动。"请允许我给诸位相互介绍一下:这是殷士台

---

① 封·布里斯特夫人的娘家。

顿男爵和男爵夫人,这是特里佩尔牧师夫人和玛丽埃塔·特里佩莉小姐。"大家熟识的林德克维斯特牧师则微笑着站在一边。

特里佩莉,三十刚出头,身体有男性那么强健,富于幽默。吉斯希布勒给她作介绍的时候,她正好坐在沙发的正中。可是在介绍以后,她一边走向附近的一张高靠背椅,一边说:"我现在请您,太太,把您男爵夫人头衔的分量和它可能造成的危险由自己承担起来。因为在目前的场合可以讲一讲'危险性'——她指指沙发——。去年我就请吉斯希布勒把它修一修,可惜没有用;他人挺好,可就是顽固得很。"

"但是玛丽埃塔……"

"这张沙发至少有五十年历史,它还是按照老式样子,也就是按照讲究弹性的原则做成的。谁放心大胆坐上去,不用在身子下面衬块坐垫,就会一直往下沉,最后两个膝盖会像石碑那样竖立在那里。"特里佩莉讲这几句话既亲切又自信,声调里表达了这样的意思:"你是殷士台顿男爵夫人,我是特里佩莉。"

吉斯希布勒狂热地爱着他的艺术家女友,他把她的天赋看得很高;不过他的这种热情也不能使他闭眼不看客观事实:社交上的文雅举止和风度她却少得可怜,即使是有那么一点儿,也是他亲自培育的结果。"亲爱的玛丽埃塔,"他接腔说,"您提出的这个问题,值得人们注意;不过关于我的沙发,您可实在没有说对,任何一个内行人都可以评判您我之间的谁是谁非。即便像科乔科夫公爵那样一个人……"

"啊哟,吉斯希布勒,我请您别提那个人了。老是科乔科夫,您会使这位太太对我产生怀疑,以为我在公爵那儿当上第一千零一个魂灵①心里还感到自豪呢。其实,他也只能算作是个小奴隶主,他管辖下的魂灵不超过一千个(从前是以魂灵的多寡来计算奴隶主的大小的)。不,问题确实在另一方面,'永远直截了当',您知道,这是我的一句口头禅,吉斯希布勒。科乔科夫是个好伙伴,是我的朋友,但他对艺术和这一类的东西一窍不通,对音乐肯定也一样,尽管他也作过什么弥撒曲和圣乐曲——要知道大多数俄罗斯公爵搞什么艺术,总是和宗教或东正教牵扯在一起——他所一窍不通的许多事情当中,肯定也包括布置和装饰问题。他一味追求高雅,可什么是美的,什么是漂亮的,他全听别人的,即使花钱多……"

殷士台顿听了兴致勃勃,林德克维斯特牧师也喜形于色。可是善良的特里佩尔老夫人对女儿说话时的那种放肆声调一再感到尴尬。吉斯希布勒觉得打断这场狼狈的交谈是完全必要的。最好的办法莫过于建议特里佩莉现在就唱几首歌。要是她选唱的是一些具有战斗性内容的歌曲,那是不会受人欢迎的;就是选了这样的歌曲,也由于她的演技高超,一定会使歌词的内容变得高雅起来。"亲爱的玛丽埃塔,"他接下去说,"咱们的便宴八点开始。现在还有三刻钟时间,要是您不喜欢在开宴以后唱一支快乐的歌曲,那么也许在便宴开始以前……"

"我求求您,吉斯希布勒!您是富有审美感的人,吃饱了肚子唱歌,恐怕一点儿也不美吧。此外——我知道您吃东西喜欢挑精拣肥,嗯,是个老饕——唱好了歌吃饭,味道更美。先欣赏艺术,然后吃胡桃冰淇淋,这样的次序才合适。"

---

① 魂灵指俄罗斯农奴。

"那么,允许我给您去拿乐谱来,玛丽埃塔?"

"拿乐谱来。哦,您这是什么意思,吉斯希布勒?我知道您有满满好几橱乐谱,我总不可能把波克和波特①出版的都给您唱啊。乐谱是要的,问题是拿什么乐谱,吉斯希布勒。我看,还是唱几支老歌吧……"

"唔,我会拿来的。"

他跑到一个橱里去找,把一只只抽屉翻看一遍,这时特里佩莉把她的椅子远远推向桌子左方,紧挨着艾菲坐下。

"我真摸不透,他能拿点什么来。"她说。艾菲听了她的话,感到有点儿窘。

"我假定,"艾菲不自在地说,"他拿来的是格鲁克②,这毫无疑问,是带有戏剧情节的作品……总之,我的仁慈的小姐,如果容许我说一句,我听说您仅仅是音乐会的歌手,便感到惊讶。我原来以为您像为数不多的几位名演员那样,应该登台表演。您的外貌,您的力量,您的嗓音……像您这样的人,我还没有认识几个,我在柏林耽搁的时间总是很短暂……那时我还是个小丫头。可是我想到的恐怕是《奥尔弗斯》③、《克琳姆希尔德》④或《维斯塔林》⑤。"

特里佩莉摇摇头,她看到了彼此之间有一条很深的鸿沟,

---

① "波克和波特"系柏林一家音乐出版社的名字。
② 格鲁克(1714—1787),德国作曲家。
③ 奥尔弗斯,希腊神话中的歌手。《奥尔弗斯与欧律狄刻》是格鲁克的歌剧。
④ 克琳姆希尔德是德国民间史诗《尼伯龙根之歌》中的女主角。《克琳姆希尔德》此处指海因里希·路德维希·艾格蒙特·多恩的歌剧《尼伯龙根之歌》。
⑤ 维斯塔林,古代意大利女神名《维斯塔林》为意大利作曲家加斯帕罗·斯蓬蒂尼的歌剧。

可没有回答。这时吉斯希布勒回来了,手里拿着五六本乐谱,放到特里佩莉面前。他用一种敏捷的动作,把一本本乐谱翻给女友看。"《魔王》……啊,呸;《小溪,你潺潺地流吧……》①可是,吉斯希布勒,我请求您,您是土拨鼠,您已经睡了七年之久……这是勒韦②式的歌谣;恰恰也不是最新的歌曲。《施帕尔之钟》③……唱不尽的乒乒乓乓,这跟一种卖野人头的演出有什么两样。真是太不够味儿了,简直令人作呕。可是这首是《奥拉夫骑士》④……嗯,这个行。"

她于是站起来,牧师给她伴奏,她演唱《奥拉夫骑士》,她老练,沉着,唱得悦耳动听,博得了大伙儿的热烈掌声。

接着她找了几首同类的浪漫歌曲,几首选自《漂泊的荷兰人》和《泽姆帕》⑤的曲子,然后是《荒野男孩》⑥,她都唱得那么美妙而心神安详。当时艾菲也给这几首歌曲迷住了。

特里佩莉唱完《荒野男孩》后说:"现在够了,"这好像是她发表的一项决定性声明,使吉斯希布勒和别的人都没有勇气请她再唱一曲。艾菲更不会提出这样的要求。当特里佩莉重又坐到艾菲的身边时,艾菲说:"我可以对您说,最仁慈的小姐,我多么感谢您!所有的歌曲都唱得那么悦耳动听,娴熟圆润。但是恕我直言,有一点使我对您更加佩服,那就是您唱歌时的安详宁静,这给了我一个深刻的印象。我每逢听到一

---

① 《魔王》《小溪,你潺潺地流吧……》,舒伯特谱曲的歌。
② 卡尔·勒韦(1796—1869),德国作曲家。
③ 《施帕尔之钟》,由卡尔·勒韦谱曲的歌。
④ 《奥拉夫骑士》,卡尔·勒韦的作品。
⑤ 《泽姆帕》,法国作曲家埃罗尔德(1791—1833)的歌剧。
⑥ 《荒野男孩》,德国作家黑贝尔(1813—1863)的诗,由罗伯特·舒曼(1810—1856)谱曲。

个小小的鬼故事,就会哆嗦得身不由主。您却唱得那样坚强有力,扣人心弦,而您自己却又能乐在其中。"

"嗯,我最仁慈的夫人,这在艺术上也一样。首先在舞台上我幸运地经住了考验。我个人感到自己有某种力量战胜舞台上的诱惑——这种诱惑能够破坏一个人的最珍贵的东西——名誉。我的同事给了我上百次保证,然而我都无动于衷。罗密欧在垂死的朱丽叶耳边轻轻地说了一句粗野的俏皮话,或者口出恶言,或者在她的手里塞上一封小小的情书,这样就会败坏整个气氛。"

"我真不理解,您能经受住这一切,我今儿晚上感谢您也是为了这一点,比方说,您能经受住《奥拉夫骑士》中的鬼魂。我可以向您说实话,每逢我做了一场噩梦,或者我好像听见楼上有轻微的跳舞声或音乐声,而实际上一个人也没有时,或者我看见好像有谁打我床边拖着步子走过时,我就吓得要命,我会整天心神不定。"

"嗯,我最仁慈的夫人,您讲的和描绘的那是另一回事,那是确有其事,或者至少有三分真实的成分。歌谣中的鬼魂我一点儿不怕;但是对一个经过我房间的幽灵,我会和别人一样,心里挺不自在。在这方面咱们的感受是一模一样的。"

"难道您也经历过这样的事情吗?"

"那还用说。而且是在科乔科夫那儿碰到的。我也跟他讲好了,这回我睡到别的地方去,也许跟教英语的家庭女教师一起睡。她是教友会信徒,跟她睡我就放心。"

"那么,您是不是认为鬼魂这个东西可能是有的?"

"我最仁慈的夫人,像我这个年纪的人,经历过多少风霜雨雪,到过俄罗斯,甚至有半年耽在罗马尼亚,人就会以为一切都有可能。世界上有那么多的坏人坏事,鬼魂这些东西也是有的,可以说凡是鬼魂,都是一丘之貉。"

艾菲默默谛听着。

"我是,"特里佩莉接着说,"出身于一个非常开明的家庭(只有母亲不是这样),然而我父亲有一次带了一个心理书写板①来,对我说:'你听好,玛丽,这玩意儿可有点儿名堂。'他说得对,这玩意儿确有点名堂。总而言之,咱们的左右前后,都有神鬼在偷看。这一点你日后自会懂得。"

这时,吉斯希布勒过来挽住艾菲的胳臂在前面开道,殷士台顿则带了玛丽埃塔·特里佩莉,牧师林德克维斯特和特里佩尔牧师夫人跟在后面。大家就这样上了酒席。

---

① 心理书写板,又称"无意识手动描记器",一种招魂术用的书写工具。

# 第 十 二 章

大伙儿动身时,已经是很晚了。十点敲过不久,艾菲对吉斯希布勒说:"时间不早了;特里佩莉小姐不能误了班车,明儿六点就得从凯辛动身。"可是站在一旁听见艾菲说这话的特里佩莉,却以自己特有的、不拘礼节的辩才回击艾菲对她的体贴和关心。她抗拒道:"噢,我最仁慈的夫人,您以为我们这样的人需要正常的睡眠吗,这您可没有猜准。我们经常需要的是掌声和赞扬。嗯,看您笑了。此外还得学会到处能睡觉。我在马车里也能睡大觉。在任何环境里都能睡得着,甚至靠在车厢的一边和衣就能睡觉。当然,紧身睡衣我可从来没有穿过。我睡起觉来胸口和肺部必须永远舒坦自在,特别是心脏所在的地方。嗯,我最仁慈的夫人,这是主要的。关于睡眠这一类事,不在于数量,而在于质量;好好地打五分钟瞌睡,比五个钟点在床上辗转反侧要好。再说,在俄罗斯,人们晚上尽管喝浓茶,可睡起来挺沉。这一定是跟气氛有关,或者因为吃消夜,或者因为已经养成了沉睡的习惯。在俄国,人们不懂什么是忧虑;从金钱角度看,俄美两个国家差不多,只是俄国比美国更好。"

经过特里佩莉的这一番解释,艾菲不再催促大家早些离开那儿了。快要临近午夜的时候,大伙儿高高兴兴地握手道别,彼此间的信任也有所增进。

从黑人药房到县长公馆的路途相当遥远;但由于林德克维斯特牧师要求陪伴殷士台顿夫妇同走一程,因此路途仿佛缩短了许多。在满天星斗的夜晚作这样的漫游确实是美不可言的,借此可以消解一下在吉斯希布勒家喝的莱茵美酒。一路上他们三个人谈论有关特里佩莉的若干逸闻趣事,自然就不感到怎么疲劳了。艾菲首先谈她留在记忆中的若干有关特里佩莉的事情,然后轮到牧师谈。这位牧师好嘲笑人,他问过特里佩莉许多世俗琐事,最后也问到她对宗教的信仰,牧师从她的回答中获悉她只信奉一种宗教,即俄罗斯东正教。她的父亲当然是个理性主义者,差不多是个无神论者,因此他也非常赞成让那个中国人葬在教区的公墓里;至于她特里佩莉,则和父亲的看法正好相反,尽管她个人十分欣赏什么都不信的巨大优点;但在她的这种什么都不信的决断中,无时无刻不意识到当一个普通老百姓的极大好处;如果她在教育部或者某个宗教团体里担任一官半职,那么,什么轻松、愉快都谈不上了,她得严守铁的纪律。"我感到,如果我这样干,那有点儿像托奎马达①。"

殷士台顿兴致勃勃地谈他的看法,他说自己故意避而不谈难以两面讨好的教义方面的事情。不过这样一来,反而突出了道义这个问题。其主题是:误入歧途,受到诈骗,这是公开演出时经常碰到的事情。特里佩莉对这样的问题只是轻描淡写点一下,并不认真对待,只有在答话第二句的后半句稍微

---

① 托奎马达(1420—1498),西班牙严厉的宗教裁判官,这儿比喻扮演一个严峻的角色。

作了强调:"是的,经常受到诈骗,十之八九在选人方面。"

三人分手以前,就絮絮叨叨地说了上述一些方面,特里佩莉的晚会现在仿佛又一次出现在他们的眼前。三天以后,吉斯希布勒的女友特里佩莉从彼得堡给艾菲发来一个电报,才使艾菲又一次想到了她。电报全文如下:

  Madame la Baronne d'Innstetten, née de Briest.
  Bien arrivée. Prince K. à la gare. Plus épris de moi que jamais. Mille fois merci de votre bon accueil. Compliments empressés à Monsieur le Baron.

Marietta Trippelli①

殷士台顿一时心花怒放,喜形于色,让艾菲有点不解。

"我搞不清,你怎么这么高兴,格尔特。"

"因为你不了解这个特里佩莉。是她的认真态度使我这样高兴,连'i'上的一个小点也不放过。"

"那么你把这一切看作是个喜剧?"

"不是喜剧又是什么? 我把那儿的情况和这儿的情况都考虑过了,无论是对科乔科夫还是对吉斯希布勒。吉斯希布勒大概在筹集一笔基金,也许只是一笔给特里佩莉的馈赠。"

吉斯希布勒家的那次音乐晚会是在十二月中旬举办的,晚会以后马上开始庆祝圣诞节的筹备工作。艾菲本来很难打发这种寂寞无聊的日子,这回儿很幸运,她有一些家务非得亲

---

① 法文:娘家姓布里斯特的殷士台顿男爵夫人:
  我已安抵此间,K公爵来站接我。对我从没有这样宠爱过。万分感谢您的亲切招待。请代问候男爵先生。
玛丽埃塔·特里佩莉

自处理不可。干这些事能够叫人心里畅快,但也需要深思熟虑,而且得请教别人,亲自动手去干;如果随随便便,漫不经心,那是办不好这些事情的。圣诞节前夕,从霍恩克莱门爹妈那儿寄来了一箱子圣诞礼物,其中还附有小学教师雅恩克家赠送的各式各样小礼品:有从艾菲和雅恩克多年以前一起嫁接的苹果树上摘下来的新鲜、美丽的苹果,还有贝尔塔和赫尔塔馈赠的五颜六色的暖手套和暖膝套。荷尔达则只是写了寥寥数行字来,她请求原谅说,她正在为某某人绣一条旅行毯子,忙得不亦乐乎。"这干脆是撒谎,"艾菲说。"我可以打赌,某某人压根儿就不存在,她是不愿跟那些追求她的人断绝来往的,而这些追求者实际上又并不存在!"

圣诞夜就这样来到了。

殷士台顿亲自为她的年轻的妻子做了一株圣诞树。树上挂满明亮的彩灯,一个小天使在树上翩翩起舞。另外有一口马槽,马槽上面挂着一条美丽的横幅,横幅上有一行题词,其中有个字暗示殷士台顿家里明年将要临门的喜事①。艾菲念了题词,脸孔涨得通红。接着她想走上前去向殷士台顿表示感谢。但她还没来得及这样做,按照波美拉尼亚圣诞节的旧风俗,过道里有人送来了一批圣诞礼物:一口大箱子,里面装有各类礼品。最后他们从箱子里找到主要的礼品:一只精致的、贴有各色日本图片的小香料匣,匣里还有一张小纸条,放在东西上面,全文如下:

三王前来朝觐耶稣基督,

---

① 喜事系指艾菲已经怀孕,明年即将分娩。

其中一位是黑人王①；——
一个黑人的小小药剂师，
今日把各色礼品献上，
因为缺少没药和乳香，
改献楷树糖和杏仁霜。

艾菲接连读上两三遍，心里十分高兴。"一位好友的衷心祝贺，叫人读了特别舒服。你是不是也有同感，格尔特？"

"我当然认为如此。这样的事本来是唯一叫人高兴或至少是应该叫人高兴的。因为谁也可以在箱子里塞进别的逗人发笑的玩意儿。我也一样不过当然啰，各人有各人的口味。"

节日的第一天上教堂做礼拜，第二天去郊外访问博尔克一家，一时望族旧家，济济一堂。只有格拉塞纳布一家例外，他们不来做客，托词是："因为西多妮不在家。"这样的话使各方面都感到奇怪，有几个人甚至窃窃私议："事情恰好相反，正因为西多妮不在家，他们就应该跟人应酬往来。"大除夕那天，俱乐部举行舞会，艾菲本来也是非去不可的，她同时不想错过这次机会。因为这样的舞会给她提供一个跟全城闺秀淑女欢聚一堂的机会。约翰娜为太太参加这次舞会作了种种准备，忙得够呛。吉斯希布勒跟大家一样，家里也有个栽花的暖房，他派人给艾菲送来了一束山茶花。殷士台顿本来时间很紧，当天下午还得去帕本哈根乡间处理公事，那儿有三个仓库着了火。

屋里静得出奇。克丽斯特尔闲得发慌。他没精打采地把

---

① 据《圣经·新约全书·马太福音》记载，耶稣降生在伯利恒马槽里时，东方有三博士前去朝拜。后来传说中把这三博士演变为三国王，其中一人名叫卡斯巴的黑人国王，这儿借黑人王比喻药房老板吉斯希布勒。

一张小矮凳搬到灶边。艾菲此刻回到自己的卧房,坐在穿衣镜和沙发中间的一张专供写信用的小写字桌上给妈妈写信。妈妈那儿有好几个星期没写信了。上回圣诞节前收到她的来信和寄来的礼物以后,艾菲至今只回过一张明信片表示感谢。

我亲爱的妈妈!

　　这回是一封我亲笔写的长信,因为我——明信片不算在内——好久没给你写信了。上回给你写信的时候,我还在准备庆祝圣诞节的事,如今圣诞节已经过去了。殷士台顿和我的好朋友吉斯希布勒想方设法使我圣诞节过得快乐,但我还是有点儿感到寂寞,并且一直想念着你。一句话,我有许多理由表示感激,我有许多理由可以说明我生活过得愉快、幸福,可我还是不能完全摆脱孤寂的感觉。从前,我对荷尔达的动不动就要动感情、掉眼泪加以嘲笑,也许这是十分必要的,可是如今我为此受到了惩罚。我自己也不得不强忍着这样的眼泪,免得让殷士台顿看见。不过我相信,日后家务一忙,一切都会好起来的。而当前的情况正是朝着这一方向发展,亲爱的妈妈。新近有各种迹象表明,我已经有了身孕,殷士台顿天天在我面前对此表示高兴。我自己一想到这一点,也会感到幸福,我以后不会感到寂寞了,我将有更多的生活和娱乐的内容;或者如同格尔特所形容的那样,将有一个"可爱的玩意儿"陪伴着我。他用这个词儿是有他的道理的,但他最好不用这个词儿。因为这对我好像是一根芒刺,使我想起我自己还年轻,还只能算是个大孩子。这种想法一直萦绕在我的心头(格尔特认为这是一种病态)。我一想起顿时就像芒刺在背,尽管人们说这是我的一种最大的幸福。不错,我亲爱的妈妈,最近弗勒明太太向我提出一连串问题,我的回答一定很笨,好像一个准备得极差的学生面临一场严峻的考试。我对此也厌烦得很。因为某些事情,看起来仿佛是别人对自己的一种同情,但实际上却是别人的一种好奇心。我还得等待好久好久,直到来年夏天才能等到那件喜事,这使我内心急不可待,但别人比我更加心急。我想,我的分娩期在明年七月初。那时你得来我这儿,或者更为妥善的办法是,我在分娩以后去你那儿休养,我先在这儿休息几天,然后上霍恩克莱门。啊,我是多么为这而高兴啊。到了那个时候,我又可以呼吸哈斐尔乡间的新鲜空气了——而这儿的天气差不多总是那么阴沉、寒冷——我又可以每天到沼泽地去漫游,那儿红黄两色相映成趣。我仿佛看见孩子的手已经伸向那儿,他大概感到那儿是他真正的家。不过我这种想法只能跟你讲,你不能让殷士台顿知道,就是对你,我也不能不表示内疚,因为孩子和我都想上霍恩克莱门。我今天已经向你表明,我不想竭诚地邀请你,我亲爱的妈妈,来这儿凯辛。虽然每年夏天这儿要来一千五百名浴客,要开来一些扯着各国旗帜的船只,甚至还开着一家沙丘饭店。可是,我这样不懂礼貌,并不是我不好客,我不是那种人,我不大乐意你来这儿的原因很简单,因为我们这儿的县长公馆无法接待客人。这座房子尽管外表非常华丽、奇特,但实际上根本不是一所适宜的住宅。这座房子只能给两个人住,就是住两个人,也是十分勉强的;要是有几个客人来我们这儿,就连称作餐厅的房间也没有了。当然楼上一层还有许多房间空着,一个大厅和四个小房间,但那儿很难招待客人。假如我在其中找到了破烂的东西,我真想把它们叫做垃圾间。不过这些房间全空着,只有几张放着席垫的靠椅,至少这一切给人一种奇特的印象。你大概会说,要收拾这些房间还不是挺容易的;因为我们住的这幢房子……是一幢闹鬼的屋子;我这话可能扯得远了。我请求你,这件事在回信里千万不要提起;因为你的每次来信我都给殷士台顿看过,要是他知道我告诉了你那些事情,他就一定会生气。我本来也不该把这件事情告诉你;特别是我好多个星期以来已经对这幢房子不再害怕,习以为常了,这样我就更不应该告诉你。但是约翰娜对我说,特别是每逢陌生人来屋里,鬼就会再次出现。而我当然不能让你冒这样的风险;或者如果认为我这句话的分量说得过重了,那我就改口说,我不能让那样的怪事和不愉快的事情来惊扰你!这件事情的本末我今天不打算透露给你听,无论如何,今天我不能给你详细介绍。这是一个关于一位老船长的故事,关于一个所谓专门跑中国的船长的故事,他的孙女同这儿的另一位船长订婚不久就结婚了,结婚当天她忽然失踪,可能是上什么地方去了。不过更加奇怪的是,她祖父从中国带回来的一个年轻的中国人,开头做老船长的仆人,后来成了他的朋友,这个中国人在姑娘失踪后不久便死了,后来葬在公墓外边的一块孤零零的坟地上。最近我从那儿经过,我赶快转过脸去望着另一边,要不,我相信我会看见他坐在坟墓上。啊哟,我亲爱的妈妈,我真的看见过他一回,或者至少他打我面前曾经走过,那是在殷士台顿出外访问公爵的一个晚上,我一个人在房间里酣睡时发生的。那真是可怕啊;我不想再碰上这样的事了。我不能在这样一幢外表是那么漂亮的房子里(这房子既特别安适,又那么阴森可怕)很好地接待你。而殷士台顿呢,尽管我最终在多方面都同意他的看法,但容许我说一句,他做得也太岂有此理了。他希望我把这一切都看作是无稽之谈,一笑置之。不过有一回,他自己似乎也相信了,他向我提出一项过分的要求,要我把这种闹鬼的事当作一件了不起的事情,并且把这种鬼魂看成某种高尚的,有老贵族味道的东西。这在我是办不到,也是不愿意的。他在别的方面对我很体贴,但在房子这件事上就是很粗暴,缺少谅解。看来这里面一定有蹊跷,这是我从约翰娜和克鲁泽大娘那儿得悉的。克鲁泽大娘就是我家马车夫的妻子,她经常和一匹黑母鸡耽在一间生着炉火、温度极高的屋子里。仅仅这样一件事,就已经够骇人听闻的了。现在你一定明白了,尽管旅途那么遥远,我为什么还愿意上你那儿去。唉,但愿事情就是这么一些。我为什么有这种愿望,其原因是多种多样的。今儿晚上我们将参加除夕舞会,吉斯希布勒——这儿唯一的一个可爱的人,尽管他肩膀有点儿歪斜,或者还有旁的什么生理上的缺陷——他给我送来了山茶花。我大约会去参加舞会。我们这儿的大夫说,跳舞对我没有害处,相反还有好处。而殷士台顿呢,真是出我意外,也同意我去跳舞。最后请向爸爸问好,吻吻爸爸,并请代候各位亲友。

敬祝　新年幸福!

你的艾菲<br>十二月三十一日于凯辛

# 第 十 三 章

除夕舞会持续到次日凌晨。艾菲在这次舞会上受到人们的普遍赞叹,当然还没有完全像山茶花那样令人倾倒。大家知道这些茶花来自吉斯希布勒家的暖房。但是,舞会一过,一切如旧,社交活动几乎不再开展。这样一来,艾菲就感到冬日无比漫长。附近一些贵族,只有极少数几家来访。作为答谢,艾菲在每次回拜时总是以带有几分凄凉的声调说:"嗯,格尔特,如果非回拜不可的话,那就走一趟,不过我总觉得这些事情实在无聊。"艾菲这样的话,总是获得殷士台顿的赞同。每逢下午,他们就出外回拜,一路上谈了些家庭、孩子等等琐事,也谈到了乡下农庄的事情,这些谈论一般还过得去。可是一旦谈到教堂等各种问题时,他们不免要想到那位经常在座、举止像小教皇或者把自己看作小教皇的和他们来往甚密的牧师。到了这个时候,艾菲就失去了耐心,她以极为悲戚的心情想到尼迈尔牧师,这位牧师一向谨慎小心,恬淡寡欲,然而每逢较重大的宗教节日,他也脱不出身,"教廷"总要把他召去。至于博尔克、弗勒明、格拉塞纳布几家,看来总是非常友好的——只有西多妮·格拉塞纳布一人除外——但如果不是吉斯希布勒从中出力,这几家人家跟他们也不会这样友好,他们之间的往来也不会那么使人快活,就连一点儿惬意之感也不可能存在。吉斯希布勒为艾菲操心,简直可以看作是出于天意,她也知道如何对他表示感激。当然,吉斯希布勒也是一个热情的、细心的报纸读者,何况他又是当地记者协会的领导人。因为这个缘故,差不多没有一天米拉姆博不给艾菲送一个白色大封套来,封套里面装了各类杂志和报章,在有关重要的地方都在一行行字下面打上了杠杠,大多画一条细小的铅笔线,但有时也用蓝色墨水笔画了粗杠杠,一旁还打着感叹号或问号。他不仅送点报纸来就算完事;他也派人送无花果和椰枣来,送一整块巧克力糖来,外面包了油光纸,再扎了红缎带。碰到他的暖房里盛开特别美丽的鲜花时,他就亲自摘了一些送上门来,顺便和这位他非常同情的年轻太太愉快地聊上个把钟点。他对艾菲怀着纯洁的爱慕之情,既像父亲和伯叔,又像良师和益友。艾菲为吉斯希布勒的种种深情厚谊所感动,为此她在给霍恩克莱门写信时总要常常谈起这些事,这样,妈妈就用"对炼金术士的爱情"这句话跟女儿开玩笑;然而这种善意的玩笑实在是无的放矢,甚至使艾菲感到痛心,因为她蒙蒙眬眬地意识到自己的婚姻并不美满,实际上生活中还缺少敬重、激情和无微不至的关心。殷士台顿为人确实亲切善良,但他不是一个情人。他有爱艾菲的那份感情,但他有更强烈的责任心,只要公务缠身,他就顾不及艾菲了。每逢弗里德里希掌灯来,他总是离开妻子的房间退回到自己的房间里去办公,这差不多已经成了一种规矩。"我还有许多重大的事情要处理。"他说罢就走了。当然门帘撩在一边,艾菲能够听见殷士台顿在房间里翻阅文件或在纸上沙沙写字的声音,不过,除此以外也没有别的响声了。这时洛洛走来,躺倒在壁炉的地毯前,仿佛它想说:"我不能不来看看你;别的人干不了这件事呀。"接着艾菲俯下身子,轻轻地说:"嗯,洛洛,只有咱们孤零零的两个了。"九点钟,殷士台顿过来喝咖啡,十次有八九次手里拿着报纸,嘴里谈论那个又一次大发脾气的公爵,尤其是谈到欧根·里希特①,谈到他闻所未闻的言行,然后话锋一转,谈到他大多数表示反对的任命和授奖事宜。最后他谈到选举,说什么在一个他还受到推崇的县里居然能名列前茅,运气总算不错。等到他谈完这一些,他就请艾菲演奏《罗恩格林》②或《女武神》③的片段,因为他是瓦格纳的崇拜者。他为什么会成为瓦格纳迷?原因始终不明;有人说,这是他的神经造成的。他外表看来很通情达理,实质上他有点儿神经质;另有些人认为,这全出于瓦格纳对犹太人问题的态度。可能这两种说法都有道理。到了十点,殷士台顿办完公事,带着一点儿柔情蜜意但有点倦怠的神情来看艾菲,他不想给艾菲答话,只想讨艾菲的欢喜。

冬天就这样过去了。四月来临,庭院后面的花园里草木开始吐绿,艾菲看了高兴;她根本等不及夏天和浴客到来之后再去海滨散步。每当她回忆往事,她总觉得在吉斯希布勒家举行的特里佩莉独唱晚会和嗣后的除夕舞会使她无限神往;可是紧接在后面的岁月却非常令人失望,特别这些日子是那么单调乏味,寂寞无聊。因而她在一次给妈妈的信中甚至写道:"妈妈,你能想象得到吗,我跟我家的那个鬼魂差不多已经相安无事了?当然,像格尔特在公爵那里留宿那样的可怕

---

① 里希特(1838—1906),普鲁士左翼自由党领袖,俾斯麦的政敌。一八六七年进入国会,一八六九年成为普鲁士国会议员。
②③ 《罗恩格林》和《女武神》均系德国作曲家理查德·瓦格纳的作品。

的夜晚,今后不会再有了,不会,一定不会;不过我老是这样寂寞地生活,一成不变,天天老样子,这也叫人受不了。每当我夜晚醒来,我就静悄悄地谛听上面是否有拖着鞋子走路的声音,要是万籁俱寂,一点儿声响也没有,那我差不多反而有点儿失望,我就会对自己说:但愿它再出现,只是别那么吓人,别离我这么近。"

艾菲在信上写这些话,那是在二月份,而现在快到五月了。那边种植园里已经生意盎然,鸟雀欢唱。就在这个星期里,鹳鸟也飞来了,有一只鹳鸟在她屋子的上空慢慢飞翔,然后栖息在乌特帕特尔磨坊附近的谷仓上。这儿是它从前筑过巢的地方。艾菲在信里连这样的琐碎小事也要写上一笔。近来她给霍恩克莱门写信比以前勤得多,就在上述这封信的结尾时,她写道:"亲爱的妈妈,我有件事差点忘了告诉你:就是我们这儿新来的那个后备军专区司令。他来这儿快四个星期了。哦,他真的会长期耽在我们这儿吗,这是个问题,而且是个极为重要的问题。你对此也许会觉得好笑,也一定会觉得好笑,因为你不了解我们这儿一直所存在的那种社会危险局势,或者至少是我对这儿的贵族不甚了解,可能这是我的过失。但是了解或不甚了解全都一样,事实总归是事实:局势危险,因此在这寒冬腊月我把这位新来的专区司令看作是救星和给人带来安慰的人。他的前任为人残忍,作风粗暴,道德败坏,一直搜括民财中饱私囊。我们在他管辖之下吃尽苦头,殷士台顿吃的苦头比我还多。四月份我们就听说封·克拉姆巴斯——这是新来的司令的名字——少校要来我们这儿,我们大家就相互拥抱,表示庆贺,仿佛在我们这个可爱的凯辛不会再有坏事发生。可是,正如我已经向你简单地提到过的那样,看来克拉姆巴斯尽管已经来这儿,但这儿的局势好不了多少。克拉姆巴斯已经结过婚,有两个孩子,一个十岁,一个八岁,妻子比他大一岁,也就是说有四十五岁了。我为什么不能跟这样一个和母亲年纪一般大的女人交个朋友,谈谈心里话呢?这本来不会有多大害处的。特里佩莉也近三十啦,我们非常谈得拢。不过同封·克拉姆巴斯太太不怎么谈得拢,她毕竟不是世家出身。她老是郁郁寡欢,简直害着忧郁症(很像我们的克鲁泽大娘,见了这个人就会想起她)。她之所以这副模样儿,完全是出于妒忌。而她的男人克拉姆巴斯,据说交际广阔,女友极多。像他这样的人我总觉得好笑,将来他要不为争风吃醋这一类事跟一个同伴决斗,那我就宁愿让人取笑。他的左上臂紧靠肩胛的地方吃过子弹,动过手术,殷士台顿还告诉我说,手术动得非常出色。不过人们一眼还是能看出来(我相信,人们称这种手术为切除术,当时系由维尔姆斯大夫动的)。他们俩,封·克拉姆巴斯先生和夫人,十四天前曾上我家来做过客,当时出现了一个十分难堪的局面:克拉姆巴斯太太目不转睛地盯着她的丈夫,弄得他有点儿尴尬,弄得我也非常尴尬。三天前,他一个人来看殷士台顿,和殷士台顿单独交谈,我在自己房里听到他们的谈话声,我相信他那个时候仪态自若,落落大方,和上一回完全两个样。后来我也跟他交谈几句,真是个温文尔雅的绅士,干练异常。战时殷士台顿和他在同一个旅里待过。他们在巴黎北部格勒贝伯爵那里时常见面。哦,我亲爱的妈妈,这种偶然相遇本来可能使我在凯辛开始过一种新的生活;他,这位少校,据说老家在瑞典-波美拉尼亚附近,他可没有波美拉尼亚人的偏见。可是他的太太就和他大不相同了!没有她当然不行,但是和她在一起可更不行。"

艾菲说得完全对,她跟克拉姆巴斯夫妇的友谊真的没有进一步发展。有一次,殷士台顿和艾菲去城外探望博尔克一家时看到过他们,另一次匆匆忙忙去火车站也见到了。没过几天他们又去参加一次划船比赛,比赛全程是从凯辛划船至布拉特林海湖畔称做"饶舌者"的山毛榉和栎树的大森林。他们途中碰上克拉姆巴斯夫妇,彼此只匆匆招呼一下就分开了。艾菲高兴的是一到六月就进入夏季。当然,这时成批浴客尚未到达凯辛,一般在夏至以前只有少数几个。但是为了迎接浴客而作的准备倒也令人心情振奋。种植园里竖起了旋转木马,设置了打靶场,许多船员用麻丝和桐油石灰嵌塞船缝,涂上油漆,把游艇整饰一新。每个小房间挂上了新窗帘,受了潮,楼板下发了霉的房间用硫磺熏过,打开门窗通风。

艾菲自己家里也不例外,人人收拾整理,忙忙碌碌,当然不是为了迎接浴客,而是为了接待一位贵宾;这时连克鲁泽大娘也插手干活,尽力张罗。但艾菲对她的帮忙显然害怕,她说:"格尔特,咱们就不要克鲁泽大娘帮忙;她什么也不会,我担心她成事不足,败事有余。"殷士台顿对艾菲提出的一切要求全都答应,他说克丽斯特尔和约翰娜有的是时间,一家事务可以全包在她们身上。殷士台顿为了把他年轻妻子的注意力引开,他就再也不提准备工作,而把话题转到海滨浴场,他问妻子是否注意到有个浴客已经来到凯辛,这个人虽然算不上第一个浴客,但总能算作是第一批浴客中的一个。

"是一位先生吗?"

"不是的,是一位太太,她以前来过这儿,每回来都住在同一幢公寓。她每年都来得很早,她怕来迟了到处客满,没地方安身。"

"这样的人我简直不敢想象。她到底是个什么人?"

"已经去世的户籍员罗德的遗孀。"

"奇怪。我一直以为户籍员的遗孀不会有钱的。"

"不错,"殷士台顿笑了,"通常是这样,但这里是个例外。无论如何她有的钱比一般寡妇领的抚恤金多。她每回来凯辛总是大包小包,行李一大堆,远远超过她需要的一切。她的外表完全像个与众不同的女人,样儿稀奇古怪,病恹恹的,特别是她的两只脚没有力气。她信不过自己,每回来这儿总是随身带着一个身强力壮的老妈子,万一有事发生,可以保护她或者背着她走路。这回她带了一名新的女仆来,不过也是一个十分结实的女人,很像特里佩莉,只是比她更加健壮。"

"哦,我已经见过这个人了。一双善良的褐色眼睛,看起人来忠实可信。不过稍微有点儿憨直。"

"一点儿不错,就是她。"

殷士台顿和艾菲作的这次交谈已经到了六月中旬。打这以后,浴客一天比一天多起来了。每年这个季节,凯辛居民总要忙碌一番。天天总是有人到防浪堤那儿去散步,顺便等候客轮到达。由于殷士台顿无暇陪伴艾菲出外散步,艾菲自然只好作罢。但是她看到那条通向海滨和海滨饭店去的大街上车水马龙,热闹非凡,至少她内心是感到高兴的,因为这条大街一向冷冷清清,行人不多。再就是因为她喜欢眺望野景,现在她待在卧室里的时间比以往为多,从卧室窗子望出去,所有景色,尽收眼底。约翰娜常常站在一旁,解答艾菲所要知道的一切;街上浴客十之八九年年都来这儿,所以约翰娜不仅叫得出他们的名字,有时竟能讲一点有关浴客的往事和经历。

这一切都使艾菲愉快,兴奋。正好在夏至节那一天,街上发生了一件事情。平日上午快十一点的时候,客轮到埠,人潮如涌,熙熙攘攘。今天从市中心来到海滨的,不是载着一对对旅客、孩子和行李的出租马车,而是一辆挂着黑纱的灵车(紧接在后面的是两辆坐着送丧者的马车),它从通向种植园去的路上徐徐驶来,停在县长公馆对面的房子前面。原来户籍员罗德的妻子三天前病故,她的柏林至亲得悉噩耗十万火急赶来凯辛,他们不准备把尸体运往柏林,而让死者就地葬在凯辛公墓。艾菲这时站在窗边好奇地望着街上出现的特别肃穆的场面。从柏林赶来参加葬礼的人是死者的两个侄子和侄媳,年龄都在四十上下,面色健康红润,煞是叫人羡慕。两位侄子穿着极为合身的燕尾服,风度翩翩,言行举止从容安详,衣着得体,并不惹眼。但是两位侄媳就不一样!她们显然要让凯辛人开开眼界,真正的出丧应该是副什么模样。她们披着拖到地面的长黑纱,连脸儿也用黑纱蒙住。前面的一辆车上装着棺材,棺材上面放着几个花圈,甚至还放着一束棕榈。两对夫妇分别坐在后面的两辆马车里。林德克维斯特牧师登上第一辆马车,和两对居丧夫妇中的一对并排坐在一起。马车后面跟着死者的女房东,房东一旁是那个死者生前带来凯辛帮佣的壮实的女仆。女仆神色激动,看来倒是出自真心,尽管她的激动并非因悲伤而引起。那个房东是个寡妇,她虽然号啕痛哭,但人们可以清楚地看出,她的痛哭不是出于悲伤,而是一心盘算着死者生前经常送给她的礼物。其实她眼下非常走运,她可以把已经收了整个季度租金的房子,重新出租给别人,别的房东见了她还会眼红。

正当这一行送丧的人马重新出发的时候,艾菲走到院子后面的花园里,在种有黄杨木的花坛间漫步,以便摆脱刚才在她脑际留下的生离死别的印象。但她未能如愿以偿。她在转念之间,觉得与其在这景色单调的花园里徘徊,还不如到外面去作一次较远的散步。而且大夫关照过,由于分娩期日益临近,到野外走动走动对身体最有好处。于是,正在花园里的约翰娜给她送来了披风、帽子和晴雨两用伞,艾菲跟约翰娜和蔼地说了声"再见",就移步走出园外,向小林踱去。同铺有碎石子的宽阔公路平行的,是一条通向沙丘和海滨饭店去的小道。一路上有不少长凳,艾菲走走停停,在每条长凳上都坐一会。因为步行,耗费了她不少气力,特别是在中午骄阳之下,她觉得更加困乏。不过每当她坐上凳子,从她舒适的位子上观察来往车辆和过路的盛装女士时,她重又变得精神抖擞起来。对她来说,饱餐美丽的景色跟呼吸新鲜空气一样重要。走完小树林,自然还要经过一段坎坷不平的小道,这儿到处是黄沙,一点儿遮阴的地方也没有;幸而地上铺有板条,她尽管走得汗流浃背,气喘吁吁,但还是兴致勃勃地来到了海滨饭店。饭店的大厅里客人们已经开始用餐。但是大厅外边,在她的四周,一切都是静悄悄、空荡荡的,此刻对她来说,这是最惬意的境地。她要了一杯西班牙雪利酒、一瓶矿泉水,坐下身来眺望大海。在明亮的阳光下,海水粼粼闪光,微波轻轻拍岸。"海那边是波恩霍尔姆岛①,波恩霍尔姆岛过去是维斯比②,从前雅恩克就一直给我描述那儿的奇妙的玩意儿。对

---

① 波恩霍尔姆岛,丹麦岛名。
② 维斯比,瑞典戈特兰岛上地名。

雅恩克来说,维斯比比吕贝克①和武伦韦伯尔②更胜一筹,维斯比后面就是斯德哥尔摩,那儿曾经发生过大屠杀事件③,斯德哥尔摩后面是大海,大海后面是北极,再后面是午夜的太阳。"就在艾菲这样遐想的片刻,一种渴望涌上她的心头,她想亲眼看看这些地方。不过随后她的思路又回到近在周围的一切,她不禁吓了一跳。"我竟这么轻率地产生这种念头,渴望到遥远的地方去,真是一种罪孽。其实我得想一想眼前的一切。也许我们还要受到惩罚,孩子和我全都丧命。要是这样,那么,装死人的灵车和那两辆马车就不是停在街对面的房子前,而是停在我家的门前了……不,不,我不能死在这个地方,我不愿葬在这个地方,我要上霍恩克莱门去。尽管林德克维斯特牧师待我很好,可我宁愿要尼迈尔牧师;他给我受洗,他给我行坚信礼,他给我证婚,他也该为我主持葬礼。"艾菲在这样想的时候,一滴泪水掉到她手上。接着她又笑起来。"我还活着呢,而且才十七岁,尼迈尔牧师呢,已经五十七了。"

她听见餐厅里面碗碟碰击的叮当声。但是她突然又仿佛听见椅子磕碰的声音;也许客人们已经站起身来将要离开大厅了。为了免得碰到熟人,她也赶快站起身来,匆匆离席,准备绕道回城里去。她走上的那条紧挨着沙丘通向公墓去的路,公墓大门敞开,她便走了进去。现在这儿百花盛开,蝶儿在坟上翩翩起舞,海鸥在高空展翅飞翔。这儿是那么寂静,幽

---

① 吕贝克,德国北部滨海城市。
② 武伦韦伯尔(1492—1537),曾任吕贝克市市长。
③ 一五二〇年十一月八日至十日,丹麦国王克里斯蒂安二世在斯德哥尔摩逮捕并残忍处决了大批瑞典名流。

美,她恨不得在最初经过的几个墓前凭吊一番。但因为此刻烈日当空,热气袭人,她只得走向高处一条树荫遮掩着的小径。这儿垂柳成行,墓旁的白蜡树成双作对。当她来到小径尽头,她见右边有个新堆的坟墩,坟上放着四五个花圈,坟边树荫外的长凳上坐着那个善良、结实的女仆。刚才那女仆曾经陪伴着女房东跟在灵车后面来到这儿。艾菲一眼就把她认出来了,艾菲认为她是个善良、忠心的女仆,竟然在这阳光灼人的地方不期而遇,心里不觉一动。细算起来,死者埋葬到现在快有两个小时了。

"您选中那个地方热得很,"艾菲说,"太热了。要是运气不好,您可能会中暑的。"

"这我求之不得。"

"为什么呢?"

"我最好离开这个世界。"

"我说,一个人就是遇上了天大的不幸,或者死了亲人,也不该说这个话,您大概很喜欢她吧?"

"我?她?咦,上帝保佑。"

"可您很悲痛啊。这里总有个原因。"

"是有个原因的,太太。"

"您认得我吗?"

"嗯,认得,您是那边的县长太太。我跟那个老太时常谈起您。末了,她讲不出话了,因为她肺里大概全是水,空气不多了;不过只要她还能讲话,她总是唠叨个没完没了。真是个地地道道的柏林女人……"

"善良的女人?"

"不;如果我也这样说,我就是撒谎。她已经入土了,一个人不该说死人的坏话,特别是尸骨未寒,更不该说。哦,她大概会安息在九泉之下的!不过她跟谁也合不来,喜欢吵嘴,气量小得要命,对我不关心。昨儿从柏林来的亲戚……吵架吵到深更半夜……噢,这些人也不好相处,实在没法相处。地地道道的坏蛋,好吃,懒做,心狠,手毒,不讲道理,随心所欲。他们嘴上花言巧语,心里分明想克扣我的工钱。他们后来所以肯付清工钱,那是因为他们不得不付,如果再拖六天,他们得多付一个季度工钱。要不是这些原因,我一个子儿也休想拿到,或者只能拿到一半或四分之一。他们绝非出于自愿。他们给我一张五马克的破钞票,当作我回柏林去的盘缠;唷,这点儿钱,只够坐四等车厢。那儿挤,我大概只能坐在自己的箱子上。可我根本不想回柏林;我想留在这儿,直到我死去……上帝啊,我现在要的是安宁,我本想太太平平地过个晚年,而现在又是落得一场空,我得再次去闯日子。我还是个天主教徒呢,啊,我受够了,我最好代老太去死,我的意思是,让她再活下去……她原也很想再活下去的;……这位惯于折磨人的老太,眼下气也没了,她真想长生不老呢。"

陪着艾菲的洛洛,间或坐在那个女仆跟前,舌头拖在嘴外,死命盯着她看。她说完话,洛洛便站起身来向前走一步,把脑袋搁在她的膝盖上。

蓦地,女仆仿佛改换了话题。"上帝啊,我可要交运了。这个牲灵喜欢我,亲热地望着我,把它的头搁在我膝上。上帝啊,这是我好久以来才碰上的事啊。喏,我的小老头儿,你到底叫什么名字?你真是个好家伙。"

"洛洛。"艾菲说。

"洛洛;这名字可特别。不过嘛,名字叫啥都没关系。我也有个特别的名字,就是那个教名,我们这号人不会取别的名字的。"

"您到底叫什么?"

"我叫罗丝维塔。"

"嗯,这名字难得听到,这的确……"

"噢,完全对,太太,这是个天主教徒的名字。除此以外,我也的确是个天主教徒。我老家在埃希费尔特。天主教徒往往叫人讨厌。许多人不喜欢天主教徒。因为他们老往教堂跑。'老是作忏悔,可是要紧的事又不讲。'——上帝啊,我耳朵听得快起老茧了,从我最早在基比欣施泰因帮人干活,一直到后来在柏林。我可不是个好天主教徒,我完全是个不守教规的信徒,也许正因为这一点,我才没有好日子过;嗯,一个人不应该放弃信仰,一切得照章办事。"

"罗丝维塔,"艾菲又叫了一声,然后坐到她身边的凳上。"眼前您有什么打算?"

"啊,太太,我能有什么打算。我什么打算也没有。真的,一点没有。我想坐在这儿,等到我晕倒在地上为止。这是我求之不得的事。如果我晕倒在这儿了,人家还以为我像一条忠心的狗,恋恋不舍那个老太,不想离开她的坟墓,愿意跟她走一条路。不过,假如有人这样想,那就错了,我不想为这样一个老太去死;我所以想死,那是因为我活不下去了。"

"我想问您一下,罗丝维塔,您是不是就像人们讲的那样,'宝贝孩子'的?您有没有带过小孩?"

"我当然带过孩子,带孩子还是我的拿手好戏呢。这样的柏林老太——但愿上帝饶赦我的罪过,因为她现在已经死了,她会在上帝的审判台前控告我——,像埋在那儿的一位老太,哦,真可恶,她啥事都要我干,真叫人心里发慌,但是这样一个可爱的小宝贝,像洋娃娃那样大的一个小东西,睁大了眼睛滴溜溜地朝你看,哎,那该多带劲哪。我在哈勒的时候,给盐务官太太当过保姆,后来在基比欣斯泰因,用一瓶瓶牛奶喂大了一对双胞胎;哦,带小孩这事我懂,我非常在行。"

"那好,您要知道,罗丝维塔,您是一个善良、老实人,这我从您身上看得出来,心肠稍微直一点,但这没关系,有时候这种性格倒是挺好的,我一眼见到您就很信任您。您愿意帮我做事吗?我觉得,这好像是上帝把您安排给我的。我快要生孩子了,上帝帮了我忙。孩子一旦生下来,总得有人照看,也许还得喂奶。谁能料到呢,虽然我是不希望这样的。您觉得怎样,您愿意帮我做事吗?我想,我是不会把您看错的。"

罗丝维塔马上一骨碌跳起来,抓住了年轻太太的手,发疯似的吻它。"啊,天上到底有上帝,真是天无绝人之路啊。您看,太太,行啊;我是个正派人,我有证明文件。回头我把证明给您看,您就会明白。就在我看到您太太的第一天,我就想:'嗯,要是你能在她那儿弄得一份差使就好了。'如今我真的弄到了。哦,亲爱的上帝啊,哦,您神圣的童贞女马丽亚,我们在这儿埋了老太,她的亲友走了,剩下我一个人坐在这儿,要是有谁告诉我,天无绝人之路就好了!"

"是的,世界上出乎意料的事往往是有的,罗丝维塔,有时也是好事。现在咱们走吧。洛洛已经等得不耐烦了,老是往大门那儿跑。"

罗丝维塔正要动身离开,但她又一次走向坟墓,嘴里念念有词,胸前画着十字。然后她们沿着树荫遮掩下的小径走下去,走向公墓大门。

门对面有一块用栅栏围起来的地方,白色的碑石在午后的阳光下闪闪发亮。艾菲现在能够从容地望它一眼。她们在沙丘之间又走了一阵,才顺道来到小树林边缘乌特帕特尔的磨坊前。接着她向左拐弯,沿着名叫"制绳场"的斜斜的林荫道,带了罗丝维塔走向县长公馆。

# 第十四章

一刻钟不到,她们到了公馆。两人一走进阴凉的过道,罗丝维塔就看到处处挂满了稀奇古怪的东西,不禁呆若木鸡;可艾菲不让她再东张西望,就直截了当地对她说:"罗丝维塔,现在你进屋去吧。这是我们的卧室。我要先上县长办公大楼——就是您曾经住过的那幢小房子旁边的大楼——去找我丈夫告诉他我要用您带孩子。他一定会全都同意的,不过我得先征求他的同意。要是他答应了,咱们就让他睡到卧室外面去,您跟我睡在壁龛形的卧室里。我想,咱们早已讲好了的。"

殷士台顿一听清艾菲前来找他的原因,立即兴致勃勃地说:"你做得对,艾菲,要是她的服务证上没有记下不规矩的行为,咱们就把她好好留下来。忽然来了这样一个人帮忙,倒是十分难得。咱们应该感谢上帝哩。"

艾菲因为事情很顺利地解决了,心里好不痛快,她说:"现在好了,我以后不用害怕了。"

"怕什么,艾菲!"

"啊,你要知道……一个人的胡思乱想是最糟的,有时比什么都糟。"

就在这时,罗丝维塔把她的一点儿行李搬进了县长公馆,在壁龛形的小卧室里铺设起来。天一晚,她很早就上床了。由于白天奔波劳累,头一倒在枕上就睡着了。

次日清晨,艾菲问罗丝维塔晚上睡得怎样,是不是听到什么声响?因为这几夜正好是满月,艾菲又在忐忑不安了。

"什么?"罗丝维塔问。

"哦,没有什么。我只是问问您有没有听到声响,好像一把扫帚在楼板上扫,或者像一个人在楼板上拖着步子来往。"

罗丝维塔不禁哑然失笑了,这给她的年轻的女主人留下一个特别可爱的印象。艾菲从小受到新教的熏陶,要是今天有谁在她身上发现天主教的东西,她就会惊慌失措。尽管这样,她还是相信天主教的东西更有力量保护自己,不受"楼上"那一类鬼魂的侵袭;不错,她之所以要把罗丝维塔留在家里,上述那种想法起了十分重要的作用。

艾菲像勃兰登堡大多数农村姑娘那样,对人和气,喜欢听人讲各类小故事。有关那个户籍员遗孀的故事,有关她的吝啬作风和她侄子侄媳的故事,叫人讲多少天也讲不完。罗丝维塔给艾菲讲故事,很快就和大家混熟了,连约翰娜也喜欢在一旁听她讲。

每当艾菲听到精彩动人的地方,往往要高声大笑起来。罗丝维塔自然也会跟着微微一笑,对太太这样喜欢听荒诞不经的故事暗暗感到惊异。不过这种惊异和一种似乎比别人高明的强烈的优越感同时存在,从而使它变成一种幸福感。但她极为小心,不使这样的事情成为取得太太欢心因而引起争吵的祸根。罗丝维塔心地单纯,有时憨直得可爱。她除了跟洛洛比较友好之外,约翰娜抓不到任何把柄妒忌她。

一个星期就这样过去了,大家海阔天空地闲扯一阵,日子过得也颇舒服。艾菲对她个人面临的分娩,没有像以前那么担心了。她不相信产期已经临近。但是等到愉快地度过了高谈阔论的第九天之后,屋里就出现一番忙碌景象。殷士台顿自己也显得坐立不安,失了常态。七月三日早上,艾菲已经在床边放上一只摇篮。汉内曼大夫拍拍这位年轻太太的手说:"今天是柯尼希格莱茨日①;可惜,是个女孩。不过以后会生男的,反正普鲁士也有许多胜利的日子。"罗丝维塔大概也有类似想法,她暂时对于眼前的喜事无限高兴,她竟然超出了常情,自作主张给孩子取名"吕特-安妮"②,这个名字对年轻的母亲来说,是一种美好的象征。"罗丝维塔恰好想到了这样一个名字,这一定是上帝的一种启示。"连殷士台顿对这个名字也表示同意。在受洗前的许多天,小安妮这个名字就这样叫起来了。艾菲打算八月中旬到霍恩克莱门娘家去住,小孩受洗一事她本想推迟到那个时候再办。但事情并不那么如意称心;那个时候殷士台顿没有假期。于是,受洗日子只好定在八月十五日,尽管那天是拿破仑日③(有几家人家对选定这样一个日子表示异议)。受洗的仪式当然在教堂举行,仪式过后就设宴招待宾客。由于县长公馆没有大厅,因此酒席设在港口附近的丽苏逊大饭店,所有邻近的贵族都在邀请之列,他们果然全都出席了宴会。牧师林德克维斯特举杯为艾菲母女亲切祝酒,因此受到了大家的称赞。西多妮·封·格拉塞纳

---

① 柯尼希格莱茨,德国地名,一八六六年七月三日普奥战争在此决战,普军大败。这儿喻"一个失败的日子"。在当时的普鲁士,有重男轻女的倾向,仿佛在"失败的日子"生的就是女孩,在所谓"胜利的日子"则生男孩。
② 吕特-安妮,有"小安妮"之意。
③ 八月十五日是拿破仑一世(1769—1821)的生日。

布借此机会对她的邻座——一位正统的贵族出身的陪审官说:"哼,他那一席节日讲话还算中听,但他的说教对上帝和世人都是不负责任;他是个半途出家的人,他那种温吞水态度,难免要遭人谴责。我不想在这儿逐字逐句引用《圣经》里的话。"封·博尔克老先生也紧接在牧师之后讲话,他祝愿殷士台顿健康长寿。他说:"女士们,先生们,咱们生活在一个世风日下、道德败坏的时代,极目所至,无非是犯上作乱,违法乱纪。不过,只要咱们一天还有那种出类拔萃的人物在,请允许我补充一句,只要咱们一天还有这样的贤妻良母在(说到这儿,他向艾菲鞠个躬,做了一个文雅的手势)……只要咱们一天还有我引以自豪的、我敢斗胆称作朋友的殷士台顿男爵在,咱们就垮不了,咱们这个古老的普鲁士国家就能巍然屹立。嗯,我的朋友们,咱们依靠波美拉尼亚和勃兰登堡,就能镇压和踩烂毒汁四溅的革命巨龙的首级。只要咱们意志坚定,对国家忠诚,咱们就会取得胜利。咱们必须尊重咱们的天主教兄弟,虽然咱们曾经跟他们有过斗争。他们有'坚如磐石的彼得',可我们有'Rocher de Bronze'①。敬祝殷士台顿男爵健康长寿!"殷士台顿作了简短的谢词。艾菲对坐在身边的封·克拉姆巴斯少校说,所谓"坚如磐石的彼得"可能就是对罗丝维塔的一种恭维;她想事后过去问问司法顾问老加德布施,他对此是不是有同感。克拉姆巴斯非常认真地对待艾菲说的这句话,他劝住艾菲,叫她别向司法顾问提问了,这使得艾菲兴致勃勃地说道:"我以为,您是比较识人的。"

---

① 法文:"固若青铜的磐石"。引自普鲁士国王腓特烈·威廉一世讲过的一句话:"我戴的皇冠固若青铜的磐石。"

"啊,最仁慈的夫人,一个不满十八岁的漂亮而年轻的太太,是不会怎么识人的。"

"您真是叫人扫兴,少校。您可以叫我老奶奶哩,您暗示我还不满十八岁,这样的话是不可原谅的。"

客人们离席的时候,从凯辛湾开来的晚班轮船已经停靠在饭店对面的浮桥边了。艾菲跟克拉姆巴斯和吉斯希布勒一起坐着喝咖啡,窗子全都敞开着,她目不转睛地看着下面的热闹情景。"明儿早上九点钟我将乘这艘轮船上行,中午时分可到柏林,晚上到达霍恩克莱门,罗丝维塔抱了孩子跟我一起去。但愿孩子在路上不哭不闹。哦,今天我的心情是多么愉快啊!亲爱的吉斯希布勒,您从前回老家时,心情也是那么高兴的吗?"

"嗯,这样的心情我也有过,最仁慈的夫人。只是我不用随身带着小安妮,因为我没有孩子呀。"

"再来一杯,"克拉姆巴斯说,"咱们来碰杯,吉斯希布勒;您是这儿唯一的一个头脑清醒的人。"

"可是,少校先生,咱们这儿只有白兰地。"

"那更好。"

# 第十五章

艾菲在八月中旬动身回娘家,九月底返回凯辛。在这六个星期当中她有时不免要记挂凯辛;可是一等她回到了凯辛,重新走进黑黝黝的过道时,她立即又感到害怕了,过道里只有一丝从楼梯那儿射过来的半明不暗的亮光,她轻声地说:"这种暗淡、昏黄的亮光,在霍恩克莱门压根儿就没有。"

不错,她在霍恩克莱门逗留的日子里,只有过一两回想念这所"该诅咒的房子",总而言之,那是因为她感到老家的生活叫人觉得幸福和满足。荷尔达还没有结婚,她一直在念念不忘跟男子或未婚夫约会,艾菲和她相处得不怎么好。跟这相反,她和那两个孪生姊妹相处得比较融洽,她不止一次地跟两姊妹一起打球,一起玩槌球戏,她根本忘记自己已经结过婚了。这是她幸福的时刻,但是叫她最最高兴的还是像从前那样在秋千上荡来荡去,她心里产生一种感觉:"如果我现在一头栽下去。"这真有点儿叫人头皮发麻,全身战栗,但也会有点儿甜丝丝的感觉。她终于从秋千架上跳下来,陪着一对孪生姊妹走到小学前的长凳边。她们坐下以后,她就和那个随后跟着来的老雅恩克讲她凯辛的生活,她说那儿的生活,一半像汉萨城市,一半像斯堪的纳维亚,无论如何不同于施万蒂科

141

夫和霍恩克莱门。

　　这就是艾菲在霍恩克莱门的日常娱乐和消遣,她偶尔也乘车到夏日的沼泽地漫游,十回中有八九回是乘狩猎车去的;然而对艾菲来说,生活中的最重要内容则是每天早上差不多总要跟妈妈聊聊天。她们坐在楼上极为通风的大房间里交谈,罗丝维塔则在一边推动摇篮里的孩子,一边用图林根方言哼着谁也无法真正听懂的各种摇篮曲。这些曲子也许连她自己也没有弄清楚;而艾菲和妈妈信步走到打开着的窗子前,嘴里说着话,眼睛望着下面的公园,望着日晷,或者望着几乎一动也不动地歇在池塘水上面的蜻蜓;有时,也望着园中的卵石小径。封·布里斯特先生就坐在那儿读报,他的旁边是凸出在建筑物外面的台阶。他每回把报纸翻过来,总是先把夹鼻眼镜除下来,向楼窗口的母女俩挥挥手。当他读到最后一页,通常是《哈维尔兰德指南》时,艾菲便从楼上走下来,不是坐到他身边,便是和他一起在花园和公园里散步。有一回,就在这样散步时,他们从卵石路那边慢慢地过来,打一块竖在路边的小型纪念碑前经过。这块纪念碑是布里斯特的祖父为了纪念滑铁卢之役建立起来的,纪念碑的正面有一个发锈的金字塔和一个布吕歇尔[①]的铸像,背面同样是威灵吞[②]的铸像。

　　"你在凯辛也作这样的散步吗?"布里斯特问,"殷士台顿也陪着你,跟你聊天?"

---

[①] 布吕歇尔(1742—1819),普鲁士元帅,曾于一八一五年和威灵吞一起大败拿破仑于滑铁卢。
[②] 威灵吞(1769—1852),又译威灵顿,英国军事家、政治家、首相(1828—1830),绰号"铁公爵"。滑铁卢战役中任英军元帅。

"没有,爸爸,像这样的散步从来没有过。这压根儿办不到,因为我们屋后只有一个小花园,实际上它也称不上是个花园,只有一两个栽有黄杨树的花坛和菜畦,园里长着三四株果树。殷士台顿对这一切不感兴趣,大概他也不愿在凯辛久耽。"

"可是,孩子,你得活动活动,呼吸呼吸新鲜空气,你可是一向有这种习惯的。"

"我是有这种习惯的。我们那幢房子在一个小树林附近,大家叫小树林种植园。我常去那儿散步,洛洛陪着我。"

"老是洛洛、洛洛的,"布里斯特笑了,"不知道你底细的人还以为你关心洛洛比关心丈夫和孩子还多呢。"

"啊,爸爸,要是人家有这种想法,那太可怕了;但是话又得说回来,我不能不承认,确有那么一段时间我没有洛洛根本无法过日子。就是那个时候,……噢,你是知道的……那个时候它简直救了我,或者至少我有这种想法,从这以后,它成了我的好朋友,成了我的亲信。可是它毕竟只是一条狗啊。当然人比狗重要得多。"

"哦,话总是那么讲,可我还是十分怀疑这句话。跟牲灵打交道,有其特殊的意义,而什么是正确的办法,眼下还没有现成的答案。请相信我的话,艾菲,这也是一个广阔的领域。我这样想,假定有个人失足落水,或者甚至跌进了冰窟,那么,如果有这样一条狗,我们说像你的洛洛这样一条狗在场,那么,它非等那个失足落水的人重新被救上岸来,那是不会安心的。要是被救上岸的那个人已经死了,那么,它就躺在死者身边呜咽哀泣,直到有人走来。要是没有人来,那它就一直待在死者身边,直到饿死为止。这种牲灵总是那样讲义气。而人呢,正好跟这相反!我说这样的话,上帝啊,请饶恕我的罪过,不过我有时还是感到牲灵胜过人哪。"

"可是,爸爸,要是我跟殷士台顿讲这样的话……"

"不,你还是不讲的好,艾菲……"

"如果我失足落水,洛洛自然会救我,不过殷士台顿也会救我,他是一个崇拜名誉的人。"

"他是这种人。"

"而且爱我。"

"那当然,那当然。你爱别人,别人也爱你。事情往往如此。我只感到奇怪的是,他干吗不请个假赶紧来这儿跑一趟。一个人要是有那么一个年轻的妻子在外面……"

艾菲的脸上顿时罩上一层红晕,因为她心里也这么想。但她偏要嘴硬。"殷士台顿工作极端负责,我相信,他想博得上级的赏识。他为自己的前途作着种种打算;凯辛只是个小站哪。话说到底了,我不会离开他。他不会失去我。一个人要是太娇生惯养了……这跟年龄相差太大有关……只会给人说笑话。"

"是的,只会给人说笑话。艾菲。但是对于这样的事情也只能如此。还有,你这些话别去跟人讲,连妈妈也别讲。事情要做得恰到好处,可是件难事呀。这也是一个广阔的领域哪。"

艾菲在老家逗留期间,父女间的这类谈话不止有过一次,但幸而没有在艾菲身上留下深远的影响。同样,在艾菲重新踏进凯辛家门时所产生的有点儿抑郁的心情,很快也就消失了,因为殷士台顿显得温存体贴。他们喝罢茶以后,殷士台顿就在融洽的气氛中闲扯种种新闻和风流逸事。这时艾菲撒娇似的依偎着殷士台顿,准备向他诉说自己在娘家的情况,同时打听一点关于特里佩莉和吉斯希布勒新近频繁的通信经过。这好比是她在没有清偿的账目上又加上了新的一笔。这次谈话使艾菲感到心情舒畅,自己又完全是个年轻太太了。罗丝维塔今后将搬回到使女们住的房间里去睡觉,艾菲心里暗自高兴,她可以长期摆脱罗丝维塔了。

次日早上她说:"天气真好,空气清新,我想从阳台望到种植园去的景色一定更加好看,咱们可以坐在室外用早餐。进房间去享受早点不用说还早,凯辛的冬天再过四个星期也不会来到。"

殷士台顿非常同意。艾菲说的那个阳台,确切地讲是个帐篷。早在夏天,也就是在艾菲动身去霍恩克莱门前三四个星期,它已经搭好了。帐篷内部是一个用木板铺成的大高台,正面敞开,上面有个大漫天帐,左右两边挂着阔麻布帷帘,麻布凭着环子和铁杆,可以任意拉动。这是一个迷人的场所,整个夏天来本地的游客路过这儿,都对它赞不绝口。

艾菲身子靠在一张摇椅上,一面说话,一面把放咖啡壶的盘子挪到丈夫身边:"格尔特,今儿你可以扮演一个好客的主人;我坐在这张摇椅上舒服极了,真不想站起来。要是你真的高兴我回家来,今天你就多辛苦一点。我日后也会报答你。"她说着把一块白色台毯拉拉正,将自己的手放在上面,殷士台顿拿起她的手就吻个不停。

"我不在这儿的时候,你生活过得怎样?"

"够糟的,艾菲。"

"你嘴上是这么说,脸上的表情可不大像,这些好听话恐怕不是出于真心吧。"

"可是艾菲……"

"我可以拿点证据出来证明我的话。因为如果你真的想念你的孩子,你就不会这样——至于对我自己就不想多说了——而你呢,毕竟是这么一位高贵的先生,当了那么多年单身汉,又一点也不着急来看我们,我究竟该怎么说才好呢?"

"怎么?"

"哦,格尔特,如果你只要有一点儿想到我,那你就不会让我一个人像寡妇那样孤零零地在霍恩克莱门待上六个星期。那儿除了尼迈尔和雅恩克,偶尔有几个施万蒂科夫人以外,什么人也不来。拉特诺人一个也不来,他们好像怕我,或者是因为我已经成了一个老太婆似的。"

"啊,艾菲,你怎么可以这样说。你知道,你是一个风流的小娘子呀。"

"谢天谢地,你居然说出这样的话来。我假定果然是那种人,你大概挺高兴吧。你尽管装得那么道貌岸然、正人君子似的,可你比别人高明不了多少。我很了解,格尔特……你实际上是……"

"嗯,是什么?"

"哦,我还是不说的好。可我非常了解你;你实际上像施万蒂科夫的舅舅说的,是个在'爱星'照耀下诞生的娇客。舅舅贝林的话很有道理:你只是不愿意表露在外面罢了。你想,当个娇客不合适,这会毁掉你的前程。我把话说到你心里了吧?"

殷士台顿笑了。"有一点儿这种味道。你要知道,艾菲,我对你要刮目相看才好。小安妮没有出世前,你像个孩子。可现在一下子……"

"怎么?"

"你一下子变了个样。但是你这样很合适,变得很讨我喜欢,艾菲。你知道为什么?"

"为什么?"

"你真有点儿魅人哪。"

"啊,我唯一的格尔特,你说我魅人,那是好事,我现在心里挺高兴……再给我半盅茶……你到底知不知道,我一直希望你讲这句话?我们女人一定得魅人,要不,我们就一文不值了……"

"这是你的真心话?"

"可以说是我的真心话。不过这句话我是从尼迈尔那儿听来……"

"从尼迈尔那儿!哦,天父哪,这难道是一个牧师该讲的话吗?不,天下不会有这样的牧师。不过,他怎么会讲起这样的话来的?这话仿佛是出于唐璜①或者某个花花公子之口。"

"嗯,谁知道呢,"艾菲笑了……"瞧克拉姆巴斯不是朝这儿过来了吗?他从海滨那儿过来。总不是洗澡回来吧?已经到了九月二十七日……"

"他常常干那样的事,纯粹是炫耀自己。"

---

① 唐璜,欧洲许多文学作品中的主人公。这个形象最早出自中世纪西班牙的传说,主要否定宗教的禁欲的道德,后来却发展成为纵欲的极端个人主义者的典型。

这时克拉姆巴斯已经走近了,他向这边打招呼。

"早上好,"殷士台顿冲他喊道:"过来,过来。"

克拉姆巴斯走上前。他穿一身便服,吻了吻艾菲的手,艾菲正在摇椅里摇荡着身体。"请原谅,少校,我就在这儿草草不恭地接待您;阳台到底不比家里,再说,早上十点也根本不是接待客人的时候。好吧,咱们就不拘形式,或者说,只要您高兴,大家就随便一点好了。请坐下来谈谈,您干了点什么啦?从您的头发(我希望,它们能更多些)上可以清楚地看出您洗过海水浴。"

克拉姆巴斯点点头。

"这真是不负责任哪,"殷士台顿半认真半开玩笑地说。"四个星期以前您不是听见过银行家海纳斯多夫的故事吗?他也认为,大海和汹涌的波涛因为他有百万家私而敬他三分。可是神祇们相互妒忌,海神尼普顿干脆就反对财神普卢托,或者至少反对海纳斯多夫。"

克拉姆巴斯笑起来。"嗯,百万马克!亲爱的殷士台顿,如果我有这么多钱,那我实在就不敢下海洗澡了;尽管天气晴好,水温可只有九度。但是咱们那位少算也有百万亏损的银行家,请允许我稍微说过头几句,是不会害怕神祇的妒忌的。而且用句俗语来安慰自己:'生来上绞架,哪能会淹死。'"

"可是,少校,您毕竟不是那些凡夫俗子,这一点我差不多可以大胆断言。诚然,有些人以为……我指的是那些您刚才提到过的人……相信生死有命,富贵在天。尽管如此,少校,对一个少校来说……"

"……这不是传统的死法。这一点我承认,我最尊贵的朋友——这不是传统的死法,就拿我来说,显然也不是——一切不过是引证的话,或者说得更确切一些,是些 façon de parler①。但这后面还有一点真诚的用意,我刚才说过,大海在我身上得不到什么。我确信,我希望的是喋血沙场,光荣捐躯。这自然首先是一种吉卜赛人的预言,但也是个人良心上的共鸣。"

殷士台顿笑起来。"如果您不想在大土耳其那儿或者在中国巨龙的旗帜下干差使,克拉姆巴斯,那要喋血沙场会有它的困难。现在人们你打我我打你。请相信我,这儿有一个三十年前的故事,谁愿喋血沙场……"

"谁首先得向俾斯麦请战。我全知道,殷士台顿。不过这样的事对您来说是件小事。如今已经到了九月底;至迟在十周内公爵又会来到伐尔青,因为他对您非常赏识——借用一句比较通俗的话来说,我愿意退避三舍,免得冲着你的枪口对着干——所以你将会从维约维尔②弄来一个老伙伴,让他参加一点儿战争。公爵也只是个凡人,向他请战可以起作用。"

艾菲在他们两人交谈的时候,拿几个小面包在桌上旋转,然后掷在桌上,搭成各种形状。她的这种动作表明她希望两人换个话题谈谈。但是殷士台顿看来仍然想对克拉姆巴斯的俏皮话回敬几句。于是艾菲决心单刀直入地进行干预。"我不明白,少校,咱们干吗讨论您的死的方式呢;生对于咱们更为接近,生首先是一桩严肃得多的事情。"

---

① 法文:套用的话。
② 维约维尔,法国地名,在洛林附近,一八七〇年八月十六日普法两军在此发生过一场较大规模的战役。

克拉姆巴斯点点头。

"您如果认为我的话有道理,这就好了。咱们在这儿该怎么生活,这个问题暂时比别的一切更重要。吉斯希布勒给我的信中谈了这个问题。如果您不嫌我唐突和冒失,我可以把信给您看,因为在这些信里还谈到各种事情……别让殷士台顿看这封信,他对这些不感兴趣……吉斯希布勒写得一手好字,好像雕刻出来或印刷出来似的。咱们这位朋友仿佛不是在凯辛的老市场,而是在法国的皇宫里受的教育。因为他身体有点儿畸形,是个驼背,穿件白衬衫胸前有皱襞装饰,谁也不像他那样。我只是不明白,他从哪儿请来这样一位熨衣服的女工,使他穿的一身衣服老是那么挺,那么神气。哦,吉斯希布勒跟我谈了筹备俱乐部晚会的种种打算,还谈到一个名叫克拉姆巴斯的负责筹备晚会的人。您瞧,少校,这个话题比什么喋血沙场和别的什么更叫我欢喜。"

"我个人也欢喜。要是我们得到太太您的大力支持,那么,我们就会过一个欢乐的冬天。特里佩莉要来……"

"特里佩莉吗?那我就是多余的了。"

"绝对不可能,太太。特里佩莉不可能来这儿唱上一星期,这无论是对她还是对咱们都是太多了的;生活的乐趣在于不断地变换口味,自然,世界上任何美满的婚姻总还存在矛盾,这是个真理。"

"如果说世界上有什么美满婚姻,那我的得除外……"她把手伸给殷士台顿。

"所以说要不断地变换口味,"克拉姆巴斯接下去说,"咱们自己的生活和咱们俱乐部的活动,就要不断变换内容。我荣幸得很,担任了俱乐部的副主席。干这差使,可要得到各方面的支持。要是咱们齐心协力,那么咱们得把整个地方上的力量都动员起来。咱们准备上演一些戏剧,已经初步选定的有:《和平中的战争》①《赫拉克勒斯先生》②、维尔勃兰特的《青春之爱》③,也许还有根西欣的《快活女神欧芙乐欣妮》④,您演欧芙乐欣妮,我演老歌德。我演诗圣歌德这个悲剧角色,一定活灵活现,保管叫您惊叹不止……如果'扮演悲剧角色'这个词儿用得正确的话……"

"毫无疑问,我从我的炼金术士的秘密来信中得悉了一点,听说您除了许多别的角色而外,偶尔也是诗人。这事情起先叫我惊异……"

"因为您看不出我会充当这样的角色吧。"

"不。不过自从我知道您在九度的水温中洗澡,我对您的看法就改变了……在波罗的海九度的水温中洗澡,这超过卡斯泰利亚泉水⑤……"

"卡斯泰利亚的水温谁也不知道。"

"这种水温我适应不了;至少没有人会反驳我这句话。不过现在我得走了。罗丝维塔带了小安妮来了。"

艾菲赶紧站起来,走向罗丝维塔,从她手里接过安妮,自豪而幸福地把孩子举到空中。

---

① 《和平中的战争》,古斯塔夫·封·莫泽尔(1825—1903)和弗兰茨·封·朔特汉创作的喜剧(1881)。
② 《赫拉克勒斯先生》,格奥尔格·贝雷(1836—1875)创作的闹剧。
③ 《青春之爱》,阿道夫·封·维尔布兰特(1837—1911)创作的喜剧。
④ 《快活女神欧芙乐欣妮》,奥托·弗兰茨·根西欣(1847—1933)创作的独幕剧(1878),写歌德和女演员克里斯蒂娜·瑞曼-贝克尔的故事。
⑤ 卡斯泰利亚泉,位于希腊得尔斐的帕尔那斯。希腊传说中该泉水可以激发诗人灵感。

# 第十六章

一直到十月,天气都很好。接连好多日子,每天上午艾菲他们照例要在露天下那个半帐篷式的阳台里消磨。十一时左右少校来访,首先向太太请安,问问她的饮食起居情况,用他那能说会道的嘴巴跟她稍稍讥评一番时事。然后邀请殷士台顿到郊外作一回散步,每回散步往往都是离开城市深入乡间,沿凯辛河到布拉特林海湖,但更多的时间是去防浪堤那边。艾菲在他们外出期间或者跟孩子嬉戏,或者翻阅吉斯希布勒一直给她送来的报刊,有时也写信给妈妈,再不然就说:"罗丝维塔,咱们带安妮散步去。"然后罗丝维塔推着童车走在前面,艾菲则跟在车后。走上百步,进入小树林,到了栗子散满一地的树下,便停下车子,拾些栗子给孩子当玩物。艾菲很少上城里去,因为那儿没有人跟她谈得来。她也作过一次尝试,想主动跟封·克拉姆巴斯太太交往一番,但又一次失败了。少校夫人始终不喜欢和人接近。

这样过了几个星期,有一天艾菲蓦地向两位男子表示,希望容许她自己也骑了马和他们一起去漫游。她说自己有一股激情,渴望干许多事情,只是怕凯辛人背后冷言冷语,因此放弃了若干对个人来说是非常珍贵的东西。少校认为这样做好极了,而殷士台顿则显然觉得艾菲跟他们一起出游不合适,因此他一再强调物色不到可供妇女作坐骑的马匹。但当克拉姆巴斯保证说:"这件事情包在我身上。"殷士台顿便不得不作出让步。事实也确是这样,有志者,事竟成。艾菲非常高兴,她终于能骑着马儿在海边驰骋了。如今人们对"仕女浴场"和"绅士浴场"也不再议论纷纷了。洛洛十之八九也跟着这一行人马出游。他们有时喜欢在海边略事休息,有时则希望在海岸步行一段路,为此大伙儿商定每回出游都得有相应的仆从随同。少校的随从是一名有了一点年纪的特雷普托夫的枪骑兵,一个名叫克努特的勤务兵,而殷士台顿的车夫克鲁泽如今成了他的马夫。诚然,单有这两个随从跟着还不够完备,尤其使艾菲深以为憾的是,这两个人穿的制服都稀奇古怪,从他们的服装仍然看得出他们原来干的是哪一行。

到了十月中旬,这一行人马就这样排着骑兵队列初次浩浩荡荡地动身出游,并排走在最前列的是殷士台顿和克拉姆巴斯,艾菲走在他们中间。后面并排走的是克鲁泽和克努特,最后跟着洛洛,但洛洛不久感到跟在后面乏味,便奔到大家的前面开道。他们一行人经过游客已经走空的海滨饭店,随即朝右边走去,穿过一条溅满泡沫的海边小道,来到高高垒起的防浪堤。这一行人忽然对此发生兴趣,便下马步行到防浪堤的尽头。第一个离鞍下马的是艾菲。宽阔的凯辛河在两行石堤中间静静地流过,然后从容地汇流入海。大海在他们面前犹如一片阳光掩映着的平原,这儿那儿卷起一阵阵涟漪。

艾菲从来没有到过这儿的远郊,因为去年十一月她来到凯辛时正值风雨季。今年夏天,她行动不便无法作遥远的郊游。眼下她给大海的景色迷住了,她感到一切都是那么宏伟壮丽,家乡的沼泽怎么好和这儿的大海相比,她的心里仿佛受了一阵委屈。事有凑巧,此刻从远处余来一块木片,她抓起木片,向左可扔进大海,向右可扔进凯辛河湾。洛洛永远是个幸运儿,它时刻可为女主人效劳,现在它冲到水里准备去抢木片,可是蓦地它的注意力集中到海的另一边。它小心翼翼,差不多有点怯生生地迈步向前。突然,它向面前一个轮廓渐趋分明的目的物一窜,自然它扑了个空,因为在这同一刹那间,一只海豹原来栖息在阳光照耀下面长满海藻的石头上,此刻无声无息地滑进只有离它五步远的海里去了。这时还能看到它的脑袋浮在水面,接着,它的脑袋也沉到水里了。

大家看得有点心动,克拉姆巴斯却一心在作猎捕海豹的打算。他说,下次可得把猎枪带来。"因为这家伙的皮挺结实。"

"不行,"殷士台顿说,"海港警局不同意。"

"我一听就生气,"少校笑笑说,"什么警局不警局!咱们这儿的三个地方机关,彼此之间都是眼开眼闭。难道一切都得严格按照法律办事不成?凡是法律,都是无聊透顶的东西。"

艾菲鼓掌。

"嗯,克拉姆巴斯,这话是像从您嘴里说出来的吗?而艾菲,您瞧,她在给您打气哩。当然,女人总是嚷嚷地要个保护人,可是她们对法律不闻不问。"

"这是自古以来女人的权利,咱们无法加以改变,殷士台顿。"

"不,"殷士台顿笑了,"我也不想改变。我不愿意过问您洗白自己的申辩。不过像您克拉姆巴斯这样一个在原则的旗帜下成长的人,应该很懂得没有纪律和秩序是不行的。像您这样一个人,不该讲那种话,连说着玩也不行。此外,我知道您对天大的事也毫不在乎,心里一直想天不会马上塌下来。是的,天不会马上塌下来。不过嘛,总有一天会塌下来。"

克拉姆巴斯有那么片刻弄得十分狼狈,因为他想殷士台顿讲这种话是别有用心的,但事情并非如此。殷士台顿只是作了一次小小的道德说教,他对此甘拜下风。"我倒赞赏吉斯希布勒,"他顺水推舟地说,"他永远保持绅士风度,但又坚持原则。"

少校此时,心里渐渐泰然自若了。他用他一贯的口气说:"不错,吉斯希布勒是世界上最出色的人,只要有可能,他总是比较讲究原则的。不过原则究竟是从哪儿来的呢?又为了什么?他这个人总是叫人'讨厌'。人一生下来,就喜欢轻松。整个生活如果缺少了放任自由,那就一文不值。"

"听我说,克拉姆巴斯,有时正因为缺少了放任自由,生活才有价值。"殷士台顿一边说,一边瞅着少校短了一截的左臂。

艾菲没怎么听他们的交谈。她走近海豹适才待过的地方,洛洛站在她一旁。他们两个在石头那儿眺望大海,等待着这位"海少女"①再次出现。

十月底大选开始,殷士台顿无法继续陪同他们郊游。要是没有克努特和克鲁泽像仪仗队那样陪同,即使克拉姆巴斯和艾菲非常喜欢凯辛,也只好把郊游放弃了。而现在这种骑马郊游活动一直持续到十一月份。

当然天气的骤然变化也接着来临,连续几天的西北风,刮

---

① 海少女,这里指海豹。

来了满天的乌云,大海波涛汹涌,但是天没转冷,雨没有下。在这种灰蒙蒙的天空下,在这种惊涛拍岸的澎湃声中骑马郊游,几乎要比在那朗丽的秋日漫步于宁静的海边更有意思。洛洛跑在前面,不时给浪花和泡沫溅满一身;艾菲披着的专为骑马用的面纱,迎风哗啦啦地飘拂。这时候要跟人交谈是办不到的;但是当他们离开海岸,来到挡风的沙丘后面,或者进一步折入内陆深处的松林时,这儿就风息全无了,艾菲的面纱也不再飘动了。这儿路面狭窄,艾菲和克拉姆巴斯只能紧挨着并辔前进。由于路面树木盘根错节,他们前进的速度不得不放慢下来,原来为惊涛声所打断的谈话,此刻重又继续下去。克拉姆巴斯非常健谈,他讲战争故事,讲部队里的故事,讲趣闻逸事和封·殷士台顿性格上的若干特点;他说殷士台顿严肃、刻板,不苟言笑,他在放纵的战友们面前显得落落寡合,格格不入,因此人们对他尊敬多于爱戴。

"这一点我可以想象得到,"艾菲说,"幸运的是,尊敬是主要的。"

"不错,他有时是值得尊敬的。但并不永远都值得人们尊敬。除此之外他还带有一种神秘色彩,这种色彩有时会引起矛盾:一则,士兵们不大吃这一套;二则,我们说他有这种神秘思想,也许并不正确,因为他嘴上讲的不完全和他的实际行动相符。"

"神秘色彩?"艾菲说。"嗯,少校,您理解的神秘色彩到底是什么?他总不至于举办秘密的宗教集会,扮演先知一类的人物吧。他也不曾扮演过歌剧中的……我忘了这个角色的名字……"

"不,他没有走得那么远。但是,如果他没有这些色彩,也许更好一些。我不想在背后议论他,免得产生误会。再说,这样的事情跟他当面商谈也挺好。不论是他喜欢或不喜欢的事情,当他不在场的时候,容易把话说过头,而他无法随即反驳,无法跟咱们辩论,也无法反唇相讥。"

"但是,您这样说太不近人情了。少校,您何必用这些事来逗引我。起先说得煞有介事,接下来成了虚玄故事。神秘色彩!他是不是一个能看见鬼的人?"

"一个能看见鬼的人!这个话我恰恰不愿说。不过嘛,他喜欢给我们讲鬼故事。一旦他把我们搞得七上八下,心里不安,甚至使有的人都毛骨悚然了,他却一下子又变得好像只是嘲笑我们轻信鬼神。总而言之,我有一次附在他耳边说:'啊哟,殷士台顿,这一切只是一出喜剧,您骗不了我。您在跟我们开玩笑。您本来跟我们一样,不相信有那回事,可您故意要让别人发生兴趣,认为您的楼上确有那种稀奇古怪的事情。职位较高的人不想当个普通老百姓,以显示自己的与众不同。于是乎您就别出心裁,乘机选个鬼来吓唬人。'"

艾菲一言不发,这使少校最后感到惶惑不安。"您不作声了,最仁慈的夫人。"

"嗯。"

"我可以问一声,您干吗不作声?我冲撞了您啦?还是您以为背后说朋友的坏话,对他有点儿吹毛求疵,就缺少君子风度?然而不管怎样,我得保留我的意见。如果您是这么想的,那您一定把我看错了。当着他的面把这些话继续讲下去,确实有点儿放肆。不过,凡是我刚才说过的话,我会一字不漏地跟他谈。"

"这话我相信。"这时艾菲打破沉默讲她在自己家里耳闻目睹的一切,她说殷士台顿那个时候样子可奇怪。"他听了后不置可否,我真猜不透他的心思。"

"还是那副老样子,"克拉姆巴斯失声一笑,"那个时候我们先在利昂科①,后来在博韦②,都一起住过营房,他也是这副派头。他住在一个老主教的宫邸里——大概您会对这感兴趣,这人就是博韦地方的主教,幸好他名字叫'Cochon'③,是宣判奥尔良少女火刑的主教——就这样几乎没有一天,也就是说,没有一个夜晚,殷士台顿不遇到令人不可置信的事情。当然,这些事总是没头没尾,到头来什么也不是的虚玄故事。我看,他现在还是按照这种原则办事的。"

"好,好。您现在说到了正题上,克拉姆巴斯,我要您给我一个严肃的回答:这一切现象您是怎样解释的?"

"呃,我最仁慈的夫人……"

"不要回避要害,少校。这一切对我来说确实非常重要。他是您的朋友,而我是您的朋友,我想知道这些事是怎样联系在一起的?他在讲鬼故事的时候是怎样想的?"

"嗯,我最仁慈的夫人,上帝能看到一个人的心坎里,而后备军区司令部的一名少校可什么也看不出来的。我怎能解释这种心理学上的哑谜呢?我是个普通人。"

"啊,克拉姆巴斯,您别说那样的蠢话了。我年纪太轻,不能识别人心;但是就是在我受坚信礼之前,差不多可以说在受洗礼前,也不会把您看作是个单纯的男子。您正好相反,您是个危险的……"

~~~~~~~~~~

①② 均为法国地名。
③ 法文:猪猡。

"别来这套恭维话了,一个上了四十岁年纪、名片上有过什么什么头衔的人,是不会轻易相信这一套的。现在还是言归正传。至于殷士台顿的想法……"

艾菲点点头。

"噢,假如我可以打开天窗说亮话,那么他是想,像县长殷士台顿男爵那样的人,随时都可能擢升为部里的司长或类似的职务(请相信我的话,他的才能还不止这些),一个像县长殷士台顿男爵那样的人,不该住一幢普普通通的房子,不该住像县长公馆那样的小农舍。请原谅,最仁慈的夫人,恕我这样说,但我说的是老实话。他为此要找点补救办法。一幢鬼屋却不是普通的房子……这是一个方面。"

"这是一个方面?我的上帝啊,这么说您还有另一个方面啰?"

"嗯。"

"那请说吧,我洗耳恭听。不过嘛,假如可能的话,请您讲得精彩些。"

"这点我没有完全把握。这是吃力不讨好的事,简直是胆大包天,特别是在您听来更是如此。"

"那就叫我更加好奇。"

"那么好吧,我最仁慈的夫人,我说殷士台顿求名心切,不惜任何代价往上爬,哪怕用鬼来吓人也罢。此外,他还有一种癖好,那就是动不动喜欢教训人,仿佛他生来就是个教师爷,左一个巴泽多夫[①],右一个裴斯塔洛齐[②](不过殷士台顿

---

[①②] 巴泽多夫和裴斯塔洛齐均系著名教育家。

比这两个人更虔信宗教),他一心一意学习施内芬塔尔①和蓬茨劳②两地的经验。"

"那么他也想教育我啰?用鬼来教育我?"

"'教育'这个词儿也许不恰当。但总是一种转弯抹角的教育。"

"我不明白你的意思。"

"一位年轻的太太毕竟是位年轻的太太,而一位县长到底是位县长。他常常坐了马车在外面兜风,让那幢屋子孤零零地没有人耽在里边。于是那个鬼就像手中执着剑守在屋子里的噻缌帕天使③……"

"啊,咱们已经走出树林啦,"艾菲说,"乌特帕特尔的磨坊在那边,咱们只好打公墓那儿过去。"

话音刚落,他们已经走上小道,穿过公墓和用栅栏围起来的那块地方。艾菲瞅着中国人坟前的那块墓碑和那株松树。

---

①② 施内芬塔尔和蓬茨劳均系德国十八、十九世纪著名的文化教育城市。
③ 据《圣经》传说,噻缌帕是看守伊甸园的天使。参看《旧约·创世记》第四章第二十四节。

## 第十七章

钟敲两点,他们刚好回来。克拉姆巴斯向艾菲道别,策马回城,一直走到市场附近自己的住宅前面方才停下马来。艾菲回到家里以后,换了便服想睡觉;但是她怎么也睡不着,因为她的不安心情比倦意更加厉害。她左思右想:殷士台顿自己不想住一幢差强人意的普普通通的房子,就搞个鬼出来唬弄人,这一点正符合他那一心想出人头地的性格,这一点还能叫人忍受;可是另一方面,他利用这个鬼作为教育人的手段,这就太岂有此理了!简直是侮辱别人。她心里明白,所谓"教育人的手段",还只是说出了一小半;克拉姆巴斯是话中有话,后面大有文章哩。这是一种经过深思熟虑的吓唬人的工具,这种做法简直是丧尽天良,接近于残酷无情。她想着想着,热血冒到头顶。她的两只小手握成拳头,正欲盘算对付殷士台顿的策略,可是蓦地她又情不自禁地失声大笑起来:"我这脑袋太幼稚了!谁给你保证克拉姆巴斯说的全是实话!克拉姆巴斯喜欢说说笑笑,贫嘴薄舌,但他不可靠,只是个爱吹牛的人,水平毕竟不如殷士台顿。"

艾菲正在胡思乱想的时候,殷士台顿回家来了。他今天回家比平日早。艾菲一骨碌从床上跳起,打算到过道里去迎接他。她心里越是想跟他和解,样儿就越是装得温柔多情。

然而,她没能完全克服掉克拉姆巴斯的话给她造成的影响。她表面上尽管装作温柔多情,装作很有兴趣听他讲话,但是她的耳朵里一直有个声音在反反复复地回响:"这么说来,是个故意捉弄人的鬼,是个为了把你整治得规规矩矩的鬼。"

最后,当她忘了这一切的时候,她无拘无束地听着他说话。

到了十一月中旬,刮了一天半的西北风之后,形成了一场风暴,它冲击了防浪堤,使海水倒灌进凯辛湾,漫上海港,侵入公路。但是,风暴一过,天气好转,还出现了几个晴朗的晚秋日子。"谁知道这天气能维持多久。"艾菲对克拉姆巴斯说,于是他们决定次日上午再作一次郊游;在这一天,连殷士台顿也休假,他想跟着一起去逛逛。大家商定先到防浪堤,然后下马在海边稍作散步,最后凭着沙丘挡风,在那儿吃一顿早餐。

就在约定的时刻,克拉姆巴斯策马来到县长公馆前;克鲁泽已经把太太的坐骑牵来,艾菲十分利索地攀鞍上马,殷士台顿在妻子上马时表示歉意,说他今天不能奉陪他们了,因为昨夜摩格尼茨又发生大火——这是近三周来的第三次,是有人故意纵火——他得上那儿去。他说他原来很高兴作此郊游,因为这次出游也许是今年秋天的最后一次了。现在他失去这样的好机会,实在非常遗憾。

克拉姆巴斯说了几句表示惋惜的话,他这么说,也许只是没话找话而已,但也可能出于真心诚意,因为他既想毫无顾忌地尝试一番骑士式的爱情冒险,但又对殷士台顿极为友好。当然他说的一番话尽是表面文章。他一忽儿想帮助朋友,过了一忽儿又想把朋友欺骗,这是和他的名誉概念极为相称的一些做法。他忽而这样,忽而那样,仿佛待人真心,但又不可信任。

今天他们一行像平日那样经过种植园骑马前进。洛洛这次又跑在前面。洛洛的后面是克拉姆巴斯和艾菲,再后是克鲁泽,克努特没来。

"今儿您把克努特留在哪儿啦?"

"他得了腮腺炎。"

"没料到,"艾菲笑了,"他样儿倒有点像生这种毛病似的。"

"一点没错。可您眼下还想见到他呢!还是不见的好。因为腮腺炎会传染,只要看一眼,就会传染上。"

"这我不信。"

"年轻的太太们有许多事情都不信。"

"但是她们又会相信许多最好还是不信的事。"

"您这是说给我听的吗?"

"不。"

"可惜。"

"这个'可惜'把您美化了。我真的相信,少校,如果我向您表示爱慕,您还以为这是天经地义的呢。"

"我还不想走得这么远。不过我想看看不希望发生这种事的人态度怎样。想法和希望总是不受约束的。"

"这没有问题。不过想法和希望之间总还有个区别。一个人的想法通常埋在心底,而希望则十之八九挂在嘴上。"

"就是不能作这样的比较。"

"啊,克拉姆巴斯,您是……您是……"

"一个傻瓜。"

"不,在这点上您又夸大了。不过您是另一种类型。从前在霍恩克莱门我们——包括我在内——总是说世界上最虚荣的人是十八岁的骠骑兵士官生……"

"而现在呢?"

"现在我要说,世界上最虚荣的人是后备军专区里四十二岁的少校……"

"……经您这么好意一说,就使我年轻了两岁,咱们还是和好吧——吻手。"

"嗯,吻手。这句话很恰当,对您正合适。这是维也纳的气派。四年前我在卡尔斯巴德认识一些维也纳人,他们对我这个十四岁的小姑娘居然大献殷勤。什么样动听的话都向我说了!"

"肯定是些动听的话。"

"如果您的话说对了,那就是一些讨好我的话,相当粗野……可是您瞧那边的浮标,上面插有小红旗,上下摆动得厉害。今年夏天,我有几次向对面海岸那边眺望,我看到了几面红旗,我就心里想,那儿就是维内塔①,一定在那儿,这是插在维内塔钟楼上的红旗……"

"是这样,因为您熟悉海涅的诗歌。"

"哪一首?"

"唔,就是关于维内塔的诗。"

"不,这首诗我不熟;我知道的只是极少数的几首。真遗憾。"

---

① 维内塔,相传是波罗的海沃林岛上一个沉入海底的城市,海涅曾在诗歌中描绘过这个城市。

"您可是常常读吉斯希布勒送去的报刊!不过海涅的这首诗用了另外一个名字,我记得题名为《海上幽灵》,或者类似这样的名字。但他指的是维内塔。他自己——请原谅我在这儿向您冒昧地重提这个内容——也就是说诗人自己有一回乘船经过那个地方,他躺在甲板上往海底张望,他仿佛看到了狭窄的、中古时期的街道,街上走着一些头戴小兜帽、手拿赞美诗集、匆匆上教堂去的妇女,这时教堂的钟声齐鸣,喧喧作响。他一听到钟声,就有一股也想上教堂去的渴望涌上心头,虽然他所以想去只是为了那些小兜帽。他的这种渴望使他情不自禁地大叫一声,竟想跳下海去。但是说时迟,那时快,船长一把拖住了他的大腿,向他大声吆喝道:'博士,您鬼迷心窍啦?'"

"这首诗美极了。我想念一下。这首诗长不长啊?"

"不长,实际上是首短诗,比《你有钻石和珍珠》①或者《你那柔软的百合花似的手指》②稍微长一些……"说着,他轻轻地抚摸一下她的手。"不过嘛,不论长也好,短也好,描写得总是那么细腻动人,形象又是那么鲜明!他是我最喜欢的诗人,他的诗我背得出,别人的诗我很少能背出。就连我自己逢场作戏写的极不像样的诗歌我也背不出。但是对海涅,情况就不一样:他所有的诗都充满活力,特别是他懂得把爱情作为主要的描写对象。再有,他在诗歌上的才能并非只在一个方面……"

"您的意思是?"

---

① 海涅所著诗歌。
② 指海涅的诗。这里克拉姆巴斯弄错了。这首诗标题应是《你那洁白的百合花似的手指》。

"我的意思是说,他不光写爱情……"

"唔,即使他只写一个方面,到底也还不是最糟的。除此以外,他还写什么呢?"

"他也非常欣赏罗曼蒂克,这个玩意儿自然跟爱情有联系,有些人甚至认为两者是重合的。这一点我不信。因为在海涅较晚期的诗歌中——人们也称做'浪漫曲'的诗歌,或者他本意就是如此——,在这些罗曼蒂克的诗作中,一再出现这样的情况:当然很多诗歌关于爱情,但大多数则出自另一种更加粗野的动机,在这方面,我首先把政治归入这一类,政治几乎总是粗野的。例如在一首写卡尔·斯图亚特胳膊下夹着他的脑袋①的浪漫曲中就有这类严重的毛病,然而,叫人更为厌恶的是关于维茨利普茨利②的故事……"

"谁的故事?"

"维茨利普茨利的故事。维茨利普茨利是个墨西哥神,每当墨西哥人抓到二三十个西班牙俘虏,他们就得把这些俘虏当作祭品献给维茨利普茨利。这样做并非出于别的原因,而是当地的一种风俗,一种崇拜神的方式,他们在转瞬之间把所有的牺牲品开膛破肚,挖出心肝……"

"您别讲了,克拉姆巴斯,这样的故事您别再讲下去了。讲这种故事有失体统,令人作呕。而您偏偏又在咱们进早餐的时刻讲这样的故事。"

---

① 卡尔·斯图亚特,即英王查理一世(1600—1649),1649年被以叛国罪处死。海涅写有叙事谣曲《卡尔一世》,即《查理一世》,收在诗集《罗曼采罗》中。但这首诗中没写查理一世胳膊下夹着他的脑袋。海涅的另一首诗《玛丽·安托瓦内特》中写到了没有脑袋的王后及其侍女。
② 系海涅的诗歌,收在诗集《罗曼采罗》中。

"就我个人来说,我的胃口不会因此受到什么影响,我的胃口好坏只取决于菜肴的好坏。"

说着说着,他们完全按照预定的计划,从海滨走向一条一半已经由沙丘挡住风的长凳,凳前摆有一张做得极为简陋的普通桌子,这张桌子是由两根木桩一块木板钉成的。这是打前站的克鲁泽为他们安排的;桌上放着茶点小面包和一小块一小块的冷烤肉,此外还有红酒,酒瓶边摆着两只小巧、精致、漂亮的金边玻璃杯,这两只杯子好像是从海滨浴场买来的,或者是玻璃工厂里带回来的纪念品。

到了这儿,两人双双下马。克鲁泽已经把他自己骑的马拴在一株矮松树上,此刻他在遛另两匹马。正在这时,克拉姆巴斯和艾菲通过一个狭窄的沙丘缺口瞭望海岸和港堤,然后在铺好台布的桌前坐下。

十一月的风暴日子刚刚过去,已经半含冬意的太阳把它苍白无力的光芒倾泻在仍然白浪滔天的海面上,不时刮来一股强风,将泡沫溅到他们身边。这儿到处长着海草,淡黄的不老菊虽然和黄沙几乎浑成一体,但它们还是色彩鲜艳地挺立在沙滩上。今天艾菲是东道主,她说:"很抱歉,少校,我只能用篮盖装了小面包招待您啰……"

"篮盖毕竟跟篮子不一样……"

"克鲁泽喜欢这样办。您看来也喜欢吧。洛洛,咱们可没有为你准备食料。给洛洛吃什么来着?"

"我想,咱们把所有的都给它吃吧;您的盛情我心领,在此表示感谢。因为您瞧,最忠实的艾菲……"

艾菲定睛凝视着他。

"……因为您瞧,最仁慈的夫人,洛洛使我重又想起给您讲个故事,作为《维茨利普茨利》的续篇或插曲——只是这个故事更加引人入胜,因为这是一个爱情故事。您有没有听到过关于某个残酷的君主佩德罗的故事?"

"记不清了。"

"一个像蓝胡子国王①那样的人。"

"那好啊,这样的故事我是最喜欢听的,我还记得从前我们一直听女友荷尔达·尼迈尔讲这类故事,荷尔达这个名字您是知道的吧。她别的故事记不得,只例外地记得亨利八世六个妻子的故事,这个英国蓝胡子,只消提'蓝胡子'这个绰号就够了。说实在的,荷尔达能背得出这六个女人的名字。您如果看见她念这些名字时的样儿,那就好了,尤其是念到那个母亲叫做伊丽莎白的女儿的名字时,那副样儿就狼狈极了,仿佛接下去便要念到她自己的名字了……不过现在就请您讲讲堂·佩德罗的故事吧……"

"喏,在堂·佩德罗的宫廷里,有一位漂亮的、面色黝黑的西班牙骑士,他胸口挂一枚卡拉特拉伐十字奖章——这东西大约跟黑鹰勋章②和蓝马克斯勋章③差不多——这枚十字奖章属于终身佩带的东西,这位卡拉特拉伐骑士理所当然是皇后所偷偷爱上的情人……"

"干吗说'理所当然'呢?"

"因为咱们是在西班牙。"

"啊,是这样。"

---

① 蓝胡子国王指的是英王亨利八世,他曾杀死了自己的两个妻子,这儿喻暴君。
② 黑鹰勋章系普鲁士王国最高勋章。
③ 蓝马克斯勋章,普鲁士和德意志帝国军队的勋章。

"我说,这位卡拉特拉伐骑士,有一头很漂亮的狗,一头纽芬兰长毛狗,虽然那个时候压根儿还没听说有这一类狗存在,因为这故事发生在美洲大陆发现前上百年。那么,咱们就把它叫做一头很漂亮的狗吧,咱们说它像洛洛那个样儿……"

洛洛听到克拉姆巴斯唤它的名字,便汪汪汪地叫了起来,一边还不停地摆动尾巴。

"这样过了一些日子。但是这种偷偷摸摸的爱情毕竟无法完全保密。这件事对国王太难堪了,他再也不能容忍那个漂亮的卡拉特拉伐骑士继续胡闹下去——因为国王不仅生性残忍,而且是个醋罐子。当然用这样的字眼讲一个国王是很不合适的,对听我讲故事的亲爱的夫人艾菲来说,更加不合适。那么,咱们就说国王至少是一个妒忌心很厉害的人吧——于是他为了这秘密的爱情决定秘密处决那个卡拉特拉伐骑士。"

"我认为国王这样干是无可非议的。"

"我可不同意,我最仁慈的夫人。您且听我讲下去。对他采取某些措施当然可以,但国王做得太过分了;我认为国王采用的手段太毒辣。他当众虚伪地表示,为了表彰这位骑士立下的战功和他的英勇业绩,他要举办一次盛宴招待他。宴会厅里摆着一张长桌子,举国所有的显贵要人都坐在桌边,国王则坐在中央。国王坐席的对面,便是那位当天要宴请的贵宾的位子,也就是给卡拉特拉伐骑士坐的位子。尽管主人和陪客等了好久还是不见骑士到来,最后只得在贵宾缺席的情况下开宴,为骑士预备的那个席位仍然空着,这个位子正好面对国王。"

"后来呢?"

"这一点您一定想象得出,我最仁慈的夫人,那个国王,那个佩德罗,站起身来怎样装腔作势地向诸位来宾表示歉意,说他那'亲爱的贵宾'还没有到来。正在这个时候,厅外台阶上传来了一声侍仆们的惊叫声,在大家还没有弄清楚究竟是怎么一回事以前,只见有样东西沿着设宴的长桌急窜过来,跳上那张空着的椅子,把一颗血淋淋的人头放到空座上。洛洛目光正巧越过人头瞪着桌子对面的国王。原来洛洛刚才一直陪着它的主人走向刑场,在大斧向它主人脑袋猛砍的同一片刻,这忠诚的动物,一个箭步抢过了掉下来的首级,就这样它把主人的脑袋衔到这儿宴会厅来;现在咱们的朋友洛洛在这张设宴的长桌上控诉这个杀人不眨眼的刽子手——国王。"

艾菲听了开始默不作声,最后终于开腔说:"克拉姆巴斯,国王采用这种手段杀人,方法实在巧妙。因为方法巧妙,我就不计较您为什么讲这样的故事了。不过嘛,您如果给我讲别的故事,那您对我就更加友好了。您也可以讲海涅的故事,海涅除了《维茨利普茨利》、堂·佩德罗和您讲的那条洛洛以外,总还写过别的诗歌吧。对我来说,我不希望他写这样的作品。来,洛洛!可怜的家伙,我看到你,就会想起那个卡拉特拉伐骑士,就会想起那个偷偷爱上骑士的王后……请您招呼一下克鲁泽,要他把餐具什物重新装进马鞍袋,等咱们往回走的时候,您得跟我讲另一些故事,完全是另一类故事。"

克鲁泽来了。正要收拾玻璃杯,克拉姆巴斯便对他说:"克鲁泽,那边一只玻璃杯,你让它留着。这只杯子我自己会收拾。"

"是,少校先生。"

站在一旁听着他们谈话的艾菲摇了摇头。接着她会心地笑了。"克拉姆巴斯,您到底打的什么鬼主意?克鲁泽也是够蠢的了,他没深入一步想一想您说这话的用意。幸运的是,就是他想过了,他也不会想出什么名堂来的。不过,您没有这个权利,把这只杯子……这只约瑟菲尼玻璃厂出品的价值三十芬尼的杯子……"

"您把这个价钱说得多轻巧,这样更使我觉得这杯子值钱。"

"总是老一套。您这人多幽默,不过完全是另一种特殊的幽默。要是我没有把您的用意理解错,那么您打算——真好笑,我真没勇气说出口呢——那么您打算过早地打出图勒王①这张牌。"

他点点头,脸上露出一丝儿恶作剧的神色。

"就算这样吧,在我看来,各人都有自己的一套;这您是知道的。请允许我对您说明一下,您讲给我听的那一类角色,我以为没有什么了不起。我不喜欢用您的图勒王那种好听的字眼到处乱套。您把杯子收起来吧,不过,请您别由此得出结论:我已经进入了死胡同。我日后会给殷士台顿讲这件事。"

"请您别跟他讲,我最仁慈的夫人。"

"干吗不能跟他讲呢?"

"殷士台顿生性多疑,他会把事情想到歪路上去。"

她目光炯炯地瞪了他一阵,接着困惑地、几乎有点儿窘迫地把目光垂向地面。

━━━━━━━

① 古代传说中的一个德行高超的国王,王妃死时赠他一个金杯,他珍爱此杯至死不渝。参看歌德《浮士德》第一部《黄昏》一场中关于图勒王的歌。舒伯特等曾为《图勒王》(*König in Thule*)谱曲。

# 第十八章

艾菲游罢归来心里不是味儿,然而叫她高兴的是她和克拉姆巴斯已经讲好,整个冬天不再和他一起骑马郊游了。每当她回想起近几周来他们之间谈论的一切,他们所接触的事物,所暗示的东西,她感到一切都是光明磊落,无可厚非的。再说,克拉姆巴斯是个聪明人,老于世故,诙谐幽默,毫不拘束,就是在艾菲面对面地跟他接触、无时无刻不严格地按照礼节对待他时,他也落落大方,面上蓄意讨好,装出一副可怜巴巴的样子。一点也不错,哪怕是他的谈吐、语调,也是无可非议的。然而,在她的内心却浮起一种仿佛安然渡过了一场劫难的淡淡的喜悦感,她估计自己已经脱离了这一险境而深自庆幸。今后要 en famille① 和他经常见面,这是不大可能的,因为克拉姆巴斯的妻子决不会容许他这样做。当然,冬令期间在走访邻近的几家贵族时见面也是可能的,但是即便有这种机会,那也只是个别的一两家,而且时间很短促,不可能持续很久。艾菲心里琢磨这一切,越来越感到满意。最后她觉得如果放弃那种因为和少校来往而获得的欢乐,她也不会感到怎么痛苦的。何况殷士台顿还告诉她,今年他不用上伐尔

---

① 法文:在家里。

青去,因为如今公爵常常去弗里德里希斯洛①,看来他越来越喜欢后一个地方了;他自己呢,一方面觉得公爵走了可惜,另一方面又暗自感到高兴,因为他今后可以全心照料家里了。要是艾菲同意的话,按照他的设想,他俩还可以双双重温意大利的旅行。这样一次重温那也就是说,主要由他根据意大利地图概述意大利的名胜古迹,使艾菲思想上旧地重游。当时甚至有些事物,艾菲只匆匆见过一面,可能名字也叫不上来;但艾菲对此萦回心怀,无时或释。通过此次事后的解释、研究,方能了然胸中,成为自己的知识。此外,他还进一步补充说,连十分熟悉"意大利靴子"②乃至巴勒莫③的吉斯希布勒,也曾向他提出请求,请殷士台顿在讲意大利掌故的时候,也让他在场听听。艾菲在傍晚闲聊时一向很不喜欢打听"意大利靴子"的故事(据说甚至摄有照片),因此勉强给丈夫敷衍几句;殷士台顿此刻一心在盘算自己的计划,没有注意她脸上的神色,径自接下去说:"当然在讲故事的时候,不仅吉斯希布勒要在场,就连罗丝维塔和安妮也得在场。我想起咱们沿Canal grande④溯流而上,侧耳谛听远在天涯的船夫曲,而离咱们仅三步远的罗丝维塔却俯身在安妮的摇篮上给她哼哈尔布施塔特⑤之歌或类似的儿歌,你又坐在一边给我织一顶冬天戴的大帽子,那该是一个多么美好的冬日夜晚啊!你说是不是呢,艾菲?"

① 俾斯麦公爵在汉堡的庄园所在地。
② "意大利靴子",系指意大利地形像只靴子,这儿指意大利全境而言。
③ 意大利南部城市。
④ 法文:大运河,这儿指威尼斯的大运河。
⑤ 马格德堡地区的城市名。

这样美好的夜晚不光是一种设想,现在也真的有了一个开端,要不是那个无辜的,并无恶意的吉斯希布勒来打岔,这样的夜晚也许要持续好几个星期;吉斯希布勒一身要兼事两主,虽然他极为厌恶这种两面讨好的做法。他所服务的第一个主人是殷士台顿,而另一个则是克拉姆巴斯。他一方面应殷士台顿的邀请,晚上去听他讲意大利掌故。为了艾菲的缘故,他满怀真诚的喜悦,每晚必到,从不缺席;而另一方面,他也怀着更大的喜悦,听凭克拉姆巴斯的调遣。根据克拉姆巴斯的一项计划,俱乐部在圣诞节前要上演《走错一步》①这个剧本,第三天晚上吉斯希布勒来听讲意大利掌故时,顺便先跟艾菲谈了这项计划,敦请艾菲扮演剧中艾拉这个角色。

艾菲一听,仿佛全身着了电似的兴奋;扮演这样的角色要比帕多瓦和维琴察不知有意思多少倍!艾菲不赞成旧事重提;艾菲心里那么兴奋,倒不是因为她对这出戏熟悉,而是感到这样的事儿挺新鲜,一个人的生活总得换换花样,这是她所梦寐以求的目标。但是,冥冥之中,似乎有一种声音在向她呼喊道:"可要小心哪!"但是她在欢乐激动的当儿,还是问吉斯希布勒:"想出这项计划来的是不是少校?"

"是的。您知道,最仁慈的夫人,娱乐委员会一致选举他当主席。咱们今年在俱乐部里终于可以过一个愉快的冬天了。他干这玩意儿,真像天生的一样。"

"那么,他也参加演出啰?"

"不。他拒绝演戏。我不能不说,这是十分可惜的。因

---

① 《走错一步》,又译《误入歧途》,德国作家恩斯特·维谢特(1831—1902)的喜剧。

为他样样都会,他如果扮演剧中的阿图尔·封·施梅特维茨,一定非常精彩。可他只肯担任导演。"

"那就更糟。"

"那就更糟吗?"吉斯希布勒重复了一句。

"噢,这话您可别当真;这我只是顺口说说的,而意思恰好相反。当然另一方面,少校有点儿喜欢强迫命令,自作主张,一意孤行,要别人听他的。演员自己根本做不了主。"

她还讲了一些话,越来越自相矛盾,破绽百出。

《走错一步》确实即将上演。但因为离开圣诞节只有整整十四天(要在圣诞节前最后一周上演根本办不到),大家为排练都紧张得要命,不过工作进行得还算顺利。参加演出的人,特别是艾菲,赢得了观众的热烈掌声。克拉姆巴斯果真满足于当个导演,他对别的演员要求极为严格,然而对艾菲的排练,却极少发表意见。他这么做如果不是因为吉斯希布勒同他讲了艾菲跟自己谈话的内容,那一定是因为他自己发觉艾菲有意跟他保持距离。克拉姆巴斯极为机灵,又很懂得女人的心理,根据他自身的丰富经验,天下万事万物要听其自然发展,千万不能强求。

在俱乐部演出的那一晚,散场的时候已是夜阑人静了。当殷士台顿和艾菲回到家里时,已是半夜以后。约翰娜还没睡,准备随时听候老爷太太差遣。殷士台顿一直在为自己年轻的妻子感到骄傲,他给约翰娜讲太太上台演出时如何妩媚动人,演得又如何精彩等等,可惜他事前没有想到克丽斯特尔、她本人和克鲁泽的妻子乌克,都可以在乐队待的走廊里清清楚楚地观看演出的;在那儿观看的人可不少哪。接着约翰娜退出房去,艾菲累得躺下了。殷士台顿仍然兴致勃勃,还想聊聊天,他拉过一张椅子,在妻子的床边坐下,亲切地端详着妻子,紧紧地握着她的一只手。

"嗯,艾菲,这是一个美丽的夜晚。我对那出好戏感到高兴。你想,这出戏的作者还是个高等法院的顾问呢,实在叫人不敢相信。而且这位作者出身于柯尼斯堡。不过叫我最最高兴的,还是我那漂亮、魅人的小娘子,她吸引了所有的观众。"

"啊,格尔特,别这么说了。我已经够沾沾自喜了。"

"沾沾自喜,这也当之无愧。但远没有别人那么自负。这要归功于你的五官端正……"

"谁都五官端正的。"

"……我讲五官端正,只是随口说说,其实你那美丽,远不止于五官。"

"你倒很会恭维人,格尔特。如果我不了解你,我听了你的话,真有点儿害怕呢。你这样故作多情,或许后面还有文章?"

"莫非你自己心虚胆怯?自己觉得有什么见不得人的地方?"

"啊,格尔特,我真有点儿胆怯。"她从床上欠起身子,凝视着他。"要不要我按铃叫约翰娜送点茶来?你临睡前总喜欢喝点儿茶的。"

他吻了吻她的手。"不要了,艾菲。半夜以后就连皇帝也不能再要一盅茶了。你知道,如果没有必要,我在此刻是不喜欢差遣人的。不要了,除了让我仔细看看你,让我因为有了你而感到高兴以外,旁的什么都不要。有时候,一个人获得了一样什么宝贝,内心的幸福感可更加强烈。你本来也可能像那个可怜的克拉姆巴斯的妻子;这是个可怕的女人,对谁都是恶狠狠的,对你更是恨不得连根铲除。"

"啊,请你住嘴,格尔特,你又在胡思乱想了。这个可怜的女人!我压根儿没有注意到这些事。"

"因为你没有把这样一些事放在眼里。可是事情正如我跟你所说的那样,那个可怜的克拉姆巴斯正是因为这一点,在你面前显得非常拘束,老是避开你,连正面也不敢看你一眼。这副样子非常不自然;因为第一,他是个喜欢跟女人周旋的人,像你这样一位高贵的太太,正是他所特别倾倒的。我也敢打赌,这一点我的小娘子心里比谁都清楚。其次,我想,请原谅,他每天早上来咱们这儿阳台上玩,或者跟咱们一起到海边去,或者在防浪堤那儿散步,他总是喋喋不休,说个没完。可是也正如我跟你所说的,今儿晚上你看他多拘束,话也不多说,这是因为他害怕自己的妻子哪。当然这一点我不能抱怨他。少校夫人有点儿像咱们的克鲁泽大娘,假如要我在两个人中间选一个,我真不知道该选谁好。"

"这我知道,不过这两个人总还有个区别。可怜的少校夫人是不幸的,但克鲁泽大娘却是脾气古怪。"

"这么说,你更多地同情不幸的人啰?"

"那还用说。"

"嗯,听我说,这是见仁见智,各人喜爱的问题。看来,你过去还没有像她那样不幸。再说,克拉姆巴斯有本领骗过他那可怜的妻子,他每回外出,都找一个借口,让妻子留在家里。"

"可今儿晚上她还是来了。"

"不错,今儿晚上她来了。那是没有办法不来啊。不过我跟他已经约好,在节日的第三天跟他、吉斯希布勒和牧师到郊区去访问姓凌的首席林务官,到了那个时候,你一定会看到他是多么机灵巧妙地把妻子留在家里。"

"难道去的只有男子吗?"

"当然不是。如果只许男子参加,那我也要婉言谢绝了。这次去的除了你以外,还有两三个女的,庄园里来的还不算在内。"

"不过他这么干也不近人情,我指的是克拉姆巴斯,这么干绝没有好报。"

"不错,有时候是这样。不过我相信,咱们这位朋友碰到天大的事情也从不担忧。"

"你认为他是个坏人?"

"不,坏人还不至于。差不多恰好相反。不管怎么说,他也有好的一面。不过他是半个波兰人。言而无信,很靠不住,对女人尤其如此。他有一种赌徒的性格。他虽然不在赌桌上赌博,可他一生都在赌博,在冒风险,对这样的人可得当心哪。"

"你这样关照我,是为我好。我往后对他一定会多加小心。"

"是应该这样的。但也别太过分;过分了没有好处。最好是落落大方,态度自然;当然,坚定沉着,不受迷惑,那最最好。如果允许我用上这样一种不中听的字眼,那么,我可以说,完全出于对你的一片真心。"

艾菲睁大了眼睛瞪着他。接着她说:"嗯,这是实话。不过现在别再讲了。还有一些事情真叫我心烦。你要知道,我现在仿佛听见楼上有人在跳舞。真奇怪,这声音一再出现。

我看,你大概喜欢用这一些来捉弄人。"

"这个我不想说,艾菲。不过,不管这样或那样,总得定下心来,不用害怕。"

艾菲点点头,转念之间,她又想到了克拉姆巴斯曾经跟她讲起过的关于她男人的话:他是个"教师爷"。

圣诞夜像去年那样匆匆而来又匆匆而去;从霍恩克莱门寄来了礼物和信件;吉斯希布勒又送来了一首祝贺佳节的颂词,布里斯特堂兄则寄来一张风景明信片:画面上是一片雪景和几根电线杆,电线上歇着一只弓着背的小鸟。此外还有送给安妮的礼物:一株挂满彩灯的圣诞树。孩子见了忙用小手去抓彩灯。殷士台顿逍遥自在,踌躇满怀,仿佛在为他的家庭幸福而扬扬自得,忙着逗弄孩子。罗丝维塔看到老爷如此温情脉脉,如此兴高采烈,不免感到意外。连艾菲也有说有笑,欣喜异常,但这一切似乎不是发自她的内心深处。她实际上感到彷徨苦闷,只是不知道该由谁来对此负责,是殷士台顿呢还是她自己。克拉姆巴斯没有来信祝贺圣诞;艾菲巴不得他会表示一番庆贺之情,但是转念之间她又觉得还是不来信的好,他日前讲的一套恭维话使她至今心有余悸,而他那若即若离的态度,又叫她心绪不宁,若有所失;她明白,天下事不可能使人样样称心。

"你好像心事重重嘛。"过了一会儿,殷士台顿说。

"嗯,大家待我都那么亲切,特别是你;这使我心情沉重,深感不配。"

"你别为此自寻烦恼了,艾菲。归根到底还是这样:一个人善有善报,恶有恶报。"

艾菲尖起耳朵谛听,她那负疚的内心在反问自己:殷士台顿这句意义双关的话,是不是故意说给她听的。

约莫黄昏时分,牧师林德克维斯特前来祝贺圣诞佳节,顺便还谈起这回走访乌伐拉格首席林务官家非坐雪橇去不可。他说克拉姆巴斯已经跟他讲好,给他在雪橇里留个座位。但不论是少校,还是他的那个帮着张罗杂务给他驾橇的小伙子,都不认识去那儿的路途,因此商请殷士台顿夫妇跟他们一起走。县长的雪橇可以一马当先在前面开路,克拉姆巴斯的雪橇跟在他们后面。也许吉斯希布勒的也跟在后面。因为吉斯希布勒的橇夫米拉姆博跟殷士台顿的橇夫阿隆佐之间有着一种无法解释的友谊,虽然阿隆佐平日小心翼翼,不轻易相信人;而米拉姆博可能比克拉姆巴斯的橇夫——长有雀斑的特雷普托夫人乌拉纳——更不熟悉路途。牧师所讲的种种不得已的情况使殷士台顿心里暗暗高兴。他完全同意林德克维斯特的建议,并且一言为定,准下午两点他乘橇驶过市场,当仁不让地一马当先在前面开道。

商定以后,事情也就依照协议进行。下午两时正,殷士台顿的雪橇经过市场,克拉姆巴斯先从自己乘坐的雪橇里探出头来向艾菲致意,然后让自己的雪橇跟在殷士台顿的后面,牧师则坐在他的旁边。吉斯希布勒的雪橇跟在克拉姆巴斯的后面,橇内坐着吉斯希布勒本人和汉内曼大夫。吉斯希布勒穿一件雅致的用貂皮镶边的水牛皮上装,大夫穿一件熊皮大氅。从外貌看来,大夫开业至少有三十年。大夫青年时期曾在一艘格陵兰船上当外科医生。米拉姆博端坐在雪橇前座,由于不识路途,有点茫然若失,诚如牧师林德克维斯特事先所预料的那样。

两分钟后,三辆雪橇已经驶过了乌特帕特尔的磨坊。

在凯辛和乌伐格拉之间(根据传说,那儿有一座文德族①人的庙宇)有一个大约只有一千步宽但有一英里半长的森林地带。这一森林地带的右边是大海,左边是一大片极为肥沃、精心耕作过的土地,迤逦通向远处地平线。现在三辆雪橇在林带内侧一边飞速向前。在雪橇前有一段距离的地方,驶着几辆古老的马车,车里大约坐着另外一些到首席林务官家去的客人。有一辆车子装有老式的高辊辘,这就清楚地表明它是巴本哈根家的车子。不言而喻,居尔登克莱是全县闻名的健谈人物(比博尔克、甚至比格拉塞纳布更出色),哪儿有什么喜庆活动,他总不肯轻易放过。

三辆雪橇疾驰如飞,几辆马车也急急忙忙地赶路,不让雪橇追上它们。下午三时,马车和雪橇已经停在首席林务官的住宅前面了。首席林务官是一位年约五十五六的男子,姓凌,仪表堂堂,有些军人气派。他曾在符兰格尔②和博宁③的领导下参加过向石勒苏益格的初次进军,在冲进丹麦人占领的城垣时立下了战功。这时,凌先生已经站在大门口迎接客人了。宾客们走进大门,脱下外衣,招呼过主妇以后,便在一张铺有台毯的喝咖啡用的长桌边坐了下来。桌上放着几只非常有艺术性的层层叠高的金字塔式蛋糕。首席林务官夫人生性胆小怕事,至少是个极端拘谨的女人,今天做主妇还是这样,

---

① 文德族,居于德国东部的少数民族之一。
② 符兰格尔曾于一八四八年四月击败丹麦人于石勒益苏格。
③ 博宁(1793—1865),普鲁士将军,曾和符兰格尔等跟丹麦人作过战。在一八四八年至一八五〇年的反抗丹麦人的战役中闻名于世。普鲁士人尊他为英雄。

这显然使那位信心百倍、办事果断、极为自负的首席林务官非常恼火。所幸的是,他的怒火没有爆发出来,这是因为他妻子在有失礼仪的地方,全由两个十三四岁的美丽如画的女儿——弥补了。这两位女儿脾气性格完全像她们的父亲,特别是那个大女儿柯拉,很快就跟殷士台顿和克拉姆巴斯眉目传情了,而两个男人也竟然跟她兜搭起来。艾菲看了,心里不免恼火,旋即又为自己的这场无名怒火感到害臊。她坐在西多妮·冯·格拉塞纳布旁边,说:"奇怪,我十四岁那年,也有过那么一股劲儿。"

艾菲原以为西多妮会对此提出异议,或者至少会持某种保留态度。然而西多妮却说:"这点我能想象得到。"

"是那个父亲把她们宠坏的。"艾菲有几分窘迫地说,她这样只是为了找点话来应酬罢了。

西多妮点点头。"这是明摆着的。缺乏教养。这是咱们时代的标志。"

艾菲一听,也就不再作声了。

喝过咖啡不久,客人们纷纷站起身来,打算到附近的森林里去作半小时散步,先上禁猎区,区里圈着各类野兽。柯拉打开栅门,身子还没有探进栅里,一群麋鹿已经向她奔来。这种情景非常动人,仿佛置身在神话般的境界中。然而这位有意给客人们看看这幅生动图景的姑娘的虚荣心,却没有给人一种纯洁可爱的印象,至少在艾菲身上没有这种印象。"没有,"艾菲对自己说,"这种样子我从来没有过。也许我从前也缺乏教养,正如那位心直口快的西多妮刚才指出的那样,也许我在别的方面也缺乏教养。我在老家时大家待我很好,家里人非常喜欢我。但是我可以大胆地说,我从来不装腔作势,矫揉造作。荷尔达才喜欢卖弄这一套。因此,今年夏天我再次见到她时,她也没有给我留下一个好印象。"

从森林返回首席林务官的住宅途中,天空开始纷纷扬扬地下起雪来。克拉姆巴斯走到艾菲面前向她表示歉意,说自己迄今还没有机会向她致以节日的祝贺。他同时指着从天空撒下来的鹅毛大雪说:"老天要是继续这样下,咱们将要给埋在这儿了。"

"这还不是最糟的。对于埋在雪里,我长久以来一直有一个美好的想象,一种受到庇护、获得援助的想象。"

"您这话使我感到新鲜,我最仁慈的夫人。"

"嗯,"艾菲接下去说,勉强地笑了笑,"想象是一种奇妙的事情,一个人产生什么想象,不仅根据自身的经验,也根据他从某处听来的或纯粹是偶然了解到的东西。您书读得很多,少校,可是有一首诗——当然不是海涅的诗,不是《海上幽灵》,也不是《维茨利普茨利》——在我看来,您没有读过,我倒读过了。这首诗的题目叫做《神墙》,是好多好多年以前我在霍恩克莱门牧师那儿学到的,那个时候我年纪还很小,这首诗我背得出来。"

"《神墙》,"克拉姆巴斯重复了一遍,"真是个有趣的标题,这首诗的内容怎样?"

"这是首短诗,非常短。内容写某个地方发生的一场战争的故事。这是一次冬季战役,有位老孀妇在敌人将要来到以前吓得要死,她拼命祈求上帝给她'四周造一堵墙',好庇护她不受敌人的骚扰。上帝果然听了她的祈求,下了一场大雪,把她的小屋全埋在雪中,于是敌人从她屋前过去了。"

克拉姆巴斯听后显然有些张皇失措,连忙变换话题,谈旁的事情了。

天黑下来的时候,所有的客人都已经回到了首席林务官的住宅。

# 第十九章

七点一过,客人们立即就席。一株挂满银色小球的枞树上点着彩灯,大伙儿为这圣诞树而欢欣鼓舞。从未来过首席林务官凌先生家的克拉姆巴斯,此刻得以大开眼界,有不胜艳羡之感。无论是缎子台毯、凉酒器皿,还是五光十色的银质餐具,都显得光彩夺目,美不胜收,远远超过一个普通首席林务官家里的摆设。其原因是凌先生的那位显得怯生生的腼腆的妻子,出身于但泽一个富裕的谷商家庭。挂在这儿四周墙上的大多数绘画和照片,也是从她娘家弄来的。这儿挂有谷商和他妻子的照片,马里恩堡城堡厅堂画和但泽马丽亚教堂著名的梅姆林①祭台画的精美复制品。此外还有奥利伐②修道院的画,一共两幅:一幅油画,一幅木刻。在餐具架的上方挂有一幅内特尔贝克③老人的颜色已经发黑的画像。这幅画还是一年半以前才从已故的前任首席林务官的少数几件家具中拣出来的。在按照惯例拍卖死者的遗产时,竟然无人要这幅

---

① 梅姆林(1433—1494),荷兰画家,一四七二年曾为但泽马丽亚教堂祭台作《末日审判》画。
② 奥利伐,但泽西北地名,在卡尔斯贝格山麓。此处系主教居地,设有修道院。
③ 内特尔贝克(1738—1824),普鲁士民族英雄。一八〇七年法军包围科尔贝格时,他作为普鲁士军事指挥官的助手保卫了这个城市。

老人像。后来殷士台顿发现这事,不禁火冒三丈,便把画像买了下来。因为凌先生这个人还有点爱国主义思想,所以这个年老的科尔贝格①保卫者的画像,就留在首席林务官的家里了。

只有内特尔贝克的画像使大家感到美中不足;除此之外,诚如前面已经提到的,这儿的其他一切都给人一种差不多是舒适恬静、富丽堂皇的感觉,这跟已经端上桌来的美肴佳点极为相称。所有的客人对这一桌丰盛的筵席或多或少地感到欣喜,只有西多妮一人例外。她坐在殷士台顿和林德克维斯特的中间,一见柯拉走来,便说:"你们瞧,这个讨厌的小妖精柯拉又来了。请您注意一下,殷士台顿,她怎样把小酒杯端到客人面前的,她那个姿势真是妙不可言,什么时候当女茶房也都合适。这真叫人受不了。还有您的朋友克拉姆巴斯的那种跟她调情的目光!这真是名副其实地在播种爱情!我想问问您,这会长出什么样的苗儿来?"

殷士台顿本想对她的话表示赞同,可是一听她那说话的腔调极为刻薄,便带着三分嘲笑的口吻说:"嗯,我的小姐,这会长出什么样的苗儿来?连我也不知道啊。"——西多妮一听,立即转身对左边的邻座说:"您说,牧师,这个十四岁的风骚的姑娘已经在您那儿听过道吗?"

"是的,我最仁慈的小姐。"

"那么,请您原谅,恕我说话开门见山,您没有对她进行严格的管教。我很清楚,要改变今天这个世道可不容易,但是我也知道,那些有责任关心年轻人灵魂的人,就是非常缺乏真

---

① 科尔贝格,地名,在当时普鲁士波美拉尼亚省柯斯林专区。

正严肃的态度。归根到底,应由父母和教育者来负这个主要责任。"

林德克维斯特也用殷士台顿的腔调回答,说她的话讲得全有道理,不过时代精神的作用太大了。

"时代精神!"西多妮接嘴说。"请您别跟我来这一套!这些话我不要听,这是个最虚弱的辞令,是道德败坏的一种声明。我懂得什么是时代精神,可我从来不想认真对待它。我对不愉快的事情总是远远避开,因为尽义务是不那么愉快的,而且太容易忘掉咱们熟悉的道德回头向咱们提出的要求。要进行干涉,亲爱的牧师,要进行培育。血肉之躯是软弱的。一点不错;可是……"

正在这时,英国牛排已经端上桌来,西多妮取了偌大的一份,她没注意到林德克维斯特在一边窃笑。正因为她没有注意到,也就难怪她极为自然地只顾往下讲:"再说,您在这儿见到的一切,肯定是无法改变的;这儿的一切,一开始就走上邪道,纠缠成一团。凌,凌这个姓氏——要是我没记错,从前瑞典或别的什么传说中的国王[①]有过这样一个姓氏。您瞧,这位凌先生的举止言论并不像那位国王的后裔;而凌先生的母亲我还认得,是柯斯林[②]地方的一个熨衣妇。"

"我在这里面挑不出什么毛病。"

"挑不出毛病?我也挑不出。但是不管怎么说,其中一定有毛病。不过,我在您这位教会圣职人员身上寄托了很大

---

[①] 传说中的国王,指斯堪的纳维亚传说中的人物希贡德·凌。
[②] 波罗的海附近城市名。

的希望。您对社会秩序应该起一定的作用。一位首席林务官只是比普通林务官略胜一筹。一个普通林务官不会有这样的凉酒器皿和银餐具;这儿的一切摆设跟一位首席林务官很不相称,再加上他把孩子教养成像柯拉小姐那样,更是不相称了。"

西多妮每逢情绪激动控制不住自己的时候,总是要作某些一鸣惊人的预言。要不是正好此刻端上一大碗热气腾腾的潘趣酒①来——这是凌先生家的长年旧规,是每年圣诞节欢宴宾客的最后一道饮料——西多妮今天怕已经到了怒目圆睁、即将大发雷霆的边缘了。除了潘趣酒,还端来一层层巧妙地堆得像宝塔似的银丝卷,其高度远远超过几小时前早已放在桌上的金字塔式的咖啡蛋糕。到了此刻,一直退居幕后的凌先生亲自过来给大家敬酒;他举止庄重,神态威严,熟练地往自己面前的一个个罗马式车光大玻璃杯里斟酒,他的这一绝招曾被能说会道的封·帕登太太称为"en cascade② 凌式斟酒法",可惜封·帕登太太今天没有在场。凌先生斟酒技巧高超,只见一道金红色弧光像彩虹那样一闪,酒杯里便注满了琼浆玉液,没有一星半点溅在杯外。今天他也这么表演了一番。但是最后,每个客人都向他回敬,包括他的女儿柯拉在内。这个披着波浪形褐色头发的姑娘,有时竟然坐到了"克拉姆巴斯叔叔"的膝上。最后老人巴本哈根站起来,按照传统的节日祝贺方式,准备向敬爱的首席林务官举杯祝酒。

---

① 潘趣酒,系由酒、糖、牛奶、柠檬汁等混合而成的一种饮料。
② 法文:瀑布状。

"世界上有各式圆环①,"他这样开始讲话,"有树木的年轮环,有窗帘环,有结婚指环,而现在——末了也得允许我这么说吧——则关系到订婚指环了。幸运的是,我可以向各位保证,在最近期间这儿会出现订婚指环,而一只美丽小手的无名指上(这儿的无名指有双重意义)②将要戴上……"

"真是闻所未闻。"西多妮对牧师悄没声气地说。

"嗯,诸位朋友,"居尔登克莱提高嗓音接在后面说,"世界上确有许多圆环,甚至还有一个我们大家都熟悉的叫做《三指环》的故事③;这是一个犹太人的故事,这完全像随心所欲的胡言乱语,这无非造成了混乱和不安,而且还将要造成混乱和不安。但愿上帝来改变这种局面。现在请诸位让我做个结束,免得我强求你们耐心听完我的唠叨。我不赞成三个指环,亲爱的朋友们,我宁肯赞成一个指环,赞成一个,一位像真正指环那样的凌先生,一位具有我们古老的波美拉尼亚凯辛县一切善良心怀的凌先生,一位还跟上帝一起捍卫过国王和祖国的凌先生——当然,这样的人还有几位(听众喝彩)——,这位凌先生现在正和客人一起坐在桌边。我拥护这位凌先生。祝凌先生健康长寿!"

所有客人都异口同声地表示祝贺,大家团团围住凌先生,凌先生不得不把"瀑布状斟酒"的任务让给坐在他对面的克

---

① "圆环"在德语中为 Ring,首席林务官恰好姓 Ring(凌),这里利用谐音,使发言的含义双关。所谓"订婚指环",犹言"订婚的凌小姐",这儿即指柯拉。

② 无名指,德语为 Ringfinger(即戴指环的手指),音译加意译即为"凌手指",意谓凌家小姐的无名指上将要戴上订婚指环。

③ 这儿暗示德国作家莱辛在他的戏剧《智者纳旦》中关于三指环的比喻。

拉姆巴斯承担;但是此刻家庭教师从他所坐的桌子下手站起来,冲到钢琴那儿,叮叮当当地弹起《普鲁士之歌》的开头几节拍子,于是客人们全都站起身来,庄重威严地唱道:"我是个普鲁士人……愿意永远作普鲁士人。"

"唱得可妙呢,"第一节唱完后年老的博尔克立即对殷士台顿说,"这样的歌曲在别的国家是不会有的。"

"不见得,"殷士台顿回答,他瞧不起这样的爱国主义,"在别的国家有另一些歌曲。"

等到大伙儿把几节歌词全唱完,仆从们传话备车,紧接着大伙儿便起身离开大厅,不使马儿在屋外久等。这种爱惜"马匹"的风气在凯辛县也胜过别处。过道里站着两个俊俏的使女,凌先生安排她们帮助客人穿皮大衣。客人们都心情愉快、精神抖擞地离开凌宅,有几个人简直是兴高采烈,手舞足蹈起来。客人们各自乘上了自己坐的马车或雪橇,本来可以顺顺当当地不受干扰。然而这时蓦地有人大叫,说吉斯希布勒的雪橇不见了。吉斯希布勒本人却神色自若,不慌不忙,也不大惊小怪,东寻西找。但事情总得有人接腔,于是克拉姆巴斯终于问道:"到底是怎么一回事啊?"

"米拉姆博跑不了啦,"前院里的仆人说,"他给马儿安挽具的时候,左首的那匹马在他胫骨上踢了一脚。他现在躺在马厩里叫苦连天呢。"

既是这样,自然免不了请汉内曼大夫前去诊治一番,大夫马上就去了。过了五分钟,他带着货真价实的外科医生惯有的镇定神色回来斩钉截铁地讲:"嗯,米拉姆博只好留在这儿了,眼下除了静卧和冰敷以外,别无更好的治疗方法。再说,危险是不会有的。"他这几句话固然给人们带来若干安慰,但也使人们左右为难,如今吉斯希布勒的雪橇怎么往回走呢。最后还是殷士台顿首先开腔,他说他来代替米拉姆博,亲自驾橇送大夫和药房老板吉斯希布勒二位平安回家去。众人听了,无不高声大笑,并且相当风趣地说,这位县长责任心多强,为了帮助别人,宁愿和年轻的妻子分坐两部雪橇。大家听了殷士台顿的提议都表示赞同,于是殷士台顿坐在雪橇前座,吉斯希布勒和汉内曼大夫则坐在后座,又一次一马当先在前面开道了。克拉姆巴斯和林德克维斯特坐的一辆紧紧跟在后面,殿后的是由克鲁泽驾驶的县长家的雪橇。就在这个时候西多妮笑盈盈地走到艾菲的橇边,请求艾菲让她坐上殷士台顿空出来的座位,好跟艾菲结伴同行。"我们家的一辆马车,老是裹得严严实实,密不通风,坐在里面,叫人受不了;我爸爸喜欢这样。另外,我想一路上跟您聊聊。不过,我也只搭乘到克瓦彭多夫。那儿有条岔路通到摩格尼茨。我在岔路口那儿下车,改乘我家的那辆讨厌的马车。我爸爸还在车厢里抽烟呢。"

按照艾菲的本意,她情愿一个人走,不喜欢西多妮跟她结伴同行。但眼下别无选择,只好答应下来。于是西多妮小姐便登上雪橇。两位妇人还没有坐定,克鲁泽已经挥鞭策马向前了。从首席林务官家大门口的斜坡上,可以饱览大海的壮丽景色,雪橇就从这儿出发,驶下相当陡险的沙丘,来到海边的大道。这条大道有一英里长,几乎笔直地通往凯辛的海滨饭店,从饭店往右拐,穿过种植园,就能直达凯辛城。雪已经停了几个小时,此刻空气清新,浩瀚、苍茫的海面上,洒满了月牙儿的微弱的光芒。克鲁泽紧靠海边疾驶,有时穿过惊涛拍岸、水花飞溅的地方,这使艾菲有点儿感到寒意,慌忙把大衣紧紧裹住身子,故意一言不发,静坐在那儿。她心里明白,所谓"密不通风的马车"无非是一个借口罢了。西多妮所以要搭乘她的雪橇,目的在给艾菲讲几句不中听的话。不过要跟她谈话还为时过早。再说她也确实有点儿疲倦,也许因为去森林散步走累了的缘故,也许是首席林务官家的潘趣酒所起的作用。刚才由于坐在她身边的封·弗勒明太太的一再劝酒,她喝了过量的潘趣酒。此刻她也装出一副想要瞌睡的样子,闭起眼睛,脑瓜儿越来越往左歪。

"您身子不能太往左边靠了,我最仁慈的夫人。要是雪橇碰上一块石头,您会飞到橇外去的。再说,您的雪橇又没装保险皮带,我看,连可以攀手的保险钩也没有一只。"

"保险皮带我不要;皮带和钩子都那么俗气、无聊。就算我飞出橇外去,我也感到惬意,最好是立刻飞到海涛上。当然,这也不过是洗个冷水澡,有什么了不起……再说您没有听见什么声响吗?"

"没有。"

"您没有听见像像音乐那样的声音吗?"

"风琴声?"

"不,不是风琴。如果是风琴声,这我会想到声音是从海里来的。但是,这是另一种声音,一种漫无止境的优雅的声音,差不多和人的声音一样……"

"这是幻觉引起的,"西多妮说,此刻她觉得真正的进攻机会来到了,"您恐怕神经有点儿不正常吧。您怎么会听到声音呢。但愿上帝保佑您听到的是真正的声音。"

"我听见……嗻,不错,这是一种傻念头,我知道,不然就是我在幻想,我听见美人鱼在歌唱……但是,我请您说说,这是什么？好像一道闪电划破天空。这一定是北极光。"

"是的，"西多妮说，"最仁慈的夫人，您装得好像看到了世上的奇迹。这不是世上的奇迹。如果是奇迹，那咱们就得谨防对大自然的崇拜。其实，一种真正的幸福，倒是咱们避过了危险，聆听咱们的朋友首席林务官谈论这种北极光。他是所有世人当中最爱虚荣的人。我可以打赌，他一定也是非常自负。但愿老天保佑他，使他在节日有更多的欢乐气氛。他是个笨蛋，居尔登克莱庆祝节日就干得比他精彩。他跟教堂里的人开玩笑，不久前送给教堂一块罩祭台用的台毯。柯拉也许在这块毯子上绣过花。这些伪善的人真是罪孽深重，他们总是把尘世俗事看得比什么都重要，对此精打细算，但是他们又没忘掉怎样使自己的灵魂升天堂。"

"要看透人心真不容易啊！"

"是的，的确是这样。但是要看透某些人也很容易。"她说这话的时候，两只眼睛死命盯住这位年轻的太太。

艾菲默然无语，不耐烦地把身子侧向一边。

"我说，要看透某些人也很容易，"西多妮重复了一遍，她看到自己已经达到了目的，便安详地微笑着重又说下去："咱们的首席林务官，就是属于这一类容易看透的人。谁把他的子女教养成这个样子，我就要怪谁。但是他自己想在这上面捞点好处，这一点他心里完全有数。有其父，必有其女。柯拉如果去美国，一定会嫁给一位百万富翁，或者成为监理会的一位牧师太太；要是这样，不管哪一种情况，她都完了。我从来没有看见过这样一个十四岁的姑娘……"

就是在西多妮唠叨不休的当儿，雪橇嘎然一声，蓦地停下了。橇上的两位女士立刻东张西望，想了解一下究竟发生了什么事,她们发现右侧一边大约离她们三十步远的地方,另外二辆雪橇也停下来了。殷士台顿驾驶的那一辆离得较远,克拉姆巴斯坐的那一辆离得近一点儿。

"什么事?"艾菲问。

克鲁泽转过半个身子说:"地下潴水,太太。"

"潴水?这是什么?我什么也没看见。"

克鲁泽把脑袋摇来晃去一阵,好像他要说提出这个问题比回答这个问题容易。他这么想也有道理。因为什么叫做地下潴水,绝非三言两语所能说得清楚的。克鲁泽一时陷入了困境,想不出好办法,可是西多妮小姐立即来给他解围了。她对这儿的山山水水都了如指掌,对潴水自然也很清楚。

"嗯,我最仁慈的夫人,"西多妮说,"现在事情糟了,对我来说问题不大,我可以顺利通过,因为我家的马车装的是高辖辘,我家的马儿走惯了这样的道。但是对您这样的雪橇来说,情况又当别论;雪橇会陷下去,您好歹得绕道走。"

"陷下去!我请您说说明白,我最仁慈的小姐,我仍然不懂您的意思。潴水是不是像个深渊或者别的什么,如果陷了进去,是不是非得翻橇不可?这一带地方真叫我不敢想象。"

"潴水有点儿像深渊,当然比深渊要小;这种潴水原来只是地下可怜巴巴的一条小水道,从这儿右边的哥登海湖渗进来,慢慢透过沙丘。到夏天它有时可能完全干涸,您可以平平安安地在上面驶过,一点儿也感觉不到。"

"那么,在冬天呢?"

"是啊,在冬天,情况就两样了;当然也不是都一个样,但经常是这样。它变成了一个吸水的漩涡。"

"我的上帝啊,这种名称和字眼有多怪!"

"……那就变成一个吸水的漩涡,每当大风向陆地刮来,情况总是最糟。风把海水驱进小水道,渗入陆地,海水在地下流动,但是外面是看不出来的。最大的问题就在这儿,这儿隐伏着真正的危险,也就是说,这一切都在地下进行,整个海岸的沙滩里全灌满了海水。要是有人想经过这种已经不是原来样子的地方,就会陷下去,仿佛陷入泥淖或沼泽。"

"这我懂,"艾菲生气勃勃地说,"泥淖和沼泽就跟我们老家的沼地一个样。"原来沉浸在恐惧中的艾菲,一下子显出惊喜交集的神色。

她们两人就在这样不停地交谈下去的时候,克拉姆巴斯跳下了他乘坐的雪橇,走向停在最外侧一边的吉斯希布勒的雪橇,想跟殷士台顿商量一下该怎么办。他说克努特很想冒险冲过去,可是克努特是个笨蛋,他压根儿不知道事情的严重性;只有在这一带住过的人,才能作出最后决定。经他一说,完全出乎他的意料,殷士台顿也赞成"冒险",殷士台顿认为必须试一试……他知道,历史每次都可能重演:这一带人本来有一种迷信,事情没有干,先害怕起来,其实真的干起来,也没有什么了不起。问题是不该由不了解情况的克努特冒险,而应该由克鲁泽再作一次尝试,克拉姆巴斯可以改坐仕女们乘坐的雪橇(那儿还有一个小后座),万一翻橇,好有个人帮忙抢救,要说发生什么事故,充其量最糟的也就是这么一回事了。

克拉姆巴斯带了殷士台顿的建议来到仕女们坐的雪橇边,笑嘻嘻地要执行殷士台顿委托给他的任务。他完全按照殷士台顿的吩咐,坐到小后座上去,那儿原来不是什么座位,而只是用一块布遮起来的雪橇的后缘。他坐定以后,向克鲁泽吆喝道:"好,往前走,克鲁泽。"

克鲁泽于是把马往后拉回几百步,希望借助一股冲势一举窜过去,让雪橇安全驶过潴水地带;可是就在马蹄刚接触潴水地带的刹那间,马儿的几条腿已经陷进了沙土,一直没到齐踝骨的地方。后来费了九牛二虎之力,好不容易才把马儿和雪橇往回拉转几步。

"不行。"克拉姆巴斯说,克鲁泽点点头。

就在这当儿,几辆马车终于追上来了,格拉塞纳布家的一辆走在最前面。西多妮一见,便向艾菲简短地道谢几句,告别艾菲,乘上自己家的马车后座,面对着她那抽着土耳其烟斗的父亲。接着马车向潴水地带径直驶去;起先两匹马的腿深深地陷进沙土,但是车辕辘一转,就轻易地渡过了危险,不到半分钟,格拉塞纳布家的马车已经安全地通过了潴水地带,继续往前了。另外几辆马车都跟在后面。艾菲眼看马车渐渐远去,不免有点儿眼红。但没过多久,几个雪橇驾驶人也想出了主意,于是殷士台顿干脆作出决定,他们不再强渡,而是选择了绕道走的安全方法。这也正是西多妮一开始就想出来的点子。此刻从右侧一边传来了县长的决定性指示,要后面的两部雪橇暂且停在一边,等他的雪橇穿过了沙丘、来到一座长长的板桥时,再跟着他前进。当克努特和克鲁泽两个车夫接到这样的指示时,刚才为了帮助西多妮改乘马车和她一起下橇的克拉姆巴斯,重又来到艾菲跟前说:"我不能让您一个人留在里面,仁慈的夫人。"

艾菲踌躇了片刻,但随后把身子挪往一边,让出一个座位,于是克拉姆巴斯便在她的左边坐下了。

这一切本来很可能引起误会,可是克拉姆巴斯本人非常懂得女人的心理,他此刻不需要为自己作一番夸夸其谈的辩解。他知道,艾菲在这种情况下,只会做出她此时此刻认为唯一正确的决定。他要求同乘雪橇,她不可能一口回绝。就这样,跟着另外两部雪橇飞也似的在前面紧挨着河岸前进。河的另一边耸立着一片黑沉沉的树林。艾菲一眼望去,还以为他们的雪橇终于来到陆地一边的森林边缘,他们将继续沿着这条路走下去。他们在昨天午后也正是沿着这条路来到乡下的。可是殷士台顿这时心里另有一番打算,当他的雪橇过了板桥以后,他不走林边的大路而立即拐进一条小道,这条小道通向稠密的林海。艾菲一看,吓了一大跳,因为在没有进入这条小道以前,她的四周全是新鲜空气和明亮的光线,而现在却大大变了样,黑魆魆的树冠笼罩在她的头顶,她不禁浑身战栗起来。她双手的十根指头紧密交叉地握在一起,使自己镇定下来。她的脑子里有种种念头和幻景在翻腾起伏,有一幅幻景中出现了《神墙》那首诗中的老婆子,她自己现在也像那个老婆子那样祈求起上帝来了,但愿上帝在她四周造一堵墙。她喃喃讷讷,默默暗祷;但她一下子明白过来,就是再念也没有用。她心里害怕起来,同时身子像着了魔一般,但又不愿把它摆脱掉。

"艾菲。"她耳边响起一种轻微的声音,她听得出他的声音在战抖。接着他抓住她的一只手,硬把她还一直交叉紧握着的手指扳开,热吻一个接一个覆盖在她的手指上,她觉得自己整个身子都软瘫了。

等到她重新睁开眼睛,雪橇已经出了树林,她听见离她不远的前方两部疾驰而去的雪橇发出丁零当啷的声音。这声音越来越清晰可闻,待到雪橇过了乌尔帕特尔磨坊,便离开沙丘拐弯进城,这时他们的右边是一排鳞次栉比、白雪盖顶的小屋。

艾菲环顾一下四周,接着雪橇就在县长公馆门前停下了。

# 第 二 十 章

殷士台顿扶着艾菲下雪橇时,目光锐利地端详着她。不过他避而不谈这次分乘两部雪橇的奇特的旅游。次日清晨,他起来时心里仍然不是滋味,他竭力想把这种情绪镇静下来。

"你睡得好吗?"他在艾菲来吃早餐时问道。

"嗯。"

"祝福你。我可没有你那种福气。我做了个梦,梦见你乘的雪橇在潴水地带出了事,克拉姆巴斯拼命想救你;恕我直说吧,可是他跟你一起陷下去了。"

"你说这些话多奇怪,格尔特。你话里有话,你在责备我,我猜得出。"

"多奇怪。"

"不是你同意克拉姆巴斯来给我们帮忙的吗?"

"给我们?"

"是的,给我们。给西多妮和我。你一定全忘了,少校是受你之托乘上我们雪橇的。他起先坐在那个极为狭窄、简陋的橇缘上,面对面地朝着我,够可怜的。后来格拉塞纳布他们的马车来了,雪橇马上又开动了,难道我非把他撵下去不成?要是我这样干了,岂非十分可笑,你对这样的事未免太敏感了。你难道忘了我是在你的同意之下才和他一起作了多次郊游的,而现在我却不能跟他一起坐雪橇吗?在我们老家,如果这样做,就是不近情理,就等于怠慢一位高贵的人士。"

"一位高贵的人士。"殷士台顿强调说。

"他不是吗?你自己还称他为绅士,甚至是一位十全十美的绅士。"

"不错,"殷士台顿接下去说,他的口气变得亲切一点了,但还带着轻微的嘲弄,"他是一位绅士,一位十全十美的绅士。他现在确实是这样。但不是高贵的人士!我亲爱的艾菲,一位高贵的人士不是那副模样的。难道你在他身上已经看到了几分高贵的品质吗?我可没有看到。"

艾菲望着前方,默然不语。

"看来,咱们的看法是相同的。再说,正如你所说的,这是我自己的失算;我不喜欢议论别人的 Fauxpas①,议论别人的短处不会有好话说出来。所以说,还是由于我自己的失算;我要尽力使这类事情不再发生。如果允许我向你提个忠告的话,你也得小心些才好。他是一个不择手段、什么都干得出来的人,对于年轻的女子就是如此。我早已把他看透了。"

"我可以听从你的劝告。只是在我看来,你对他产生了误解。"

"我没有对他产生误解。"

"或者是对我产生了误解。"她一字一顿地说,并且竭力想直视他的眼神。

"对你也没有产生误解,我亲爱的艾菲。你是一个魅人的小娘子,可是你却缺乏坚定的意志。"

---

① 法文:短处。

200

说罢他站起身来就走。当他走到门口时,弗里德里希迎面走进屋来,他送来了吉斯希布勒的一张便条,便条当然是寄给太太的。

艾菲接过条子。"跟吉斯希布勒秘密通信,"她说,"又给我的严厉的老爷抓到了新的吃醋的把柄。是不是这样?"

"不,不完全这样,我亲爱的艾菲。我干了傻事,要把克拉姆巴斯跟吉斯希布勒做个区别。他们不是属于所谓同一'开'型的人;金子有多纯,就用'开'来计算,人也可以用'开'区分。我不妨打个比方说明我的看法,吉斯希布勒胸前衬衣上的白褶襞远比克拉姆巴斯的褐色胡子可爱,尽管眼下不再有人在衬衣上做这种褶襞了。不过我怀疑女人们更喜欢褐色胡子。"

"你把我们女人看得比实际上更软弱。"

"这是一种实际上微不足道的自我安慰。不过咱们不谈这个吧,还是念念你的那张条子吧。"

艾菲念条子:"首先允许我向仁慈的夫人请安。我只知道您顺利地通过了潴水地带;但是穿过森林时仍有足够的危险。汉内曼大夫刚从乌伐格拉归来,他跟我讲了米拉姆博的病情;他说昨天他认为米拉姆博的伤势比他同我们讲的要严重,可今天的伤情已有好转。这是一次令人神往的旅游。——今年大除夕,我们打算用三天时间庆祝。像去年那样的盛况今年只得放弃了,但是舞会自然还要举行。如蒙夫人光临,定使舞会增添光彩。永远尊敬您的仆人阿隆佐·吉斯希布勒。"

艾菲笑了。"喏,你的意见呢?"

"跟从前一样,我要说的只有一点。我宁愿你和吉斯希布勒来往,也不希望你跟克拉姆巴斯打交道。"

"因为你觉得克拉姆巴斯这人难弄,而吉斯希布勒容易打交道。"

殷士台顿一听,开玩笑似的用手指警告她。

三天以后便是大除夕。艾菲穿起了艳丽的华服,在舞会上露面了,她的这套衣服原是别人送给她的一份圣诞礼物;她出席了舞会,但没有跳舞,而是坐在一位年老的贵妇人旁边。舞会为这些贵妇人准备了靠背椅,放在十分靠近乐队坐的高台上。殷士台顿所特别喜欢应酬的几家贵族,今天没有出席舞会。因为他们不久前跟城里俱乐部的理事会发生了一场小小的冲突,纷纷指责理事会有"破坏倾向",尤其是居尔登克莱老人的指责更凶。另有三四家贵族虽不是俱乐部成员,却经常被邀请出席,他们今天也来了。他们的田庄远在凯辛湾那一边,由于路途遥远,他们越过结着厚冰的河面来到这里,人人都为了能够参加这次舞会而兴高采烈。艾菲坐在骑士顾问封·帕登老夫人和一位比较年轻一点的封·蒂策维茨夫人中间。骑士顾问夫人是位出众的老妇人,从各方面看,都是个突出的人物,不同凡响。就说她的性格吧,特别是她那高耸的颧骨,完全带有文德族异教徒的特征,而她偏偏竭力要用基督教日耳曼人的严格信仰来加以弥补。她对基督教的这种严格信仰竟然达到了这样的程度,连西多妮·封·格拉塞纳布跟她相比也会觉得像 esprit fort[①],自愧不如。当然她——也许

---

① 法文:自由思想者,无神论者。

她一身兼有拉德加斯特和斯汪托维特两家的血统①——对西多妮也施展了帕登家所惯用的幽默。这种幽默长期以来已经成了这一家人的宝贵财富。凡是跟帕登这一家有过接触的人,不论是政敌还是宗教信仰上的反对派,都衷心乐意跟这一家人打交道。

"喏,孩子,"骑士顾问夫人说,"您日子到底过得怎么样?"

"很好,最仁慈的夫人,我有一个很理想的丈夫。"

"我知道。但是有个理想的丈夫并非万事大吉。我也有个理想的丈夫。你们之间怎么样?没有什么不和吧?"

艾菲猛吃一惊,同时又像对方的话说到了自己的心里。在这位老夫人的毫无拘束、极为自然的声调里,包含着某些使人清醒的东西,这些话从这样一位温文尔雅的夫人嘴里说出来,更使人觉得有豁然开朗之感。

"啊,最仁慈的夫人……"

"事情就是这样。这我懂。总是这一套。时代无法改变这一切。也许这样也就很不错了。因为关键在于斗争。我亲爱的年轻的夫人。人们得经常和'自然的人'作斗争。要是你被打倒在地,痛得几乎叫苦不迭,那么,亲爱的天使们却在高声欢呼哩!"

"啊,最仁慈的夫人,这种事干起来往往很不容易啊。"

"当然不容易。不过越困难越好。您得为此高兴才对。有关血肉之躯的俗事,永远如此,不会改变。我有孙子孙女,我每天见到他们。但是关键是坚持信仰,克制自己,我亲爱的

---

① 拉德加斯特和斯汪托维特是文德人神话中的两个神。

夫人,这是真话。我们的马丁·路德老人,这位上帝的仆人,教会我们这些道理。您知道他的即席演说吗?"

"不知道,最仁慈的夫人。"

"我以后把他的演说寄给您。"

正在这时,少校克拉姆巴斯走到艾菲身边问起她的起居情况。艾菲满脸涨得通红;但是在她还没有来得及回答以前,克拉姆巴斯说道:"最仁慈的夫人,我可以请您把这两位夫人介绍一下吗?"

艾菲于是直呼克拉姆巴斯的名字,给双方作了介绍,其实克拉姆巴斯早已听说过这两位夫人了,而且对她们作过详尽的了解,现在他们在交谈中就谈论他听到过的帕登夫人和蒂策维茨夫人家成员的情况,同时他向两位夫人表示歉意:他至今没有上凯辛湾那一边去作过拜访,也没有把自己的妻子介绍给他们;他说,说也奇怪,水把人们隔开的力量有多大,就像英吉利海峡一样……

"怎么?"蒂策维茨老夫人问。

在克拉姆巴斯看来,此刻再作什么解释已经不恰当了,即使解释了也不会有什么结果。于是他赶紧接下去说:"如果说,愿意去法国的德国人有二十个,那么,愿意去英国的一个也不会有。这全是水所起的作用;我再重复一遍,水有把人们隔开的力量。"

极为细心的封·帕登夫人,从克拉姆巴斯的话里听出几分嘲弄的意味,想替水说几句公道话,可是克拉姆巴斯却只顾滔滔不绝地讲下去,并且把太太们的注意力引到一位名叫封·施托延廷的美丽的小姐身上,说她"无疑是这次舞会的皇后",他同时把目光扫向艾菲,带有几分钦慕的神色。然后他忙不迭地一欠身子,向三位太太告别走开了。

"是个美男子,"帕登夫人说,"他跟您府上有来往吗?"

"不常来往。"

"真的,"帕登夫人重复一句,"是个美男子。稍微自信一点。也有点儿高傲……不过您瞧,他真的走到格蕾特·封·施托延廷小姐那儿去了。就是年岁太大了一点,至少有四十五六了。"

"还不满四十四呢。"

"啊唷,啊唷,看来您非常了解他。"

新年一开头就带来了各式各样激动人心的事件,这在艾菲看来,倒也叫人高兴。除夕之夜刮起了一阵猛烈的东北风,随后几天差不多形成了一个大风暴。据说一月三日下午有一条从桑德兰开来的英国船,在离防浪堤百来步远的地方搁浅,进不了港。从了解到的情况证实,船上有七名海员无法登岸;由于白浪滔天,怒涛汹涌,领港员们虽然费了九牛二虎之力,还是无法驶离防浪堤,靠近那条大船。至于从海岸放一艘小艇出去进行营救,那完全是不可想象的,也是无法办到的。人们纷纷议论,个个忧虑万分。但是把这则消息带回家来的约翰娜,也同时带来了安慰人的喜讯,说埃施里希领事带了救生器具和火箭炮已经赶往海边去了,估计这回一定会马到成功;据说这次船只搁浅的地方离海岸没有像七五年[①]那一回远,何况那一回也营救成功了,连一条狮子狗也给救到了岸上,那个场面真叫人感动。畜生得救后高兴得不得了,它不停地用

---

① 指一八七五年。

红通通的舌头舔船长的妻子和船长的那个可爱的小孩子。这孩子比安妮大不了多少。

"格尔特,我非得一起去看看不可,我一定要去。"艾菲听后马上表示。为了避免晚到,他们两人立即动身前往,结果及时赶到现场;因为正当他们经过种植园来到海边的时刻,第一炮正好打响,他们清清楚楚地看到火箭拖着粗索在乌云下面飞窜过那艘搁浅的船只,落在船外一侧。船上的人立刻手忙脚乱起来。他们凭借小麻绳的帮助,把粗索连同载人的筐子拉到船上,没一会儿,筐子转了一个圈子重向海岸一边滑来。这时有一名头戴蜡布帽、身材颀长、长相漂亮的水手,安全地到达了岸上,立刻有许多人围拢过去向他问长问短。就在这当儿,筐子又向搁浅的船只滑去,把第二个、第三个人载回来。船上所有的人很快地被救到了岸上。过了半小时,当艾菲和她的丈夫回家去的时候,艾菲恨不得扑倒在沙丘上大哭一场。一种美好的感情又一次洋溢在她的心头,她甚至感到无限的幸福。

这是一月三日遇到的事情。到了五日,她又碰上了一件惊心动魄的事,当然这件事的性质跟前一件事完全两样。这天,殷士台顿从县议会出来碰到吉斯希布勒,吉斯希布勒当然也是县政府的顾问兼参事,殷士台顿在和他闲谈中,得悉国防部有人询问,县政府当局对卫戍问题可能持有什么意见。为了配合地方上建筑马厩和营房,国防部打算给当地增调两中队骠骑兵。"喏,艾菲,你对这事有什么看法?"——艾菲一听愣住了。她的心灵前面仿佛一下子浮现了她童年时代天真无邪的幸福。这时她似乎感到红色的骠骑兵——因为这儿的骠骑兵像老家霍恩克莱门的一样,都穿红色制服——真的成了乐园和天真无邪的人们的守卫者了。她心里在这么想的时候,嘴里仍然一言不发。

"你一句话也没说,艾菲。"

"哎,真是怪事,格尔特。不过我感到非常幸福,我高兴得连话也说不出来了。这样的事情真的会实现吗?骠骑兵会来吗?"

"等骠骑兵来到这儿,当然还有好些时间,嗯,吉斯希布勒甚至认为:他的那些同事——本城的父老们——根本就不配坐享其成。纯粹是为了荣誉,要不是为了荣誉,那么,至少为了本城的公众福利,他们才一致同意派骠骑兵来。要不,他们将用'要是'和'不过'来表示对新建马厩和兵营的吝啬态度;嗯,辣嘴米歇尔森甚至说,这样一来就破坏了本城的习俗,谁家有个女儿,就得小心谨慎,就得在窗子上装上铁栅。"

"这种话谁也不会相信。我从来没有见过有谁比咱们的骠骑兵更温文尔雅的了;这是真的,格尔特。唔,这一点你自己挺清楚。这位米歇尔森准备给所有的窗子装上铁栅。他可有女儿?"

"当然有,而且有三个。但她们全都是 hors concours①。"

艾菲会心地一笑,她好久没有这样笑了。不过她笑得没有多久,等到殷士台顿走开,剩下她一个人的时候,她便坐到孩子的摇篮边,她的泪水扑簌簌地掉到了孩子的枕上。她又一次百感交集,觉得自己仿佛像个囚犯,从此再也没有自由了。

她因此内心痛苦非凡,很希望获得解脱。尽管她的这种

---

① 法文:无与伦比的。

感情比较强烈,可是她的性格却不够坚定;她缺乏坚毅的韧性,变化无常,感情上种种美好的冲动稍纵即逝。她就这样一天天的挨过去,今天她因为无法改变,明天她因为不愿改变。那种不该有的、富于神秘的感情把她征服了。

由于她生性坦率开朗,她就这样强作欢笑,越来越糊里糊涂地打发日子。有时她因为自己感情易变而感到吃惊。只有一点她始终没有变:她对什么事情都看得一清二楚,对什么事情都不加掩饰。有一天将近深夜,她走到自己卧室的穿衣镜前,这时烛光和暗影交相掩映,洛洛在房外喑喑狂吠,就在这一刹那间,她仿佛感到有人在背后瞟她。可她立刻闪过一个念头。"我已经知道这是什么;这不是从前的那一个,"她用手指指楼上的鬼房。"那是另一种东西……是我的良心……艾菲,你完蛋了。"

但是这样的情况周而复始,循环不已,上一天发生的事情,使下一天的所作所为成为必然。

就在这个月的中旬,有请柬寄来邀请殷士台顿夫妇下乡做客。请柬邀约的次序,表明殷士台顿所特别喜欢来往的四户人家,已达成了某种默契:先上博尔克家,然后去弗勒明家和格拉塞纳布家,最后上居尔登克莱家。一星期走一家。四份请柬是在同一天寄到的;这给人一个鲜明的印象,主人们事前预作安排,考虑周到,这也表明了主人们跟殷士台顿夫妇之间的深情厚谊。

"我没有办法去啊,格尔特,我的毛病已经治疗几周了,因为要继续治疗,原谅我失陪了。"

殷士台顿笑起来。"治病,难道叫我把你不能应邀赴约的原因推在治病上不成。这是个借口;事实上就是说:你不愿意去。"

"不是的。我说的全是实话,只是你不肯承认罢了。我请大夫治病,都是经过你自己同意的。我既然请了大夫治病,我就得按他的嘱咐行事。这位善良的大夫,认为我害的是贫血症,真是奇怪极了,而你知道,这一晌我天天都在饮铁汁。你想想博尔克家的菜肴吧,他们也许备有猪皮香肠和肉汁冻鳗。我如果吃了这样的菜,你一定明白,那就等于要我的命。你总不愿意把你的艾菲置于死地吧。当然有时候我感到……"

"我请你,艾菲……"

"……再说我很高兴,在你每回乘车外出时,我可以陪你走一段路,这是我唯一可能为你做的好事。我肯定可以陪你走到磨坊那儿,或者走到公墓旁边,或者到树林的拐角上,从那儿有一条岔路通往摩格尼茨。到了那儿,我再下车步行回家,耽在沙丘那儿永远是最美好的。"

殷士台顿欣然同意。三天以后,马车出发,艾菲上了车,陪着丈夫直到树林的拐角那儿。"在这儿停车,格尔特。你往左拐弯一直往前走,我往右一直跛到海边,穿过种植园往回走。这样走,路是稍微远了一点,但不算太远。汉内曼大夫天天叮嘱我说,活动活动是最重要的,一是活动,二是新鲜空气。我很相信他的话有道理。请替我向东道主全家问好;只有在西多妮那儿,你什么也不用说。"

艾菲陪着丈夫到树林拐角那儿的短程活动,每周一回,一连好几回;但是就在这段时间里,艾菲也严格遵照医嘱每天都出外散步一次。十回有八九回总是在下午出去,这个时候殷士台顿正在聚精会神地读报。这一晌天气晴朗,空气温和而新鲜,天空不时有云彩覆盖着。她照例总是一个人出去,临走关照罗丝维塔:"罗丝维塔,我沿着公路过去,然后往右到设有木马轮旋机的广场附近;我想在那儿等你,你来接我。然后咱们穿过桦树林荫道或制绳场回来。不过你来要等安妮睡着了。要是她没睡,你就叫约翰娜来接我。或者干脆大家都不要来了;这没有必要,我一个人也认得路的。"

她们这样讲好以后,第一天两人果真在约定地点碰到了。艾菲坐在一张长凳上,凳子伸向一个长形木料堆栈。她两眼望着一所低矮的桁架房屋,那房子是黄色的,横梁用黑漆涂过,是一般小市民时常进出的酒店,有的人来这儿喝啤酒,有的人在这儿独唱。天还没有黑下来时,窗上已经映得灯火通明,灯光射到屋外的雪堆上,也洒到挺立在一边的几株树上。"你瞧,罗丝维塔,这儿的景色多美啊。"

这样过了几天,天天都是如此。不过十回有八九回罗丝维塔来到木马轮旋机和木料堆栈那儿时,没有找到艾菲。她于是独个儿回家来,当她的双脚一迈进过道,艾菲已经迎着她从屋里出来了,艾菲说:"您到底耽在哪儿呀,罗丝维塔,我回家来已经好一阵了。"

就这样,过了几个星期。本地增驻骠骑兵的事情,由于市民们从中作梗,已经告吹;但是为驻军而进行的谈判至今尚未结束,新近通过另一个机构——总司令部——在进行磋商,克拉姆巴斯被上级召到什切青去咨询他对这事的意见。他到什切青的第二天给殷士台顿写来一封信:"请原谅,殷士台顿,恕我不别而行。事情来得那么突然,我想让事情拖一个时候。到外地来跑一趟,倒也令人惬意。代我问候您的太太,我敬爱的恩主。"

他把信念给艾菲听,艾菲始终神色自若。最后她开口道:"这样倒也好。"

"你的意思是指?"

"我指他离开这儿。他本来说话翻来覆去总是老一套。这回他从外地回来,至少暂时可以讲点儿新闻了。"

殷士台顿对艾菲敏锐地扫了一眼。但他看不出什么破绽,他的怀疑重又消失殆尽。"我也要离开这儿呢,"他过了一会儿说,"甚至要上柏林去;或许我也像克拉姆巴斯那样,带点儿新闻回来。我亲爱的艾菲总是喜欢听新闻的;她在咱们凯辛这个好地方感到无聊透顶。我大约要离开八天,可能还要多一天。你可别害怕……那个玩意儿不会再来了……你知道,楼上那个……就是再来,你也有洛洛和罗丝维塔保驾。"

艾菲盈盈一笑,然而带有几分忧戚的心情。她不禁回想起克拉姆巴斯第一回跟她谈殷士台顿拿鬼和她的恐惧演一出喜剧的那个日子。他真是个伟大的教师爷!不过,殷士台顿是不是也有道理?演一出喜剧难道不合适吗?现在她的脑海里千头万绪,矛盾交织,善与恶在进行一场激烈的搏斗。

第三天殷士台顿动身离家了。

至于他上柏林去干什么,他什么也没有说。

211

# 第二十一章

殷士台顿走了才四天,克拉姆巴斯便从什切青回来了,并且带来了消息说,上级原来打算派两中队骠骑兵增驻凯辛,现在决定予以撤销;有许多小城镇,急盼骑兵卫戍,特别是盼望布吕歇尔的骠骑兵进驻。这般说来,通常的情况是:这种主动提供部队的建议,人家衷心欢迎都来不及,而决不会像凯辛当局那样犹豫不决,推三阻四。当克拉姆巴斯向市议会作这样的报告时,与会的全体成员面面相觑、窘态毕露。只有吉斯希布勒目睹同事们的这种举棋不定、优柔寡断的态度遭到打击,暗自觉得高兴。城里小百姓获悉这项消息之后,莫不抱怨当地领导机构。有若干领事和他们的女儿,一时甚至愤愤不平;但就大局而言,对于此事的风风雨雨很快也就平息下去了,因为凯辛老百姓,或者至少当地上流社会人士更关心与此同时发生的问题:"殷士台顿上柏林去干啥?"他们不愿这位极为和蔼可亲、平易近人的县长离开本地,然而对于县长此后的行踪却掀起了一阵信口胡编的谣言,吉斯希布勒虽非谣言的炮制者,但至少起了推波助澜、添油加醋的作用。其中有一则谣言说,殷士台顿将出任驻摩洛哥公使一职,而且他还将随带一批礼物出国,礼物中不仅有烧着传统的常苏茜宫①

～～～～～～～～～～

① 常苏茜宫,柏林附近波茨坦皇宫名,又名无忧宫,系腓特烈大帝的行宫之一。

和新宫①图案的花瓶,而且特别还有一只制冰机。这个制冰机是考虑到摩洛哥的炎热气候而作为礼品带去的。这番谣言绘声绘色,使全城居民信以为真。

艾菲也听到了这些流言蜚语。按说,那些使她感到快乐的日子过去得还不太久远;但是自从送走旧年迎来新岁以后,她的情绪一直很差劲,如今她对流言蜚语,声色不露,一笑了之。她的脸色也完全变了样,作为殷士台顿妻子的那种既有几分动人之处、也有几分调皮的神态,如今已经不知去向。自从克拉姆巴斯去什切青以后,她不再到海滨和种植园去散步了。可是克拉姆巴斯一回到凯辛,她又重新作这样的散步,而且风雨无阻,从不间断。正像从前讲好的那样,罗丝维塔总是到制绳场的出口处或者公墓附近去迎接她,但是现在她们相互错过的次数比从前更多了。"我真想把您骂上一顿,罗丝维塔,您怎么老是找不到我。不过嘛,这也没有关系,我一个人已经不害怕了,就是经过公墓也不再害怕,我在树林里连一个人影儿也没见到呢。"

这些话艾菲是在殷士台顿从柏林回来的前一天说的。罗丝维塔对太太讲的话并不怎么在意,却忙于张罗家务,在门框上挂上五彩纸链,在鲨鱼上插上几根松枝,这样看起来比平时更加别致。艾菲说:"这样挺好,罗丝维塔;明儿他回来看到这些翠绿的树枝,一定会高兴的。我今天要不要再出去散步呢?汉内曼大夫坚持要我天天散步,并且经常说我对他的嘱咐遵守得还不够认真,我的面色本来会更加好看些;可我今天没有兴趣散步,外边下着毛毛雨,天又那么阴沉。"

---

① 新宫,波茨坦的著名宫殿。

"我会给太太送雨衣去。"

"那好！不过你今天不用来了。反正咱们也碰不到。"她笑了。"说实在的，你一点儿也不机灵，罗丝维塔。我不想累得你着凉，这个不值得。"

于是罗丝维塔也就留在家里了。因为安妮在睡午觉，她就上克鲁泽家找他老婆聊天。"亲爱的克鲁泽大娘，"她说，"您不是还愿意给我讲那个中国人的故事吗。昨儿约翰娜来打岔，咱们无法谈下去。约翰娜总是装得那么了不起的样子，这样的故事给她讲可不合适。不过，我倒相信故事讲的确有其事，我指的是那个中国人和托姆森的侄女那回事，如果不是孙女，那就算是侄女吧。"

克鲁泽大娘点点头。

"他们之间如果不是，"罗丝维塔接下去说，"一种不幸的爱情（克鲁泽大娘这时又点点头），那也可能是一种幸运的爱情，那个中国人只是没有耐心罢了，结果一下子全都完了。因为中国人也是人嘛，可能他们那儿的风俗习惯跟咱们的全一样。"

"全一样，"克鲁泽大娘斩钉截铁地说，并且想用她的故事来证实自己的论断。这时她的男人走进屋子来说："他娘，把装皮革漆的瓶子拿给我；我得把马具漆一下，明儿老爷回来了，他哪儿都要瞧瞧看看，即使嘴上不作声，但是心里已经有数了，他什么都要检查检查。"

"我给您拿瓶子吧，克鲁泽，"罗丝维塔接腔说，"您老伴还要给我讲故事呐；不过也快讲完了，回头，我把瓶子拿去。"

罗丝维塔把漆瓶拿在手里，走到院子里去好一阵，她站在克鲁泽刚刚晾在园子篱笆上的马具旁边。"上帝啊，"他一面说,一面从罗丝维塔手里接过瓶子,"毛毛雨下个不停,漆一次也帮不了多少忙,一会儿光泽就跑掉了。不过我想,一切都得上轨道。"

"都得上轨道。喂,克鲁泽,这一瓶倒是真漆呢,我一眼就看出来了,凡是真漆,干得比较快,要不了多久就不黏了。赶明儿下雾还是还潮,都没有关系了。不过,我还得说,那个中国人的故事可离奇呢。"

克鲁泽笑了。"这是乱弹琴,罗丝维塔。我那老伴正经事不干,尽扯这种无聊话,我要穿件干净衬衫,扣子还少了一个。我们搬来这儿后,老是这个样。她脑袋瓜里装的尽是这类乌七八糟的东西,另外还有那只黑母鸡。这家伙从来没有下过蛋。到头来,您叫它怎么会下蛋?一天到晚关着不让出来,只能听见公鸡喔喔啼,不让公鸡打雄,这样要求一只母鸡,怎么行?"

"听我说,克鲁泽,我要把您的话告诉您老伴。从前,我一直把您看作是个正派人,可现在您说什么公鸡打雄喔喔啼。我说男人哪,总比我们女人想的更坏。本来我得马上拿把刷子来,给您上唇两边画上两撇黑胡须。"

"哼,您啊,罗丝维塔,真讨人欢喜。"克鲁泽本来在大多数场合装得一本正经,威严无比,这时忽见艾菲慢慢走来,他说话的腔调却变得打情骂俏了;艾菲今天从种植园另一边散步回来,此刻正好打园子篱笆前经过。

"你好,罗丝维塔,你倒真有兴致。安妮怎么样了?"

"她在睡觉呢,太太。"

然而罗丝维塔嘴里虽然这么说,可面孔一下子涨得通红,她立即中止交谈,径自回家去了,这样可以在太太到家的时候,帮太太脱雨衣。再则,约翰娜这时候是不是在家里也是个问题,她现在常常到老爷"办公室"那边去,因为待在家里没事好干,她觉得弗里德里希和克丽斯特尔太无聊,啥也不知道。

安妮还在睡觉。艾菲欠着身子在摇篮上面望望,然后让罗丝维塔帮她脱下帽子和雨衣,一屁股坐在自己卧室里的那张小沙发上,慢条斯理地把打湿了的头发掠到腮帮儿一边,把两只脚搁在罗丝维塔推过来的一张矮凳上。经过一段相当漫长的步行以后,此刻她显然在好好地作一番休息:"我得提醒你注意,罗丝维塔,克鲁泽是结过婚的呀。"

"我知道,太太。"

"嗯,一个人嘴上说起来什么都知道,可干起来又像什么也不知道了。这样就不好。"

"这也没有什么不好,太太……"

"要是你以为他老婆病了活不长,那你就打错了算盘。病恹恹的人可往往长寿。再说她有那只黑母鸡,你可要当心它,这只鸡啥也知道,还会滔滔不绝地讲出来。我不知道为什么我见了它就冷了半截。我可以发誓,楼上闹鬼跟这只母鸡有关系。"

"啊,这个我不信。不过这事情倒也叫人害怕。而克鲁泽呢,一个劲儿反对他老婆,但这没有使我改变看法。"

"他讲什么来着?"

"他说,只是一些耗子胡闹罢了。"

"嗯,耗子,耗子也是够糟的。耗子这东西我受不了。不过我看得挺清楚,你跟克鲁泽是怎样搭讪的,你跟他的样子很亲热嘛,我甚至想,你会给他画胡须。这样干未免太过分了。

你往后会弄得狼狈不堪的。你还是个漂漂亮亮的女人,你还有魅力。不过你得小心才好,我只能给你讲这么多。你初恋的经过是怎样的?也是这样的吗?你能讲点给我听听吗?"

"噢,我可以讲给您听。不过说来也叫人心惊肉跳,确实是那么叫人心惊肉跳。太太听了以后,可能对克鲁泽这件事放心了。谁有过我这样的遭遇,谁也一定接受了足够的教训,从此以后一定小心谨慎了。有时我上一天夜里梦见这些过去的事情,下一天就没精打采,好像被人毒打了一顿似的。那种叫人寒毛凛凛的恐惧……"

艾菲坐直身子,一臂托着脑袋。"你讲吧,过去的事情是怎样的?你老喜欢报陈年旧账,我耳朵听得起老茧啦……"

"嗯,开头总是老调儿,我也不想吹大牛,说什么自己碰到了什么了不起的事情。不,我压根儿就不想。不过嘛,我脑袋里想啥,嘴上也就一股脑儿说出来:'嗯,事情是这样的',嗯,事情的确叫人心惊肉跳。我的娘对我还可以,可是我的爹,在村里开爿铁匠铺,人非常严厉,脾气又暴躁;他听说我有那回事,便从炉膛里拿起烧红的铁杆朝我捅来,想把我捅死。我吓得大叫一声,便奔到阁楼上去躲了起来。我躺在那儿浑身发抖,一直等到他们叫我,要我放心大胆,我才从阁楼上下来。那时我还有个妹妹,她老是指着我说'呸'。后来我快生孩子了,我就跑到邻近一个仓库里去生产,因为我不愿在家里生,我不相信家里人。结果邻居和乡亲见我半死不活地躺在那儿,便把我抬到家里,放在我自己的床上。第三天,他们就把孩子抱走了,事后我问孩子放在什么地方,他们说孩子已经给人很好地抚养了。啊,太太,但愿圣母马丽亚保佑您不碰上这样的苦难。"

217

艾菲一跃而起,睁大了眼睛瞪着罗丝维塔。不过她这副样子与其说是愤怒,不如说是吃惊。"你说些什么呀!我是个已经结了婚的女人。你说这些话给我听不恰当,非常不恰当啊!"

"哦,太太……"

"你还是给我讲你后来怎样。他们把你的孩子抢走了,你就……"

"后来嘛,过了几天,从埃尔福特来了一个人,上村长那儿打听'村上有没有奶妈'。村长说:'有的。'但愿上帝祝福村长。后来这个陌生的先生就立刻把我带走了。从此以后,我过了一些较好的日子,就是在那个户籍员老婆那儿帮忙时,日子还能过得去。最后我就上您这儿来了,太太。到您这儿,日子过得最好,最最好的了。"她一面说,一面走到沙发旁边吻艾菲的手。

"罗丝维塔,你别老吻我的手了,我不喜欢这个样。你要当心克鲁泽。除此以外,你倒是个善良的聪明人……一个人有了一个丈夫,……不一定如意称心。"

"啊,太太,上帝和诸圣指引咱们可真奇妙,咱们常常可以因祸得福,知错不改的人没法挽救……我本来对男人有好感……"

"瞧你,罗丝维塔,瞧你。"

"要是我再碰上那样的事,比方跟克鲁泽,那也没有关系。我没有旁的办法,我就干脆跳河。如果那样,那就太可怕了。一切都那么可怕。至于我那个小可怜虫后来怎样呢?我不相信他至今还活在世上;他们叫人把他弄死,不过罪过倒算在我的账上。"她说着身子俯伏在安妮的摇篮上,把孩子摇来摇去,嘴里哼着她那哈尔勃施塔特的儿歌。

"别哼了,"艾菲说,"别哼了;我头疼。不过你把报纸拿给我。吉斯希布勒也许把报刊已经送来了吧?"

"送来了。时装报放在最上面。约翰娜没有去对面办公大楼以前,我和她两个人都翻过一翻。约翰娜一直抱怨看不到这份报纸。我把时装报拿给您吧?"

"好的,给我拿来,把灯也拿来。"

罗丝维塔一走,屋里只剩下艾菲一个人。她自言自语道:"靠时装打扮有什么用? 一位拿着暖手筒的俊俏的夫人,一位用头纱半遮面的漂亮的太太;这些全都是时髦的玩偶罢了。不过最好还是想些别的吧。"

次日上午,殷士台顿发来一份电报通知家里,他将搭第二班火车回来,也就是说傍晚以前不会抵达凯辛。这一天好像分外长,叫人等得好不心焦;幸而吉斯希布勒下午过来串门,打发走了一个钟点。晚上七时,马车终于来到公馆前。艾菲出去迎接,彼此招呼几句。殷士台顿异常兴奋,平日从来不是这样的,因此他竟没有看出艾菲那种既尴尬又高兴的复杂心情。过道里燃着灯烛,弗里德里希早已在衣橱中间的桌子上放好了一套在烛光下闪闪发亮的茶具。

"这个场面正像咱们当年初来这儿的时节一个样。你还记得吗,艾菲?"

她点点头。

"只有那条饰有松枝的鲨鱼今天比较安静,没有摇来摆去。洛洛也比较规矩,没有把它的前爪搭在我的肩膀上。你怎么啦,洛洛?"

洛洛在主人身边磨磨蹭蹭,摇尾讨好。

"这家伙今儿很不满意,不是对我不满意,就是对别人不满意。嗯,我看,是对我不满意。咱们还是进屋去吧。"他走进自己的房间,坐在沙发上,同时请艾菲坐在他身边。"柏林真是漂亮,你想也想象不到;不过我在那儿高兴虽然高兴,却一直想着家里。你脸色很不好看哪!有一点儿苍白,也有点儿变了样,可你瞒着我。"

艾菲的脸唰地一下涨红了。

"你也会脸红呢。不过有点像我跟你说的那副样子。你有点儿像一个宠坏了的孩子,一下子看起来又像一位太太。"

"我就喜欢听这样的话,格尔特,不过我相信,你只是这样说说罢了。"

"不,不,如果你以为很好,你可以记自己一功……"

"我本来也是这么想。"

"现在请你猜件事,有谁托我带口信问候你啦?"

"这个不难,格尔特。再说,我们做妻子的——自从你回来以后,我也算得上一个吧——(她把手伸给他,并且笑盈盈地)我们做妻子的,很容易猜出来。我们猜起来不像你们那样困难。"

"那么,你猜是谁?"

"我说,当然是我堂兄布里斯特罗。我在柏林只有一个熟人,婶婶不算在内,估计你不会去看她,她气量小得很,不会托你问候我。你有没有发现,凡是老婶娘,都是小气量?"

"嗯,艾菲,这话不假。你说这样的话,说明你仍然是我原来的艾菲。你要知道,所谓原来的艾菲,就是说看起来还像个孩子,喏,这样的人也合我的口味,正像现在你这位太太也合我的口味一样。"

"你说的是真话吗？如果要你两者选一……"

"这是一个莫测高深的问题,我不想进一步谈这个了。啊,你看弗里德里希送茶来了。此刻我是多么想喝茶呀！上面这样的话我都公开讲过,我和你堂兄坐在柏林德雷泽尔酒家为你的健康干杯时,我甚至也对他讲了……你得竖起耳朵听好……你猜,你堂兄讲了些什么话？"

"肯定胡扯了一通。他干这一手是绝招。"

"这么胡说八道,信口雌黄,我可从来没有听见过。'让咱们祝艾菲健康长寿,'他说,'我那美丽的堂妹……您知道吗,殷士台顿,我真想跟您决斗,把您打死！因为艾菲是个天使,您从我手里把这位天使骗了去。'他说话时的那副神情一本正经,也非常悲痛,真叫人相信他的话确实出于肺腑。"

"哦,他的那种情绪我知道。你们这样的谈话是第几回了？"

"我记不得啦,也许当时我就忘了。不过有一点我相信,他样子非常严肃,绝不是说笑话。也许他说的话有道理。你不相信,你能跟他一起生活吗？"

"能跟他一起生活吗？不太可能,格尔特。不过我差不多想说,我幸而也没有跟他一起生活。"

"干吗不呢？他确是一个可爱而文雅的男子,人也挺聪明。"

"嗯,这倒是的……"

"可是……"

"可是他生性放荡,这不是我们女人喜欢的性格,这样的性格我们在做姑娘的时候也不喜欢。你老是把我算作这样的

221

人,尽管我有一些微小的进步,但你仍然认为我也是这种人。我们女人不喜欢这种放荡性格。男子汉就得像个男子汉。"

"好,你这话说得好漂亮。形形色色的魔鬼,你还得好生注意。我可以幸运地说,这样的警惕性我已经习以为常了,这看起来如此,或者至少要求别人今后保持警惕性,已经习以为常了……你说,你对国家的一个部看法怎么样?"

"一个部吗?唔,可能有两重性。部里可能有一些善于治理国家的聪明高贵的先生,部也可能只是一座大厦,一座宫殿,一座斯特罗齐宫①,或者皮蒂宫②,如果这样的宫殿也算不上,那就称做别的什么宫吧。你瞧,我去意大利的旅行,并不是白走一趟的啊。"

"你能不能作个决定,你准备住到这样的宫里去吗?我的意思是说,住到这样的一个部里去?"

"我的上帝啊,格尔特,他们总还不至于把你搞成个部长吧?吉斯希布勒就说过那样的话。而公爵什么也办得到。上帝啊,最后决定权操在他手里啊,他高兴怎样就怎样,而我呢,才十八。"

殷士台顿笑起来。"不,艾菲,不是当部长,咱们还没有达到这一步。不过公爵可能要我干我所力不胜任的事情,这也并非不可能。"

"这么说,现在还不至于,还不至于当部长吧!"

"是这样。说实话,咱们也不会住到部里去,但是我每天就得上部里去办公,如同我现在上县长办公大楼上班那样,我

---

①② 均意大利皇宫名,后均作为绘画陈列馆,艾菲度蜜月时,曾去过这两个地方。

得向部长呈报事项,如果部长外出巡视省级机构,我得随他前往。你呢,将要成为部务参事夫人,住在柏林,一年半载以后,你将记不得自己曾在这儿凯辛待过,除了吉斯希布勒、沙丘和种植园,你不会再记得别的什么了。"

艾菲一声没吭,只是两个眼睛越睁越大;嘴角一边神经质地抽搐得厉害。她那整个荏弱的身躯在索索发抖。她一下子从沙发滑落到殷士台顿跟前的地上,紧紧抱住殷士台顿的膝盖,嘴里发出一种哀求的声音,仿佛在祈祷似的:"谢天谢地!"

殷士台顿不觉大惊失色。这是怎么一回事?几个星期以来突然在他心头出现,而以后也一再出现的想法,眼下忽又浮现在他的面前了,而且从他的眼神里清楚地表露出来。艾菲害怕的就是这种神色。她被一种美好的感情所吸引,而这种感情差不多是一种招认罪过的自白,此时无声胜有声。她得使自己的激动心情稳定下来,她得不惜任何代价寻找一条出路。

"起来,艾菲,你怎么啦?"

艾菲一骨碌站起来。但她不再坐到沙发上,而随手拉过一张高靠背椅子,坐在上面,她显然感到浑身乏力,如果没有凭靠一下的东西,就支持不了。

"你怎么啦?"殷士台顿重复了一句。"我以为你在这儿过了几天幸福的日子。而你现在却大叫什么'谢天谢地',好像对这儿的一切都感到恐惧。你过去觉得我也是可怕的吗?还是别的东西可怕?你说啊!"

"这还用问吗,格尔特,"她说,并且竭尽全力企图掩饰自己这种颤抖的声音,"幸福的日子! 嗯,当然是过了几天幸福的日子,不过有些日子却不是这样。我在这儿从来没有完全摆脱过恐惧的心理,从来没有。还不到两个星期前,这东西又在我背后瞟我了,同一张脸,同一种苍白的肤色。你离开这儿的那几夜,它也又一次出现了,但不是那张脸,而是一种拖着步子走路的声响。洛洛又狂叫一阵,罗丝维塔也听到这声音。她跑到我床前来,坐在我身边,一直坐到天蒙蒙亮,我们才睡着。这是一幢鬼屋,我也应该相信关于闹鬼的那些话,——因为你是个教师爷。嗯,格尔特,你是的。不过让它去,它高兴怎样就怎样吧,据我所知,我在这幢屋子里担惊受怕已有整整一年,或者一年以上了。而现在我如果能够离开这儿,我想,我心里那块大石头就会掉下地,我将要重新获得自由了。"

殷士台顿目不转睛地望着她,仔细谛听从她嘴里吐出来的每一个字。这算什么意思:"你是个教师爷"?还有那前半句:"我也应该相信关于闹鬼的那些话。"这些话是什么意思?这些话是从哪儿来的?他心里又冒起了一阵阵轻微的猜疑,而且久久不散。但他到底是一个见过世面、阅历很深的人,他知道这一切征兆都是假象,我们在嫉妒的当儿,即使有着上百只眼睛,也往往比盲目相信容易误入歧途。也有可能事实真像她说的那样。如果事实果真如此,那她为什么不应该高呼"谢天谢地"呢?

殷士台顿把几种可能性很快地全都看在眼里,然后将自己肚里的猜疑压下去。他把手从桌子上面向艾菲伸过去,说:"请原谅,艾菲,不过我刚才给这些话吓得愣住了。当然,这是我的过错。我一直陷在自己的事务堆里,忙忙碌碌。我们男人都是些自私自利者。但是这种情况现在应该来个改变。柏林无疑有些好东西:那儿没有鬼屋。哪来的鬼屋呢?好吧,现在咱们上那边屋里去,我要去看看安妮;要不,罗丝维塔会抱怨我这个做父亲的太不关心孩子了。"

艾菲听了殷士台顿的这一番话,心里渐渐平静下来,她仿佛感到自己从一种自我造成的危险中平安地解脱出来,这给了她一种活力,使她恢复了原状。

# 第二十二章

次日早上,殷士台顿和艾菲共进稍微推迟了的早餐。殷士台顿已经克服了内心的疑虑和不安,艾菲也有一种完全摆脱了危险的感觉,她不仅能够故意装得兴致勃勃,而且也差不多和以往一样无拘无束了。她虽然目前还在凯辛,但心里仿佛早已远远地离开了此间。

"我考虑过了,艾菲,"殷士台顿说,"你对咱们这幢房子所说的话,并不是完全没有道理的。对托姆森船长来说,这幢房子正是最合适也没有了;可是对一个娇生惯养的年轻太太来说,就不合适了;这儿的东西全是老式的,地方又狭窄。你住到柏林去就比较好了,那儿也有一个客厅,但跟这儿的不同。在过道和楼梯上都装有高高的彩色玻璃窗,上面画着头戴皇冠、手执皇笏的威廉皇帝,或者画着教堂里常有的绘画,圣伊丽莎白或童贞女马丽亚。如果咱们谈论童贞女马丽亚,就会对不起罗丝维塔。"

艾菲笑了。"应该注意这一点。不过谁能给咱们找一幢住宅?我总不能叫堂兄布里斯特去找呀。请婶娘去找更谈不上!他们找的房子倒是够好的。"

"不错,要找房子。这种事情得好好解决。我想,你得亲自上柏林一趟。"

"你说什么时候好?"

"三月中旬。"

"哦,这太晚了。格尔特,到了那个时候,什么也不会找到。好房子不会等着咱们去住!"

"你这话不错。不过我昨天才从那儿回来,我总不能说'明儿就走'呀。要是这样,我就难以自圆其说了,而且我也觉得不合适;我看到了你,就非常高兴。"

"不,"她说,一面把咖啡杯盘推在一边,故意弄出点声响,以掩饰她显露出来的窘迫。"不,这样也不行,不是今天走,也不是明天走,而是在以后的某一天走。假如我找到了房子,我就立即回凯辛。不过还有一点,罗丝维塔和安妮也得跟我走。最好是你也一起走。不过我明白,这是办不到的。我想,咱们分开的时间不会很久。我也知道该上哪儿去租房子……"

"你说说看?"

"这我暂时保守秘密。我也愿意保守那么一个秘密,好叫你日后大吃一惊。"

正在这时,弗里德里希送邮件进来,其中大多是公事信件和报纸。"啊,这儿也有你的一封信呢,"殷士台顿说,"要是我没弄错,这是妈妈的笔迹。"

艾菲拿起信。"嗯,是妈妈的信。不过信上盖的不是弗里泽克的邮戳;你瞧,这分明是柏林的邮戳。"

"当然,"殷士台顿笑起来,"瞧你这副样子,好像发现了奇迹似的。妈妈到了柏林,在饭店里写了封信给她的宝贝女儿。"

"嗯,"艾菲说,"大概是这样。不过我差不多有点儿担心,这里面不会有好事情。从前荷尔达·尼迈尔常常说:'担心比希望好',你说呢?"

"一位牧师女儿的见解不会怎么高明。现在你还是念信吧。这儿有把裁纸刀。"

艾菲用刀裁开信封,念了起来:

我亲爱的艾菲:

  我来柏林已经有二十四小时了;在施魏格尔大夫这儿看病。他一见我,便向我祝贺,我奇怪地问他干吗要向我祝贺,他说司长维勒斯多夫刚才在他那儿,告诉他说:殷士台顿已经调到部里工作。我听了以后有点不大开心,这样的事怎么反而从第三者那儿先听到呢。不过我心里既骄傲又高兴,因此也就原谅你们了。我也一直这么想(殷士台顿还在拉特诺时我就这样琢磨了),他将来总会成大事。唔,现在这事对你有利。当然你们得找一幢房子,还要另外添置点家具。要是你,我亲爱的艾菲,相信妈妈还能给你出出主意,那么,你就尽快上这儿来。我在这儿治疗八天,要是见效不大,可能还要多待几天。施魏格尔大夫对此没有作肯定的表示。我在谢多夫大街租了一套私人公寓;我住房隔壁至今还有房间空着。关于我的眼病情况,日后面谈吧;暂时只有你们的前途叫我时刻挂在心上。布里斯特将会感到无比的高兴,他对这类事表面上装得若无其事,其实他比我还着急呢。给我问候殷士台顿,吻吻安妮,你来这儿时大概把安妮也带来吧。

永远爱着你的母亲<br>路易丝·封·布

艾菲放下信,一句话也没说。至于她要干的事,她已暗暗下了决心;不过她不想自己先提出来,要让殷士台顿主动说出,然后她装得迟迟疑疑地表示赞同。

殷士台顿也果真上了圈套,"喏,艾菲,你怎么不动声色呀。"

"啊,格尔特,什么事情都有两重性。我一方面感到幸福,因为我能跟妈妈会面了,也许要不了几天就可以见到。但是也有许多相反的想法。"

"什么呢?"

"你知道,妈妈个性很强,什么都要按照她的意思办。爸爸什么事情都是听她的,她说了算。可是我想弄一套配我胃口的住房,和我中意的新摆设。"

殷士台顿笑了,"就是这一些了吗?"

"哦,这一些已经足够。但不是全部。"

接着她聚精会神地凝视着他,说:"还有,格尔特,我不想马上离开你。"

"你骗人。你所以这么说,因为你知道我的弱点。不过咱们都是那么爱虚荣,我相信你这些话。我也愿意相信这一点,然而我同时想打肿脸孔充胖子,向你作出让步。只要你认为什么时候需要,只要你能够对你的良心负责,你随时都可以去。"

"你不该说那样的话,格尔特。什么叫'对我的良心负责',你想半用强迫手段硬要我扮演一个温存体贴的角色,迫使我纯粹出于卖弄风情地对你说:'啊,格尔特,那我永远也不走了,'或者说一些类似的话。"

殷士台顿用指头点点她,有点儿吓唬她的样子。"艾菲,你对我太好了。我一直在想,你像个孩子,如今我看到,你像所有别的人一样有分寸。不过嘛,咱们不谈这些吧。或者正如你爸爸一向说的:'这是一个太广阔的领域。'你还是告诉我,你打算什么时候动身?"

"今天是星期二,我看乘星期五中午的一班船走。那么,傍晚就可以到柏林了。"

"一言为定。那么什么时候回来?"

"唔,我看在下星期一晚上吧,这样正好三天。"

"三天不行吧。太快了一些。三天你干不了。再说,妈妈也不会让你这么快离开的。"

"那么,看情况再说吧。"

"好。"

殷士台顿说罢就站起身来,准备上县长办公大楼那边去。

动身前的那几天,日子过得飞也似的快。罗丝维塔心花怒放。"啊,最仁慈的太太,凯辛,嗯……柏林可不像这儿。有公共马车。走在马路当中一听见叮当的铃声,真不知道该往左边走还是往右边拐。有时候我真觉得什么车辆、马匹都从我身上碾过去了。是啊,这样的事儿,在凯辛这地方就不会有。我相信,这儿马路上有几天连五六个人也看不到。一眼望去,总是一个个沙丘,还有沙丘外边的大海。海浪哗啦哗啦响个不停,除此之外,什么也没有了。"

"嗯,罗丝维塔,你说得对。海浪响个不停,但这不是一种真正的生活。一个人看到了这一些,就会产生种种愚蠢的想法。这一点你就否认不了,克鲁泽这个人就是有点不正常。"

"啊,太太……"

"哦,这个问题我不想进一步追究。你自然也不会承认。这回去柏林,东西不能带得太少。你的东西可以全部带走,安妮的也全带去。"

"我想,咱们还要回来的。"

"要回来的。是我回来。老爷希望我回来。但是你们也许可以耽在那边,耽在我母亲那儿。只是你要小心,别让外婆把小安妮宠坏了。她有时对我很严厉,但是对一个小外孙女……"

"小安妮确是那么逗人喜爱。谁也宝贝她。"

这番话她们是在动身前一天,即星期四那天说的。这天殷士台顿下乡去了,盼到傍晚才见他回来。那天下午艾菲上城里去,一直到了市场那儿,她走进药店,要一瓶 Sal volatile①。"我从来不知道出门的时候跟谁同舟共车。"她对药店老伙计说,这时她高高兴兴地跟伙计天南地北地闲扯一阵,这位伙计像吉斯希布勒本人那样,对艾菲赞不绝口,说了许多恭维她的话。

"大夫②在家吗?"她进一步向伙计打听,一边把一小瓶药塞进口袋。

"当然在家,太太;他就在隔壁房间里,在看报。"

"我不想去打扰他。"

"哦,不碍事的。"

艾菲于是走进房间去。这是一个高爽的小房间,四面墙

---

① 拉丁文:香盐水。
② 大夫,这儿指吉斯希布勒。吉斯希布勒不仅开药店,而且同时行医。

上摆满架子,架子上放着各式各样的烧瓶、曲颈瓶;只有一方墙壁那儿按字母顺序摆得井井有条,这儿有许多前面装有铁扣环的抽屉,抽屉里放着各类药方。

吉斯希布勒看见艾菲进来,既高兴又有些儿窘。"夫人光临寒舍,真是蓬荜生辉。可以允许我请求夫人在这儿小坐一会吗?"

"当然可以,亲爱的吉斯希布勒。不过也真的只能坐一会儿。我是来向您告别的。"

"可是最仁慈的夫人,您去了不是还要回来的吗。我听说您只去三四天呀……"

"嗯,亲爱的朋友,我是要回来的,而且是讲好了的,我至迟在一个星期内回到凯辛。但是我也可能不再回来了。我得跟您说,世界千变万化,各种可能性都有,万一……我明白,您想对我说,我还很年轻……可是年轻人也可能死的啊。再说,还有别的各种可能性呢。因此,我还是先来向您告别的好,就当永别一样。"

"可是我最仁慈的夫人……"

"当作永别一样。我要向您表示感谢,亲爱的吉斯希布勒。因为您是本地最出色的人;当然,因为您为人最好。我即使活上一百岁,也决不会忘记您。我在这儿有时感到孤独,有时心地沉重,比您想象的还要沉重;这一切我不是总能对付得了的;可是,自从我看见您的第一天以来,我心里一直比较舒坦,比较踏实了。"

"不过我最仁慈的夫人,……"

"对此我要向您表示感谢。我适才买了一小瓶 Sal volatile;乘在车船里有时会碰到一些稀奇古怪的人,他们不许别人打开窗子透空气;要是我碰上这样的人——因为我买的药闻了使人好受,我指的是那种香味——我真会哭出来,我就会想到您。别了,亲爱的朋友,请问候您的女友特里佩莉。上几个星期我常常想到她,也想到科乔科夫公爵。咱们的珍贵友谊将永存。不过,我会适应新的环境的……往后您要给我来信噢。或者我先给您写信。"

艾菲说罢就走。吉斯希布勒一直陪着她走到广场。他此刻仿佛有点儿失魂落魄,茫然不知所措,他全然没有注意到艾菲刚才讲的某些叫人捉摸不透的话。

艾菲回到了家里。"给我拿灯来,约翰娜,"她说,"不过拿到卧室里来。再给我拿盅茶。我身上有点儿冷飕飕的,我不等老爷回来了。"

灯和茶全拿来了。艾菲已经坐在她的小写字台边,面前放着一张信笺,手里拿支鹅毛笔。"约翰娜,请把茶放在桌上。"

当约翰娜再次走出房间时,艾菲便站起身来把房门关上,向镜子里端详了一番,然后重又坐下,开始写信:

> 我明儿坐船动身,写这几行字是向您告别。殷士台顿希望我几天内就回来,可我不再回来了……我为什么不再回来,此中原因您全明白……我如果能够永远不再看到这块土地,那是再好也没有了。我坚决请求您不要把我的话看作是一种谴责;一切过失都在我身上。我一看到您的屋子就……您的所作所为人们可以原谅,可我的不行。我的过失十分严重,不过我也许还能改正。我们被调离此间,对我来说犹如一个象征:我的过失尚能获

得上帝的宽恕。请您忘掉已经发生过的一切吧,请您忘掉我吧。

您的艾菲

她把这几行字重新匆匆地看了一遍,使她感到最陌生的是"您"①这个字,然而也非这样称呼不可;这个字表明他们之间已经不再有桥梁存在。接着她把信笺塞进一个信封,然后走向公墓和树林转角中间的一所房子,房子上空一个摇摇欲坠的烟囱里冒出一缕青烟。艾菲就在那儿把信投寄了。

她回来时,殷士台顿已经到家,她挨在他身边坐下,给他讲吉斯希布勒和那一小瓶 Sal volatile。

殷士台顿笑了。"你这两个拉丁字是从哪儿学来的②,艾菲?"


她们搭乘的是一艘轻帆船(轮船只在夏季通航),十二点整开船。一刻钟以前,艾菲和殷士台顿已经上船;罗丝维塔和安妮也已经在船上了。

她们随身带走的行李非常多,远远超过计划中数天旅行的需要。殷士台顿和船长在闲聊;艾菲穿一件雨衣,戴一顶淡灰色的旅行帽,站在靠近船舵的甲板上,眺望由近而远的堤岸和沿着堤岸过去的一排排鳞次栉比的漂亮房屋。霍彭泽克饭店正巧对着码头上的栈桥。那家饭店是一幢四层楼建筑物,尖屋顶高处扯着一面中央有十字架和皇冠的黄旗,这旗子懒

---

① "您"在德语中常有尊敬之意,一般对亲密朋友或家人不用"您",这儿表示艾菲称对方"您",是出于不得已。
② 冯塔纳喜欢在作品中使用药品的拉丁文名字,这也是对自己从前药剂师生涯的自嘲。

洋洋地低垂在岑寂的薄雾弥漫的空气中。艾菲抬头望了一会黄旗,然后把目光移向别处,最后停在一大群三三两两好奇地站在堤岸上的人们身上。这时钟声喤喤喤地敲了十二下。艾菲此刻心情异常,她仿佛在期待什么似的;船慢慢地离岸了,当她再次打量栈桥时,忽然看见克拉姆巴斯站在送行人群的最前列。她瞥见他的目光向自己射来,顿时吃了一惊,但也暗自感到高兴。克拉姆巴斯显然很激动,整个举止都变了样。他向艾菲这边举手招呼,神情极为亲切,艾菲同样向他招招手,同时也作出一种极其友好的姿态;她的眼神露出不胜依依惜别之情。接着她很快地走进舱房,罗丝维塔和安妮已经在舱房里坐好位子。她待在这间有点儿发闷的舱房里,直到帆船驶出凯辛河进入宽阔的布拉特林海湾;这时殷士台顿前来叫她走上甲板去欣赏壮丽的景色,因为正是这一带地方的景致特别幽美。她于是走上甲板,但见水平如镜,乌云低垂,不时只有一抹阳光从云隙中透射出来洒在水面上。艾菲触景生情,不免回想起距今正好五个季度前的时光,那个时候她乘在一辆敞篷马车里沿着海岸向布拉特林海湾驶去。这只是一段短短的时间,生活往往就是那么寂寞、孤独。然而,从那一回以后,其间发生了多少事情呀!

帆船就这样溯流而上,到了下午两时,抵达火车站或离车站很近的地方。上岸以后,殷士台顿一行人经过"俾斯麦公爵"饭店。今天戈尔肖夫斯基又是恭恭敬敬地守在门前,忙不迭地陪着县长先生和县长太太一直走到通向铁路路堤的一级级台阶边。站上还没有发出火车快要进站的信号。艾菲和殷士台顿只得在月台上踱来踱去,交谈几句。他们的话题全围绕着怎样寻找住宅这个中心问题上。两人商定了将来住宅的所在地区,即在兽园和动物园之间的一带地方。"我要听黄莺的啼鸣,也要听鹦鹉的叫声。"殷士台顿说。艾菲对此表示同意。

接着他们听到了汽笛的叫声,火车徐徐开进站来;车站检票员十分殷勤地接待他们。艾菲找一节车厢坐下。

接下来便是再一次地握手,挥动手绢,这时列车又开动了。

# 第二十三章

柏林腓特烈大街的火车站上,车水马龙,熙来攘往;然而艾菲已经从车厢里认出了妈妈和妈妈身边的堂兄布里斯特。重逢是十分快乐的,在行李房里等候取件并不叫人心焦。五分钟稍多一点,一辆马车傍着车道驶进多罗登大街,朝谢多夫大街前进,在后一条街的转角上便是妈妈租下的那所"公寓"了。罗丝维塔喜出望外,看见安妮把小手伸向门灯,心里更是高兴。

艾菲一行终于到了柏林。艾菲租到的两个房间尽管没像预料中那样就在封·布里斯特夫人房间的隔壁,但总是在同一条走廊上。等到行李杂物安顿定当,安妮已经舒舒服服地给放进一张四周围有栏杆的小床以后,艾菲又到妈妈的房间里来串门了。这是一间带有壁炉的小客厅,因为那天天气不冷,甚至有点儿温暖,因此壁炉里的木柴只是微微燃着;一张圆桌上摆着一盏绿色灯罩的台灯,桌上放好了三人吃的东西,圆桌旁的一只小桌子上放着茶具。

"你住的地方真迷人哪,妈妈。"艾菲说,一面坐到一张沙发前的椅子上去。不过她坐在那儿只是为了可以立即在放着茶具的桌子上张罗。"我可以再来担任你的女茶房吗?"

"当然可以,我亲爱的艾菲。但是你只能当堂兄达戈贝特和你自己的茶房。我自己用不着你当茶房。你给我当茶房,我心里会不安。"

"我懂你的意思,因为你害眼病,我才想当你的茶房。不过,请告诉我,妈妈,你的眼睛怎么啦?咱们坐在马车里上这儿来的时候,谈的尽是殷士台顿和我们的远大前程,这些谈得实在太多了。再这样谈下去可不行;请相信我,你的眼睛对我来说更为重要,我是经常这样想的。感谢上帝,你的眼睛完全没有变,你望着我的时候总还是那么亲切,跟从前一模一样。"她说着便很快向妈妈走过去,吻她的手。

"艾菲,你还是那么撒野,老脾气没改哪。"

"哦,不是的呀,不是老脾气,妈妈。我觉得这样很好。一个人结了婚脾气也会变的。"

堂兄布里斯特呵呵大笑。"堂妹,这一点我看不出多少来;而你变得更加漂亮了,这一点比什么都重要。你热情奔放,大概还没有改变。"

"堂兄说得完全对。"妈妈在一旁帮腔道;艾菲自己却不要听这样的话,她说:"达戈贝特,你什么都行,只是不会识人。这一点很奇怪。你们当军官的都是不识人的。年轻的军官更不用说了。你们的眼睛总是只盯着自己,只盯着新兵,那些骑士的眼睛还盯着马儿。他们啥也不懂。"

"可是,堂妹,你这些聪明智慧的话到底是从哪里学来的?你一个军官也不认识。我在报上读到过一则消息,说凯辛不欢迎准备增驻到那儿去的骠骑兵,这倒是一桩闻所未闻的奇事,可以载入世界史册。你说的是旧时代的军官吗?拉特诺地方的军官上你们那里去的时候,你还是个小黄毛丫头呢。"

"我可以回答你这个问题。小孩子看人眼睛最尖。不过我不愿意谈这些,这一切只是开开玩笑。我想知道妈妈的眼睛怎样。"

封·布里斯特夫人接嘴说,眼科大夫诊断为脑充血。因此眼里常冒金星。饮食必须严格按照医嘱规定;啤酒、咖啡、茶,一律禁忌,偶尔要用土法放放血,这样才能很快复元。"大夫说需要治疗十四天。可我知道大夫说的话是什么意思;十四天就意味着六个星期,恐怕殷士台顿来到柏林、你们搬进新屋以后,我大概还没有走呢。我也不想否认,事情最好是这样,经过可以预料的长期治疗以后,我首先能得到足够的安慰。你们只管出去物色漂亮的房子吧。我想,伯爵大街或凯特大街有一些房子,样子漂亮,租费又不太贵。因为你们的开销也得节省一点才好。殷士台顿的地位虽然显赫,但他的收入并不很多。你爸爸也叫苦不迭,说什么谷价看跌,他天天跟我唠叨,说什么如果当局不实施保护关税,他只得离开霍恩克莱门背着求乞袋去要饭了。你知道他说话喜欢夸大。不过,现在开始吃吧,达戈贝特,你如果可能,请给我们讲一点有趣的新闻。病情报告书总归无聊透顶,那些最可爱的病人只是姑妄听之,因为说来说去总是老一套。艾菲大概也乐意听《飞报》上的故事,或者《克拉台拉达琪》杂志①上的什么逸事。不过听说那份杂志没有从前那么精彩了。"

"哪里,那份杂志还是跟从前一样精彩。每期总有施特

---

① 《克拉台拉达琪》杂志,系一八四八年以后在柏林出版的一种政治讽刺性杂志,其中载有趣语、笑话等。

鲁特尔维茨①和普鲁特尔维茨②,而且娓娓道来,非常自然,一点也不牵强附会。"

"我喜欢的人物是卡尔兴·米斯尼克③和维布兴·封·贝尔璐④。"

"不错,这是最精彩的。不过维布兴——请原谅,美丽的堂妹——压根儿不是《克拉台拉达琪》杂志里的人物。维布兴目前无事可干,因为现在战争已经结束了。真可惜,我们那儿的人也巴不得上一次战场热闹热闹,这儿的这种令人害怕的空虚,总有一天要结束。"他说着把手从纽扣洞摸向肩膀。

"啊,这仅仅是人们的一种虚荣心啊。你还是谈谈这份杂志目前登载的是哪些内容?"

"嗯,堂妹。那是一些奇特的事物。这种内容不是人人都能理解的。现在我读到的是《圣经》趣语。"

"《圣经》趣语?这怎么讲……《圣经》和趣语两者碰不到一起呀。"

"正因为如此,我才这样说。这不是人人都理解的。不过嘛,不管是不是允许,现在《圣经》趣语身价百倍,风行一时,像珍奇物品一样吃香。"

"那好,要不是太荒谬绝伦,那你就说一则听听吧。行不行啊?"

"当然行。我甚至还要补充一句,你猜起来特别准。现在风行一时的东西,都是极为精彩的,因为它包罗万象,内容

---

① ② 均系《克拉台拉达琪》杂志中曾经出现过的滑稽人物均系少尉。
③ 《克拉台拉达琪》中的滑稽人物,永远的三年级学生。
④ 维布兴·封·贝尔璐,讽刺杂志《柏林马蜂》中的漫画人物,记载过关于俄土战争(1877—1878)的搞笑报道。

丰富,极为普通的一段经文往往跟不学无术的符兰格尔将军混淆三格四格的用法连在一起。提出的问题——所有趣语都以问题的形式出现——往往是极为简单的,例如:'谁是第一个马车夫?'你就猜猜看吧。"

"唔,也许是阿波罗吧。"

"很好。你到底有两下子,艾菲。如果要我猜,我就猜不出来。但是话得说回来,你这一回没有猜中。"

"啊,那么是谁呢?"

"第一个马车夫是'厄运'。因为《圣经·约伯记》中这样说:'厄运不该临到我',或者也用'再次驾驭'这个词,不论是'临到'还是'再次驾驭',这两个词中都有一个 e。"①

艾菲摇摇头,重复说了这句话,也重复了那个附加的注释,但她花了九牛二虎之力还是不理解其中的奥妙;显然她属于那种养尊处优的大家闺秀,关于这一类事情根本就一窍不通,这样,堂兄布里斯特也就不会对她产生嫉妒。他一再重复同样这句话,最后不得不把"临到"和"再次驾驭"这两个词儿音同而意义不同解释给她听。

"噢,现在我懂了。我猜了那么久没有猜出,可要请你多多原谅。这玩意儿真是太愚蠢了。"

"不错,是愚蠢的。"达戈贝特狼狈地说。

"柏林多的是愚蠢和不合时宜,这肯定不会受人欢迎。现在我离开凯辛重新回到人群中来了,首先听到的就是《圣经》趣语。妈妈也不作声了,这就够说明问题了。可我要给

---

① 这儿在玩文字游戏。德文中"临到"(widerfahren)这个词与"再次驾驭"(wieder fahren)两个词是谐音,因此说第一个"车夫"是"厄运"。

你圆个场……"

"那么你说吧,堂妹。"

"……给你圆场就像给你个好的征兆一样重要,我来这儿听到堂兄达戈贝特说的第一句话就是:'厄运不该临到我'。真稀奇,堂兄,这件事作为趣语看待还有点儿勉强,不过我对此还要向你表示谢意。"

达戈贝特还没有摆脱狼狈相,本来想对艾菲那种一本正经的样子讽刺挖苦几句,可是当他看到艾菲露出厌烦的样子,便把话儿缩回去了。

十点刚过,他就告别出来,临走说好明儿再来听候调遣。

他一出门,艾菲也就回到自己的房里去了。


下一天,天气极为绚丽,母女俩一早便动身出门,先上眼科医院复诊,艾菲一人等在候诊室里,忙于翻阅一本美术画片纪念册。然后母女俩去兽园走走,一直走到"动物园"附近,她们打算在这一带物色一座合适的住宅。一开始她们把找到房子的希望寄托在凯特大街,现在果真在那儿找到了一幢非常称心的房子。唯一美中不足的是,这是一幢新屋,墙壁潮湿,部分地方还没有竣工。"这房子恐怕不行吧,亲爱的艾菲,"封·布里斯特夫人表示自己的看法,"单从健康方面着想,这样的房子也不能住。再说,一个部的枢密顾问,毕竟不是一个烘干房子的能手呀。"

心里非常欢喜这幢房子的艾菲,倒也同意妈妈的这种考虑,她原也不想立即解决房子的问题,而是恰好与此相反:"赢得了时间,就赢得了一切。"她也想,最好把租赁房子一事尽量往后拖延。"不过,我们要把这幢房子在心里记上一笔,妈妈,这房子有多美,完全称我的心意。"接着母女俩回到城里,在一家别人推荐过的饭馆里吃了一顿中饭,晚上准备上歌剧院听戏。只要多用耳朵,少用眼睛,医生是同意封·布里斯特夫人上那儿去的。

以后几天的日程安排,也和这一天差不多;经过好长时间的分离,此次能够重逢,又能在一起谈天说地,这确实使母女俩心里非常高兴。艾菲在这样的场合,不仅听妈妈讲,自己也讲一些事情给妈妈听。而且在她觉得心情最为舒畅的时候,也懂得说一些尖锐刻薄的话,极尽讽刺、挖苦之能事。她那原来的自负、傲慢习气有增无已。妈妈在写信回家去的时候,说她多么高兴地看到"孩子"重又那样愉快活泼,天真淘气了;她仿佛又回到了大约两年前她们上柏林采办嫁妆时的那段幸福时光了。就连堂兄布里斯特,也完全跟从前一模一样。说实话,如果认为今天和从前有什么不同,那就是他今天比从前少露面,来的次数没有从前多。若问"这是为什么",那他就一本正经,斩钉截铁地说:"你对我太危险了,堂妹。"他每次这样说的时候,母女俩就不禁哈哈大笑。艾菲往往接嘴说:"达戈贝特,你当然还很年轻,可是你用这种方式向女人献殷勤,那就不像太年轻了。"

十四天差不多就这样过去了。殷士台顿来信催促艾菲早日回凯辛,而且越来越急,甚至带有若干相当尖刻的话,最后几乎也抱怨起丈母娘来了。这样艾菲心里明白,再要推迟归期,已经不大可能了,为今之计,必须真的租下一套住房。可是怎么办呢?要等全家搬来柏林,至少还得等上三个星期,而殷士台顿却刻不容缓,一再敦促她回去。现在看来,只有一个

243

办法:她得演一番苦肉计,假装生病。

要假装生病,对她来说又谈何容易,这里面包含种种原因;但她又非装病不可,等到她横下一条心准备这样干的时候,她有决心要演好这一角色,即使一些细枝末节,也必须演得非常逼真。

"妈妈,你明白,殷士台顿对我耽在柏林有点敏感。我想,咱们只能作出让步,今儿就去租定一套房子。明儿我就回去。啊,要我离开你,我是多么舍不得呀。"

封·布里斯特夫人对此表示同意。"你打算选哪一幢房子?"

"当然首先是凯特街的那一幢,这幢房子我一开始就欢喜,你也是欢喜的。眼下这幢房子恐怕还没有完全干透,但现在是上半年,从某种意义上说,这还是个有利时机。作个最坏的打算,住在潮湿的屋子里,至多也不过是闹点关节炎,何况我在霍恩克莱门老家早已生过这个毛病。"

"孩子,别给我说了;关节炎时发时停,就不知道是什么道理。"

妈妈的这一番话,颇合艾菲的心意。她们就在当天上午把房子租下来了,随后便写一张明信片通知殷士台顿,说自己打算明天回凯辛。明信片写好以后,她就认认真真地收拾一样一样东西,装进箱子,打成行李,做好了种种动身的准备。可是到了第二天早上,艾菲要罗丝维塔把母亲请到床边来,对她说:"妈妈,我走不了啦。我整个背一阵一阵抽痛,痛得非常厉害,我差不多相信这是关节痛。我压根儿没想到,它会痛得这么厉害。"

"瞧你,我不是早就给你说过;别自己找鬼上门了。昨儿你还说得那么轻巧,今儿可自己就犯上了。我如果碰到施魏格尔大夫,就问问他你的毛病该怎么治疗。"

"不,别问施魏格尔。他是眼科专家。我这种病他不会治,弄得不好,他临了还会见怪。我这个病要请别的大夫诊治。我想,最好是听其自然。这种病会自己好起来的。我以后整天只要喝点热茶和苏打水,要是能出一身汗,毛病就会霍然而愈的。"

封·布里斯特夫人对此表示同意,不过她坚持要艾菲好生调理。她认为饮食上不必采用从前的老法子,这也禁忌,那也不吃,这种方法是错误的,只会使身体衰弱下去;在这一点上,她赞成新的方法:吃得下就要多吃一点。

艾菲从母亲的这种见解中获得了不少安慰。她接着发了一份电报给殷士台顿,她在电报里告诉殷士台顿这一"不幸事件",并且说她很恼火,暂时因病无法归去,不过这只是一个短暂时期。接着她对罗丝维塔说:"罗丝维塔,你也得给我弄几本书来消遣消遣,不然我就很难打发日子,我要看古老的作品,非常古老的作品。"

"好啊,太太。图书馆就在这儿附近。可是我该借些什么呢?"

"我会把书名写给你,多写一些,可以从中挑选几本。因为有时你要借的那本书,他们那儿正巧没有。"罗丝维塔拿来了铅笔和纸张,艾菲提笔便写:华尔特·司各特:《艾凡赫》或《昆廷·杜沃德》;库柏:《间谍》;狄更斯:《大卫·科波菲尔》;维尔巴尔德·亚历克西斯:《封·布雷多先生的裤子》。

罗丝维塔把书单浏览了一遍,在另一个房间里把最后一行的书名裁掉了;她考虑到自己和她太太的面子,不愿意把这张书单原封不动地交出去。

这一天就这样过去了,没有发生意外的特别事故。第二天艾菲的毛病没有好转,第三天也没有。

"艾菲,再这样拖下去不行了。毛病一拖深,就不容易好;大夫常常用这样的话提醒病人,这话也有道理,有些病就是拖出来的。"

艾菲叹了口气。"话是不错,妈妈,可是咱们请谁来看病呢?年轻的大夫我不要;如果请年轻大夫看病,我就会害臊,至于什么原因,我也说不上。"

"请位年轻大夫看病总不方便,但如果不请年轻的呢,那就更麻烦。不过,你只管放心吧,我会请一位老医生来。记得从前我还住在海克尔公寓的时候,这位老医生给我治过病,也就是说,这大约是二十多年前的事了。那个时候他已经年近五十,一头漂亮的花白头发,鬈曲得厉害。他懂得女人心理,但也很有分寸。凡是忘了分寸的医生,往往会腐化堕落,这也是没有办法的事;像咱们这样的妇女,至少是出身于咱们这种社会的妇女,道德品质总还是好的。"

"你是这样看的吗?我总是喜欢听这样的好话。因为我有时也听到另一种说法,往往叫人无所适从。那位老医生到底叫什么名字?我猜是一位枢密顾问吧。"

"枢密顾问鲁姆许特尔。"

艾菲会心地一笑。"鲁姆许特尔!好像是一位专给不会动弹的人治病的医生①。"

"艾菲,你的话多奇怪。你现在关节不大痛了吧。"

---

① 鲁姆许特尔是 Rummschüttel 的音译,德语 schütteln 有"摇动"之意。

246

"是的,现在不大痛了;痛起来经常是一阵一阵的。"

下一天枢密顾问鲁姆许特尔果然来了。封·布里斯特夫人接待了他,当他一见到艾菲,开口便说:"完全跟妈妈一个样儿。"

艾菲想否认这一点,她说妈妈请他看病已有二十多年了,这中间到底是隔着一段很长的时间呀;但是鲁姆许特尔还是坚持自己的看法,而且再三再四地说:并不是人人都给他一个深刻的印象,但是他一旦对谁产生了一个印象,那就终身忘不了。"那好吧,最仁慈的封·殷士台顿夫人,您哪儿不舒服,我们该怎么帮您忙?"

"啊,枢密顾问先生,我很难向您说出我到底哪儿不舒服。这个病经常变花样。眼下好像没有什么症状了。开头我当是关节炎,但后来简直不相信是关节炎,我想是神经痛,整个背脊都酸痛,痛得我直不起腰来。我爸爸有神经痛毛病,我从前见到过他犯病时的样子,我这病也许是他遗传给我的。"

"很有可能。"鲁姆许特尔说,一面给艾菲按脉,一面用一种漫不经心但却是锐利的目光端详着病人。"很有可能,最仁慈的夫人。"但是他在心里默默地对自己说着另一番话:"您是装病,装得可巧妙;夏娃的女儿 comme il faut①。"但他不露一丝声色,他一本正经地说一番病人希望他说的话:"好好休息,盖得暖和一点,这是最好的治疗法,我能提出的建议也就是这些。服点药,没有害处,可以进一步发挥

---

① 法文:装得恰如其分。

作用。"

他站起来,开始写药方:Aqua Amygdalarum amararum① 半盎司,Syrupus florum Aurantii② 二盎司。"我最仁慈的夫人,这两味药,我请您每隔两小时服半茶匙,这些药会对您的神经起镇静作用。此外我还想劝告夫人,精神不要紧张,不要接待客人,不要看书读报。"他说着用手指指放在她身边的那本书。

"这是司各特的作品。"

"哦,很好很好。这位作家的游记写得最精彩。我明儿再来。"

艾菲扮演的这个角色,获得了出色的成功。等到只剩下她一个人的时候——妈妈陪送枢密顾问出去了——她反而感到热血往上冒,羞得满脸通红;她已洞察到枢密顾问在用一套苦肉计来对付她的那套苦肉计。他显然是一位精于人情世故的先生,他把世上万事万物都看透了,但他又不愿正视这一切,也许因为他知道,这样演出的苦肉计也应该加以尊重吧。其实世界上没有值得尊重的苦肉计,她自己演出的那一套,不正是这样的苦肉计吗?

不多一会儿,妈妈回来了,母女俩于是滔滔不绝地称赞这位和蔼可亲的老先生,这位先生虽然年近八十,但还有几分青春活力。"你马上叫罗丝维塔到药店里去买药……但是这两味药你应该每隔三小时服一次,他到了门外还特意关照我。他从前就这样,他绝不是经常开错药方的医生。开错的很少;

---

① 拉丁文:杏仁露。
② 拉丁文:橙花糖浆。

然而他开的方子药力显著,立奏奇效。"

鲁姆许特尔第二天又来复诊,他发现他的来临使这位年轻的太太感到狼狈,因而他决定以后改为每隔三天来一次。他不愿意叫她难堪。等到他第三次来复诊以后,他断定:"这里面一定有文章,才迫使这位太太不得不出此下策。"对这样的事他极敏感,他久久对此不能释然于怀。

当鲁姆许特尔上门作第四次出诊时,他发现艾菲已经起床,坐在一张摇椅里,手里拿了一本书,安妮坐在她的旁边。

"唔,我最仁慈的夫人!这真叫人太高兴了。我不再把治疗寄托在药物上;这样美丽的天气,这种明亮、新鲜的三月天,会使毛病痊愈。我祝贺您。令堂太夫人在哪儿啊?"

"她外面去了。枢密顾问先生,她上我们租了一套房间的凯特街去了。要不了几天,我的丈夫就要来这儿,我在等他来。等我们的住所安排定当以后,我将非常高兴地把他介绍给您。我很希望您日后能给我们一家人看病。"

他欠了欠身子。

"这个新的住所,"她径自接下去说,"是一幢刚竣工不久的公寓,住在里面我自然担心。您一定知道,枢密顾问先生,潮湿的墙壁……"

"一点儿担心也用不着;夫人。您可以叫人生火烘它三四天,把窗门全部打开,那您就可以胆大放心地住进去了。这一点我敢负责。您那神经痛,跟这没有关系。不过,您这么谨慎小心,倒叫我感到高兴。这给我机会加深旧谊,建立新交。"

他又欠了欠身子,还亲切地望着安妮的眼睛,他请艾菲给她妈妈问好,然后便辞别出门去了。

他刚出门,艾菲便坐到写字桌边写信:

亲爱的殷士台顿!

鲁姆许特尔刚才在这儿,说我的病已经痊愈,用不着再治疗了。我现在本来可以动身回去,大概明儿就走;不过,今天已经是二十四号,二十八号你就要来这儿。我身体当然还很虚弱。我想,如果我不去了,想必你也会同意。家具杂物无疑已经在运往柏林途中,如果我再去你那儿,咱们势必要像外地人那样下榻霍彭泽克饭店。单就这笔住宿费用来说,也不能不考虑是不是需要回去。如果回去,开支必然要大得多;再则,为了酬谢鲁姆许特尔,我也不走为好,如果今后希望他当我们的家庭医药顾问,我得听从他的嘱咐。鲁姆许特尔是一位和蔼可亲的老先生。医道不算是第一流的,他的对手和妒忌他的人,说他是"妇科医生"。然而这句话里倒也包含着一种称赞;不是什么人都能够和我们女人打得好交道的。我离开凯辛的时候没有亲自向当地熟人一一辞行,我并不感到有此必要。吉斯希布勒那儿我倒亲自去过。少校夫人总是对我爱理不理,甚至故意刁难;只有牧师、汉内曼大夫和克拉姆巴斯那儿,请代我多多致意。乡下那几家,我会寄明信片去;居尔登克莱一家,正如你在信中告诉我的,已经上意大利去了(他们想在那边干什么我不知道)。这样,只剩下另外的三家。请原谅,你能办的话就办一下。你是讲究礼貌的,你懂得选用恰当的字眼表达。除夕晚上给我极好印象的封·帕登夫人,我也许还会自己写信给她,你替我向她表示歉意。请给我一个回电,告诉我你是否同意我的全部意见。

永远是你的艾菲

艾菲亲自跑去寄了信,仿佛她这样做好使回音来得快一点。第二天上午,艾菲恳求殷士台顿的回电果然来到了:"全都同意。"她顿时心花怒放,匆匆下楼,奔向附近的马车站。"凯特街一号C楼。"马车飞也似的驶过椴树下大街,然后来到兽园大街,最后在一幢新公寓前停下。

楼上堆满了昨天刚运到的还是乱七八糟的家具什物,但这些东西并没有扰乱她平静的心境,当她走到楼外的大阳台时,运河桥那边的兽园立刻呈现在她的面前了。那儿的树木参天,到处吐出一丝嫩绿。树木的上空是清澈如洗的蓝天和迎着她欢笑的骄阳。

她激动得浑身哆嗦,深深地吁了一口气。然后从阳台跨过门槛,回进房间,抬起头,两手交叉地按在胸前。

"哦,上帝保佑,现在总算开始一种新的生活了!一切都会改观的。"

# 第二十四章

三天以后的深夜九点钟,殷士台顿到达柏林。大家都上火车站去接他:艾菲、妈妈、堂兄;相见时的欢乐情绪相当热烈,最热烈的要数艾菲;当他们搭乘的马车停在凯特街新公寓前的时候,大家已经天南地北地扯上好一阵了。"哦,你选得好,艾菲,"殷士台顿跨进前厅的时候这么说,"没有鲨鱼,没有鳄鱼,但愿也没有鬼。"

"是的,格尔特,这样的事已经过去了。现在开始了一个新的时期,我不再害怕了。我比从前也安适得多,我要更多地按照你的意愿生活。"当他们沿着铺有地毯的楼梯走上三层楼的时候,艾菲在他耳朵里轻声说了这些话。堂兄带着妈妈也上楼了。

室内的摆设似乎还缺少点什么东西,但就一般居住条件而言,也过得去了。殷士台顿对此高兴地表示:"艾菲,你倒是个小小的天才。"艾菲听了表示谦让,指着妈妈说,这一切实在应该归功于她。"这儿布置得挺合适。"严格讲起来确是这样,她办事干练,样样都叫人称心如意。这自然节省了艾菲的许多时间,同时使艾菲的情绪和心境一直很愉快。最后罗丝维塔也来给老爷问候,这时她趁机说:"安妮小姐今天不能来看老爷了,向老爷表示歉意。"——这是一句小小的趣语,她为自己能说出这样一句话而感到骄傲,她用这句话也完全达到了自己的目的。

接着他们大家在准备好饭菜的桌边各自坐下,殷士台顿给自己斟了一杯酒以后,便跟大家碰起杯来,"庆祝未来的幸福日子,"他拉住艾菲的手说:"可是艾菲,现在你该给我讲讲你的病情了吧?"

"啊,咱们还是不提这个吧,一丁点儿小事不值一提;我稍微有点儿腰酸背痛,却把事情弄得七颠八倒,破坏了咱们的原定计划。不过,顶多也就是如此而已,现在一切都已经过去了。鲁姆许特尔这人很可靠,他是一位和蔼可亲的老先生。我记得,关于他,我在信里已经告诉过你。据说他的医术并不高明,可妈妈认为,这正是他的一个优点。她的话可能有道理,正像她在各方面都有一套办法一样。咱们那位善良的大夫汉内曼,也不怎么特别出名,但看起病来倒是药到病除。好吧,你说说看,吉斯希布勒和所有别的人怎么样?"

"喔,所有别的人,你指的是谁啊?克拉姆巴斯要我问候仁慈的夫人……"

"唔,很有礼貌嘛。"

"牧师也要我向你致以同样的问候;只有乡下那几家相当冷淡,我已经代你向他们辞别了,他们连惜别的话也没对我说一句。咱们的朋友西多妮,甚至说了一些尖刻的话;只有和气的封·帕登夫人对你的问候和你对她的思慕之情,表示衷心的高兴,我前天还特意上她那儿去过。她说,你是一位美丽动人的太太,要我好好关心你。我回答她说,你认为我不是一个丈夫,而是一个'教师爷',她听了响亮地回答说:'真像一头洁白无瑕的小羔羊。'她仿佛答非所问,说到这儿也就不吭声了。"

堂兄布里斯特呵呵大笑起来。"'真像一头洁白无瑕的小羔羊……'你听见了吧,堂妹。"他本想跟她继续说笑话,但转眼见艾菲忽然变了脸色,便不敢再往下说了。

大多数关于往事和彼此应酬关系的谈话,还持续了好一阵,最后艾菲从殷士台顿的这样或那样的谈吐中,获悉凯辛家里仆役们的情况。他们中只有约翰娜表示愿意跟随东家迁来柏林。目前她当然还留在那里搞收尾工作,大约再过两三天,也将带了剩余杂物上柏林来了。殷士台顿对约翰娜的这一决定表示欣慰。因为约翰娜在家务事上最顶用,她身上带有极为明显的大城市气派。也许稍微多了一点儿。克丽斯特尔和弗里德里希两人都说自己年纪太大了,不能再来这儿。跟克鲁泽商量,根本不必要。"马车夫在这儿对我们有啥用?"殷士台顿作结论似的说,"马和马车都是'tempi passati'①,这种奢华的交通工具在柏林已经成了明日黄花。再说,黑母鸡在这儿根本没有地方养。还是我把这幢住宅低估了?"

艾菲摇摇头,正当大家相对无言的时候,妈妈站起身来要走;这时快近十一点了。她回住所去还有好长一段路,再说,她不要人陪送,她说公共马车站就在附近,艾菲想请堂兄送一段,她怎么也不要。于是大家立即分手,约定次日上午见面。

次日清晨艾菲起得很早——外边空气暖和,有点儿夏天味道——,艾菲叫罗丝维塔把喝咖啡用的桌子移到敞开着的阳台门边。当殷士台顿也在这儿露脸时,她便把他带到阳台上,说:"喂,你感到怎样?你要听兽园里的黄莺啼和动物园

---

① 意大利文:过时的。

里的鹦鹉叫。我不知道这两种声音你是不是都喜欢,可能你都喜欢。你大概已经听见这些叫声了吧?这是从那边来的,从那边小公园里传过来的,而不是从兽园里传过来的。不过嘛,两者也差不了多少。"

殷士台顿心里十分高兴,他对艾菲满怀感激之情,仿佛这一切都是她用魔术给他变来的。然后两人坐下来。此刻安妮也来了。罗丝维塔希望殷士台顿看到安妮便夸赞安妮有了很大的变化,殷士台顿最后确也讲了那样的话。然后大家东拉西扯地接着闲谈下去,时而谈到凯辛人,时而谈到日后在柏林要走访的几个地方。最后谈到今年夏天准备的旅行。他们正谈得起劲的时候,忽然想到今天还有一个约会,于是只好中止谈话,以便及时赶到会面地点。

正像昨晚彼此约定了的那样,他们在红宫对面的赫尔姆斯咖啡馆碰头,然后参观了几家商店,便在希勒酒家进餐。回到家里为时还很早。这次聚会真是千载难逢,殷士台顿为了能够重新住在大都市,受到大都市生活的熏陶而觉得兴奋。次日,也就是在四月一日①那一天,他先上首相府祝贺(出于谢绝一切给他私人祝贺的考虑),然后去部里报到。虽然那天部务纷繁,进出人员众多,但他还是受到了部长的亲切接见和衷心欢迎,并当场给以嘉奖。"他知道,殷士台顿对他多么重要,他肯定他们之间的亲密关系永远不会被人破坏。"

家里的人也都和睦相处,亲亲热热。对艾菲来说,真正的遗憾是,妈妈经过一开头就预料到的六周左右的治疗之后,将

---

① 四月一日系俾斯麦生日。

要返回霍恩克莱门去了,然而这种遗憾由于约翰娜将在当天到达柏林而获得几分宽慰。尽管这个长着金发的丫头并没有像那个完全没有个人打算、心地始终善良的罗丝维塔那样对艾菲贴心,但是她的到来总是叫人高兴的。她在殷士台顿那儿如同在她女主人那儿一样取得信任,因为她为人非常伶俐聪明,极为有用,特别是对男性世界来说,是一种绝不可少的、值得自豪的后备力量。on dit① 一位凯辛人说,她血统的根源来自帕泽瓦尔克卫戍区一位早已退休的大人物,她高尚的思想、她那美丽的金发和她整个身体的造型美都要归因于此。约翰娜自己也分享了各方面因她的到来而感到的欢乐,她也完全同意跟从前一样在艾菲身边当贴身丫头和侍女。而罗丝维塔呢,曾在克丽斯特尔身边学烹饪几乎有一年之久,已经学得了相当手艺,她现在愿意在厨房里干活。至于侍候和照看安妮一事,则由艾菲亲自承担,罗丝维塔对此自然只是笑笑,因为她懂得年轻妈妈的心理。

殷士台顿如今完全陷在公务和家务堆中,他比在凯辛那个时候幸福得多了,因为他现在亲眼目睹艾菲比从前无拘无束、活泼愉快了。她之所以如此,是因为她感到比较自由了。当然她仍然还会回忆往事,但是她现在不再害怕,或者害怕的次数少得多了,或者这种害怕心情转瞬即逝。凡是使她事后感到心惊胆战的一切事情,给了她的举止一种特殊的刺激。她所干的每件事情中,似乎都带有一点忧戚,好像是对别人的一种歉意,要是她把这一切表示得更为清楚的话,那她本来是可以获得幸福的。但是这种心情当然

---

① 法文:根据。

不容许她这样做。

　　大城市的社交生活并没有成为过去,四月初的几个星期里他们已经访问了一些亲友,现在这种访问自然渐渐少了。此后她对这种访问也缺乏真正的兴趣。到了五月的下半月,这种访问完全停止。但是比以前更为幸运的是,每天中午时分殷士台顿从部里下班回来,艾菲能在兽园一带迎接他,或者下午时分到夏洛登堡皇宫花园作一回散步。每当艾菲在皇宫和橙树林之间一带散步时,她一再凝视着许多肃立在那儿的罗马皇帝塑像,她发现尼禄①和提图斯②非常相似。她捡起树上掉下来的松果,然后挽着丈夫的胳膊,沿着施普雷河③到达偏僻的"贝尔弗特雷宫"④。

　　"这地方据说也闹过鬼吧?"她问。

　　"不,只是出现过鬼。"

　　"这还不是一回事。"

　　"是的,有时是一回事,"殷士台顿说,"不过实际上还是有区别的。鬼出现往往是一种人为现象——至少在这儿'贝尔弗特雷宫'是这样⑤,昨儿堂兄布里斯特还给我讲过这件事——而闹鬼绝不是人为现象,闹鬼是一种自然现象。"

　　"这么说来,你也相信有鬼啰?"

　　"我当然相信的。世界上就有鬼。只是咱们从前凯辛家里闹鬼我就不信。约翰娜大概已经把她的那个中国人给你看

①② 均为罗马皇帝。
③ 柏林郊区河流。附近一带是风景区。
④ 贝尔弗特雷宫,柏林附近的一个小宫。
⑤ 普鲁士国王腓特烈·威廉二世(1744—1797)的宠臣约翰·鲁道夫·封·比绍夫维尔德(1741—1803)为投国王所好,曾在贝尔弗特雷宫举行神秘主义的降神会。

257

了吧?"

"哪一个?"

"喏,咱们家那一个。她在离开咱们那儿的老屋以前,把它从楼上椅子靠背上撕了下来,放进了一只钱包。最近我跟她调换一个马克的时候,我看到了这张图片。她当着我的面也很尴尬地承认了这一点。"

"啊,格尔特,你实在不应该跟我讲这件事。现在这个东西又到咱们这儿家里来了。"

"你叫她把它烧掉算了。"

"不,这个,我也不愿意,烧了也没用。但是我要请罗丝维塔……"

"什么?噢,我已经明白了,我猜出了你的心思。你要罗丝维塔去买一幅圣像也放在钱包里,是不是这样?"

艾菲点点头。

"那么就按你的意思办吧。但是不要告诉任何人。"

艾菲终于认为,现在还是不谈这些为好,他们说着说着,渐渐把话题转到夏季旅行计划方面去。他们一直走到"大星"交叉路口才折回来,穿过科尔索林荫大道和宽阔的腓特烈-威廉大街回到自己的寓所。

他们本来打算七月底到巴伐利亚山区去旅行度假,今年奥伯阿梅尔高①正要举行一年一度的演出。但他们没有如愿以偿;因为殷士台顿早已熟识的、现在成了他的亲密同事的枢

---

① 奥伯阿梅尔高,巴伐利亚山区间地名,该地设有夏季和冬季运动场,常常举行演出。

258

密顾问维勒斯多夫突然病倒,殷士台顿不能不留下来代理他的工作。直至八月中旬一切事务告了个段落,这才使他们有双双外出旅行的可能;但再去奥伯阿梅尔高为时已经太晚了,于是他们决定去吕根岛①耽一个时期。"当然首先上施特拉尔松②,那儿葬着你所知道的席尔③,那儿也诞生过你不熟悉的、发现了氧气的谢勒④。但是这种发现是不需要人们知道的。然后咱们从施特拉尔松出发上山,到鲁加尔德⑤,据维勒斯多夫对我说,从那儿可以鸟瞰全岛。以后穿过雅斯蒙德湾⑥,到达萨斯尼茨⑦。因为游玩吕根岛也就是游玩萨斯尼茨。或许也要去宾茨,不过那儿只有——我不得不再次引用维勒斯多夫的话——许多小石头和海岸上的贝壳,咱们本来想洗海水浴嘛。"

殷士台顿的计划艾菲全都同意,特别是全家四个星期不开伙,罗丝维塔带着安妮上霍恩克莱门,约翰娜到她的异母兄弟那儿去暂住,这位异母兄弟在帕泽瓦尔克开着一家锯木工场。这样就各得其所,全都安排停当。第二周一开始他们也真的动身出门去,当天晚上就到了萨斯尼茨。他们看到了客栈上面挂着"华伦海⑧饭店"的招牌。"但愿房租价格按照列

---

① 吕根岛,德国在波罗的海的岛名。
② 施特拉尔松,吕根岛上地名。
③ 席尔(1776—1809),普鲁士军官,一八〇九年五月三十一日因保卫普鲁士领土阵亡于施特拉尔松。
④ 谢勒(1742—1786),瑞典化学家,原籍德国,一七四二年十二月九日生于施特拉尔松。
⑤ 鲁加尔德,吕根岛上地名。
⑥ 雅斯蒙德湾,吕根岛上地名。
⑦ 萨斯尼茨,吕根岛上地名。
⑧ 华伦海(1686—1736),德国物理学家,华氏寒暑表的发明者。

氏表①计算,"殷士台顿读着这个招牌的名字时,补上了这样一句。今天两人兴致真浓,傍晚时分还到巉岩壁立的海岸作了一次散步,站在突出在海面的悬崖上,眺望着月光闪烁的宁静的海湾。艾菲此刻无限神往。"啊,格尔特,这简直就是卡普里②,这简直就是苏莲托。不错,咱们就在这儿住下来。那当然不是住在饭店里;饭店里的跑堂对我来说都是太傲慢了,让人要瓶苏打水都羞于开口……"

"不错,简直像些要员。但是不住饭店得找一座私人住宅啰。"

"我也这么想。明儿咱们就出去找找吧。"

次日早晨跟昨儿晚上一样美丽,他们在屋外用了早餐。殷士台顿收到若干必须立即处理的信件,这样艾菲就决定在她闲着无事干的几个钟点里独个儿出外去找住所。她起先打一块四周围以篱笆的草地边走过,然后经过一排的房屋和燕麦田,最后拐个弯进入一条像峡谷那样通往海边去的道路。道路尽头有山毛榉树,树荫下有一家小客店,它没有华伦海饭店漂亮,看起来更像一家普通旅社,由于时间还早,店内冷冷清清,看不见一个人。艾菲在一个可以眺望远处的地方占了个座位,要了一杯雪利酒,她还没有端起酒杯啜饮,旅店老板就向她走了过来。大约一半出于好奇,一半出于礼貌,他主动和艾菲攀谈起来。

"这儿的风景真叫我们喜欢,"她说,"也就是说我的丈夫

---

① 列奥米尔(1683—1757),法国物理学家,列氏寒暑表的发明人。列氏寒暑表从冰点到沸点比华氏寒暑表刻度少,所以殷士台顿在这里说按列氏表计算,喻租价便宜。
② 意大利胜地,艾菲和殷士台顿蜜月旅行时曾去过这个地方。

和我都喜欢这块地方;海湾的风光真太美了,我们就是担心借不到一个住所。"

"嗯,太太,要找住所可不容易哪……"

"也许今年晚些时候……"

"晚些时候也不行。在这儿萨斯尼茨肯定找不到,这一点我可以保证;不过远一点地方,在海边附近那个村子头上,也许可以找到一个住所,您从这儿就能看到那边闪闪发光的屋顶。"

"那么这个村子叫什么名字?"

"克拉姆巴斯。"

艾菲不相信自己听见的是这样一个名字。"克拉姆巴斯,"她心情紧张地重复了一句。"作为一个地方,这样的名字我从来就没有听见过……除了这个村子以外,附近没有别的地方了吗?"

"没有了。太太。这一带没有了。不过,朝北这个方向,上山去,还有另外一些村子,你们在紧靠施图本卡默尔①的客店里,一定可以打听到地方。那儿有些人家愿意出租房子,他们总是把地址告诉别人。"

叫艾菲高兴的是,这次谈话只有她一个人在场。后来她向丈夫报告外出经过时,只隐瞒了萨斯尼茨附近那个村子的名字。殷士台顿听了说:"嗨,要是这儿附近找不到房子,那是最好的了,这样,咱们就雇一辆车子(乘车有时倒可以找到一家饭店)干脆搬到山上施图本卡默尔那儿去。那边大概可以找到田园式的忍冬树亭榭之类的住处。要是还找不到地

---

① 施图本卡默尔,吕根岛东北部地名。

261

方,那咱们一直留在这家饭店里。天下的地方毕竟相差不多。"

艾菲对此表示同意。中午时分,他们已经到了施图本卡默尔附近殷士台顿刚才提到过的客店,立即要了一顿点心。"不过等半小时以后再送来;我们计划先去作一回散步,看看赫尔塔湖。找一位向导总不成问题吧?"

他的问题得到了肯定的回答,一位中等年纪的人走到我们这两位旅行者的身边来了。他的模样儿极为庄重严肃,好像他至少是执行古老的赫尔塔祭祀任务的一位助理。

四周长满参天树木的赫尔塔湖就在附近。湖边丛生灯芯草,在平静的黑色水面上,浮动着无数的睡莲。

"这个样儿看起来真像有点什么名堂,"艾菲说,"好像赫尔塔故事中讲的那样。"

"是的,太太……也还有这些石头可以作见证。"

"哪些石头?"

"宰杀牺牲品的石头。"

他们正在这样一问一答地继续交谈时,三人离开湖边来到一堵用卵石和烂泥砌成的笔直的土墙附近,几块光滑的石头靠在墙上,每块石头上都有一个浅浅的窟窿和几条通往下面去的凹槽。

"这些东西是干什么用的?"

"有了这些东西,血淌起来就便当些,太太。"

"咱们走吧。"艾菲说,一边挽住丈夫的手臂,跟他重新回到客店,坐在刚才坐过的地方。这时早点已经端上桌来。这儿视野极为宽广,极目可以望到海上。阳光照耀下的海湾就在他们眼前,点点白帆在海上穿梭来往,几只海鸥在邻近的悬崖上盘旋飞翔,这是一幅极为美丽的图景。艾菲也有这种想法;但是当她的目光离开粼粼闪光的海面时,她发现正南方一个绵长的村子里有许多闪闪发亮的屋顶,这个村子的名字今儿早上叫她大吃了一惊。

殷士台顿虽然不知道、也猜不到她心里在想些什么,但是他看得挺清楚,艾菲眼下心里不怎么高兴,对什么也不感兴趣。"很抱歉,艾菲,看来你对这儿的事情不太高兴。你忘不了赫尔塔湖,更忘不了那些石头啊。"

她点点头。"事情确实像你所说的那样。我不得不向你承认,我一生中没有见过比这更使我悲伤的事情了。咱们不要再找什么房子了;我不能在这儿长久待下去。"

"昨天你还把这儿比作那不勒斯湾,比作最美不过的地方呢。"

"嗯,那是昨天。"

"那么今天呢?今天没有一点儿苏莲托的影子了吧?"

"还有一点儿影子,但也只有一点;那是苏莲托,仿佛它要死灭似的。"

"那好,艾菲,"殷士台顿说,把手递给她,"我不想用吕根岛来折磨你,咱们房子就不找了吧。一言为定。咱们没有必要非去施图本卡默尔不可,或者非去萨斯尼茨不可,或者再往前去。可是上哪儿去呢?"

"我想,咱们在这儿再待一天,等那艘轮船来。要是我没弄错,它明儿从什切青开往哥本哈根。据说哥本哈根是个很有趣的地方,我对你完全说不清我是多么向往有趣的地方。我在这儿,仿佛一辈子也不会笑得出来,仿佛从来也没有笑过,而你知道,我又是多么喜欢笑啊。"

殷士台顿极为同情她当前的心境,当他认为她的这种心境是合情合理时,他觉得尤其可爱。尽管四周是那么美丽,但是她的心境是痛苦的。

他们就这样等到了从什切青开来的客轮,于第三天凌晨到达哥本哈根。他们在尼托尔夫国王饭店下榻。两小时以后参观了托尔瓦尔森①博物馆,艾菲说:"嗯,格尔特,这儿真美。我到这儿来真幸福。"不久以后他们去进餐,在饭店的午餐桌上认识了一家日德兰半岛人,这一家人坐在他们的对面,他们的美丽如画的女儿托拉·封·彭茨,立刻引起了殷士台顿和艾菲的近乎惊奇的注意。艾菲对那位姑娘的湛蓝色大眼睛和亚麻色头发,怎么也看不够。经过一个半小时以后,彭茨这家人从桌边站起来——可惜他们当天就要离开哥本哈根——表示了他们的希望,他们邀请这对年轻的普鲁士夫妇下回去参观阿格尔胡斯宫时(离开利姆夫约只有半英里),顺道去他家作客。殷士台顿也不多加考虑便欣然接受了这一邀请。他们就这样在饭店里消磨了几小时。但是光是这样度过这个值得纪念的日子似乎还没有尽兴。艾菲也再三再四要求丈夫必须在日历上把这一天打上红杠杠。黄昏时分带来了极大的幸福,他们上蒂沃利剧院看戏:那天有意大利的哑剧演出,有阿尔莱昆和科洛姆比内。艾菲完全陶醉在这场小小的哑剧中了,当她深晚返回饭店时,她说:"你要知道,格尔特,我现在感到,我渐渐地恢复到本来的我了。关于美丽的姑娘托拉,我压根儿还不想提;不过当我想到,今天上午参观博物馆,今天晚上看演出……"

---

① 托尔瓦尔森(1768—1844),丹麦雕塑家。

"……从根本上来说,演出和参观相比,你更喜欢演出。"

"我坦白承认,确实是这样。我本意是喜欢这类东西。咱们那个凯辛好地方对我来说是一种不幸。一切都使我感到神经紧张。吕根岛差不多也是这样。我想,咱们在这儿哥本哈根再待几天,当然也要远游弗雷德里斯克堡和赫尔辛格,然后再上日德兰半岛去;我非常高兴再见见那个美丽的托拉,如果我是个男子,那我就会爱上她。"

殷士台顿呵呵大笑。"你到底还不知道现在我想干啥。"

"要是我的话讲得没有错。那么,咱们就要来一番竞争。也应该让你知道一下,我也还是有力量的。"

"这一点你用不着先向我作出保证。"

旅行也就这样进行下去。他们在日德兰半岛上登上利姆夫约,直至阿格尔胡斯宫,他们在彭茨家留宿了三天,然后经过许许多多站头,在维堡、弗伦斯堡、基尔和汉堡作了或短或长的逗留(这些地方都是他们所异常喜欢的),回到了故乡——没有直接回到柏林凯特街,而是先上霍恩克莱门,想在那儿获得较好的休息。对殷士台顿来说,他在那儿待不了几天,因为他的假期快要用完。但是艾菲还要在娘家待上一星期,她跟殷士台顿说好,将在十月三日,即在他们的结婚纪念日,回到柏林家里。

安妮在乡下生活,空气新鲜,长得很健壮,罗丝维塔打算让安妮穿了小靴子奔去迎接妈妈,她的计划也果然完全如愿以偿了。作为疼爱外孙女的外祖父布里斯特老人,他的举止言行仍然老一套,他警告别人要当心孩子,与其说这是出于对外孙女太多的爱护,还不如说是出于太多的严格要求。本来他只疼爱艾菲一个人,他的感情上一直为艾菲操心,就是他跟妻子单独在一起的时候,十次有八九次他也这么关心女儿。

"你觉得艾菲怎么样?"

"跟从前一样活泼可爱。咱们获得这么一位可爱的女儿,应该说还得多多感谢上帝哩。她又能回到咱们这儿来住,心里是怀着感激和幸福啊。"

"嗯,"布里斯特说,"她这种美好的感情,我觉得过分了。本来在她心里,这儿好像永远还是她的家。可是她到底有了丈夫和孩子啊,她丈夫是个才子,她孩子是个天使,可她呢,仿佛霍恩克莱门对她永远是最主要的东西,在她看来,丈夫和孩子跟咱们两人一比算不了什么。她真是个出色的女儿,但是我总觉得她太过分了。这事叫我有点儿担心。她这样做也委屈了殷士台顿。她为什么要这样干?"

"对啊,布里斯特,你的意见呢?"

"噢,我的意见我都讲了。可是你也知道一点什么的呀。她这样是不是幸福?或者说,他们中间有什么隔阂?起先,我觉得她尊敬他胜似爱他。这样的事在我眼里不是件好事。爱情也不可能持久,但是尊敬更不可能持久。实际上女人们在不得不尊敬一个男子时,她们心里一定恼火;起先是恼火,然后是感到无聊,最后会觉得可笑。"

"你是不是在这方面有切身体验?"

"这个我不想说。我在这方面没有受到怎么足够的尊敬。不过嘛,咱们就不谈这些吧,路易丝。你说说看,情况怎么样?"

"哦,布里斯特,你总是回到这类话题上面去。咱们谈这类问题,彼此交换看法,总共还不到十来次吧,你老是想打破砂锅问到底,问题提得非常天真,好像我什么都看清楚了似的。你对一位年轻女子是怎样看待的,特别是对于你的女儿?你是不是以为一切都那么有计划,有条理的?或者你以为我是一位先知什么的(我一时想不起这种人叫什么名字来着),或者你以为,只要艾菲肯把心里话抖搂出来,我就立刻掌握了全部真情。或者至少有人是这样讲的。其实什么叫抖出心里话?实际上这样的事是不会有的。她也要提防一手,免得我洞悉了她的隐情。除此以外,我不知道她的隐情是从谁那儿获得的,她是……嗯,她是一个非常狡黠的小家伙,因为她是那样可爱,所以这种狡黠在她身上就更加危险。"

"这么说来你也承认……可爱的。而且也是善良的?"

"也是善良的。这是说心地完全善良。除此以外,她还有什么优点,我可没有多少把握;我相信,她身上这个优点是亲爱的上帝赐给善良人的,并获得自我安慰的天赋。上帝对她是不会怎么严格的。"

"你是这样看的吗?"

"是的,这是我的看法。此外,我相信,她的情况已经好多了。她的性格没有改变,但是自从他们搬到柏林以后,他俩的关系已经好得多了,他们过的日子日益亲密、接近。她跟我讲过这方面的情况,不过我觉得更为重要的是,我亲眼看到了这一切,我也有这方面的确凿证据。"

"那么,她说了点什么来着?"

"她说:妈妈,现在情况比较好了。殷士台顿始终是个出色的男子,这样的人世界上不多,不过我还不是十分了解他,他身上总有一点叫我感到陌生的东西,连他对我的温存体贴中也有这种成分。不错,十回有八九回都是这样;有时候,我

267

还感到害怕。"

"这我理解,这我理解。"

"这算什么意思,布里斯特?我该不该害怕,或者你会不会害怕?我以为两件事都同样可笑……"

"你还是讲讲艾菲的情况吧。"

"那当然。她向我承认,她已经摆脱了这种陌生感,这使她十分快乐。凯辛不是她待的好地方,不管是闹鬼的房子,还是那儿的人们,都不行;一些人太虔信宗教,另一些人心眼儿太直;但是自从她搬到柏林以后,她感到这是她待的地方。他是最出色的人,对她来说年纪稍大了一点,太好了一点,不过如今她已经渡过了难关。她用这样的措辞,不用说引起了我的注意。"

"怎么说呢?她的话没有说到底。我指的是她的措辞。但是……"

"这后面一定有文章。她也想给我作暗示。"

"你是这样看的吗?"

"嗯,布里斯特;你一直认为她不会搅浑一缸水。可你这一点弄错了。她贪玩,要是风浪不大,那她当然平安无事。斗争和抵抗不是她能胜任的。"

罗斯维塔带着安妮走来了,于是他们的谈话就此中断。

布里斯特和妻子作这番谈话的那一天,也正是殷士台顿离开霍恩克莱门回柏林去的日子,艾菲至少还要在这儿待一个星期。他知道,艾菲在这样一种无忧无虑、其乐融融的气氛中过日子,只听一些友好、亲切、奉承、讨好的话,这对于她并不是好事。是的,上述这一切特别使她心里舒服,这次她也确实尽情享受一番,尽管这儿缺少娱乐,但她已经感激涕零了。平日上门来探访她的客人不多。因为自从她结婚以后,至少对她的年轻同伴来说,这里已经失去了吸引力,连教堂和乡村学校跟这儿的关系也今非昔比了。特别是乡村小学的房子现在已有一半空了出来。那一对孪生姊妹已经在今年春天和根廷附近的两名教师结了婚。这是一次盛大的两对新婚夫妇同时举行的婚礼,连《哈斐尔兰电讯报》对这一盛况也写了一篇报道。至于牧师的女儿荷尔达,已经到弗里泽克服侍一位年迈的姑母去了。荷尔达有希望在姑母那儿获得一份遗产。而这位有病的姑母正像通常那样,活得远比尼迈尔所设想的长久。尽管如此,荷尔达一直来信说她感到满意,这并非因为她真的满意(情况正好相反),而是怕家里引起怀疑,认为这样一位好心的姑娘在那儿生活得不很好。雅恩克完全像牧师那样一心想着自己的两个女儿;出乎他的意料,去年圣诞节前夕两姊妹同一天生下了孩子。正在这时,这位懦弱的父亲尼迈尔,带着骄傲和喜悦给雅恩克看了荷尔达的来信。艾菲会心地一笑,向这位外祖父表示自己愿意为他的两个外孙物色一位教父。接着她避开家庭这个话题,给对方讲"Kjöbenhavn"①和赫尔辛格,讲利姆夫约和阿格尔胡斯宫,特别是讲托拉·封·彭茨,艾菲把她尽情地描述一番,说她是"典型的斯堪的纳维亚"人,蓝眼睛,亚麻色头发,老是穿一件红色长毛绒内衣,后来这个人物在雅恩克的嘴里添油加醋地形容一番,说什么:"嗯,他们都是这个模样的;纯粹的日耳曼种,比德国人的德国味还浓。"

---

① 丹麦文:哥本哈根。

艾菲想在她的结婚日子,即十月三日,重回柏林。现在已经到了动身前夕,她以整理行装、准备回家为借口,比往日要早一些回到自己的房间去。但实际上她挂心的只是想一个人安静一下;她心里很想跟人聊天,她也有时间聊天,然而她渴望独自一个人安静一会。

她们住的二层楼的两个房间面向花园;比较小的一间睡着罗丝维塔和安妮,房门只是虚掩上,而那个较大一点的房间是她自己的卧室,她在房间内踱来踱去;比门稍低一点的蝴蝶窗全都敞开着,白色的小窗帘在微风中吹得鼓起,有时风一大,窗帘慢慢地落到椅背上,再来一阵风,窗帘方才从椅背上垂落下来。这时,房内的光线很明亮,人们可以清楚地认出狭长的金边画框下面的说明文字,画框悬挂在沙发上边。这些文字是:《奇袭迪普尔第五号战壕》①,在这幅画旁边挂着《威廉国王和俾斯麦伯爵在利帕高地上》②。艾菲摇摇头笑道:"我假如再来这儿,我要请他们挂另外一些画;我不喜欢战争那一套东西。"她于是关上半边窗,让另半边开着,身子坐到开着的半边窗畔,望着外面的景色,心里怡然自得。月儿高挂在教堂钟楼旁边,月光倾泻在立有日晷、栽着向日葵的花坛和草地上。一切都在闪烁着银光。在长条阴影的旁边是一抹抹白色的光线,这些光线白得好像漂白厂中的亚麻布。再远一点的地方,仍然栽着高高的大黄,叶色已经衰败,带有秋意。

---

① 迪普尔,一九二〇年以前是隶属于普鲁士的北石勒苏益格的小村,位于松德维特半岛,现为丹麦领土。丹麦人在此筑有工事,名曰"双战壕",在一八四八年至一八五〇年的德国丹麦战争中这儿曾发生多次拉锯战。一八六四年四月十八日,普鲁士军队攻陷迪普尔。
② 画一八六六年七月三日科尼希格雷茨战役,此役奠定了普鲁士在普奥战争中之胜局。

艾菲见此情景,不禁回想起才两年多前自己曾跟荷尔达和雅恩克的两个女儿在这儿做游戏的情景。后来来了客人,她便走上长凳边的小石级回房去,一个钟点以后她成了殷士台顿的未婚妻。

她站起身来,走到房门边窥听一番:罗丝维塔已经睡着,安妮也睡着了。

她一面在挂心着孩子,但是转眼之间,在凯辛那些日子的种种情景突然出现在她心灵前面:县长公馆和它那堵山墙,还有可以望到种植园的阳台。于是她坐到一张摇椅上,把身子摇摆起来;这时仿佛克拉姆巴斯向她走来,跟她打招呼,然后是罗丝维塔抱着孩子来了,她接过孩子,把她举到空中,吻吻她。

"那是第一天;以后一切会有新的开始。"她心里这样思念的时候,身子离开了罗丝维塔和安妮睡的房间,重又坐到开着的窗前,眺望着万籁俱寂的夜晚。

"我总是不能摆脱它,"她说,"这是最最糟糕的,我自己把自己弄迷糊了……"

正在这一刹那间,那边钟楼上的钟敲响了,艾菲数着一记记的钟声。

"十点……明儿这时我已经在柏林了。我们就会谈论我们的结婚纪念日,他会给我说上一番甜言蜜语和亲切友好的话,也许会说上一番温情脉脉的话。我就坐着听他说,而心里却感到内疚。"

她用一只手支着脑袋,定睛望着茫茫的黑夜,不作一声。

"心里感到内疚,"她又重复一遍,"是的,我确实有了过失。但是这种过失也压在我的心灵上吗?不。这就是为什么我会自己吓唬自己。至于我心灵上的重担,那完全是另一回事——害怕,死样的害怕,永恒的恐惧:终于到了这么一天。除了害怕以外……还有羞愧。我为自己害臊。但是,正像我不想作真正的忏悔那样,我也没有真正感到羞愧。我害臊,只是因为我老是撒谎,老是欺骗;但是我不会撒谎,我也用不着撒谎,这永远是我的骄傲;撒谎多么下流,可我现在不得不老是编造谎言,对他,对所有的世人,编造种种谎言;鲁姆许特尔已经发现了这一点,他耸耸肩膀,谁知道,他是怎样看我的,无论如何,印象不会是很好的。嗯,恐惧折磨着我,还有,由于我玩的撒谎把戏而产生的羞愧,也折磨着我。但是因过失而产生的羞愧我倒实在没有感觉到,或者不怎么严重,不怎么厉害,因为我没有过失,可我简直给这种东西折磨死了。要是世界上所有的女人都像我那样不知羞耻,那就十分可怕了。要是世界上的女人都跟我所希望的那种女人不一样,那么我的良心要受到责备,我的心灵总有什么不正常的地方。那就说明我这个人缺乏正常的感情。当我还是个少女的时候,尼迈尔老牧师早就对我说过这样的话:关键在于要有正常的感情。一个人假如有了正常的感情,那他不会碰上最糟糕的事情。要是没有这种感情,那就随时随地都处在永恒的危险中,这种危险也就是人们称做魔鬼的东西,这东西当然具有控制我们的强大力量。但愿上帝发发慈悲。难道我现在就处在这种状况之中吗?"

她的头靠在胳膊上,失声痛哭起来。

等到她再次站起身来的时候,她的心情比较平静一点了,她仍然眺望着园中的夜景。这时万籁俱寂,只有一种轻微的声音,仿佛是细雨淅沥,从梧桐树那边传到她的耳朵中来。

这样过了一会儿。从村子的大道那儿传来一阵阵连续的吆喝声:那是更夫库利克老头儿在打更报时,到了更夫静下来以后,她听见从远处传来隆隆的火车声。火车离开霍恩克莱门有半英里路程,此刻正疾驶而过。接着这声音渐渐减弱,最后完全消失。只有月光仍倾泻在草地上,只有梧桐树间一直仿佛有细雨的沙沙声徐徐传来。

但是,这只是夜风瑟瑟。

# 第二十五章

第二天傍晚,艾菲回到柏林,殷士台顿带了洛洛上火车站接她。他俩坐了车子交谈着经过兽园,洛洛跟在一边奔跑。

"我以为你是不会信守诺言的。"

"可是,格尔特,我是一直信守诺言的,这一点是首要的。"

"别这么自吹了。你说一直信守诺言,未免有点自夸吧,有时候你并没信守诺言。你回想一下吧。当时你来柏林找房子,我在凯辛等你,结果是谁没有回来呢,还不是艾菲。"

"嗯,这是两码事。"

她不想说"我那时病了"这句话,可是殷士台顿却听出了这层意思。他脑袋瓜里别的事情多得很,有公事上的牵连,也有因社会地位的改变而引起的纠葛。"本来嘛,艾菲,咱们的柏林生活才只开始。咱们四月份搬来这儿,春季将要过去,咱们本来还可以拜访拜访朋友,例如访问一下这儿唯一跟咱们比较接近的维勒斯多夫——喏,可惜这个人至今还是个单身汉。从六月天开始,人就有点儿懒洋洋了。百步之外,看见谁家的百叶窗已经放下,那就说明这家人'全都外出去了';不管是真的出去了还是仍然在家,都一个样,反正你也不会再找上门去……嗯,剩下来的还有什么可干呢?一会儿跟堂兄布里斯特聊聊家常,一会儿在希勒酒家吃上一顿午饭,这算不得地地道道的柏林生活。可现在应该改变改变这种局面了。我把部里所有顾问的姓名都记下来,这些人还有足够往来应酬的活动能力,咱们也有足够往来应酬的活动能力,这样到了冬天,整个部里的人都会说:'嗯,现在咱们这儿最可爱的太太,要数殷士台顿夫人了。'"

"啊,格尔特,我真一点也不了解你了,你现在说起话来,好像一位专会向女人大献殷勤的娇客。"

"今天是咱们的结婚纪念日,你也得谅解我的心情哪。"

殷士台顿在度过了一个时期平静的县长生涯以后,现在诚心诚意想开展一点比较活跃的社交活动,这与其说是为了他自己,倒不如说是为了艾菲;不过这种社交活动开头也并不怎么活跃,只和个别几个人往来应酬一番,真正的活跃时期还没有到来。首先称得上新生活中最精彩一页的,也和半年前一模一样,就是家庭内部的生活。维勒斯多夫和堂兄布里斯特常常来他们家走动,他们一到这儿,就被打发到楼上吉齐基家去;吉齐基夫妇俩很年轻,住在艾菲他们楼上。吉齐基本人是高等法院顾问,他那聪明伶俐的妻子是封·施梅陶的一位千金,一度学过音乐,甚至有过一个短时期学习打牌,后来都撒手不干了,因为她感到闲聊空谈最为惬意。不久以前吉齐基夫妇还住在上西里西亚①的一个小城里,而维勒斯多夫多年前则在波森省②的许多小地方待过,因此他也学会了那首

---

① 地名,西里西亚的一部分。
② 系普鲁士地名。

著名的讽刺诗：

  施里姆①
   像狗窝，
  罗加岑②
   人发疯，
  可是你到泽姆特③
  日子更是过不得——

  他珍视和偏爱这首诗，经常引用它。每当他引用这首诗的时候，艾菲就显得比谁都快活。十次有八九次因为这首诗而引起艾菲对丰富多彩的小城生涯的遐想，连凯辛的吉斯希布勒、特里佩莉、首席林务官凌先生和西多妮·格拉塞纳布也会在她眼前轮番浮现。要是殷士台顿兴致高，情绪好，那他也来畅谈一番。"嗯，"他总是这样开头，"咱们凯辛是个好地方！这一点我始终不否认，那儿群贤云集，人才辈出，首推克拉姆巴斯，克拉姆巴斯少校，他是个十全十美的男子汉，半个巴巴罗萨④，我妻子对他，我不知道我该说得含蓄一点还是明白一点，极为倾倒……"——"咱们说得明白一点吧，"维勒斯多夫插嘴道，"我记得他是俱乐部主席，演过喜剧中的情人或风流倜傥的角色。也许还演过别的什么，可能还是个男中音歌手。"殷士台顿表示，对方没有记错，并且一一加以肯定。

---

① 施里姆，波森省的一个小县城，地方偏僻，意谓是个荒镇，是人们不喜欢住的地方。
② 罗加岑，也是波森省的一个小城。
③ 泽姆特，波森省小城名。
④ 巴巴罗萨，腓特烈一世的绰号，意即"红胡子"。因克拉姆巴斯也生有褐色小胡子，故这儿借用巴巴罗萨比喻克拉姆巴斯。

艾菲嬉笑着搭讪几句,想把话题引向深入。但是她费了九牛二虎之力,才有可能使谈话继续下去;等到客人一走,殷士台顿便踱回自己的房间去处理一大堆文件。这时艾菲的眼前重又不断出现一幕幕旧日的情景,心里百感交集,痛苦万分,仿佛感到有一个影子一直尾随着她。

这种令人惊慌失措的情景一直萦回在她的心头。但是这一幅幅情景逐渐暗淡下来,出现的次数也越来越少了。其所以有这种种变化,主要由于她的生活环境有了改变,这一点并不令人感到奇怪。如今她不仅在殷士台顿身上得到了爱情,而且在友人身上也获得了这种怜爱之情,其中包括部长夫人——一位甚至还很年轻的太太——对她明白表示的几乎是温情脉脉的友谊,这一切至少减轻了留在她心上的昔日的忧虑和恐惧。到了第二年,皇后借一次重新选拔"枢密顾问夫人"的机会,亲自参加了选拔活动,她跟一大群高贵的太太应酬往来。但是老皇威廉在一次宫廷舞会上对这位年轻、漂亮的夫人说了一句极为仁慈关怀、恩宠有加的话,"他已经听说过那位太太了。"从此以后,艾菲才渐渐摆脱了那个恐怖的阴影。这个阴影曾经纠缠过她,但现在已经远远地、远远地离开了她,仿佛远在另一个星球上,一切像雾气那样慢慢消散,变成了一种梦幻。

霍恩克莱门那边不时有人上柏林来做客,看到女婿和女儿幸福地生活着,大家十分高兴。安妮日渐长大了——"跟外婆一样美。"老布里斯特说——每逢晴天,天上有一丝云彩,人们几乎都会认为,小安妮将会玩个痛快哩。殷士台顿这个家族(因为当地没有同姓的人家)估计日后将要绝迹。而那个从表面上看待另一些人家世代相续的老布里斯特,单从布里斯特这家人来考虑问题,他有时开玩笑地说:"嗯,殷士台顿,要是长此以往,那么安妮长大以后大概会嫁给一位银行家(但愿到了那个时候还有基督教,这个人是个基督徒),皇上考虑到古老的殷士台顿贵族这一点,会给安妮的 Haute finance① 后裔在皋塔历书上以'封·殷士台顿'家族的名义继续记载下去,或者记入其重要性稍逊一筹的普鲁士历史。"老布里斯特的这席话,使殷士台顿本人听了总有些不自在,而封·布里斯特夫人则耸耸肩膀;至于艾菲,情况正好相反,她乐意接受父亲讲的这些话。因为她内心满怀贵族的高傲,她对自己的后裔也怀着同样的感情。一位文雅而社会经验丰富的、特别是非常有钱的银行家女婿,肯定也是她所希望的。

果然如此,艾菲像那些富有魅力的年轻少妇那样,她极易接受这种世袭贵族的议论;但是过了长长的一段时间以后——她搬到柏林来已经进入第七个年头了——那一位在妇科医术方面不无声望的鲁姆许特尔,由于封·布里斯特夫人的推荐,成了艾菲家的医药顾问。他建议艾菲去施瓦尔巴赫休养。但因艾菲去年冬天也患上上呼吸道感染,有几次甚至影响到肺部,所以最终他作了如下的建议:"那么先去施瓦尔巴赫,最仁慈的夫人,我们说去三个星期吧,然后上埃姆斯,也住上三个星期。在埃姆斯疗养期间,枢密顾问殷士台顿也可在场陪同。这样看来,一共加起来你们就不过分开三个星期。再多我是不会建议的,亲爱的殷士台顿。"

医生的建议获得了夫妇俩的赞同,而且艾菲还得作进一步的决定,这次旅行要有茨维克尔枢密顾问夫人结伴同去,这

---

① 法文:富裕的。

正如老布里斯特说的,目的是"以便照顾后者"。布里斯特说这样的话不无道理,因为茨维克尔夫人年纪已有四十,她比艾菲更需要人照料。那个一再给别人代理工作的殷士台顿抱怨道,要他陪同艾菲上施瓦尔巴赫根本谈不上,就是去埃姆斯跟艾菲一同住几天也许又不得不放弃。此外,双方言定在六月二十四日(约翰尼斯日)作为动身的日子。罗丝维塔帮助太太收拾行装,一一记下随身携带的替换衣服。艾菲像从前那样喜欢罗丝维塔,罗丝维塔是她唯一一个可以自由自在、毫无拘束地一起谈论往事的对象。她跟罗丝维塔谈论凯辛,谈论克拉姆巴斯,谈论那个中国人和船长托姆森的侄女。

"你说,罗丝维塔,你本来还是个天主教徒吗?那你怎么从来不做忏悔呀?"

"不做。"

"干吗不做呢?"

"我从前做过忏悔。但是真正的心里话我没有说出来。"

"这样很不对。你这样去忏悔自然没有帮助。"

"啊,最仁慈的太太,在我们村里,大家都这么办。去做忏悔的人,个个都只是吃吃地笑笑罢了。"

"可你怎么不知道,一个人如果把重大的心事放下了,那是一种幸福。"

"不,最仁慈的太太。那个时候我爹拿了一根烧红的铁杆向我冲过来,我心里当然害怕;嗯,这时我大吃一惊,不过,除此以外,什么也没有了。"

"你不怕上帝?"

"没有那样怕得厉害,最仁慈的太太。要是一个人像我当时那样害怕过自己的爹,那么,他也不会怎么害怕上帝了。

我总是这么想,亲爱的上帝是慈悲为怀的,他会帮助我这样的可怜虫。"

艾菲微微一笑,她没有接下去再说,她心里想罗丝维塔的这种想法原也极为自然的,可怜的罗丝维塔讲的话正好符合她的心意。但是她表面上却一本正经地说:"你要知道,罗丝维塔,等我回来以后,我们还得认认真真地谈谈这个问题。这实际上是一桩天大的罪孽呀。"

"你是指那个孩子,指那个给饿死的孩子吗?嗯,最仁慈的太太,那确实是一桩罪孽。不过,罪孽不在我身上,罪孽是在另一些人身上……再说,那也是半辈子以前的事了。"

## 第二十六章

艾菲离家已经是第五个星期了,她常常写信回家来,说自己很幸福,差不多还有点儿得意扬扬,特别是到了埃姆斯以后,更是如此。到了埃姆斯,她们就被包围在人群当中,这也就是说被包围在男人们当中。在施瓦尔巴赫的情况就不一样,除了个别例外,一般很少看到男子。她的旅伴茨维克尔枢密顾问夫人,自然根据疗养条例对这种混乱现象提出了质问,并表示了极其强烈的抗议,当然她说话时的脸部表情仍然客客气气,很有分寸;茨维克尔夫人美丽动人,性格有点儿放荡不羁,甚至带有某种旧习气,但她为人极为乐观爽朗,人们可以从她身上学到很多东西;艾菲虽然年已二十五,但是自从认识这位太太以来,她从来没有像现在这样觉得自己幼稚无知。这位太太博览群书,连外国文学作品也读了不少,比方说,最近她和艾菲讨论娜娜①这个人物,艾菲趁机问她"事情是否真的像书中说的那么可怕",茨维克尔夫人回答说:"哦,我亲爱的男爵夫人,什么叫可怕,世界上还有别的更可怕的事呢。""在我看来,"艾菲这样结束她的那封信,"她似乎也愿意让我

---

① 娜娜,即法国左拉的长篇小说《娜娜》中的主角,是个放荡的演员、妓女,死于天花。

认识认识这些'别的'事情。但是我拒绝了,因为我知道,你会从这类事情或类似的事情中得出我们这个时代世风日下的结论,当然你这样做是有充分理由的。这样的事情使我心里难受。再有,埃姆斯是在盆地中间,我们在这儿热得像热锅上的蚂蚁。"

殷士台顿读到最近这封来信时,心情有点异样,既有几分高兴,也有几分不快。看来茨维克尔夫人不是和艾菲做伴的恰当对象。艾菲现在有一种左倾趋势,有点儿给人牵着鼻子走,但是他没有把这一想法写在信里。一则因为他不愿影响她的情绪,二则,他觉得就是写了自己的看法也无济于事。这时他热情地盼着自己的妻子能早日回来,并且抱怨自己公务缠身没法前去陪她,不仅"老是陷在事务堆里",而且现在只要有哪一位参事缺席或者想请假,他一个人就得干双份的工作。

是的,殷士台顿渴望中断工作休息一下,也渴望打破这种寂寞,他的类似的情感又牵挂着厨房。安妮每逢放学回家来后,最喜欢在厨房消磨时间,她这样做,也是十分自然的。因为罗丝维塔和约翰娜不仅以同样的程度疼爱小姐,而且像从前一样不分先后随时听候小姐的差遣。这两位使女对小姐的友好感情,往往成为跟这家人来往的朋友喜欢谈论的话题。例如高等法院顾问吉齐基曾经跟维勒斯多夫说:"我从这中间只看到古老箴言的新证据:'让茁壮的人追随在我的周围';恺撒恰恰是个识人的,他知道实际上只有心宽体胖才是人生的快乐和交际的本钱。"他们从这样的话题也确实谈到了这两位使女,只是对两人有不同的看法。罗丝维塔一再讲那种乡下土话,给了他们不好的印象,她虽然屡次想作掩饰,但仍然要露出马脚。至于约翰娜,他们获得的印象刚好相反,他们对她赞扬备至。后者的身材实在说不上丰腴,只是显得健美、结实,身材适中,胸部饱满,双眼碧蓝,什么时候两眼都流露出做作的那种胜利者的特别神态望着别人。她举止彬彬有礼,内心怀着上等人家使女的高傲感情,对那个仍然带有农村妇女风味的罗丝维塔保持极大的优越感,以致有时不免要嘲笑罗丝维塔一时获得的得宠地位。这种所谓得宠地位——喏,如果够得上所谓得宠的话——,那就是每逢这位善良的老侍女罗丝维塔讲起她那个老掉了牙的"爹拿了通红的铁杆"的故事时,太太给她的一种细小而可爱的特殊恩宠。约翰娜对这一切都有自己的看法,"要是自己做得隐蔽一些,这样的事也就不会发生了。"但是约翰娜嘴上没有说出来。她俩之间相处得比较友好。但是要彼此做到和睦亲密,那就得费上很大的一番心血。她们之间的关系仿佛有着一种默契,她们共同看管安妮,几乎也是共同教育安妮。罗丝维塔负责诗文方面,给安妮讲童话和故事,约翰娜与此相反,教安妮做人的规矩和礼貌,两人各司其职,相互分工,绝少出现有关职责范围方面的争执。而安妮性喜扮演高贵的小姐,当然这与约翰娜的怂恿敦促有关。要扮演好高贵小姐的角色,安妮是找不到比约翰娜更好的老师了。

这儿还得提一提的是:两个使女在安妮的眼里具有同等价值。但是在准备欢迎艾菲归来的日子里,罗丝维塔就比她的对手先走了一着,因为有关欢迎事项全由她一手包办,这也原是她职责范围以内的事。欢迎事项主要分两大部分:一是准备纸链和花环诸物,二是在欢迎仪式结束时朗诵一首诗歌。

花环和纸链——经过一阵用"W"①还是用"E.v.I."②的考虑以后——最后没经多大周折,用毋忘我草编成了"W"这个字母,这是艾菲所最欣赏的东西。但是这样一来,创作诗歌的问题更显得困难了。要不是罗丝维塔鼓起勇气,在三楼强求这位因参加一次会议回家来的高等法院顾问吉齐基替她写一篇"韵文",那么,欢迎时的诗歌也许迄今未曾写出。吉齐基是一位很和气的先生,他立刻答应对方提出的一切要求,就在当天下午写出了一首符合女厨手希望的诗交给了她。这首诗的内容如下:

> 妈妈,我们等了你已经好久,
> 几小时,几天,以至几周,
> 欢迎你,我们站在过道和阳台前头,
> 并且用花环绕了几周。
> 眼下爸爸笑逐颜开,
> 贤妻良母将要回来,
> 寂寞的日子一去不返,
> 罗丝维塔和约翰娜嬉笑开怀。
> 安妮拖着靴子跳去跳来,
> 高声叫:欢迎欢迎!。

不言而喻,这一首诗必须在当晚全都背诵出来,但是背诵以后也还得品评一番,说这首诗美在哪儿;或者批评一番,说它写得还不够美。约翰娜当即表示,强调贤妻良母,乍一听来当然是正常的;但是仔细一想,可能会叫太太生气。她个人认

---

① W 即"Willkommen"(欢迎)的缩写。
② E.v.I.即"Effi von Innsteten"(艾菲·封·殷士台顿)的缩写。

为,如果对她使用"贤妻良母"这样的字眼,那自己就像受到了侮辱。安妮听了约翰娜这一席话,心里有几分担心,她答应下一天把这首诗带到班级里去朗诵给女教师听,听听反应,结果她放学回家时带来了这样的话:"教师小姐完全同意用'贤妻良母'这样的字眼,但是这样一来她更加反对'罗丝维塔和约翰娜'的意见了。"——罗丝维塔对这句话解释道:"这位小姐一定是只蠢鹅;一个人书读得太多了就会愚蠢。"

两位使女和安妮作了上述这次谈话,并且为这几行有缺陷的诗歌争论一番,那是在星期三发生的事。下一天早上——大家等待着的艾菲的来信中说,估计要在下周周末她才能确定回家日期——殷士台顿上部里去了。此刻是中午时分,学校放学了,安妮背着书包正好沿着运河走向凯特大街,在自家的住屋前面碰到了罗丝维塔。

"咱们比一比,"安妮说,"看谁先走到台阶上。"罗丝维塔压根儿不想跟她比赛,但是安妮已经冲在前面,奔上台阶,这时她一个踉跄,马上栽倒下来,不幸额角紧紧地磕在踏步的刮泥铁上,鲜血直往外冒。罗丝维塔急得气喘吁吁,赶忙去拉门铃,约翰娜出来把那个吓得脸似土色的孩子立刻抱到家里,两人马上商量事情该怎么办。"咱们去请大夫……咱们去请老爷……门房家的莱娜现在也一定放学回家来了。"但是这些都不是办法,因为这要耽搁很多时间,现在得立即想办法抢救。于是她们把孩子抱到沙发上,用冷水凉凉她的额头。一切还算顺利,两人的心开始平静下来。"现在咱们得先把她包扎一下,"罗丝维塔终于开口了,"屋里一定还有很长的绷带,去年冬天太太自己在冰上蹩了腿的时候,曾经剪过一些绷带……""当然,当然,"约翰娜说,"只是该往哪儿去拿绷带?……不错,我想起来了,绷带在缝纫台里。缝纫台很牢固,但是那具锁是骗骗人的;您只消去拿把凿子来,罗丝维塔,咱们就可以把盖撬开。"她们也果真把盖子撬了下来,现在往几只抽屉里拼命乱找,上上下下都找遍了,但是卷在一起的绷带还是没有找到。"可是我记得我看到过。"罗丝维塔说,一边赌气似的继续寻找。凡是她的手碰到的东西,全给摔了出来,在宽阔的窗台上摆满了缝纫用具、针插、线团、绸片、风干了的紫罗兰小花束、名片、入场券,最后是一束放在最下面第三格中间的信件,外面用红丝线绕了好几道。但是绷带还是没有找到。

正在这时,殷士台顿跨进房间来了。

"上帝啊,"罗丝维塔说,战战兢兢地站到孩子身边,"没有什么,老爷;安妮摔在刮泥铁上了……上帝啊,太太知道了会说什么呢。幸而太太不在家。"

殷士台顿就在罗丝维塔说话片刻拿起暂时压在安妮额上的布头一看,除了一条深深的口子外,别的倒没有什么危险。"还算好,"他说,"不过,罗丝维塔,咱们得把鲁姆许特尔请来看一看,可以差莱娜去,她现在有空。但是缝纫台怎么啦?简直摊满了大半个世界!"

于是罗丝维塔告诉他,刚才她们找卷起来的绷带才翻得乱七八糟的;不过现在她不打算再找了,她还是去剪一块新麻布来代替绷带。

殷士台顿同意她的做法,等到罗丝维塔和约翰娜离开房间,他就坐到孩子的身边。"你蛮性那么大,安妮,这是你妈遗传给你的。老是像一阵旋风。不过没有多大关系,或者顶多就是这么回事。"他指着安妮的伤口说,吻了她一下。"可你没有哭,这是挺勇敢的,因此我就原谅你这个蛮性子吧……我想,大夫一小时内就会到来;大夫说什么,你就照着做,假如他给你扎绷带,你就不要去扯动,也不要去挤压,这样就好得快。这样妈妈回来的时候,你已经完全好了,或者差不多好了。幸而妈妈要到下周才回来,她信里这么告诉我,要到下周末;我刚才接到了她的来信;她要我问你好,不久能看到你,她心里可高兴哩。"

"你本来可以把信念给我听的,爸爸。"

"这我非常愿意。"

但是殷士台顿还来不及念信,约翰娜已经走来说,午饭已端到桌上。安妮虽然受了伤,但也跟着站起身来,父女两人一起坐到餐桌边。

# 第二十七章

殷士台顿和安妮相对无言地坐了好一阵;最后他感到这种沉默不堪忍受,于是便向安妮提出了几个问题,问她学校的校长怎样,她最喜欢哪一位老师。安妮也一一作了回答,不过她对这些问题兴趣不大,她发觉殷士台顿心不在焉。直到约翰娜来给她的小安妮悄悄耳语,说第二道菜以后还有好吃的东西,她的心情才豁然开朗起来。事实也果真如此,好心肠的罗丝维塔觉得在这个不幸的日子里,她对小姐十分内疚,她还想作一番事后的弥补,为此她做了一些苹果片蛋卷给小姐吃。

安妮见了好吃的东西,话儿也稍微多了一点,殷士台顿的情绪也同样有所好转。这时,有人拉响门铃,枢密顾问鲁姆许特尔走进屋来。他这次来完全出于偶然,他想来作一次简短的访问,事前根本没想到殷士台顿会派人去请他来急诊。他对已经扎好的绷带表示满意。"您派人到我那儿去取点铅洗液,明儿安妮得好好休息休息,不能上学。"接着他还问起太太的情况,问起埃姆斯有什么消息;他还说改日再来探望安妮。

吃罢午饭,大家从桌边站起身来走进隔壁一个房间——就在这儿大家曾经手忙脚乱地找过绷带,结果啥也没找到——安妮又给放到沙发上面躺下。约翰娜走进屋来坐在孩子身边,殷士台顿则把仍然乱七八糟摊在窗台上的东西重新收拾整理到缝纫台里去。他有好几次感到茫无头绪,不知道该怎么安放,不得不问问约翰娜。

"这些信原来是放在哪儿的,约翰娜?"

"放在最下面一层,"约翰娜回答,"放在这儿的抽屉里。"

他们在这样一问一答地交谈时,殷士台顿比刚才更加注意一小包用红丝线捆扎在一起的东西,这一捆东西似乎是一叠便条和许多信件,其中便条多于信件。他用拇指和食指像玩纸牌似的翻弄小包的边缘,有几张纸上的寥寥几个大字映入他的眼帘。这样匆匆地瞥一眼要把内容全看明白是不可能的,但他仿佛觉得这些笔迹好像在什么地方见到过。他要不要仔细查阅一番呢?

"约翰娜,您可以给我们去端点咖啡来了。安妮也喝半盅。大夫没有禁止她喝咖啡,凡是没有禁止的,就是容许的。"

他嘴里这样说,一边把小包上的红丝线解了开来。当约翰娜离开房间以后,他很快地翻看这一叠便条和信件。其中只有两三封信写有收信人的名字:"封·殷士台顿县长夫人台启"。此刻他可把笔迹认出来了,这是少校克拉姆巴斯的亲笔字。殷士台顿从来不知道克拉姆巴斯和艾菲之间有过书信来往。他的脑海里顿时思绪万千,萦回缭绕。他一把将小包挟在腋下,踱回自己房间里去。几分钟后,约翰娜前来轻轻叩门,表示咖啡已经送到。殷士台顿随口应了一声,但身子没有离开自己的房间;此时房内房外鸦雀无声,万籁俱寂。约莫过了一刻钟,人们可以听见他在房内的地毯上踱来踱去。"爸爸在里面干什么呀?"约翰娜对安妮说,"大夫不是对他说过,不碍事的。"

隔壁房间里踱来踱去、踱去踱来的声音没有个完。最后殷士台顿终于来到这边的房间里说:"约翰娜,您当心一下安妮,让她安安稳稳地躺在沙发上。我要到外面去一个钟点,或者可能两个钟点。"

然后他全神贯注地凝视一下安妮,离开了房间。

"您看见吗,约翰娜,爸爸的脸色多难看?"

"我见了。安妮。他心里一定非常生气,脸色煞白。这副样子我从来也没见过。"

几个钟点过去了。殷士台顿回家来时,太阳已经下山,天空只剩有一抹红霞的回光映照在千家万户的屋顶上面。他伸手给安妮,问她感觉怎么样,然后吩咐约翰娜把灯拿进他的房间。灯拿来了。绿色灯罩上面有一个个半透明的卵形空白,空白中嵌有他妻子各个姿态的照片,这些照片还是艾菲在凯辛演出维谢特的剧《走错一步》时俱乐部请人为各个演员拍摄的。殷士台顿把灯罩慢慢地从左至右旋转,一边转一边仔细端相妻子的一幅幅照片。然后放开灯罩,站起身来,打开通向阳台去的门透透气,因为他这时感到郁闷难受。看起来,他初次粗略翻阅那捆信时,挑出几封,放在上面。此刻他又拿起这几封信,低声读起来。

"今天下午仍在磨坊后面的沙丘中间碰头。在阿德尔曼老太太那儿咱俩可以放心大胆地谈心,那所房子是够僻静的了。你用不着对什么都提心吊胆,咱们也有权利这样做。要是你对自己这样说上几遍,我想你也会放心大胆了。要是这一切逢场作戏的活动全都应该认真对待,那么生活就失去了它的价值。一切最美好的东西都在彼岸。你要学会及时行乐。"

"……出走,你这样写,远走高飞。这不可能。我不能丢下我的妻子不管,这样做也会把别的一些人置于痛苦之中。这样不行,我俩不必这样认真,要不,我俩就会丧失一切,身败名裂。最好是放任不羁,随遇而安,一切听凭命运安排。事情也应该这样。你想改变现状,当作我俩从来没有相逢过吗?"

接着他念第三封信。

"……今天仍在老地方见面。如果没有你,我在这儿的日子怎么过?在这个荒凉、寂寥的小城镇,我简直要发疯。你只有一点说得有道理:我俩终究要祝福那只宣判我俩分离的手,这对我俩是一种拯救。"

殷士台顿还没有把信重新放到一边,外面的门铃响了起来。约翰娜随即进来报告:"枢密顾问维勒斯多夫来访。"

维勒斯多夫走进房间,一眼就看出屋里一定发生过什么事情。

"对不起,维勒斯多夫,"殷士台顿招呼他说,"我请您今天就立刻来我这儿。我不愿打扰别人傍晚的安宁,最不愿打扰一天工作下来精疲力竭的参事。可我实在没有别的办法。我请您先坐下来,抽支烟。"

维勒斯多夫当即坐了下来。殷士台顿重又在房间里踱来踱去,仿佛这种咬啮他心灵的烦恼,最好用一种不断的活动来加以解脱,但是他明白,这样做还是不能解决问题。于是他也拿起一根纸烟猛抽几口,然后在维勒斯多夫对面坐下身子,试图安下心来。

"这是,"他开口道,"为了两件事,才请您来我这儿:第一件事请您帮我递送一份决斗挑战书;第二件事就进入主题,请您在我决斗时当我的助手。第一件事已经非常棘手,第二件事更不容易干好。现在就听您的回答啰。"

"您要知道,殷士台顿,我愿意听从您的差遣。不过在我还没有弄清事实真相之前,请原谅我先提出一个幼稚的问题:难道事情非这样不可吗?咱们毕竟都是上了年纪的人,您犯不着为了这种事情拿起手枪决斗。而我呢,也何苦跑到现场助威。我说这话,请别误会我不愿干这样的事。我怎么能拒绝您的要求呢。不过嘛,你得告诉我,到底是怎么一回事?"

"事情牵涉到我妻子的一个情人,这个人同时是我的朋友,或者近乎朋友的那种熟人。"

维勒斯多夫定睛看着殷士台顿。"殷士台顿,这是不可能的。"

"岂止可能,这是毫无疑问的。您念一念吧。"

维勒斯多夫把信匆匆浏览一遍。"这些信全是写给您夫人的吗?"

"是的。我今天在她的缝纫台里找到的。"

"是谁写的?"

"克拉姆巴斯少校。"

"那就是说,还是你们住在凯辛的时候发生的事情?"

殷士台顿点点头。

"那么,是六年前或六年半以前的事了。"

"是的。"

维勒斯多夫沉默不语。过了一会儿,殷士台顿说:"事情看来是这样,维勒斯多夫,事隔六年或者七年之久给了您一个深刻的印象。法律上有所谓失时效的理论,这种情况当然存在。可我就是不明白,这样的理论是否适用于咱们这儿的这个案例。"

"我也不知道,"维勒斯多夫说,"我可以向您坦白说,为了这个问题,这儿的一切都给弄得颠三倒四了。"

殷士台顿睁大眼睛望他。"您说这话是当真的?"

"完全是当真的。这不是什么 jeu d'esprit①,也不是什么打算搞诡辩。"

"我很想了解您的意思。请您直率地告诉我,您对这件事的看法怎样?"

"殷士台顿,您的处境非常可怕,您的一生幸福已经断送。但如果您开枪打死了您妻子的那位情人,那么,您的一生幸福可以说双倍地葬送掉了,这是在已经感觉得到的痛苦上面再添上一层您自己炮制出来的痛苦。归根到底都是围绕着这样一个中心问题,您非这样做不可吗?您感到自己受到了如此伤害、侮辱,心里怒不可遏,以致非要在两人中间除掉一个,除掉他或者您?事情是不是这样?"

"我不知道。"

"您必须知道。"

殷士台顿从椅子上霍地跳起来,走到窗边,极为神经质地用手指敲打着玻璃。接着他又迅猛地转过身子,向维勒斯多夫走来,说:"不,事情不是这样。"

"那么,怎样呢?"

"事情是这样。我现在处在永恒的不幸之中;我受到了伤害与侮辱,名誉扫地。但是尽管如此,可我一点也没有憎恨

---

① 法文:智力游戏。

的感觉或者极力渴望报复。如果我扪心自问,为什么我没有这种感觉呢?我首先找到的原因不是别的,而是因为已经事隔多年了。人们常常说世界上有一种不可饶恕的罪过;我说在上帝面前,这样的话肯定是错误的,不过在世人面前,这样的话也未必站得住脚。我本来不相信,时间,纯粹是时间在这儿起了重要的作用。其次,我爱我的妻子,是的,说也奇怪,我现在仍然爱她。我觉得已经发生的一切是那么可怕,但她充满生气的魅力,完完全全把我迷住了,使我宁可违反自己的意愿,在我心灵的最后一个角落为她留下宽恕的余地。"

维勒斯多夫点点头。"我可以完全听凭您的吩咐,殷士台顿,换了我,我也会这样做。但是,如果您对此事抱这样的态度,并且对我说:'我爱这个女人爱得那么厉害,以致我可以原谅她的一切',如果我们用另一种目光看待这一切,把它看成是发生在好久好久以前,发生在另一个星球上似的,是的,要是离得那么遥远,殷士台顿,那我要问,您干吗还要算这笔陈年旧账呢?"

"因为事情尽管如此,但旧账非算不可。我已经思前想后,考虑再三了。一个人生活在社会上不仅是单独的个人,他是属于一个整体的,我们得时时顾及这个整体,我们根本不可能离开它而独立存在。如果一个人可以离群索居,单独生活,那我可以万事罢休;如果这样,那我就背负放在我肩上的重担,真正的幸福将要成为泡影。不过世界上也有许多人的生活中没有这种'真正的幸福'。要是我万事罢休,那我一定会跟这些人一样,我也能够和他们一样。一个人可以不要幸福,最低限度可以这样要求,这种要求剥夺了一个人的一生幸福,但他没有必要放弃这种要求。如果一个人想要离开现实社会继续单独生存下去,那么,他可以放弃这种要求。但和人群共同生活时,就形成了某种东西。到了这一步,我们就习惯于按照其条文评判一切,评判别人和自己。违犯这些条文,是不允许的;违犯了这些条文,社会就要看不起我们,最后我们自己也会看不起自己,直到完全受不了舆论的蔑视,用枪弹来结束自己的生命为止。对不起,恕我给您讲了这些大道理,这一切也只不过是人们已经对自己说过上百回的话罢了。当然,除此以外,谁又能说出点新套套来呢!因此我再说一遍,我之所以要这样做,并非出于憎恨或类似的感情,为了我已经失去的幸福,我决不愿再用鲜血玷污我的双手;但是,如果允许我说一句,那么这个社会暴君般压在我们头上的某种东西,却不问什么魅力,不问什么爱情,也不问是不是已经失时效,都要一概加以深究。我别无选择。我非这样做不可。"

"可我还是不理解,殷士台顿……"

殷士台顿微微一笑。"您得自己作出决定,维勒斯多夫。现在已经晚上十点。六个小时以前,我考虑着把这一权利委托给你,那时全本戏文还掌握在我一个人手里,我还可以进退自由,随心所欲,还有一条退路。现在可不行了。现在我已经走进了死胡同,后退无路。要是您愿意助我一臂之力,那么,一切责任全由我一人来承担;我本来应该更好地控制自己的感情,处处留神,让全本戏文永远埋在我自己的心底,让我的思想战胜这一切。可是,此事来得那么突然,那么叫人受不了,因而我无法使自己的神经保持正常,我无法逆来顺受,让人窃窃私议。我于是前去找您,给您留下了一张便条,请您来我这里。这样,我开始从自己的手里泄露了全本戏文。从这一刹那开始,我陷入了困境。更使我心地沉重的是,我名誉上毡上的污点,您已经是半个知情人了。等到咱们在这儿开始交换意见之后,您已经知道了全本戏文。因为您这个知情人既然出场,我已经是后退无路了。"

"可我还是不理解,"维勒斯多夫重复一句,"我这个人不喜欢算别人的陈年旧账,不过我还可以说得更坦率些:殷士台顿,我这个人守口如瓶,一切秘密埋在我心里就像埋在坟墓里一样。"

"不错,维勒斯多夫,话总是这么说。但是世界上没有严守得住的秘密。就算您说到做到,对别人严守秘密,但是,您总还是知道了事情的底细。我在您面前还是无法弥补,无法挽回自己的面子。您刚才向我表示,甚至对我说:您可以完全听凭我的盼咐。从这以后,我是,而且永远是您所同情的一个对象(光是这件事已经很不光彩了)。不管您是否愿意,您听到我跟我妻子交谈的每一句话,都在您的监督之下。要是我妻子谈论什么忠贞不二的事,或者像有的妇女那样,议论别一个妇女被判刑,那我就不知道,我的脸该往哪儿搁。有时甚至可能出现这样的情况:我并无恶意地谈论某种极平常的侮辱事件,'因为这事件缺乏 dolus①',或者缺乏类似的东西,那么,您的脸上就会出现冷笑,或者至少要抽搐几下,您的心里一定会说:'这个好心肠的殷士台顿,他倒有一种真正的激情,在一个侮辱事件中去分析各种侮辱的成分,但他永远也不可能找到窒素的正确定量。他还不会在一个事件上窒息'……我的话说得有道理吗?维勒斯多夫!还是没有道理?"

维勒斯多夫站起身来。"我很怕您的话有道理,可您的

---

① 拉丁文:恶意,蓄意。

话确有道理。我不愿再用我的'非这样不可吗'的话来折磨您了。世界的面貌没有改变,事物并不按照我们的意愿发展,却是按照别人的意愿发展。有些人竭力鼓吹什么'神的裁判',这自然荒谬绝伦,这样的事不会有,而是恰好相反。咱们的名誉崇拜是一种偶像崇拜,但是只要这个偶像一天还起作用,咱们就得向它顶礼膜拜。"

殷士台顿点点头。

他们继续待在一起约有一刻钟,两人商定,维勒斯多夫就在当晚动身。十二点钟还有一班夜车。

接着他们就分手了,临别简短地说了一句:"凯辛见。"

# 第二十八章

　　正像事前约好那样,殷士台顿在第二天晚上动身。他搭乘的是维勒斯多夫上一天晚上搭乘过的同一次列车,次日早上刚过五时,列车就抵达车站。从这儿往左拐,有一条岔路通往凯辛。正同以往一样,只要在通航季节,火车到站以后,上面已经多次提到过的客轮便要启碇。当殷士台顿从铁路路堤上下来,走完通向公路最后一级踏步时,他就听到客轮最初鸣叫的一声汽笛。从这儿走到码头不消三分钟,于是他径直走去,一面举手向船长打了个招呼。船长由于昨天已经风闻整个决斗事件,所以此刻神情显得有些尴尬。殷士台顿在舵手附近找个地方坐下,轮船随即离开栈桥。天色晴好,旭日明朗,船上乘客不多。殷士台顿不禁回想起他和艾菲度完蜜月回来的那个日子。他俩就在这儿坐上一辆敞篷马车沿着凯辛湾徐徐驶去。当时是个灰蒙蒙的十一月天,但是他的心里是高兴的。如今的情况正好相反:外界是明媚的太阳,他内心却是灰蒙蒙的十一月天。从前他打这儿经过不知有多少回了,每当他乘着车子打这儿经过的时候,田野上呈现一片宁静的景象,牧场里的种畜在默默谛听,农民在田间干活,庄稼结实累累,这些景象都使他看了心旷神怡。而眼下呢,正好和昔日的情景形成鲜明的对比。当云彩遮住了太阳,微笑着的蔚蓝色天空开始变得渐渐阴暗的时候,他的心里却高兴起来了。他们就这样沿着凯辛河下行。过了不久,客轮经过浩瀚雄伟、气象万千的布拉特林湖面,凯辛教堂的钟楼便遥遥在望。又过了一会儿,防波堤和一排排鳞次栉比的房子以及大大小小的船只都历历在目了。他们终于到达了目的地。殷士台顿向船长告别,走向方便乘客上岸的跳板。这时维勒斯多夫早已在一边等候了。两人彼此招呼示意,起先一句话也不说,接着横穿过堤岸,前往霍彭泽克客店,他们在这家客店的帐篷下占了一席地方。

"我昨儿早上就在这儿扎营了,"维勒斯多夫说,他不希望一开始就单刀直入地接触本题,"要是有人认为凯辛是个小镇,一旦他发现了这样一个舒适的饭店,那他一定会惊讶不止的。我不怀疑,我的朋友,那个茶房头头能讲三国语言;按照他梳的头发撇在两边的分头,按照他那裁剪入时的背心判断,我们可以毫不犹豫地说他会四国语言……约翰,请给我们弄点咖啡和白兰地来。"

殷士台顿完全理解维勒斯多夫所以绕远圈子说话的原因,他也同意维勒斯多夫这么做,但是他无法压抑内心的不安,他禁不住掏出怀表看了看。

"咱们还有时间,"维勒斯多夫说,"还有一个半小时或者接近一个半小时。我定好了八点一刻的马车;咱们过去要不了十分钟。"

"地点在哪儿?"

"克拉姆巴斯起先提议在树林转角上,紧靠公墓后面。接着他又改变主意说:'不,不在那儿。'于是我们一致商定沙丘中间的一个场所,紧靠海岸;最外边的那个沙丘有个缺口,从那儿可以眺望到大海。"

殷士台顿微微一笑。"看来克拉姆巴斯挑选了一个美好的地点。这地点正和他的一贯生活方式相配。他的态度怎样？"

"好极了。"

"傲慢？轻率？"

"既不傲慢，也不轻率。我可以向您坦率承认，殷士台顿，他的态度使我震惊。我一提到您的名字，他脸色一下子唰地变得煞白，但企图竭力保持镇静。然而我看得出他的嘴角在颤抖。不过这一切只发生在一刹那间。接下来他又恢复常态，毫不紧张了。从这以后，他对一切都表现得心灰意懒，听天由命。我有充分把握说，他这时产生了一种预感，他自己在这次决斗中不会有好下场，他也不愿意有好下场。要是我的判断没错，那么，他一面还希望活下去，一面又对生命漠然视之。他知道厄运不可避免，然而也知道这也没有什么了不起。"

"谁当他的助手呢？或者还是这样说，他带谁一起到现场？"

"他惊神稍定之后，认为这是他的主要心事。他提出了两三个住在邻近的贵族的名字，但又觉得不妥，认为这几个人年纪太大，性情太温和，他说他准备打电报给特雷普托夫的朋友布登勃洛克。布登勃洛克果真来了，这个人人品出众，为人果断，然而同时又像个孩子。他心里非常不安，极为激动地踱来踱去，想不出好办法。等到我把全部原因告诉他以后，他也和咱们一样认为：'您的话有道理，非这样不可！'"

咖啡送来了。两人各自抽了支烟，维勒斯多夫重又把话题竭力引到无关紧要的事情上去。

"我感到奇怪,居然没有一个凯辛人到这儿来探望您。我知道,您是非常受到这儿人们的爱戴的。而今连您的朋友吉斯希布勒……"

殷士台顿微微一笑。"您误解了住在这儿海滨的人;他们中间半数是平庸之辈,半数是狡猾之徒,不很合我的胃口;不过他们还讲道德,全都彬彬有礼。我的老朋友吉斯希布勒更不用说了。当然,这儿的人都知道,我来这儿是干什么的;正因为如此,他们才谨慎小心,不当好事之徒。"

正在他们交谈的时候,左方出现一辆车篷朝后掀起的双轮轻快马车,因为离开预定时间还有好一阵,所以车子开得不慌不忙,徐徐驶来。

"这是咱们定好的车子吗?"殷士台顿问。

"大概是的。"

说时迟,那时快,车子已经在饭店门前停下了。于是殷士台顿和维勒斯多夫都站起身来。

维勒斯多夫走到车夫身边说:"到防波堤去。"

防波堤就在对直的海岸边,在靠右手而不是靠左手那一边,只有为了避免随时可能发生事故,才会错误地要车子绕道过去。再说,车子若靠外边行进,不管往右还是往左走,都得经过种植园,因此沿这条道路向前,又不可避免地要经过殷士台顿昔日住过的老屋。这屋子如今比从前显得更加岑寂;底层的房间长久没有人居住,样儿相当荒凉,上面那一层更不用说了! 从前殷士台顿常常与之斗争或者加以嘲笑的艾菲的恐惧感,现在袭上了他自己的心头。他们驱车过了这个地方以后,他心里才暗暗地平静下来。

"那儿我住过。"他对维勒斯多夫说。

"这房子看起来很特别,有点荒凉,冷落。"

"也可能是这样。城里人叫它鬼屋,今天见到这副样子,我不能不说名不虚传哩。"

"这幢房子到底有点啥名堂?"

"哦,尽是些蠢事:什么老船长和他的孙女或侄女,这位侄女在结婚当天失踪,还有个中国人,这人可能是这位侄女的情人。屋子的穿堂里挂着一条小鲨鱼和一条鳄鱼,两条鱼都吊在绳子上迎风摆动。说起来可有意思呢,不过现在不谈这个吧。眼下我心里乱成一团,理不出个头绪来。"

"您把这些忘掉吧,一切也可能都很顺利进行。"

"忘不掉。刚才,维勒斯多夫,您讲到克拉姆巴斯,您自己也讲了一些看法嘛。"

不久,他们过了种植园,车夫想往右拐驶向防波堤。"您还是往左拐,然后再上防波堤。"

车夫向左拐弯,上了一条宽阔的车行道,这条车行道从男子浴场后边径直通往树林。当他们到了离树林还有三百步的地方,维勒斯多夫吩咐车夫把车子停下,现在两人下车步行,一直踩着细碎的泥沙,从一条相当宽阔的车行道上走下去,这条车行道在这儿垂直地接连穿过三行沙丘,道旁到处长着密密层层的海草,海草周围长有死不了和几枝血红的康乃馨。殷士台顿俯身摘了一朵康乃馨,插在纽扣洞里。"等会再摘死不了。"

他们这样走了五分钟。等到他们来到最外边的两排沙丘中间,前面便是一块相当陡斜的洼地。他们向左边望去,看到了对方的一行人:克拉姆巴斯和布登勃洛克,跟他们一起来的还有善良的大夫汉内曼。大夫手里拿顶帽子,一头银发在风中飘拂。

殷士台顿和维勒斯多夫走上沙丘的夹谷,布登勃洛克向他们走来,双方相互招呼了一下,接着两名助手走到一边,短短地商量了几个具体事项,后来商定,决斗双方同时前进,在十步距离远时开枪。然后布登勃洛克回到自己原来的地方,事情很快就解决了;枪声一响,克拉姆巴斯应声倒地。

殷士台顿往回走几步,对这个场面看也不看一眼便侧身望着远方。但是维勒斯多夫朝布登勃洛克走去,两人候在一旁,静听大夫的宣告,大夫只是耸耸肩膀。这时克拉姆巴斯做个手势,表示他有话要说。维勒斯多夫向他俯下身去,对垂死者嘴里吐出来的轻不可闻的几个字点头表示同意,然后再转身走向殷士台顿。

"克拉姆巴斯还想跟您说句话,殷士台顿。您得答应他。他活不了三分钟啦。"

殷士台顿走到克拉姆巴斯身边。

"您是不是愿意……"这是从他嘴里吐出来的最后几个字。

他的脸上还闪过一丝痛苦的,然而是近乎友好的回光,接着便咽了气。

# 第二十九章

　　当晚殷士台顿就回到了柏林。他坐了那辆留在沙丘内侧岔路口的马车径自赶往火车站去,无意再去凯辛一转。有关向地方当局的呈报事宜,他全都托付两位副手去办。途中(车厢内只有他一人)他又一次回忆日前发生的一切事情;那些都是两天前在他脑海里闪现过的同一念头。只不过眼下的思路正好和当时相反;一开始他就对自己的权利和义务充满自信,不再怀疑。"大凡罪过,只要够得上称为罪过,就不受时间、地点的束缚,也不可能在一个早上一笔勾销。大凡罪过,就要求赎偿;这是合情合理的。而'失时效'的说法只说对了一半,理由不充分,至少是干巴巴的法律条文。"他一想到这儿,便精神倍增,思前想后,反复念叨:在劫在数,在数难逃。可是,就在他认为理由完全在自己这一边的刹那间,蓦地又把自己的原先想法统统推倒:世界上一定有"失时效"这种说法,"失时效"是唯一的一种理智的说法;至于它是不是还具有法律意义,那是无关紧要的;凡是理智的东西十之八九具有法律意义,眼下我四十五,假定我在二十五年后才发现这些信件,那时我就七十了。到了那个时候再来旧事重提,那么,维勒斯多夫一定会说:"殷士台顿,您别当傻瓜了。"要是维勒斯多夫不说这样的话,布登勃洛克也会说;就算布登勃洛克也不说,那我自己也会对自己说。这一点我心里完全明白。凡事走了极端,那就是走过了头,那就未免滑稽可笑。这是没有疑问的。不过嘛,怎样才算走了极端,它的界限在哪儿?十年之内,为了保护名声,还可以要求决斗,超过十一年,或者到了十年半,再要求决斗,那就荒谬绝伦了。界限,界限。界限在哪儿?到底有没有过界限?我已经越过了界限吗?我眼前仿佛又看到了他咽气前的这副目光,听天由命,无可奈何,痛苦中还带有微笑。这目光似乎在说:"殷士台顿,您真死守条文……您本来可以免我一死,您自己也可以免去一场决斗的。"也许他的话有道理,眼下我的心灵深处也响起了同样的声音。不错,如果我的内心充满了不共戴天的仇恨,如果我急于想报仇……报仇绝不是美事,但却合乎人情,是人类的一种自然权利。这样看来,所有这一切都不过是出于捍卫一个概念的一场戏,一个人为的故事,一出演了一半的喜剧。这出喜剧我现在还得继续演下去,还非得把艾菲遣走不可,毁了她,也毁了我自己……我原可以将这些信件统统烧掉,叫世人永远不知道。这样,她回家来也就什么也不会猜到。至于我呢,表面上只消客客气气说一声"你请坐"就行了,而内心则可以跟她暗暗疏远,同床异梦。这样,就用不到跟她公开决裂。世界上有多少生活,犹如春梦一场,有多少婚姻,却是有名无实……而时至今日,幸福已成泡影,本来我是用不着看到他那疑问的目光和那默默的低声抱怨的神态的。

将近十时,殷士台顿乘坐的马车就在公寓门口停下了。他步上台阶,拉拉门铃;约翰娜前来开门。

"安妮身体好吗?"

"好的,老爷,她还没有睡呢……老爷要是……"

"不,不,这只会使她情绪激动,我还是明儿早上去看她吧。给我沏杯茶,约翰娜,有谁来过没有?"

"只有大夫来过。"

现在房里只剩下殷士台顿一人了。他踱来踱去,像他平日喜欢干的那样。"她们已经什么都知道了吧;罗丝维塔脑袋瓜笨,可约翰娜是个聪明人。就算她们知道得还不十分确切,但她们也至少已经猜出了八九分。事情就是这样稀奇,她们好像全都看在眼里,她们讲起来绘声绘色,仿佛她们全都在场似的。"

约翰娜端来茶,殷士台顿就喝起茶来。经过这场过度紧张的奔波之后,他已经精疲力竭,一会儿便呼呼地睡着了。

次日一早,殷士台顿便起了床。他去看了看安妮,跟她交谈几句,称赞她是个听话的病人,然后到部里去上班。他向部长详细汇报了事实经过,部长对他极为宽厚。"哦,殷士台顿,大难不死,必有后福;你要走运啦。"部长认为已经发生过的一切事情都属正常,余下的事情就让殷士台顿自行安排。

殷士台顿直到傍晚时分才回到家,他首先看到的是维勒斯多夫留下的一张只写几行字的便条:"我已于今晨抵达此间,种种见闻,或令人痛苦,或令人感动,应有尽有,不胜枚举。首推吉斯希布勒的表现,这是我见到过的驼子中的佼佼者。他谈到您不太多,可一提起您的夫人,就滔滔不绝,欲罢不能!他谈谈就激动起来,最后这小个子竟潸然泪下,不能自已,我真没料到居然会出现这样一种局面。但愿世界上多几位像吉斯希布勒那样的人就好了!可惜比较多的是另一种人。接着便是少校家里的那幅悲惨情景……真可怕,别提了。人们从这儿获得了不少教训:凡事都得小心谨慎。我明儿再来看您。您的维。"

殷士台顿读罢便条心里久久不能平静。他坐下来,写了几封信,写完后旋即拉铃叫人:"约翰娜,把这几封信拿去寄掉。"

约翰娜拿起信转身欲走。

"……等一下,约翰娜,还有一件事:太太不会再回来了。干吗不回来,日后自有人会告诉您。不过嘛,这事千万别让安妮知道,至少目前不能让她知道。这个孩子真可怜。您要让她慢慢明白:她现在已经没有娘了。这件事我干不了,还是您干。不过您干起来也要小心在意,别让罗丝维塔捅娄子。"

约翰娜一下子完全愣住了,她呆呆地站了片刻,接着走向殷士台顿,吻了吻他的手。

当约翰娜离开房间回进厨房去的时候,心里顿时充满了自豪和优越感,不错,简直是乐不可支。老爷不但把内情原原本本地告诉了自己,最后而且还叮嘱一句:"别让罗丝维塔捅娄子。"这句话至关紧要,虽然并非她良心不好,也并非她自己对太太缺少同情,然而她一想到自己在老爷跟前获得的某种得宠地位,不禁扬扬自得,简直有点儿得意忘形了。

在通常的情况下,她的这种扬扬自得之意会轻易地表现在脸上,可是今天这件事对她不利,她的对手虽然不是老爷的亲信,然而她的样子似乎更了解内情。正在约翰娜乐不可支的当儿,楼下看门人便把罗丝维塔叫到门房间去了。罗丝维塔一跨进房间,他便把一份报纸递到她的手里,请她好好看看。"喂,罗丝维塔,这是给您的;等会再把报纸带给我。不过,这只是一份《旅行新闻》;至于《每日晚报》,莱娜已经去拿了。那上面的消息想必更多;办这张报纸的人啥也知道。我说,罗丝维塔,这样的事谁会想到呢。"

往常日子,罗丝维塔并不喜欢削尖脑袋打听小道新闻,这回却不同。看门人的话还没说完,她就赶紧离开门房间,三脚两步从后楼梯上楼去了;她刚刚把报纸一口气念完,约翰娜便闯进屋来。

约翰娜把殷士台顿刚才交给她的一叠信往桌上一放,瞥了一眼信上的地址,或者至少是装做看信的样子(因为她早已知道这些信是寄给什么人的),故作镇静地说:"有一封是寄到霍恩克莱门去的。"

"我想也是的。"罗丝维塔说。

约翰娜对罗丝维塔的这句话吃惊不小,"老爷向来是不给霍恩克莱门写信的。"

"是啊,向来不写。可眼下……你看一看吧,这是看门人刚才在楼下给我的。"

约翰娜接过报纸,看见一行文字下面用墨水打了一道粗杠杠,她轻声念起来:"本报发排前不久,从可靠方面获悉,昨晨在波美拉尼亚腹地海滨浴场凯辛,外交部参事封·殷(住凯特街)和封·克拉姆巴斯少校之间进行了一次决斗,封·克拉姆巴斯少校一命呜呼。据称,封·克拉姆巴斯跟参事夫人——一位美丽的年纪还很轻的太太——有过关系。"

"这种报纸真是什么也写得出来啊。"约翰娜说,她看到报纸抢先报道了她刚获悉的内情,心中着实怏怏不乐。

"嗯,"罗丝维塔说,"现在谁都在看这段报道,毁谤我那亲爱的可怜的太太。而那个可怜的少校,如今已经一命归天了。"

"唷,罗丝维塔,您到底在想啥呀?难道该死的不是少校,倒是咱们的老爷?"

"不,约翰娜,他该活,咱们的老爷也该活,大家都该活。我不赞成用枪杀人,我连听见枪声也害怕。可是您想想吧,约翰娜,事情已经隔得那么久远了。我当时一见到那些信,就感到蹊跷,用红丝线捆在一起,还绕了三四道,打的全是死结,连一个活结也找不到。这一扎信颜色全都发黄了,离开现在年代该有多少。咱们搬来这儿也有六个多年头了,怎么能为这些陈谷子烂芝麻……"

"啊,罗丝维塔,你怎么想就怎么说吧,不过打开天窗说亮话,事情还要怪您不好。种种祸祟全是那些信件惹出来的。您当时干吗拿凿子来撬缝纫台?这种做法压根儿就不容许。您怎么可以撬开别人锁着的台子。"

"喔唷,约翰娜,您倒是会倒打一耙,当面撒谎啊。您自己应该心里有数,事情全在您身上。当时是您疯疯癫癫地冲进厨房来,对我说绷带在缝纫台里,逼着我把缝纫台撬开,这我才去拿凿子的,现在您倒怪起我来了。这不行,我说哪……"

"那么好,就当我没有说过算了,罗丝维塔。只是您也不该来跟我说什么可怜的少校。什么叫可怜的少校!这个可怜的少校是个没出息的东西,谁蓄有这种褐色的上须,一天到晚捋呀捋的,这样的人就是没出息,这样的人成事不足,败事有余。要是一个人一直在上等人家干活……罗丝维塔,不过嘛,你没有这种经历,你正好缺少这一课……要不,您也就懂得什么叫顺时应势,什么叫名声;您也会懂得一旦家里出了这种事情,那就没有别的路子好走,只好干出大家叫做决斗的事来,两个人里面总有一个给干掉。"

"哦,这个我知道,您总喜欢把我说得一个子儿也不值,我可没有那么蠢。我不过想事情隔了那么久……"

"哎唷,罗丝维塔,您总喜欢说什么'隔了那么久',从您这句话看来,您在这方面就是一窍不通。您每回总要跟我唠叨您爹那个老故事,说什么他拿根烧红了的铁杆向您猛冲过来;每当我拿起烧红了的熨斗,说实在,我就不免要想起您的爹。我好像亲眼看见他为您那个早已死了的私生子恨不得把您整死。哦,罗丝维塔,您逢人就讲这个老故事,现在就差小安妮没听见了,其实,只要小安妮受了坚信礼,我看您准也会跟她讲,说不定她在受坚信礼的当天便知道。您这话叫我听了生气,您爹不过是村里的一个打铁匠,钉钉马掌,装装车轮,他尚且这样认真。您自己是个过来人,您有体会,可是好家伙,您现在倒跑来教训咱们的老爷,要咱们老爷万事罢休,逆来顺受,仅仅因为事情'隔了那么久'。什么叫'隔了那么久'?六年不算久。而咱们的太太——老爷刚才跟我说过她不会回来了——咱们的太太还不满二十六,生日在八月份。可您竟跟我说,'隔了那么久'。就算她今年已经三十六,那又怎么呢,告诉您,对三十六岁的人,更要多加小心。再说,老爷如果对这样的事装聋作哑,那么,绅士太太们就会对他'嗤之以鼻'。当然,这个词儿,您压根儿就不懂,罗丝维塔,在这方面您真是一窍不通哪。"

"是的,我在这方面确是一窍不通的,我也不想弄通;但是,约翰娜,我知道您是爱上了老爷啦。"

约翰娜痉挛性地呵呵大笑起来。

"嗯,您尽管笑吧。我早就看出苗头了。您是落花有意,幸好咱们的老爷是流水无情……可怜的太太啊,可怜的太太。"

约翰娜一心想跟罗丝维塔讲和,"请您别再提这样的事了,罗丝维塔。您又疯病发作啦,不过我明白,乡下人都犯这个毛病。"

"也许是这样。"

"现在我要去寄信啦,回头到门房间看看,也许那儿又来了别的报纸。看门人差莱娜去拿报纸,这话是您说的吧?那些报上的新闻一定更多,这儿的一份报纸简直是啥也没说呀。"

# 第 三 十 章

艾菲和枢密顾问茨维克尔夫人在埃姆斯逗留将近三周了,她们合住在一幢精致的小别墅的底层。她们各自住的起居室中间隔着一个公用的小客厅,客厅外面是个小花园,客厅里面放着一架紫檀木做的三脚大钢琴。有时艾菲在这儿弹一首奏鸣曲,有时茨维克尔夫人在这儿奏一曲华尔兹。茨维克尔夫人对音乐其实是个外行,她主要倾心于尼曼①演唱的《汤豪瑟》②。

那是一个天气绚丽的早晨;鸟雀在花园里啁啾啼鸣。隔壁一幢房子里开着一家"小酒店",此刻虽然还是清晨,但是从酒店里已经传来了噼啪作响的弹子球的撞击声。今天早上,两位太太不在客厅,而在外边的平台上享用早餐。平台表面铺有卵石,四周筑有一堵两三尺高的矮墙。自平台而下,跨过三级台阶便到小花园。平台上的天幔已经卷起,以便客人尽情饱餐清晨的新鲜空气。艾菲和枢密顾问夫人各自忙着自己手里的女红,偶尔交谈一两句。

---

① 尼曼(1831—1917),德国男高音歌唱家,一八四九年初次登台表演,赢得了许多听众。他在演唱瓦格纳的歌剧时获得很大成功。
② 汤豪瑟(约1205—1270),德国抒情歌手,是德国作曲家瓦格纳著名歌剧《汤豪瑟和瓦尔特堡的歌手战》(1845)中的主角。

"我真不明白,"艾菲说,"我有四天没收到信了。他一向天天有信来。要么安妮病了,要么他自己身体不好。"

茨维克尔夫人笑吟吟地说:"您日后会知道,亲爱的朋友,他身体健康,非常健康。"

艾菲一听她说话的口气,心里不是滋味,正想回敬几句,忽见一位波恩一带地方出身的侍女从客厅来到平台收拾餐桌。这位侍女从年轻时代起,就习惯于用波恩大学生和骠骑兵的目光来看待形形色色的生活现象。她的名字叫阿芙拉。

"阿芙拉,"艾菲说,"现在该有九点钟了吧;信差来过没有?"

"没有,还没来过,太太。"

"什么道理呀?"

"当然是信差本身的问题;他是西根兴地方人,干活拖拖拉拉。我当面顶过他,他这是在'不折不扣地磨洋工'哪。他的头发一直乱成一团,我看啊,他压根儿不会梳分头。"

"阿芙拉,您又太苛刻啦。您不想想,人家当信差的也够忙的,一年三百六十五天,哪一天不是在烈日底下来往奔走……"

"您这话也有道理,太太。不过有的信差就跟他不一样,他们干活利索,事在人为嘛。"说着,她用五个指尖敏捷地托着一个盘子走下了台阶,准备从花园抄近路回到厨房去。

"好一个俊俏的丫头,"茨维克尔夫人说,"这么心灵手巧,干活利索,我看是要有几分天赋的。您知道,亲爱的男爵夫人,这个阿芙拉不禁叫我想起……嗯,这名字又多好听啊,听说从前有个叫做圣神阿芙拉①的呢,不过,我是不相信咱们的这个阿芙拉是圣神阿芙拉的后裔……"

"可是,亲爱的枢密顾问夫人,您又扯开去啦,扯得离题了。这回您对阿芙拉这个名字大发宏论,却把原来要说的话忘到九霄云外了……"

"没有忘,亲爱的朋友,至少我现在又想起来了,我刚才想说,这位阿芙拉使我想起在您府上见到过的那个相貌漂亮的丫头……"

"嗯,您的话有道理,阿芙拉跟她有点儿相像。不过嘛,我柏林家里的那个丫头要漂亮得多,特别是她的头发要漂亮得多,浓密得多。我从来没见过像我家约翰娜那么漂亮的亚麻色头发。稍微带点儿浅黄色的头发,我倒也见过,可像她这么浓密……"

茨维克尔夫人盈盈一笑:"一位年轻的太太这么热情夸奖自己丫头的金黄色头发,确实并不多见,而且还说什么头发长得浓密。要知道,经您这么一说,我的心也被打动了。本来嘛,挑选使女一直是使大家感到头疼的事。人要选得漂亮,每当宾客临门,至少在男宾客临门的时候,要有这样的使女出来接待。如果迎面出来给你开门的是一个面色苍白,眼圈墨黑,像个长拐棍那样的使女,那首先就叫你倒胃口。所幸的是,进门的走道上,十家有八家是黑魆魆的,反正客人也看不清面容。不过话得说回来,要是过分讲究这种迎来送往的排场和初次的所谓好印象,甚至还把一件件雪白的花边围身送给这样的使女穿,那么,只要你虚荣心不是太强,自信心不是太足,

--------

① 阿芙拉,德国天主教的女守护神。

314

你就不会心安理得,就会扪心自问:要不要加以匡正,'匡正'是茨维克尔的一个常用词,他一说这个词,我就感到头疼;不过当然啰,凡是枢密顾问,口头上往往挂着这类字眼。"

艾菲心不在焉地在一旁听着,如果此刻枢密顾问夫人稍微改换一下话题,那听起来也许比较入耳一些。现在她既然这么讲开了,一席本来可以叫艾菲高兴的话,现在听来感到非常别扭。

"您这一番关于枢密顾问的高论很有见地,亲爱的朋友,殷士台顿也有这种坏脾气,他一打官腔,我就瞪着眼睛直望他。可他呢,总是赔着笑脸,为了这类公文字眼向你道歉一番。当然啰,您的夫君在官场里耽得久,年岁也可能大一点……"

"就大那么一点点儿。"枢密顾问夫人尖刻地说,蓄意把对方的话顶回去。

"总而言之,我担心自己不能正确理解您说的那些话。人们称之为良好的社会风气,总还是一种力量啊……"

"您是这样看的吗?"

"……特别使我难以理解的是,恰恰是您,亲爱的朋友,曾经经历过这种忧虑和恐惧。在您身上,对不起,恕我大胆直言,有一股人们称之为'魅人的力量'。您爽直,热情,美丽,动人,鉴于您的这种种优点,我想不揣冒昧地问您一句,您说上面的这番话是不是出于自身的痛苦经验?"

"痛苦经验?"茨维克尔夫人说,"啊,我最亲爱的夫人,'痛苦经验'这个词儿的分量未免太重了一些,即使我真的有某种痛苦经验,用这样的词儿,也未免有点过分。痛苦两字实在太重了,太重了。再说,就算我真的落到这一地步,那我毕竟还有补救方法和对抗力量的。您不必为这类事情担惊受怕。"

"那我就不明白您说上述这番话的用意所在。这并不是说我好像不懂得什么是罪过,这个我也懂;但是一个人犯罪究竟是出于一时糊涂,偶一失足,还是一犯再犯,习以为常,甚或怙恶不悛,积重难返,这中间是有区别的。要是这样的事干脆就发生在家里……"

"我不是这层意思,我刚才说得并不这么直截了当,可以坦白承认,尽管我在这方面也是疑虑重重的,而且我还不得不说,从前我也犯过疑心病。但这一切毕竟是过去的事情了。不过,除了家里,还有外面。关于郊游的事您听说过吗?"

"当然听说过,我本来希望殷士台顿对郊游更加起劲一点的……"

"亲爱的朋友,您想想吧,茨维克尔整天待在萨特温克尔①,我可以坦白告诉您,我一听见萨特温克尔这个词,即使是现在,我的心里还像针扎似的。咱们可爱而古老的柏林郊区胜地,如今已经弄得乌烟瘴气、面目全非了。尽管如此,我还是最喜欢柏林。但是,单单听了那些可供游览的地名,就叫人又害怕,又担心了。您干吗笑我呢?哦,亲爱的朋友,您自己不妨考虑考虑,要是在一个大都市的城门口(现在夏洛滕堡②和柏林市区之间没有明显的界限了)方圆不到几里的地方,只要您迈一步,就会碰到酒山、酒村、酒洲,到处都是酗酒,酗酒,酗酒。这未免太多了吧,您对这样的大城市和它的风尚

---

① 萨特温克尔,柏林市郊地名,是人们喜欢游览的胜地。
② 夏洛滕堡,原柏林近郊地名。

习俗还抱什么希望?我看,这样的地方您就是走遍全世界也找不出第二个来的。"

艾菲点点头。

"这样的地方,"茨维克尔夫人接下去说,"都在哈斐尔河①的绿林地带,也就是在柏林的西郊。那儿居民的文化、习俗比较高尚。可是,最仁慈的夫人,假如您换一个方向走,沿着施普雷河溯流而上。我不是指特莱普托②和史特拉劳③,这些是区区小地,不值一提。但您如果拿出一幅游览指南细看,您就会发现有些地名好生奇怪,什么'探美丛',什么'野合林',等等,等等,不一而足……您要是听见茨维克尔是怎样念叨这些地名的,那就更妙了……再有,有的地名实在粗野不堪,我不愿说出来玷污您的耳朵。但是,不言而喻,人们看中的偏偏是这些地方。我反对这类郊游,有些好心人以为郊游嘛就是坐在公共马车里游览郊区,哼哼什么'我是一个普鲁士人'④等等,其实不然,这儿正在酝酿一场社会革命,当然,我说的'社会革命',是指道德观念的革命,因为一切别的革命早已过时了。茨维克尔生前最后几天曾经跟我说:'请相信我的话吧,索菲,萨图恩在吃他的孩子⑤。'茨维克尔这个人尽管有许多缺点和毛病,可我要帮他说几句良心话:他的头脑里有哲理,他有洞察历史发展的天赋……可是,什么道理呀,我亲爱的封·殷士台顿夫人平时总是彬彬有礼地倾听别

---

① 哈斐尔河,易北河支流,流经柏林西郊。
② 均当时柏林东郊地名。
③ 均当时柏林东郊地名。
④ "我是一个普鲁士人",是普鲁士国歌的第一句。
⑤ 萨图恩,古罗马神话中的农神。在希腊神话中对应的神是克洛诺斯,宙斯之父。

人的谈话,可今天她却只带了半只耳朵来;哦,我明白啦,信差不是看到了吗,她的心早已飞向那边去了。她想去摘取来信中的甜言蜜语……嗨,伯泽拉格尔,您送来了什么消息呀?"

正在这当口,被招呼的人走到桌前,打开邮包,取出几份报纸,两幅发型广告,最后还有厚厚的一封挂号信,是寄给娘家姓布里斯特的封·殷士台顿男爵夫人的。

艾菲签收以后,信差走了。茨维克尔夫人对发型广告瞥了一眼,看到洗发剂跌价的消息,不禁哑然失笑。

艾菲无心听对方的笑声;她把挂号信拿在手里翻来覆去地看了好几遍,一种顿时产生的无法解释的羞愧心情使她不敢把信当场拆开。挂号,火漆封口,外加两颗大印,厚厚的一叠,这一切意味着什么呢?邮戳上的字分明是"霍恩克莱门",地址是妈妈亲笔写的。可是殷士台顿已有五天没有来过一行字了。

她拿起一把用贝壳做柄的绣花剪刀,慢慢地沿着一边把信封剪开。这下她愣住了,信笺上是妈妈写的一行行密密麻麻的字,另外附有一叠用阔纸条捆扎起来的钞票,父亲还用红铅笔在纸条上写明现款数目。艾菲把这叠钞票往后一推,身子向摇椅里一靠,然后开始读信。但是她没读上几行,信笺就从她的手里滑到地上,她的脸顿时变得煞白。接着,她俯身把信笺捡起。

"您怎么啦,亲爱的朋友?接到什么不幸的消息了吗?"

艾菲点点头,但没有进一步回答。她只要求对方递给她一杯水。喝罢水,她说:"没有大事,亲爱的枢密顾问夫人,不过我想回房去歇一会……等会儿您让阿芙拉到我那儿去一趟。"

她说完便站起身来,回到客厅,她的手搭在钢琴上,缓缓移动脚步;她有了这样一个凭靠的东西,显然感到高兴。她就这样步履艰难地走向客厅右侧自己的房门,经过一阵摸索之后,才把房门打开,然后踉踉跄跄走到对面墙边的床前,就突然晕倒在床上了。

## 第三十一章

过了几分钟,艾菲的神志才清醒过来,便坐到一张靠窗的椅子上,对着岑寂的大街呆呆出神。她心里想,这时街上要是人声鼎沸、斗嘴打架乱成一团,倒反而会使她心里好受。可惜眼下只有洒在碎石道上的阳光以及栅栏和树木投在路上的阴影。一阵孤苦伶仃、孑然一身的凄凉之感顿时袭上她的心头。一个钟点以前,她还是一位在至亲好友、熟人同伴之中受人羡慕的福太太,而今她已经成了众人不齿的可怜虫。她才读了来信的开头几句,就已经完全明白自己当前的处境了。上哪儿去呢?自己也回答不上。然而她迫不及待地想马上摆脱现在的环境,也就是说,离开这位枢密顾问夫人;对这位夫人来说,艾菲碰到的一切不过是一桩"趣事",如果说她还有什么同情心,那么,她的同情心肯定不及她的好奇心那么强烈。

"上哪儿去呢?"

信摊在她面前的桌子上;可是她缺乏勇气再往下念,最后她终于自言自语道:"我还怕什么呢?信里还有什么意想不到的话呢?有关的当事人已经一命呜呼,我也有家归不得,几个星期内将要宣判离婚,孩子只好让给父亲,这是不消说的。我有罪过,而一个有罪过的人是没有权利抚养子女的。再说,要抚养子女,我凭的是什么呢?我一个人生活还可以将就凑合。我还是看看妈妈对此写了点什么,她对我日后的生活又是怎样考虑的呢。"

她说到这里便重新拿起信,准备把末尾部分也读完。

"……我亲爱的艾菲,现在就来谈谈你今后的日子吧。你今后得自立门户,独个儿生活了。至于日常开销用度,我们一定接济你。你最好住在柏林(因为住在大城市最容易忘记这类事情),你也将要像好多人那样,由于自己的过错而失去自由的空气和明亮的阳光。你将要一个人孤独地生活,你如果不愿这样生活,那你也许得降低身份,迎合别人。你曾经生活过的世界以后不再向你开放了。不论对我们还是对你(对你同样如此,我们是了解你的),最最伤心的是,你的娘家从此也对你关上了大门;我们无法在霍恩克莱门给你提供一席安静的栖身之所,我们的家里也没有可以给你避难的落脚之地;因为我们如果收留了你,那就等于使这个家和外界永远断绝来往。我们当然不能这样做,这并不是我们非常留恋这个世界,仿佛退出这个所谓的'社会'是件无法忍受的事;不,问题不在这儿,问题极为简单:舆论逼着我们非得对你的事情表明态度不可,对你的行为,对我们如此心爱的独生女儿的行为表示我们的谴责(可惜不能不对你使用这样的字眼)……"

艾菲怎么也读不下去了;她的眼睛里噙满泪水,她想竭力忍住,不让泪水夺眶而出,但是一切都是徒然,她开始猛烈地抽泣,继而就放声大哭,哭了一场之后,反而感到心头轻松一些了。

过了半个钟点,有人前来敲门,随着艾菲的一声"进来",门推开了,枢密顾问夫人出现在门口。

"我可以进来吗?"

"当然可以,亲爱的枢密顾问夫人。"艾菲说。她这时躺在沙发上,身上盖条毯子,两手交叉相握着放在胸口。"我累极了,在这儿躺一会休息休息。您在椅子上请坐吧。"

枢密顾问夫人于是便坐下了,她和艾菲之间隔着一张摆有一盆花的桌子。艾菲脸上丝毫不露尴尬的神色,还是那样从容、自在,连交叉握着的双手也一动不动。她忽然觉得不管这位太太对此有什么想法,她也在所不计;她只希望早一点离开这个地方。

"您接到了一个不幸的消息吧,亲爱的仁慈的夫人……"

"岂止是不幸,"艾菲回答,"不管怎么说,咱们在一起的共同生活很快就要结束,这是很不幸的,我今天就得走。"

"恕我冒昧地问一句:是不是安妮出了什么事?"

"不,不是安妮出事,消息压根儿不是来自柏林,信是我妈妈寄来的。她老人家担心我的身体,我想消除她的忧虑。如果这一点办不到,那至少应该早日回到她的身边。"

"您的心情我很理解,但是在埃姆斯的最后几天缺少您给我做伴,这未免太煞风景了。我能为您做点什么事吗?"

艾菲还没来得及回答,阿芙拉已经跨进屋来报告说,客人们都在餐厅等开午饭。据说皇上很可能来这儿度假三周,假期结束时还要举行盛大的阅兵式,波恩的骠骑兵也来参加检阅,女士们和先生们都为此感到兴高采烈呢。

茨维克尔夫人一听,心里马上暗自琢磨:她留到那个时候再走是不是值得。最后她下定决心"留下来",随后便去餐厅向女士们先生们说明艾菲不能前来的原因,并向大家表示歉意。

枢密顾问夫人走后,阿芙拉也转身欲走,艾菲连忙把她叫住:"等等,阿芙拉,您一有空,请来这儿一趟,帮我打点行李,一刻钟便够了,我打算乘今晚七点钟的一班火车动身。"

"今晚就要动身吗?哎哟,太太,这可是太遗憾了。美好的日子才刚刚开始呐。"

艾菲嫣然一笑。

费了一番口舌之后,才使那位还想打听种种内情的茨维克尔夫人勉强答应在这位"男爵夫人"动身时不上火车站送行。艾菲再三再四解释:"一个人上了车站,总是头绪纷繁,又要赶忙找座位,又要安顿行李,心思全放在这上面。正因为大家是熟人,就不必上车站送行了。"茨维克尔夫人认为这话也有道理,只好表示同意,然而她已经猜出这是艾菲的故意推托;锣鼓听声,说话听音,她洞察过别人的隐私不算少,真话假话一听就分晓。

阿芙拉陪送艾菲上了车站,她一再要求男爵夫人答应明年夏天一定再来;她还说,一个人只要来过一回埃姆斯,以后一定会常来,除了波恩,要数埃姆斯最美丽了。

就在这当儿,茨维克尔夫人坐下来写信。她不是坐在客厅内的那张有点摇摇晃晃的洛可可式①写字台上,而是坐在室外平台上的那张桌子边写信,十个钟点以前,她曾同艾菲在这张桌子上一起用过早餐。

她一想到这封信会使眼下耽在拉兴哈尔②的柏林女友开怀,心里便感到高兴。她和这位女友意气相投,志同道合,特

---

① 洛可可式,十八世纪盛行于欧洲的一种艺术风格。
② 拉兴哈尔,德国巴伐利亚州城名,位于阿尔卑斯山麓,是疗养胜地。

别是在对所有男性深表怀疑这一点上更是到了登峰造极的地步；她俩都认为男人远远满足不了女人提出的正当要求，那些所谓"风流雅士"更是这样。"那些见了女人不知道把目光往哪儿搁的男子，只要稍加训练，便是最最受用的人，倒是那些货真价实的唐璜们，却每次都叫人大失所望。不知道这原因到底在哪儿。"这是两位女友之间交换看法的警句名言。

茨维克尔夫人已经在写第二张信笺了。"艾菲"自然是她极感兴趣的话题，她接下去写道："总的来说，她温文尔雅，落落大方，外表坦率，不带半点贵族的自负（或者说，她掩饰这种自负的技巧极为高明）。要是给她讲点逸闻趣事，她总是竖起耳朵谛听，而我看到她这副样子，便施出了我的看家本领，这一点无须在这儿赘述了。我想再说一遍，她是一位漂漂亮亮的年轻太太，二十五岁，或许稍大一些。我对她一直存有怀疑，尤其是现在，我对她最感到迷惑不解。就拿她今天接到的一封信来说吧，其中必有蹊跷。这一点我很有把握。要是事实并非如此，那是我生平第一次把这类事情看错了。她喜欢议论柏林的时髦教士，断定每个教士的虔信程度。此外，还有她那偶尔一露的甘蕾卿式①的目光，这目光每回都好像在向人保证，她心地善良，没有恶意——凡此种种，都使我深信……噢，现在我们的阿芙拉正好进房来了，关于这个人，记得上次给你的信中已经提到，这丫头长得挺俊，她现在把一份报纸放在我的桌上了，她说，这是房东太太要她送来给我的；报上有几个地方用蓝墨水打了杠杠。那么请原谅，让我先把

---

① 甘蕾卿，歌德名著《浮士德》中的女主角，为人心地善良，是纯洁无邪的少女典型。她与浮士德相爱，她哥哥被浮士德刺死，她生下私生女，后惨死狱中。

这些地方读一下。……

"又及：这份报纸写得相当有趣,而且来得正是时候。我把下面打有蓝杠杠的几行文字剪下来,随信附寄给你。你会明白,我毕竟没有把事情看错,只是我不知道这位克拉姆巴斯是什么人？这简直使人难以相信——自己写了条子和情书不算,还要把对方写来的珍藏起来！那炉子和壁炉又是干什么用的？只要决斗的这种乌七八糟的观念存在一天,那就千万不能干这类蠢事。后世人即使极喜写信,也不用担心日后会出什么漏洞(因为到了那个时候写信绝不会有危险了)。不过,咱们现在要做到这一点还差得很远。此外,我很同情年轻的男爵夫人。我跟别人一样,多少有点虚荣心。我唯一感到安慰的是,我在这件事上没有看错。而这件事是极不平常的；换了另一位缺乏经验的鉴别者,也许会被蒙混过去。

你永远的索菲"

## 第三十二章

　　三年过去了,艾菲住在阿斯卡尼广场和哈雷门之间的柯尼希格兰茨大街的一个小寓所里,差不多也有这么久了。这个寓所有一间前房,一间后房,后房后面还有厨房间和使女住的房间。一切条件都是那么中不溜儿,普普通通,谁也住得起。然而这仍不失为一套外表极为漂亮的住所。谁看到这样的住所,都会感到满意,也许那位年老的枢密顾问鲁姆许特尔最感到满意;他有时顺道来这儿探望这位可怜的年轻的太太,他之所以前来探望,不仅因为从前艾菲在他面前演过一出关节痛和神经痛的苦肉计,而且也因为此后发生的种种事情。如果说需要他对艾菲予以谅解,那他早已原谅她了。因为鲁姆许特尔有着丰富的人生经验。眼下他虽然已经年近八十,但如果这位一个时期以来经常有些小毛小病的艾菲写信请他看病,他在下一天上午必然应邀来临。艾菲如果因为住房太高而表示歉意,那他就立即回答说:"用不着道歉,亲爱的仁慈的夫人;因为第一,这是我的职责所在,义不容辞;第二,我很高兴,几乎有点儿骄傲,我还能顺利地登上三级台阶。如果我来这儿不用害怕打扰您的话——因为我来毕竟还是作为医生来看病,而不是来探亲访友——,那么我今后来的次数会更多。我来只是想看看您,顺便在这儿后窗边坐上几分钟,我相信,您还没有足够饱览这儿四周的景色呢。"

"哦,不见得,不见得。"艾菲说;但是鲁姆许特尔不让艾菲插话,马上接下去说:"我最仁慈的夫人,请您走到这边来,只消待一会儿,或者请允许我把您带到窗边。今天的天气又是那么绚丽。请您瞧瞧这几条不同的铁路路堤吧,三条,不,四条,总是那样贯通南北东西……那儿一列火车又消失在树丛后面,真是美极了。太阳的光辉穿过白烟,迷迷蒙蒙,美不可言!要是紧接在那后面的不是马太公墓,那这儿真是一个理想的胜境了。"

"我很喜欢看公墓。"

"嗯,您可以这么说。可是像我们这样当医生的人就不行!我们中间有的人往往向我提出这样的问题:这儿附近难道不可以少埋几个人吗?再说,我最仁慈的夫人,我对您样样表示满意,只有一点,我要抱怨您,您总是不愿提起埃姆斯;本来您在埃姆斯治疗流行性感冒是有奇效的……"

艾菲一声不响。

"在埃姆斯疗养本来有奇效。但因为您不愿意去(我觉得其中也有道理),所以您情愿喝这儿的泉水。只消三分钟,从这儿就能走到阿尔布雷希特王子公园,那儿即使缺少音乐,缺少化妆室和正常的赏心悦目的喷泉游乐场,那也无妨,只要有喷泉,那是主要的。"

艾菲对此表示同意,鲁姆许特尔拿起帽子和手杖。但再次踱到窗边。"我听说十字架山将要建筑可以拾级而登的台阶,愿上帝祝福市政当局。要是那后面光秃秃的地方多一些葱绿的树木……那这儿真是一个魅人的寓所了。我几乎要对您眼红……我早想跟您说了,我的仁慈的夫人,您写给我的信总是那么亲切友好。嗨,谁不喜欢这样的信呢。不过每回总是费了您很多精力……往后干脆差罗丝维塔来叫我一声就行了。"

艾菲对他表示感谢,他们便分手了。

"往后干脆差罗丝维塔来叫我一声就行了……"鲁姆许特尔这样说了。啊,罗丝维塔住在艾菲这儿了吗?罗丝维塔不住在凯特街,而住到柯尼希格兰茨大街来了吗?不错,她的确不住在那儿了,而且早已不住在那儿了。艾菲自己住在柯尼希格兰茨大街有多久,罗丝维塔离开凯特街也有多久。还在艾菲搬到柯尼希格兰茨大街来前三天,罗丝维塔便来找她亲爱的太太了。对她们两个人来说,这是一个了不起的日子,这个日子是如此了不起,使她们在这儿事后还永志不忘。

那个时候,艾菲一接到父母从霍恩克莱门寄来的那封声明脱离关系的信件以后,便搭乘当天一班夜车从埃姆斯回到柏林,她没有立即租下房子自立门户,暂时在一个女子寄宿公寓里找到了一个栖身之所。这一着她也算走得相当不错。两个负责管理寄宿公寓的女士颇有教养,对人体谅,早已忘掉向寄宿客人寻根究底、打听隐私的好奇心了。因为这样做不利于事业的发展。艾菲对于茨维克尔夫人的那种打破砂锅问到底的穷诘猛追的做法记忆犹新,如今见了公寓当局的两位女士对她不问不闻,感到极为满意;但是过了两周,她还是明显地感到这儿的整个气氛不论是物质条件还是精神方面,都叫她无法忍受。吃饭的时候,她们往往七个人共坐一桌,也就是说,除了艾菲和一名管理员而外(另一位管理员负责外面事务),有两名在高等学校念书的英国女学生,一位来自萨克森的贵族妇女,一位漂亮的、谁也不知道来这儿干什么的加里西亚犹太女人,此外还有一位一心想当画家、来自波美拉尼亚波尔青地方的乡村教师的女儿。这是来自五湖四海、人员庞杂的一桌;每逢坐席,彼此都傲然相视,气氛极为紧张。在这方面,看来两个英国女学生绝不是首屈一指的,倒是那个一心想当画家的波尔青姑娘,最最趾高气扬,不可一世。然而这位处处情愿让人三分的艾菲,很想避开这种精神气氛所造成的压力,要是这一点也办不到,哪怕逃避与此俱来的公寓空气所造成的纯粹是物质上和外表上的压力也好。至于这种气氛从何而来,这也许是永远探究不出来的。但是这种气氛终究把这位非常敏感的艾菲,压得气也喘不过来了,而且在艾菲的感觉上确实是很具体地存在着;出于这样一个外因,艾菲不久被迫外出寻找一个新的住所,结果也就在附近一带给她找到了,这就是上面提到过的坐落在柯尼希格兰茨大街的寓所。她在初秋搬来这儿居住,添置了一些必要的家具什物,同时在九月底离开了寄宿公寓。

九月底的某一天——她一刻钟前从餐厅回来,正想坐到一张用海草作垫料、上面绷着一层大花图案毛料的沙发上去休息——有人来轻轻地敲门。

"进来。"

进来的是一个年约三十五六、外貌病恹恹的侍女,由于她一直是待在水汽弥漫的寄宿公寓的走廊里,此刻进房时她的衣服绉襞也把水汽带进房间来了。她说:"请原谅,外面有人要见太太。"

"谁呀?"

"一个女人。"

"她讲了自己的姓名吗?"

"讲了,罗丝维塔。"

她才听清这个名字,便立刻从迷迷糊糊的状态中清醒过来。她一骨碌从沙发上跳起,马上奔到走廊里,抓住罗丝维塔的一双手,把她拉进房间。

"罗丝维塔,是你呀。真是叫人喜出望外呀。你带来什么啦?当然是好消息吧。这样一张善良而熟悉的脸孔只会带来好消息。啊,我多幸福啊,让我吻你一下吧;我从来没有想到我还会有这样的欢乐。我的善良的老心肝啊,你到底生活得怎样?你还记得当时中国人显灵时的情景吗?那真是幸福的时刻呀。我当时以为那是不幸的时刻,因为我那时还不懂得人生的艰辛呀。从这以后,我才认识到了。啊,鬼魂还远不是最坏的东西!来吧,我的好心的罗丝维塔,来吧,坐到我身边来吧,告诉我……哦,我一直有这样的渴望。安妮怎么样?"

罗丝维塔起先没开口,先环视了一下这个奇特的房间,墙壁灰蓬蓬的,满是灰尘,四周描有狭长的金线。最后她定了定神说,老爷刚从格拉茨回来;但是老皇帝说:"决斗后休假六个星期足够了。"只是为了安妮,她才等到老爷休假回来再走。安妮毕竟需要人照看啊。约翰娜当然是个合适的替手,可她打扮得太漂亮了,她一天到晚忙自己的私事,也许只有上帝知道她在转什么念头,她哪有时间来看孩子。现在老爷回来了,他可以自己照看安妮,也会安排家务,这时我才放心让约翰娜接替我的工作,我于是想来看看太太生活得怎样……

"你真好啊,罗丝维塔。"

"我要看看太太是不是缺少什么,也许需要我这个人,我也愿意留在这儿服侍太太,什么都愿意干,我想照看太太,让太太的生活过得舒服点。"

艾菲把身子往沙发角里一靠,闭上了眼睛。蓦地,她坐起来,说:"嗯,罗丝维塔,你说的一番话,真有意思,多么难得。你要知道,我不准备在寄宿公寓里长住下去,我已经在外面租了一个住所,也添置了一些家具杂物,三天里面我就要搬到那儿去了。假使我跟你一起去那儿,那我能够对你说:'不,罗丝维塔,那儿不放衣橱,衣橱要放在那一头,镜子放到这儿来。'嗯,这才有意思呢,这一定叫我高兴。等到咱们把家具搬来搬去弄得精疲力竭以后,那时我会说:'喏,罗丝维塔,你到那边去弄一瓶善酿酒来,等咱们干完了,也可以喝一杯,如果你有可能,也带点哈布斯堡饭店的好酒来,随后你也可以重新把餐具带到这儿来——'嗯,罗丝维塔,我一想到这一点,心里就轻松多了。不过我还是想问你一句,你是不是把一切后果都考虑过了?我指的不是安妮,你对安妮固然牵肠挂肚,好像她是你的亲生孩子——但是尽管如此,安妮现在已经有人照看了,约翰娜也很关心她。因此,关于安妮,你可以放心。可你得三思而行,要是你又愿意到我这儿来,你的生活会有很大的改变。我已经不像从前了;我现在只租了一个极小的住所,看门的大概也不会怎么关心你和我了。咱们必须省吃俭用,精打细算地过日子,一年到头吃点普通饭菜,吃点咱们往常称为星期四的饭菜,简简单单,不怎么丰富。你知道还有别的什么吗?你还得明白,好心的吉斯希布勒有时来柏林,上咱们这儿来坐坐,他一定会说:'这样的美餐佳肴我还从来没有吃到过。'你一定还记得,他总是这样彬彬有礼,和蔼可亲,因为事实上在整个凯辛城里,只有他最懂得烹饪技巧。别的人觉得什么菜都美味可口。"

罗丝维塔认为太太的一席话,句句都叫她喜在心坎里,她认为一切都使她称心如意。艾菲接着又说:"你把一切后果都考虑过啦?因为你毕竟是——虽然这是我自己的事情,但我不能不这样说——你毕竟是多年来大手大脚生活惯了,这样做没有什么大不了,那个时候不必要省吃俭用;可现在我不得不省吃俭用,因为我变得一贫如洗了。你知道,我现在的日常开销全靠霍恩克莱门接济。我的双亲待我非常好,只要有可能,他们就尽力接济我,但是他们自己也不宽裕。现在请你告诉我,你的想法怎样?"

"下星期六我把自己的行李箱子统统搬过来,不是在傍晚,而是一大早就搬来,这样,需要布置新屋的时候,我就可以跟您一起动手了。因为我跟太太不一样,完全可以过另一种日子。"

"你别那么说,罗丝维塔。我也完全能过另一种日子。到时候自会过得惯。"

"我说,太太,您别为我担心,好像我会想:'对罗丝维塔来说,这样的日子不够好。'对罗丝维塔来说,只要跟太太有福同享,什么都是好的。如果能跟太太有难同当,那就最好了。嗯,我为这一切感到非常高兴。您还想看看,我日后是不是会懊悔,这我明白。要是我有什么不会,我愿意从头学习。因为,太太啊,我没有忘记,正当我一个人孤零零地坐在公墓里,心里想最好马上死了算数的时候,是谁来了呢?是谁救了我一命呢?啊,我这一辈子也算尝过了不少的苦头。那个时候,当我爹拿起一根烧得通红的铁杆向我捅来的时候……"

"我已经知道了,罗丝维塔……"

"哦,那是够糟的了。可是当我坐在公墓里,既可怜又孤苦伶仃的时候,那情况就更糟。那个时候,是您太太走来救了我。要是我把这样的事情忘记了,我就不得好报。"

她说着便站起身来,踱到窗边。"您瞧,太太,您也得过来瞧瞧呀。"

艾菲于是也踱到窗口。

窗外,在大街的对面,蹲着洛洛,它的两眼往寄宿公寓的窗子直瞅着。

几天以后,艾菲在罗丝维塔的协助下,搬进了柯尼希格兰茨大街的寓所。她一开始就看中这所房子。搬到那儿以后,应酬交际活动自然一概没有了。但是,她住在寄宿公寓的日子里,已经对应酬交际缺少兴趣了,即使孑然一身,也不感到沉闷,至少开头几天没有这种感觉。艾菲跟罗丝维塔当然无法进行高谈阔论,就是连报刊上的消息也没法交换看法;但是有关日常生活琐事,情况就不一样。每当艾菲说出"呵,罗丝维塔,我又感到害怕了……"的时候,这个忠实的女仆每次都能作出很好的回答,总是好言劝慰太太一番,十回有八九回也能给太太出点主意。

直到圣诞节,她们的生活一直过得满不错;但是圣诞夜却显得非常凄凉。新年来临的时候,艾菲开始变得郁郁寡欢。天气倒并不怎么寒冷,但天空总是阴云密布,细雨蒙蒙;日短夜长以后,黄昏更显得相当漫长。在这漫长的黄昏应该干点什么呢?读书,刺绣,玩纸牌,弹奏肖邦的夜曲,她都干了,但这种夜曲也无法填补她生活中的空虚。每当罗丝维塔托着茶

333

盘走进房来,把茶具和装着一个鸡蛋和小片维也纳牛肉的两个碟子放到桌上的时候,艾菲就结束了钢琴的弹奏,说道:"过来,罗丝维塔,咱们来热闹一番吧。"

罗丝维塔果然应声过来。"我已经知道,太太又弹得太多了;从您脸上就可以看出来,颧骨上还有潮红。枢密顾问不许太太过分吃力呢。"

"啊哟,罗丝维塔,不许这,不许那,枢密顾问说说很便当,你跟着他说说也很便当。可我该干点什么呢?我总不能整天坐在窗口张望那边的基督教堂啊。星期天,教堂里做晚祷,窗上映照得通明,我就老是向那边张望;但这也无济于事,我的心越来越感到沉重。"

"嗯,太太,那您就应该上教堂去。您从前也上过教堂的呀。"

"哦,从前我是常常去教堂的。但去了也没有多少收获。牧师是个聪明人,道理讲得挺好,我如果听过上百次,那我也就很高兴了。但是这一切只好像我在读一本书;牧师高声宣讲,指手画脚,抖动黑色的鬈发,而我却已经心不在焉,不想做礼拜了。"

"心不在焉吗?"

艾菲扑哧一笑。"你以为,我真的心不在焉吗。这样的情况当然是有的。但是为什么会有这种情况出现,责任在谁?当然不在我身上。他老是讲那么多《旧约》,就算讲得非常好,也不能叫我满意啊。老是听讲道,总不是好办法。你要明白,我有许多事情好干,到底干哪一桩,我却想不出来。什么少女学习家政的团体啊、缝纫学校啊,或者幼儿园啊,这些才是配我胃口的工作。你听说过这样的机构吗?"

"嗯,我听说过了。据说小安妮要进幼儿园了。"

"你瞧,你比我知道得多。在这种机构里,可以干点有益的工作,我很想参加这样的机构。不过我想参加,根本是一种非分之想;那儿的妇女不会接纳我,也不能接纳我。对一个人来说,这样与世隔绝,甚至这样受人歧视,是最最可怕的啊。就算我侥幸参加了进去,我也无法给可怜的孩子们补习功课呀……"

"这样的事对您也不合适,太太;孩子们的靴子上老是沾满泥浆,如果天下雨——那股水蒸气和烟味,您压根儿就受不了。"

艾菲微微一笑。"你的话可能有道理,罗丝维塔;不过要是你的话确有道理,那就糟了。我明白,我还有太多的老年人的脾气,我日子过得还太舒服。"

但是这些话罗丝维塔听也不想听。"谁要像太太那么好心肠,日子根本就不会过得太舒服。您不能老是那么装得可怜巴巴的,有时我想,一切都会重新好起来的,天无绝人之路。"

果然,天无绝人之路。虽然波尔青乡村教师的女儿一心想当艺术家的那种自负,现在还一直浮现在艾菲的眼前,使她对这种自负有点儿感到厌恶,然而艾菲自己也想当个画家;纵然她自己对这种欲望感到可笑,因为她明白自己对于艺术这一行就是略窥门径也谈不上,连最最基本的知识也没有掌握,然而她有一股激情想学艺术。如果她学绘画,那她就有事干了,何况绘画这一行干起来十分清静,从容不迫,很合她的心意。于是她向一位在勃兰登堡贵族中颇负盛名的美术老教授写信提出申请,这位老人待人极为诚恳,艾菲一开始就在他的心目中占有相当地位。老人接到信后,立即产生一种想法,这是关系到救人灵魂的大事。他于是跑来找她,把她当作自己女儿看待,对她特别亲切。艾菲对此感到极为幸福。教授给她上课的第一天,标志着她的生活走向丰富多彩的一个转折点。现在她那本来贫乏的生活,不再那么可怜巴巴了,罗丝维塔在这件事情上获得了胜利,她从前讲过的话没有错,的确如此,天无绝人之路。

年复一年,日复一日,就这样过去了。但是艾菲现在和人们有了少量接触,这些接触应该说是成功的,因而她内心重又产生了跟人作新的接触和更多接触的愿望。有时她怀着诚挚的热情渴念霍恩克莱门老家,但她怀着更大的热情盼望与安妮重逢。安妮毕竟是她的亲生女儿呀。每当她思念女儿的时候,她会同时记起特里佩莉讲过的一句话:"世界是那么渺小,一个人在中非洲肯定可以突然碰上一位老朋友。"艾菲对她的这句话有理由表示惊异,安妮她就从来没有碰到过。不过嘛,这种状况总有一天也会改变。有一天她上完绘画课回家去,在紧靠动物园车站附近乘上一辆途经长长的选帝侯大街的公共马车。那天天气非常热,垂挂在车窗前的帘子随着一阵大风来往拂动,这使艾菲感到惬意。她面对着前面的下车站台,身子往一个角落里一靠,打量着印在窗玻璃上的几个带有流苏的蓝沙发,这时她——车子正要徐徐开动——发现三个背着书包、戴着小尖帽的女孩子跳上马车,其中两个头发金黄,嘻嘻哈哈,一个头发乌黑,神情严肃。这一个便是安妮。艾菲顿时吓了一跳,她本来早就渴望和孩子相逢,今天居然不期而遇,倒使她心里充满了极大的恐惧。怎么办?她当机立断,打开了前边下车站台的门,这儿只站着驾驶员一人。她请求驾驶员在没到下一站时就让她下车,车夫说:"这是不允许的;小姐。"但是艾菲塞给他一块钱,露出恳求的目光瞅着他,这才使好心的车夫改变了主意,自言自语地说:"本来这是不允许的,不过这回算照顾一下。"当车子一停下,他就打开铁门,艾菲立即跳下车去了。

艾菲仍然十分激动地回家去。

"你想得到吗,罗丝维塔,我碰到了安妮。"她接着把在马车上巧遇安妮的事讲了一通。罗丝维塔听了心里老大不以为然,她认为这种母女难得重逢的场面应该好好庆祝一下,她不相信在当时众目睽睽之下母女就不该接近,以免节外生枝,闹出点事情来。于是艾菲不得不谈谈安妮的外貌,言下之意,带有几分母性的骄傲,这时罗丝维塔开腔了:"嗯,她一半像娘,一半像爹。如果允许我说一句,她的长相漂亮,性格特别,这是妈妈身上的东西,她那一本正经的神情,完全像她的爸爸。如果要我把这一切仔细考虑,那么在她身上老爷的成分似乎多一些。"

"谢天谢地!"艾菲说。

"喏,太太,这倒也是个问题。世界上也有一些人,七分像娘,三分像爹的。"

"你相信是这样的吗,罗丝维塔?我可不相信。"

"哦,哦,我不允许别人当面撒谎,我相信,太太心里也完全明白实际情况是怎样的,男人们最喜欢什么。"

"噢,你别说这一些了,罗丝维塔。"

两人的谈话到此中止,再也没有继续下去。艾菲虽然尽量避免和罗丝维塔直接谈起安妮,然而她始终不能忘怀这次与安妮的相逢,她一想到自己在女儿面前逃跑,心里便十分痛苦,再由痛苦转为惭愧。她心里渴望着和安妮会面,这种渴望后来变成一种病态。要么写封信给殷士台顿向他提出请求吧,这是不可能的。她大概意识到自己的罪过,不错,她几乎怀着一种半是天生热烈的感情;但是她在意识到自己罪过的同时,也满怀了某种抗拒殷士台顿的感情。她在暗自思量:他有道理,他有道理,他有道理,到头来他还是没有道理。已经发生的一切事情离今已经年代久远,一种新的生活早已在这儿开始——他本来可以避免流血,然而他还是让可怜的克拉姆巴斯一命呜呼了。

不行,给殷士台顿写信是行不通的;但是她希望看看安妮,和她聊聊,把她搂在怀里。经过几天的考虑以后,她终于决定采取一项最妥善的办法。

就在次日上午,她细心地穿起了黑色礼服前往椴树下大街晋谒部长夫人。她请仆役递上一张名片,名片上只印着:艾菲·封·殷士台顿,娘家姓布里斯特。其他头衔一概不用,连男爵夫人这样的头衔也没印上。仆役回来说:"部长夫人有请。"艾菲于是随着仆役进入前厅。坐下以后心里虽然十分激动,但一边还是仔细打量墙上挂着的名画。她首先看到的一幅是圭多·雷尼①的《奥萝拉》②,这幅画的对面有数幅英国铜版画,这些画模仿本杰明·韦斯特③的手法,采用有名的多种光影的铜雕法。其中一幅是荒野中遇暴风雨的李

---

① 圭多·雷尼(1575—1642),意大利画家。
② 奥萝拉,曙光女神,系雷尼的名画。
③ 本杰明·韦斯特(1738—1820),英裔美国画家。

尔王①。

艾菲几乎还没有把画全都欣赏完毕,贴邻房间的门已经打开了,一位身材颀长而窈窕的夫人走进前厅来,她满脸堆着亲切的笑容,向这位提出请求的艾菲伸过手来。"我最亲爱的、仁慈的夫人,"她说,"再次见到您,真高兴……"

部长夫人一边说,一边走向沙发,往沙发上一坐,随手把艾菲拉到自己身边。

部长夫人所表示的这番好意使艾菲深受感动。夫人的脸丝毫不露傲慢或责怪的痕迹,而是显得非常通情达理,对艾菲深表同情。"我能用什么为您效劳?"部长夫人又一次表示了自己的意愿。

艾菲的嘴角四周抽动了一下。她终于开口了:"我来这儿,主要是向您提出一项请求,部长夫人也许能够办到。我有一个十岁的女儿,三年没有见到了,我很想见见她。"

部长夫人挽住艾菲的手,友好地望着她。

"如果我说三年没有见到了,这话也许没有说对。三天前我又见到了她。"艾菲向夫人活龙活现地描述她和安妮巧遇的经过。"我竟在亲生女儿面前逃跑了。我很明白,这是自作自受,在我这辈子里已经是无法挽回的了。我很明白,时至今日,我只有随遇而安,我没有别的奢望了。但是这样的遭遇对一个孩子来说,实在是太残酷了,因此我希望能允许我不时见见她,和她会会面,不是偷偷摸摸地会面,而是在有关当事人知道和同意下进行。"

---

① 李尔王,莎士比亚名剧《李尔王》中的主角。荒野中遇暴风雨的李尔王,见《李尔王》第三幕第一场。

"在有关当事人知道和同意下进行,"部长夫人重复了艾菲的这句话,"这就是说,在您的丈夫的同意下跟她会面。我看,他对孩子的教育一定是叫她跟母亲疏远,当然不允许我妄加论断他的这种教育方式。他这样做也许有他的道理;请原谅我说这样的话,仁慈的夫人。"

艾菲点点头。

"您自己也认为您丈夫的态度有道理,您要的只是一种自然流露的感情,也就是希望我们最美好的感情(至少我们妇女是这样看的)获得公正的对待。我的话说得对吗?"

"完全对。"

"那么,我应该出力使您获得不时会见女儿的许可,在您家里会见,您可以设法重新获得您孩子的心。"

艾菲再次对部长夫人的建议表示赞同,这时部长夫人接下去道:"那么,我最仁慈的夫人,我就尽力而为。但是我们要达到这个目的又谈何容易。您的丈夫,恕我跟从前一样论断他,是一个不以感情用事、而以原则办事的人。要他作出这样的决定,或者说,只要他作出一点暂时的让步,对他来说,都是极为困难的。如果不是很困难的话,那他早已改变他的这种行动准则和教育方式了。凡是使您内心痛苦的事情,在他都一概认为是正确的。"

"照这么说,也许您部长夫人认为我还是收回我的请求为好?"

"这倒不必。我只是想说明一下您丈夫的行为是怎样的,而不是为他辩护,同时指出我们当前的困难所在。我们有可能碰一鼻子灰。不过我想,我们还是知难而进。因为我们妇女如果办事机灵,不把弦线绷得太紧,我们也懂得战胜种种困难的。再说,您的丈夫是我特别尊敬的人,我向他提出请求,估计不会遭到拒绝。明儿我们有个小型会议,我在会上能见到他,后天一早您就可以得到我的回音了。我将告诉您我是不是顺利地办成了这件事。我想,我们在这件事情上会取得胜利,您会和孩子重逢,会感到非常高兴。她是个非常美丽的姑娘吧,这是可以想象的。"

# 第三十三章

两天以后,果然如约有信寄到。艾菲读信:

亲爱的夫人:

我很高兴,我能告诉您一个好消息:一切如愿以偿。您的丈夫极为通情达理,没有回绝一个女人对他提出的请求;但我同时——我也不应向您隐瞒这一点——清楚地看出他并不认为他的"同意"是聪明和合理的。然而在我们理当高兴的时候就不必过于苛求了。您的安妮,经我们商定,将于今天中午到达您处。祝您母女重逢,吉星高照。

这封短柬艾菲是从第二班邮件中收到的,当时离开安妮的到来大约不满两小时。尽管时间极为紧迫,但在艾菲看来,这段时间还是太长了。她内心焦躁不安,在两个房间之间踱来踱去,随后又来到厨房,跟罗丝维塔天南地北地乱扯了一阵:什么那边基督教堂墙上的常春藤来年恐怕长得会把窗户严严封住;什么那个看门人又没把煤气龙头关紧(这样下去,她们说不定随时可能被炸得飞上天去);什么她们宁愿上菩提树下大街那家油灯商店买煤油,也不上安哈尔特大街——她什么都谈论到了,可就是没提安妮,因为她不愿让内心的恐惧流露出来。部长夫人虽然来了回信,但也许正是为了这封信,使艾菲内心产生了恐惧。

到了中午,门铃终于响了,铃声是怯生生的。罗丝维塔走到门口,从窥视孔里往外一张,果然不错,是安妮来了。罗丝维塔先给安妮一个吻,二话没说,便领着她穿过走廊,进入后房。她们走路时轻手轻脚,仿佛屋里安卧着病人似的。接着她们来到通向前房的门边。

"现在进屋去吧,安妮。"话音刚落,罗丝维塔便留下孩子一个人,径自回厨房去了,她不想打扰母女俩的久别重逢。

孩子跨进房间时,艾菲站在房间的另一头,背朝着穿衣镜。艾菲唤了一声"安妮!",可是安妮站在轻轻掩上的门边,动也不动一下。安妮所以会有这副样子,可能一半出于窘迫,一半出于存心;于是艾菲连忙向孩子奔去,一把抱起孩子亲吻。

"安妮,我的宝贝,我多高兴哪!来,你讲点给我听听。"她说着,一边拉着安妮的手走到沙发旁,在那儿坐下。可是安妮仍然直挺挺地呆立在一旁,一边怯生生地定睛打量母亲,一边用左手抚弄垂挂在台子四周的台毯角。"你大概记得吧,安妮,我有一回在路上看到你了?"

"嗯,我也好像见过你。"

"那么,你现在好好给我讲讲吧。你长得多高啊!这儿就是那个伤疤吧;这件事罗丝维塔已经跟我讲过了。你玩起来像个野驴子,疯疯癫癫的。这是像你妈妈的脾气啊,她小时候也这样。你在学校里怎么样?我想,你总是考第一名吧,我看你的样子准是个模范学生,带回家的成绩单分数总是最出色的。我也听说封·韦德尔施泰特小姐满口称赞你。这不是没有道理的;我从前也这样奋发上进,志气很大,不过我读书的时候没有这么好的学校。神话一直是我最出色的一门功课,你学得最好的是哪一门啊?"

"我说不上。"

"哦,你以后会知道的,一定会知道。你到底哪门功课分数最高?"

"宗教。"

"喏,你瞧,这我就懂了。嗯,好得很呀;我这门功课的成绩不怎么好,不过,这大概是老师教得不好。我们只有一名见习教员教这门课。"

"我们也有过一位见习教员。"

"现在这人走了?"

安妮点点头。

"他干吗要走啊?"

"这我不知道。现在又是那位传教士给我们上课了。"

"就是你们大家很喜欢的那一位吧。"

"嗯,连一年级的两个同学也想来我们班听课。"

"啊,我明白了;这很好嘛。约翰娜在干啥?"

"约翰娜陪送我到这儿门口……"

"你干吗不和她一起上来?"

"她说,她还是待在下面好,她在教堂附近等我。"

"那么,回头你去那边找她?"

"嗯。"

"那好,但愿她不至于等得太心焦。教堂前边有个小花园,教堂的窗子一半全给常春藤攀满了,外貌看起来好像一所古老的教堂。"

"可我不愿让她多等。"

"啊,我看得出,你很体贴人,这不能不叫我万分高兴。咱们得把时间抓紧……哦,你告诉我吧,洛洛怎么样啦?"

"洛洛挺好。不过爸爸说,它懒得多了,老是躺着晒太阳。"

"这点我相信。你还很小的时候,它就这样了……因为咱们今天只是初次见面,安妮,你告诉我,往后你常来看我吗?"

"哦,当然,如果容许我来。"

"那时咱们可以上阿尔布雷希特王子公园散步去。"

"哦,当然,如果容许我来。"

"或者上席林糖果店吃冰淇淋、波罗蜜或香草冰砖,我从前最喜欢吃香草冰砖。"

"哦,当然,如果容许我来。"

安妮说完第三遍"如果容许我来",艾菲听得肺也气炸了;她一骨碌跳起来,眼里不禁怒火四射,定睛瞪着孩子。"我看,时间不早了,你该走啦,安妮;要不,约翰娜会等得心焦。"她拉了拉铃,这时已经待在隔壁房间里的罗丝维塔,应声跨进房来。"罗丝维塔,你陪安妮到教堂那边去。约翰娜在那儿等她。但愿她没着凉,不然我就感到遗憾了。请替我向约翰娜问好。"

话音刚落,两人便走了。

可是,当罗丝维塔走到屋外还没有把大门锁上,艾菲心口早已憋得发慌了,她一把撕开衣服,浑身痉挛地呵呵狂笑起来。"原来是这样的一次久别重逢。"她嘴里说着,两条腿踉踉跄跄地向前迈了几步,推开一对窗子,到处寻找一件能帮她解脱烦闷的东西。正在这山穷水尽的当儿,她终于找到了一样东西。原来靠近窗边有块木板,板上放着一排书籍,其中几卷是席勒①和克尔纳②的诗集,这些书开本划一,高低一致。诗集上面放有一本《圣经》和一本赞美诗集。她伸手去抓这两本书,因为她此刻需要某种可以对之下跪和祈祷的东西。她把《圣经》和赞美诗集放在安妮刚才站过的桌子边,然后扑通一声跪倒在地,喃喃讷讷,暗自祷告:"哦,天上的上帝啊,你宽恕我的过失吧;我那个时候还是个孩子啊……哦,不,不,我已经不是孩子啦,我已经上了年纪,理应懂得我干的是什么,我的确也是懂得的,我现在不想减轻我的罪过,……但是,像现在这样的惩罚未免太重了。刚才孩子的那副样子够呛!这不是你,上帝,想要惩罚我,那是他,只是他,存心要惩罚我!我从前还认为他心地高尚,光明磊落,我在他身边总是感到自惭形秽,相形见绌,我自己真是无比渺小,可现在我明白了,原来渺小的不是我,而是他自己。正因为他渺小,所以他冷酷无情。凡是渺小的人都是冷酷无情的。他把这一套全教给了孩子,他本来就是个教师爷,克拉姆巴斯就这样叫过他。当时这样称呼他,自然带有三分讥嘲,可不幸的是,竟给他说中了。'哦,当然,如果容许我来!'你用不到获得容许了,我不愿再见到你们啦,我恨你们,包括我的亲生女儿在内。你们做得太过分,叫我无法容忍。他无非是个求名心切、一心想往上爬的野心家,一切围绕着名誉,名誉,名誉……于是他把那个可怜的家伙一枪结果了。那个人我根本就没有爱过,正因为没有

---

① 席勒(1759—1805),德国诗人,戏剧家。著有《阴谋与爱情》《威廉·退尔》等剧本,也写有大量诗歌和论文。
② 克尔纳(1791—1813),德国诗人。

爱过,所以我早就把他忘了。归根到底,都是出于一时愚蠢,才干了这样的傻事,如今呢,既流血,又杀人。还说什么罪过全在我身上。他所以会同意孩子来看我,只不过是因为他不敢违拗部长夫人。孩子送到这儿来以前,他把她像鹦鹉那样训练过了,教她背熟'如果容许我来'那样的话。我对自己的行为感到厌恶,但是我更厌恶的是你们的德性。你们离开我吧,我得活下去,不过,我大概也不久人世了。"

罗丝维塔回屋来时,艾菲躺在地上,脸侧向一边,好像咽了气。

## 第三十四章

鲁姆许特尔给请来急诊,他发现艾菲的病情相当凶险。近几年来他发现艾菲身上有一种痨病的征候,目前这种征候比以前更加明显。然而更糟糕的是,她身上还出现一种初期神经性疾病的迹象。不过由于大夫的那种安详、亲切的待人方式,加上他又懂得说些幽默话,这使艾菲心里舒坦,精神也极为振奋。只要鲁姆许特尔出现在她周围,她就心安理得。最后当他告辞出门时,罗丝维塔陪送这位老先生一直走到前面走廊里,她说:"上帝啊,我真担心哪,枢密顾问先生;我怕她旧病复发,这是完全有可能的呀;上帝啊,要是她旧病复发,那我就没有太平日子过了。但是关于孩子的那件事,实在也做得太过分了。这位可怜的太太,年纪还这么轻,做一世人还刚刚开始呀。"

"您别这么担心,罗丝维塔。一切都会好起来的。不过嘛,得让她离开这儿。咱们就想办法试一试吧。让她呼吸另一种空气,接触另一些人。"

次日有信寄往霍恩克莱门,其中写道:

最仁慈的夫人!

鉴于我跟布里斯特一家和贝林一家的老交谊,以及出于我对令嫒的真心爱护,我才不揣冒昧提笔给您写信。

关于令嫒,再这样下去不行了。眼下如不采取一些措施使她摆脱多年来缠住她的寂寞和痛苦,那她的身子很快就会拖垮。一种痨病的征候一直存在,为此我在数年前就嘱咐她去埃姆斯疗养;但是现在旧病之外又添了新疾:她的神经出现衰竭现象。如果要防止病情进一步恶化,就有必要给她调调环境,换换空气。但是上哪儿去呢?本来在西里西亚有许多浴场,要选一个地点并不困难,例如萨尔兹布隆就很好;为了疗养神经的并发症,那么,赖纳茨更为适宜。但是这些地方都不行,只能让她上霍恩克莱门。因为,我的最仁慈的夫人,能疗养好令嫒的疾病的,不仅仅是空气;她的身体已经非常衰弱,因为她除了罗丝维塔以外,已经一无所有了。仆役的忠心果然美好,但是双亲的爱抚更为受用。请原谅我这个老头干涉这些不属于他医生职责范围的家务事。但因为这些话也毕竟是出于一个医生之口,是按照他的职责范围提出的要求,请原谅我说这样的话,因而这也不是……世界上的多种多样人生我都见过……但是没见过这种意义的人生。请代我向尊夫问候。

绝对忠实于您的医生鲁姆许特尔

封·布里斯特夫人当场给丈夫念了这封信;这时他们正坐在树影婆娑、方砖铺成的小径上,背朝花园大厅,面前是立有日晷的花坛。攀在窗口四周的野葡萄藤,迎风微微摆动,明亮的阳光映照在几只停在水面的蜻蜓身上。

布里斯特闷声不响,手指敲着茶盘。

"请你别敲了;还是开口说话吧。"

"啊,路易丝,我有什么话好说呢。我手指敲茶盘,正说明我的话说够了。几年来你一直知道我的想法。那个时候殷士台顿的那封退婚信寄到这儿,真像一个晴天霹雳,那个时候我同意你的意见。可是这已经是多少年前的事了;难道要我到生命结束前,一直扮演严厉的宗教裁判官吗?我可以告诉你,这件事早就叫我感到腻烦了……"

"你别责怪我了,布里斯特;我跟你一样疼爱她,也许比你更厉害,各人有自己疼爱她的方式。但是一个人生活在世界上毕竟不只是为了依从别人,逆来顺受,不应当对一切违犯法律和禁律的事,对一切受人谴责的事——至少暂时是这样,而且人们也还有理由加以谴责——表示宽容、忍让。"

"你说点什么呀,世界上有一点是最重要的。"

"当然,有一点最重要,但是哪一点呢?"

"父母对子女的爱。一个人只要有了这一点……"

"那么,什么教义问答,什么道德风尚,什么'社会'的要求,一概不去管它了。"

"啊,路易丝,教义问答你高兴跟我讲多少就讲多少;但是别跟我讲什么'社会'的要求。"

"没有社会的支持,我看你寸步难行。"

"没有孩子,也是寸步难行的。再说,我相信,路易丝,这个'社会'只要它高兴,有时也是眼开眼闭的。我对事对人的态度就是这样:如果拉特诺的骠骑兵来这儿,那欢迎;如果他们不来,那也好。我想干脆就打个电报去:'艾菲,来。'你同意吗?"

她站起身来,在他额上吻了一下。"我当然同意。你只是日后别责怪我。要跨出这一步并不容易。咱们的生活从此就会变样。"

"就是变样我也能够忍受。油菜长得挺好,赶上秋天我可以去抓个野兔。我觉得红酒的味道不错。要是孩子回到了家里,那么,红酒的味道会更美……好吧,现在我就去发电报……"

艾菲回到霍恩克莱门已有半年多了;她住在二层楼的两个房间里,从前她回娘家来做客,也是住在那儿的;比较大一点的房间给她一个人住,隔壁的一间给罗丝维塔睡。鲁姆许特尔所期待于艾菲的这次疗养以及对她的所有良好愿望,可以说尽可能地获得了实现。艾菲的咳嗽好得多了,那种夺走了她脸部和蔼可亲和活泼可爱神色的萎靡不振的样儿,如今也日渐减少了。有些日子,她脸上重又露出了笑容。她很少谈起凯辛以及在凯辛的经历,只有一个人例外,那就是封·帕登夫人,当然还有那位为老布里斯特十分偏爱的吉斯希布勒。"这个阿隆佐,这个普雷西奥萨-西班牙人,这个收留米拉姆博、抚养特里佩莉的人——嗯,一定是个天才,这个人的事要我讲也讲不完。"于是,艾菲不得不在父亲面前装作吉斯希布勒的模样:手里拿顶帽子,不停地作着九十度的鞠躬礼。她在这样做的时候,她那模仿人的才能淋漓尽致地表现出来了。尽管她不乐意这样模仿,因为她认为这样做,就是亏待了那位善良可爱的朋友。至于殷士台顿和安妮,她可从来没有提起过,虽然按照法律规定,安妮是有继承权的女儿,霍恩克莱门的产业将来要归她所有。

确实,艾菲的病体日益康复。然而妈妈一如妇女们惯常有的作风,表面上不露厌烦的神色,但内心却对艾菲的整个遭遇感到委屈,她把这件事看作是一个趣剧,她跟丈夫来个比赛,看谁更加爱护和关心女儿。

"这么晴朗的冬天咱们多年没有遇到了。"布里斯特说。艾菲一听,马上从自己的座位上站起来,撂开父亲额前几根稀疏的头发。尽管这一切都很美好,然而就艾菲的健康状况而言,这种美好生活只是一种表面现象,实际上她的病情日益沉重,这种疾病正在默默地吞噬她的生命。要是艾菲——又像从前跟殷士台顿订婚的日子那样,穿一件蓝白条子的大褂,腰里松松垮垮地束根皮带——步履轻盈地走到爹妈跟前,向双亲请个早安,那么,两位老人就会以惊喜的神情彼此你看看我,我看看你,他们的内心既有几分惊喜,也有几分忧戚。因为如今在他们面前的不再是一个天真活泼的年轻姑娘,她面容清癯、目光闪亮、表情奇特、弱不禁风。凡是目光比较尖锐的人,都会发现这一点,只有艾菲自己没觉察,她为自己能重新生活在对她来说是这么亲切安谧的环境之中而感到极大的幸福。她为自己能在多灾多难、无家可归的岁月里,跟她一直热爱着的,也热爱着她的双亲取得了谅解,而感到极大的幸福。

她每天忙于各项家务,关心家里的布置陈设,设法稍微改善一下日常生活。她的审美观点总是十分正确的。眼下她已经放弃念书看报,特别是完全放弃学习绘画了。"我在这方面已经花费了不少精力,现在我能把手搁在膝头尽情休息而感到快乐。"自然,她有时也会想起那些悲哀的日子。她现在不再学习绘画,而是默默出神地欣赏大自然。当梧桐叶子掉落到地上,当阳光在小池塘的浮冰上嬉戏,当第一批番红花还在半含冬意的花坛上怒放的时候,她就心情舒泰,兴致勃勃。她能对这些景色默默地望上几个钟点,暂时忘掉生活曾经给她带来的种种痛苦,或者说得更正确点,忘掉由于自己的过失而失去的东西。

不是所有的人都鄙弃她,不和她来往,她有时也出外探友访故;可是她主要来往的是乡村小学教师和牧师这两家。

小学教师家里的两位女儿虽然早已出嫁,但这并不妨碍艾菲跟他家的往来;要不,他们之间的往来决不会那样密切了。不过雅恩克本人不仅把瑞典和波美拉尼亚一带,而且也把凯辛一地看作是斯堪的纳维亚半岛的前沿,他经常提出有关这方面的问题。艾菲今天跟这位老朋友比以往任何时候都友好。"哦,雅恩克,我们曾经乘过一条大轮船,我记得,我曾写信告诉过您,或者我可能当面跟您讲过,我差不多自己以为真的去过维斯比①了。您想吧,差不多到了维斯比。说起来也许有点儿滑稽可笑,但是在我的一辈子中,可以说真的有许多个'差不多'。"

"可惜,可惜。"雅恩克说。

"嗯,当然可惜。不过吕根岛②这地方我真的去过。这样的地方您也一定去过,雅恩克。您想想吧,阿尔科那③有一个文德族人的大营寨,据说今天还能看得出遗址;因为我没有去过这地方,实际情况说不上;不过生有白色和黄色睡莲的赫尔塔湖,离那儿不太远。说起这个湖,我不免会常常想到您的女儿赫尔塔。"

"喏,哦哦,赫尔塔……可您要说的是赫尔塔湖啊……"

"是的,我要说……您想想吧,雅恩克,紧靠湖边有两块

---

① 维斯比,瑞典东部果特兰岛上的城市名。
② 艾菲曾和丈夫旅游过该地。见本书第二十四章。
③ 阿尔科那,吕根岛东北部地名。

大祭石,晶莹光洁,中间还凿有给牺牲品淌血的凹槽。我自从看到石头以后,对文德人很反感。"

"啊,太太,请原谅。这不是文德人干的。大祭石和赫尔塔湖的历史要比文德人早得多,早得多了,那是在耶稣基督降生以前的事;那全然属于日耳曼人的时代,日耳曼人是咱们的老祖宗……"

"这点谁也懂,"艾菲笑吟吟地说,"当然,他们是咱们大家的老祖宗,雅恩克家不成问题,布里斯特家也有可能。"

接着艾菲撇开吕根岛和赫尔塔湖这个话题,问雅恩克现在有了几个外孙,他喜欢哪几个:喜欢贝尔塔的孩子还是赫尔塔的孩子。

确实,艾菲和雅恩克相处得很好。虽然雅恩克一谈到赫尔塔湖,谈到斯堪的纳维亚和维斯比,就感到亲切有味,但他毕竟是个普通人,这样就使这位孤寂的年轻太太感到跟牧师尼迈尔谈天比跟雅恩克谈天有意思得多。每当秋天来临,公园里还能散步时,她也就跟牧师在那儿谈天说地。但是随着冬季的来临,这种闲谈就中断了几个月。因为艾菲不愿亲自上牧师家去找他;牧师太太是个气量极小、嘴巴恶毒的女人,虽然根据教区的观点,她自己并不是完全无可指摘的,但如果艾菲找上门去,她马上就会扯开嗓门,大喊大叫。

整个冬天就这样过去了,这对艾菲来说,冬天是些难以打发的日子。可是到了四月上旬,公园里春意渐浓,路边的丛林开始吐绿,园里的曲径迅速干燥,到了这时,艾菲和牧师又在公园里开始散步了。

有一次,他们两人又这样一边散步一边谈心。远处传来一阵阵布谷鸟的啼鸣,艾菲计数着布谷鸟的叫声。她挽着牧师尼迈尔的胳臂说:"您听,布谷鸟在啼鸣,我不想去问布谷鸟。我想问您,朋友,人生到底是什么?"

"啊唷,亲爱的艾菲,你不能用这种莫测高深的问题来考问我呀。你得问问哲学家人生是什么,或者向大学里的哲学系提出这个问题。要我说人生是什么吗?可以说,既重如泰山,又轻似鸿毛。时而我觉得人生重如泰山,时而我觉得人生轻似鸿毛。"

"你这话有道理,朋友,你这话很合我意;我只要知道这一点就够了。"她说这话的时候,他们已经走到了秋千架旁边。她纵身一跃,跳上了秋千架,其敏捷程度简直跟少女时代一模一样。老牧师冷不防见她一下子上了秋千架,心里惊慌失措,久久不能平静下来,但艾菲已经在两根索子之间的踏板上用力一蹲,借势使身体迅速地上下摆动起来。她只用一只手拉住索子,另一只手撩开胸前和脖子上的绸衣,在空中荡了几秒钟,仿佛在幸福和骄傲中回荡似的。随后她让秋千的摆动逐渐缓慢,倏地双脚跳到地上,再次挽住了牧师尼迈尔的胳膊。

"艾菲,你的拿手本领不减当年哪。"

"不。我希望能做到不减当年。但这早已是过去的事了,我只是想试一试罢了。噢,从前是多美好呀,空气对我大有帮助;我真的以为飞到天上去了。可我能不能上天去呢?告诉我吧,朋友,您一定知道,请,请……"

尼迈尔的一双苍老的手捧住她的头,在她的额上吻了一下,然后说:"嗯,艾菲,你的愿望将来会实现的。"

## 第三十五章

艾菲整天待在外面公园里,因为她需要呼吸新鲜空气;弗里泽克小镇的老医生维西克对此也表示同意;不过在这一点上,他给了艾菲过多的自由,让她随心所欲,高兴怎样干就怎样干。因此艾菲在五月间春寒料峭的日子里着了凉,患了重感冒,身子发烧,咳嗽不断,本来每隔三天来诊视一次的医生,如今天天都上门来了;艾菲向医生要安眠药和止咳药,可是因为她正在发烧不能同时服两味药,这弄得医生进退两难,不知道该怎样才好。

"大夫,"老布里斯特说,"艾菲的毛病会变得怎样?她生下来的时候您帮过忙,从小看她长大。每当她突然带着疑问的目光望着我,我看她身子日益衰弱,颧骨潮红,眼睛水汪汪的。这一切都叫我十分担心。您觉得她怎样?毛病会越拖越重吗?她肯定好不了了吗?"

维西克慢条斯理地摇摇头。"这个我不愿说,封·布里斯特先生。她烧发得这么厉害,我心里也不安。不过咱们可以使她的热度降下来,然后送她到瑞士或梅托①去疗养,让她呼吸呼吸新鲜空气,散散心,忘掉心里的疙瘩……"

~~~~~~~~~~~~~~~~~~~~

① 梅托,法国濒地中海里维埃拉地区的城市名,是冬季疗养胜地。

"忘川①,忘川。"

"是的,忘川,"维西克微笑了,"可惜,古代的瑞典人、希腊人只给咱们留下这个词儿,而没有留下这条河……"

"或者至少留下配制这种河水的药方;这样,咱们今天就可以自己来如法炮制。上帝保佑,维西克,咱们这儿如果能搞个疗养院,那可是件了不起的事情:弗里泽克就一下子变成了忘泉。嗯,咱们暂且先送她到里维埃拉②试试。梅托大概和里维埃拉差不多吧?虽然眼下谷价又看跌,不过该花钱的就不能省。我跟太太去商量商量吧。"

他果真这样做了,并且立即获得太太的赞同,他的妻子最近——大概出于在与世隔绝的生活环境中获得的印象——非常有兴趣到南方去走走,因此他的建议为她所欣然接受。但是艾菲本人却不想出门。"你们待我太好了。我可极为自私。如果我付出牺牲能得到什么好处,那我也愿意承担牺牲。不过我看得很清楚,去疗养只会损害我的健康。"

"你应该说服你自己,艾菲。"

"不,我变得动不动就发脾气;什么事都可能叫我生气。不仅在你们这儿是这样。你们对我姑息迁就,给我提供种种方便。但是在旅行途中情况又当别论。不愉快的事情会纷至沓来,不是那么容易排解得掉的;舟子车夫不买你的账,跑堂侍役不理你的那一套。每当我想起那种爱理不理的脸色,我会气得浑身发热。不,不,让我留在家里吧,我不愿离开霍恩克莱门,这儿是我待的好地方。我觉得楼下花坛上日晷四周

---

① 忘川,源出希腊神话,谓人饮其水,能忘却自己的往事。
② 里维埃拉,法国濒地中海地区名,是疗养肺病的胜地。

的葵花,比梅托更可爱。"

经过这次交谈以后,到南方去旅行的计划不得不搁置下来,维西克虽然再三申述去意大利疗养的好处,最后也只得说:"我们得尊重她的个人意见,勉强她不好;这样的病人非常敏感,他们自己心里最清楚怎样做对他们有帮助,怎样做对他们没有好处。艾菲女士讲的关于舟子车夫跑堂侍役的话,确实也有道理。任何一种有益于身体的新鲜空气,都无法抵偿在饭店酒家所受到的窝囊气(要是非受气不可的话)。看来还是让她留在这儿;如果这样做不是最好的办法,那也绝不是最坏的办法。"

后来的事实也证明了这一点。艾菲的病情略有好转,身体又稍许胖了一点儿(老布里斯特属于那种幼年时期狂热信奉宗教的人),暴躁的脾气也好得多了。但是与此同时,她对新鲜空气的需要也愈来愈迫切了。每当西风劲吹,乌云遮天的日子里尤其是这样,她一天要好几个小时耽在户外空旷的地方。在这样的日子里,她总是到田野中和沼泽地去散步,有时往往走上半英里,在感到疲乏以后再靠在树枝编成的篱笆上,梦幻似的望着在风中抖动的毛茛和红蓼。

"你总是喜欢一个人出去,"封·布里斯特夫人说,"你在我们中间万无一失,最为安全;可是你在外边游逛,随时都可能碰到许多不三不四的人。"

艾菲本来从未想到什么危险,母亲的一席话却给了她一个深刻的印象。当她和罗丝维塔单独待在一起的时候,她说:"我可不能时时要你做伴,罗丝维塔;你太胖了,走起路来不方便。"

"唔,太太,我还不至于那么糟吧,我还能够结婚哩。"

"那当然啰,"艾菲笑起来,"要结婚总是可以的。可是你要知道,罗丝维塔,最好有条狗陪着我走走。爸爸的猎狗压根儿不合我的胃口,猎狗都是那么愚蠢,猎狗总要等到猎人或园丁从架子上拿下猎枪时,才会动一下身子。我现在不免常常要想念洛洛。"

"嗯,"罗丝维塔说,"像洛洛那样的,这儿根本就不会有。不过我这么讲,并非想说'这儿'的坏话。霍恩克莱门是个好地方。"

艾菲和罗丝维塔作这次交谈后的三四天,殷士台顿比平日早一个钟点上办公室。原来这天早上明亮的阳光把他从睡梦中惊醒,他觉得自己再也睡不着了,便起身上办公室去,那儿有一大堆长久以来没有办完的公文。

这时正值八点一刻,他打了一下铃,约翰娜端来了早餐盘,盘里除了一份《十字架报》和《北德总汇报》外,还放着两封信。他瞥了一下信封上的字,一封信的笔迹他认得出来,这是部长写来的。可是另一封呢?邮戳已经模糊不清,信封上写着一行字:"出身高贵的封·殷士台顿男爵大人台启",这证明写信人很不熟悉国内通用的称呼。跟这点相称的是,字体歪歪斜斜,极不工整。不过收信人的地址倒是引人注意的:凯特西街一号 C 三楼。

殷士台顿早已习惯了官场的那一套礼节,他先启封"部长阁下"的来信,信里说:"我亲爱的殷士台顿!我高兴地通知您,皇帝陛下已经在您的委任状上签了名,我为此向您表示衷心的祝贺。"殷士台顿对部长阁下的这两行亲切的文字几乎比委任状本身更感到高兴。因为自从那天早上他在凯辛看到了克拉姆巴斯临死前跟他告别的目光以来,这目光迄今还一直在他眼前浮现,这是一种对于不择手段贪缘求进流露出鄙夷不屑的目光。自从那个时候以来,他用另一把尺子来衡量世界上的一切,用另一种目光来看待世界上的一切。一时的表扬嘉奖,到头来换得的又是什么呢?他在这些一直郁郁寡欢的日子里,不止一次地回想起一件差不多快要遗忘的部内逸事,那还是在拉登贝格当部长时期,他经过长久等待之后终于去领受一枚奖给他的红鹰勋章;授勋的老部长拉登贝格在授奖时莫明其妙地大发脾气,他把勋章扔到一边,大声吆喝道:"拿去戴上,直到变成黑色①为止。"也许他从这以后真的变成了"黑色",不过从红色变成黑色其间要花费许多时光啊。部长的话对一个接受勋章的人来说无疑是一种侮辱。凡是给我们带来欢乐的事情,总受到一定的时间、条件的限制,今天对我们还是一种幸福的东西,到了明天,也许一文不值了。殷士台顿对此深有感触,如同最高当局今天给他的表扬、嘉奖——至少过去有过那样的事——那样确凿无疑。他现在感到确凿无疑的是,外表上光彩夺目的事物,往往其内容极为贫乏可怜;人们称之为"幸福"的东西,如果世界上确实存在的话,那也是金玉其外,败絮其中。"如果我没有理解错的话,幸福有它的两重性:一方面在于福至心灵,时来运至(可是哪一个官员敢于这样自诩呢),另一方面,也是最实际的方面,就是知足常乐地安度日常生活,这也就是说,头脑清醒,不干蠢事。一个人如果在一天十二小时七百二十分钟内没有碰到特别的烦恼,那么,这就可以认为他确确实实过完了幸福的

---

① 黑鹰勋章属于普鲁士的最高荣誉,红鹰勋章级别较低。

一天。"殷士台顿今天的情绪非常不好,他又一次堕入了这种痛苦的思绪之中。现在他拿起了第二封信。当他读完第二封信时,脑际立即闪过一个念头,他感到极为痛苦:世界上确有幸福这个东西,他过去曾经有过,而今他已经没有了,而且今后也不可能再有。

这时约翰娜走进房间来报告:"枢密顾问维勒斯多夫来访。"

话音刚落,维勒斯多夫已经站在门槛上了。"祝贺您,殷士台顿。"

"我相信您是真心祝贺我;换做别人,恐怕我会因此而恼火。再说……"

"再说,眼下您别吹毛求疵了。"

"不。陛下的恩典使我感到惭愧,而部长的善意几乎使我更加汗颜,我对部长阁下差不多要表示更多的感激。"

"可是……"

"可是我没感到高兴。如果我这些话不是跟您讲,而是跟别人讲,那也许会被看作是一种虚文客套,陈词滥调。可是您,您会明白我话里的意思。您环顾一下这儿的一切吧;这儿多么空荡,凄凉。要是约翰娜进来——一个像所谓宝石样的丫头——我会感到惶恐不安。那种所谓'进入戏剧场面'(殷士台顿模仿约翰娜的那种动作),那种可笑的半身造型——似乎要用一种专门术语来表达,我不知道这是指人类还是指我——我认为这一切都是那么可怜和悲哀,要是您不见笑的话,我此刻真觉得自己仿佛像被绑赴法场枪决那么难受。"

"亲爱的殷士台顿,难道您怀着这样的心情去出任司长?"

"啊,真是的!还能不这样吗?您念一下吧,这封信我刚刚收到。"

维勒斯多夫拿起邮戳已经看不清楚的第二封信,对"出身高贵的"几个字感到好笑,然后走到窗边念信,窗边的光线比较好,可以看得清楚些。

仁慈的老爷!

您临了大概会觉得奇怪,我怎么冒昧地给您写起信来,不过这是为了洛洛。去年小安妮跟我们说:洛洛现在懒多了;但这没有关系,在这儿它愿意怎样懒就怎样懒,越懒,越好。太太很喜欢它。她每回到沼泽地或田野去散步,老是说:"我心里实在害怕,罗丝维塔,因为我总是孤身一个人;可是有谁来陪伴我呢?洛洛吗,不错,它可以陪伴我;它也不叫我讨厌。动物们不懂得什么叫讨厌,这也是有利的一面。"这些话都是太太说的,别的我就不多说了。再就是请老爷替我问小安妮好。也问约翰娜好。

您最忠实的仆人罗丝维塔·格仑哈根

"嗯,"维勒斯多夫一面把信纸重新折拢,一面说,"她比咱们高明。"

"我也这样认为。"

"这也是在您看来别的一切都成问题的原因。"

"您说对了。好久以来我一直这么想。这几句质朴的话带着它的出于有心或无心的控诉,又一次深深地把我激动了。多少日子来它一直折磨着我,我想摆脱这整个故事;我对什么也不再感到乐意;人们越是表扬我,我越是感到这一切一文不值。我心里暗自思量,我的一生从此毁了,我不得不跟这种往上爬和虚荣心从此一刀两断,我不得不和大概最符合我本性的教师爷行径从此分道扬镳,而这种行径却是一个更高一级的道学家所习以为常的。世界上确有这样的道学家。要是可能的话,我得当这样一个极有名的角色,比方像汉堡教会救济所的维歇恩①博士那样,这位神秘的人物用他的目光和他的虔敬使所有犯罪者就范……"

"唔,这是无可非议的;这可能会成功。"

"不,这也不成。连一次也不成。我对这一切不抱任何希望。我怎能抓住一个杀人凶犯的灵魂?要做到这一点,首先得自身清白无辜。要是这一点也办不到,自己也曾经犯过罪,那么,至少在他的改恶从善的同道面前表现为一个狂想的忏悔者,并且尽量表示出自己的痛悔之心。"

维勒斯多夫点点头。

"……您瞧,您点头了。但是这一切我再也办不到了。我无法拯救穿上忏悔服装的人,至于僧侣或那些折磨自己、在死亡边缘跳舞的苦行僧,那就更加谈不上了。因为对这些人我都束手无策,于是我就采用一个最好的办法,来个金蝉脱壳:离开这儿,离开这儿到那些对文化和名誉一无所知的黑人中间去。他们是些幸运儿!因为正是这样的一种怪念头害死人。这完全出于爱走极端的激情,一个人实际上是不会干这样的事的。所以,这只是爱好幻想……幻想!……一个人倒下了,后面的人也会自行跟上,只是结果更糟。"

"啊唷,殷士台顿,您这是大发牢骚,心血来潮。照您的

---

① 维歇恩(1808—1881),德国神学家、教育家。

话就是要横穿非洲,这算什么意思? 这样的事只有身负债务的少尉干起来才合适。可是对一个像您这样的人,这怎么行!您打算戴了一顶土耳其式红帽主持跟非洲黑人的一次谈判呢,还是准备同黑人王的女婿歃血为盟? 再不然您是不是想穿了热带的甲胄,上面开了六个洞眼,沿刚果河摸到喀麦隆,或者在那儿转一圈再出来? 这不可能!"

"不可能吗? 为什么? 如果确实不可能,那怎么办?"

"干脆留在这儿,听天由命。又有谁不是压得喘不过气来的? 又有谁不在天天讲:'本来是一种很成问题的生活。'您要知道,我也有我的包袱要背,当然跟您的不一样,但是分量也轻不了多少。背了包袱在原始森林里徜徉,这是傻事,或者在白蚁筑成的小丘上过夜,同样是愚不可及;谁愿意这么干,就让谁去干,可对咱们这些人是行不通的。作中流砥柱,坚持到最后,这是最好的办法。在没有完蛋以前,作尽可能多的细小的斗争;当紫罗兰盛开,路易的纪念像站立在花丛中,或者小女孩们穿了绷带的高统靴跳绳时,您就睁一只眼看看。再不然就上波茨坦,访问和平教堂,那儿埋着腓特烈大帝,人们在那里正开始为他建造一座陵墓。要是您到了那儿,那么,您就会考虑这样人物的生活,要是您仍然不能安下心来,那么,您真的就是无可救药了。"

"好,好。不过这一年是漫长的,一天天……一个个黄昏都这样。"

"最好别谈什么漫长的岁月。咱们还有《萨达那帕尔》①

---

① 萨达那帕尔,公元前七世纪亚述国末代君主。生活荒淫无度,醉生梦死。这儿是戏剧名。

或由德·艾拉演出的《科佩丽亚》①,要是这还无济于事的话,那咱们还有别的呢。这样的事不能轻视:每一次饮三大杯啤酒来解除烦恼。世界上还有很多很多的人,对整个这样的事跟咱们的观点相同。有一个也是命蹇运乖的人,有一次跟我说:'请相信我,维勒斯多夫,没有各类"辅助结构"根本不行。'说这话的人是个建筑师,他一定知道得很清楚。他说这样的话也有理由。没有一天,他不向我提醒这种'辅助结构'。"

维勒斯多夫一边这样畅谈真情实感,一边拿起帽子和手杖。然而殷士台顿在听了他朋友的一席话以后,不免记起自己早先对于这种"小乐惠"的看法,他有几分表示赞同地点点头,然后微微地一笑。

"现在您上哪儿去,维勒斯多夫?现在上部里去太早呢。"

"今天我不打算去了。我想先去作一个钟点散步,沿着运河走到夏洛滕堡水闸那儿,然后再折回来。到波茨坦大街的胡特酒家一转,上那儿的木梯可得小心在意。楼下是一家花木商店。"

"这事叫您高兴吗?您满足于这一些?"

"这个我不想说。但对我有一点儿帮助。我在那儿可以找到一些不同的老酒客,一些喝早酒的人,至于他们的名姓嘛,我还是识趣点保密为好。有人会给我讲封·拉蒂伯尔②

---

① 《科佩丽亚》,芭蕾舞剧名,系根据德国作家霍夫曼的作品《撒沙的人》改编而成,作曲者为法国作曲家德里布。
② 拉蒂伯尔,西里西亚城市名,后为普鲁士公爵封邑。

公爵的事,另一位会给我讲有侯爵封号的主教科普的事,第三位干脆就跟我讲俾斯麦。多少可以听到一点新闻。其内容的四分之三不可靠,但只要有趣味,不是吹毛求疵,我总是怀着感激的心情侧耳谛听。"

说着,他就走了。

## 第三十六章

　　五月是绚丽的,六月更加绚丽。由于洛洛的来到在艾菲内心唤起的最初伤感被幸运地克服之后,艾菲为重新获得这头忠诚的动物而感到满心欢喜。罗丝维塔因此受到了赞扬。老布里斯特当着妻子的面称赞殷士台顿,说他到底是个绅士,气量大,心地总是光明磊落。"可惜的是,这中间发生了那样的蠢事。本来倒是一对模范夫妻。"在洛洛这次到来的重逢时刻,神态始终平静自若的只有洛洛,因为它既没有会计算时间的器官,也不会把分离看作是一种不正常的事情,这种不正常的事情眼下据说又一扫而空了。不过洛洛确实老多了,行动上也表现得老态龙钟。正像它在这次重逢时并没显得狂喜那样,它的温情也没表露,但是它对主人的忠心则有增无已。它没有避开自己的女主人。它对那头猎狗和蔼可亲,不过把它当成是比自己低一等的生物。晚上它躺在艾菲房门口的草席上,早晨艾菲在园子里用早餐,它就躺在日晷旁,总是那么安详,总是那么睡意蒙眬。只有在艾菲吃罢早餐,离桌迈入穿堂,拿起挂在架上的草帽和阳伞时,洛洛才又变得年轻活泼了。它顾不得自己还有多大力气,总要跟随女主人走一趟。它在村里的大道上奔跑,一会儿窜上大路,一会儿走到路边,一直要到艾菲和它来到阡陌中间,它方始肯安静下来。早上的新鲜空气比乡间的美丽景色对艾菲更有益处,她不愿在树林里作短程的散步,十回有八九回要走上个把钟点,从公路起点的百年榆树那儿出发,走上两旁长满白杨、通向火车站去的大道。这段路程大约要走一个钟点。她对一切都感到欢喜,她愉快地呼吸那从油菜田里和苜蓿田里扑鼻而来的清香空气,凝视着扑击腾空的云雀,数点饮牲口的水井和石槽。这时从水井和石槽边传来一阵轻微的响声。这时她就有意识地闭起双眼,快活地忘却周围的一切,似入仙境。在火车站附近紧靠公路的地方,停着一架压路机。这是她每天坐下来歇脚的所在,从这儿开始,她可以沿着铁路路堤向前,一列列火车来来往往,有时她看到空中的两块烟云仿佛停在空中纹丝不动,接着它们朝左右两边各自散开,慢慢地在村子和树林后面消失得无影无踪。洛洛经常坐在艾菲一旁,分享她的早餐。当它吃完最后一口,大概是对主人表示感激,便发疯似的窜进田沟奔跑起来。只有当几只在附近垄沟里孵蛋的鹧鸪被吓得四散飞腾时,它才停下步来。

"今年的夏天多美呀!我还那么幸运地活到今天,亲爱的妈妈,一年以前,我真不敢作这种妄想。"——每当艾菲陪着母亲在池塘边漫步,或者从树上摘下一只早熟的苹果,猛咬一口,露出一口洁白美丽的牙齿时,她总要说这样的话。封·布里斯特夫人听罢便抚摸着她的手说:"你首先得把身体养好,艾菲,完完全全养好;幸福就会随后找到,不是过去的幸福,而是一种新的幸福。感谢上帝,世界上有多种多样的幸福,你日后会看到我们将给你找来幸福。"

"你们是那么好。我在这儿,实际上也改变了你们的生活,使你们过早地衰老了。"

"啊,我亲爱的艾菲,你别说那样的话了。一开始,我也有你这种想法。现在我知道咱们今天过的宁静生活,要比从前吵吵嚷嚷,整天忙于应酬交际来得好。要是你的身体就这样渐渐复原了,那咱们还可以出外旅行去。维西克大夫曾建议上梅托疗养,那时你在病中,容易动肝火,所以没去成。正因为你在病中,你当时讲的关于舟子车夫跑堂侍役的一番话,确实也有道理;但你的神经如果变得坚强了,那么,你就可以出外旅行。你就不会动不动就生气,你会对伟大的生活方式和鬈曲的头发笑逐颜开,你会对蓝海、白帆和长满红色仙人掌的岩石感到愉快——我还从来没有见过这类红色仙人掌,不过我想是这样,我想去好好见识见识。"

夏天就这样过去了,陨星乱窜的夜空也已经成为明日黄花。每逢到了这样的夜晚,艾菲总喜欢坐在窗边默默地眺望夜空直到午夜,一点也不觉得疲倦。"我永远是一个信心软弱的基督徒;不过我们可能倒是来自天上,在这尘世匆匆一度,便要返回天上的故国,返回到天上星星那儿去,或者到比星星还要遥远的地方去!关于这一切,我一无所知,我也不想知道,我只是有那么一种渴望。"

可怜的艾菲,你仰望天上的奇迹望得太久了,也想得太久了,其结果是,夜晚的空气和从池塘上空升腾起来的夜雾把她击倒在病榻上,维西克大夫给请了来急诊,他看了看艾菲的病容,便把老布里斯特拉到一边,对他说:"没有希望了;您得赶快给她准备后事。"

大夫的话不幸而言中了。没过几天,天还不太晚,时钟还没敲过十点,罗丝维塔从楼上匆匆下来对封·布里斯特夫人说:"最仁慈的太太,楼上小姐病得不轻啊;她一直胡话连篇,有时好像在祷告,不过她想瞒过别人,我不知道她念叨点什么,我看她好像随时都可能咽气。"

"她想跟我说话吗?"

"她没有说。但是我相信她想跟您说话。您知道她的心思;她不想惊动您,使您担心。其实,她的心里话倒是说出来的好。"

"那么好吧,罗丝维塔,"封·布里斯特夫人说,"我就去。"

钟还没敲十点,封·布里斯特夫人已经上楼去看艾菲了。楼窗敞开着,艾菲躺在窗边的一张病榻上。

封·布里斯特夫人把一张靠背上雕有三根金柱头的乌木小椅子推到病榻旁边,拉着艾菲的手说:

"怎么样,艾菲?罗丝维塔说,你在发高烧。"

"啊,罗丝维塔什么都担心。我看她的样子以为我快要死了。嗯,我不知道是不是这样。不过她认为大家都应该像她那么担心。"

"你对死居然一点不觉得害怕吗,亲爱的艾菲?"

"我很安心,妈妈。"

"你没有弄错吧,一个人的生命最要紧,尤其是年轻人。你还年轻,亲爱的艾菲。"

艾菲沉默了一会儿,然后说:"你知道,我没有读过多少书,而殷士台顿则常常对这事感到奇怪,心里不开心。"

提到殷士台顿这个名字,来这儿后还是第一回。妈妈由此获得一个深刻的印象,这表明艾菲快要完了。

"不过我相信,"封·布里斯特夫人说,"你有话想跟我说。"

"嗯,我想跟你说,因为你说我还那么年轻。当然,我还年轻。但这没有多大关系。记得从前还在幸福的日子里,殷士台顿晚上常常给我朗诵故事;他藏有许多好书,其中有一本书里说:有那么一个人被召离开一次快乐的宴会,第二天这个被召离开的人问道,宴会后还有什么余兴?有人回答说:'啊,还有各式美肴佳点;不过,您本来什么也没错过啊。'你瞧,妈妈,这句话给我的印象极深——要是一个人早一点被召离开筵席,这有什么关系呢。"

封·布里斯特夫人一声没吭,艾菲可是把身子稍微抬起一点儿,然后说:"因为我已经给你讲了从前的日子,讲了殷士台顿,现在我还要跟你讲一点事情,亲爱的妈妈。"

"你动感情啦,艾菲。"

"不,不;稍稍谈点灵魂的事吧,这事不会使我动感情,这会使我定心。我想跟你说:我死以前要跟上帝和世人都和解,跟他也和解。"

"你曾在灵魂深处跟他结下了不解之冤吗?本来嘛,请原谅,我亲爱的艾菲,我现在还讲这样的话,本来嘛,是你自寻烦恼啊。"

艾菲点点头。"是的,妈妈。我今天落到这个地步,的确是悲哀的。不过,当这一切可怕的事情临到我身上的时候,最后还出现了安妮那件事,你要知道,我还是,如果允许我用上一句戏言的话,我已经回心转意,掉转枪头了,并且十分严肃地作了自我反省。罪过在他,因为他那么理智,那么斤斤计较,最后又还那么冷酷无情。现在我用我的嘴诅咒他了。"

"这使你的心里难过吗?"

"是的,我心里一直牵记这一点,他是不是知道我在这儿养病的日子差不多是我一生中最美丽的岁月,他是不是听说我在这儿终于醒悟了他过去的所作所为都是对的。我指的是他跟可怜的克拉姆巴斯决斗的这件事——嗯,不这样做,你叫他到底怎么办呢? 后来,他最伤我心的做法是,教唆我的亲生女儿反对我。我心里尽管非常痛苦,非常伤心,但他这样做也是对的。日后请你告诉他,我是怀着这样的信念死去的。这也许可以安慰他,让他振作精神,跟我取得谅解。他的本质上有许多优点,而且那么高贵,如同一个没有真正爱情的人所表现的那样。"

封·布里斯特夫人看见艾菲已经精疲力竭了,样子好像在瞌睡或者想要瞌睡似的。她蹑手蹑脚站起身来想离开,但她还没来得及离开,艾菲也已经从床上起来,坐到敞开着的窗边,想再次呼吸一下夜晚的凉爽空气。星星在苍穹里眨眼,公园里万籁俱寂,连一片树叶也不动一下。但是她越是久久地谛听公园里的声息,就越是清楚地听到仿佛有一阵淅沥的碎雨打在梧桐树叶上面。一种解脱的感觉临到她的身上。"安息吧,安息吧。"

一个月以后,已到九月底边。天气朗丽,公园里的树叶呈现出一片金黄色彩。季节一交秋分,三天暴雨下个不停,败枝残叶铺满一地。花坛上面已经有了小小的变化,日晷业已搬走,原来立日晷的地方,从昨天起已经竖起一块白色大理石墓碑,碑上镌刻着"艾菲·布里斯特"几个大字,字下有个十字架。这是应艾菲生前的最后请求才这样做的,艾菲临终前曾说:"我希望我的墓碑上刻着娘家姓名;我没有给别人带来荣誉。"

不错,大理石墓碑昨天才运到,并且已经竖起。今天,布里斯特和妻子又一次面对石碑坐在那儿,望着墓碑,又望着人们舍不得剪除的葵花。葵花肃立在周围,洛洛躺在一边,脑袋埋在前爪里。

绑腿套越来越宽大的维尔克,送来了早餐和邮件,老布里斯特说:"维尔克,准备好小车子,我和太太要下乡去。"

这时,封·布里斯特夫人斟了一杯咖啡,朝着花坛和花床望望。"你瞧,布里斯特,洛洛又躺在碑前了。它比咱们更加伤心呢。东西也不吃。"

"嗯,路易丝,狗哪,是有灵性的动物,这一点我一直这么说。这种灵性在咱们自己身上并不像意料中那么多。咱们一直谈什么本能,末了,还是狗的本能最强。"

"别那么说。要是你讲哲理……别见怪,布里斯特,我说你还没有这个才能。你人是非常聪明,可你理解不了这样的问题……"

"本来就理解不了嘛。"

"如果一定要我提出问题的话,那我要提出另外的问题,布里斯特,我可以对你说,自从可怜的孩子安息在那儿以后,这样的问题没有一天不缠住我……"

"什么问题?"

"她的死也许还是咱们的过错?"

"胡说八道,路易丝。你怎么会这样想的?"

"难道咱们非这样教育她不可吗?责任恰恰在咱们自己。尼迈尔在这方面本来就等于零,什么也没干。因为他怀疑一切。然而,布里斯特啊,恕我直言……是你经常持有的那种模棱两可的态度……而最后,我要控诉我自己,因为在这件事上我不愿脱出干系,表示与己无关,她那时到底是不是太年轻了?"

路易丝在讲这些话的时候,洛洛醒过来了,慢慢地摇摇头。布里斯特接下去平心静气地说:

"唉,路易丝,别提了……这是个太广阔的领域。"

# "外国文学名著丛书"书目

## 第 一 辑

| 书 名 | 作 者 | 译 者 |
|---|---|---|
| 伊索寓言 | 〔古希腊〕伊索 | 周作人 |
| 源氏物语 | 〔日〕紫式部 | 丰子恺 |
| 堂吉诃德 | 〔西班牙〕塞万提斯 | 杨绛 |
| 泰戈尔诗选 | 〔印度〕泰戈尔 | 冰心 石真 |
| 坎特伯雷故事 | 〔英〕杰弗雷·乔叟 | 方重 |
| 失乐园 | 〔英〕约翰·弥尔顿 | 朱维之 |
| 格列佛游记 | 〔英〕斯威夫特 | 张健 |
| 傲慢与偏见 | 〔英〕简·奥斯丁 | 王科一 |
| 雪莱抒情诗选 | 〔英〕雪莱 | 查良铮 |
| 瓦尔登湖 | 〔美〕亨利·戴维·梭罗 | 徐迟 |
| 欧·亨利短篇小说选 | 〔美〕欧·亨利 | 王永年 |
| 特利斯当与伊瑟 | 〔法〕贝迪耶 | 罗新璋 |
| 巨人传 | 〔法〕拉伯雷 | 鲍文蔚 |
| 忏悔录 | 〔法〕卢梭 | 范希衡 等 |
| 欧也妮·葛朗台 高老头 | 〔法〕巴尔扎克 | 傅雷 |
| 雨果诗选 | 〔法〕雨果 | 程曾厚 |
| 巴黎圣母院 | 〔法〕雨果 | 陈敬容 |
| 包法利夫人 | 〔法〕福楼拜 | 李健吾 |
| 叶甫盖尼·奥涅金 | 〔俄〕普希金 | 智量 |
| 死魂灵 | 〔俄〕果戈理 | 满涛 许庆道 |

| 书　名 | 作　者 | 译　者 |
| --- | --- | --- |
| 当代英雄 | 〔俄〕莱蒙托夫 | 草　婴 |
| 猎人笔记 | 〔俄〕屠格涅夫 | 丰子恺 |
| 白痴 | 〔俄〕陀思妥耶夫斯基 | 南　江 |
| 列夫·托尔斯泰中短篇小说选 | 〔俄〕列夫·托尔斯泰 | 草　婴 |
| 怎么办？ | 〔俄〕车尔尼雪夫斯基 | 蒋　路 |
| 高尔基短篇小说选 | 〔苏联〕高尔基 | 巴　金等 |
| 浮士德 | 〔德〕歌德 | 绿　原 |
| 易卜生戏剧四种 | 〔挪〕易卜生 | 潘家洵 |
| 鲵鱼之乱 | 〔捷〕卡·恰佩克 | 贝　京 |
| 金人 | 〔匈〕约卡伊·莫尔 | 柯　青 |

## 第 二 辑

| 荷马史诗·伊利亚特 | 〔古希腊〕荷马 | 罗念生　王焕生 |
| --- | --- | --- |
| 荷马史诗·奥德赛 | 〔古希腊〕荷马 | 王焕生 |
| 十日谈 | 〔意大利〕薄伽丘 | 王永年 |
| 莎士比亚悲剧五种 | 〔英〕威廉·莎士比亚 | 朱生豪 |
| 多情客游记 | 〔英〕劳伦斯·斯特恩 | 石永礼 |
| 唐璜 | 〔英〕拜伦 | 查良铮 |
| 大卫·科波菲尔 | 〔英〕查尔斯·狄更斯 | 庄绎传 |
| 简·爱 | 〔英〕夏洛蒂·勃朗特 | 吴钧燮 |
| 呼啸山庄 | 〔英〕爱米丽·勃朗特 | 张　玲　张　扬 |
| 德伯家的苔丝 | 〔英〕托马斯·哈代 | 张谷若 |
| 海浪　达洛维太太 | 〔英〕弗吉尼亚·吴尔夫 | 吴钧燮　谷启楠 |
| 哈克贝利·费恩历险记 | 〔美〕马克·吐温 | 张友松 |
| 一位女士的画像 | 〔美〕亨利·詹姆斯 | 项星耀 |
| 喧哗与骚动 | 〔美〕威廉·福克纳 | 李文俊 |
| 永别了武器 | 〔美〕欧内斯特·海明威 | 于晓红 |

| 书　名 | 作　者 | 译　者 |
|---|---|---|
| 波斯人信札 | 〔法〕孟德斯鸠 | 罗大冈 |
| 伏尔泰小说选 | 〔法〕伏尔泰 | 傅　雷 |
| 红与黑 | 〔法〕司汤达 | 张冠尧 |
| 幻灭 | 〔法〕巴尔扎克 | 傅　雷 |
| 莫泊桑中短篇小说选 | 〔法〕莫泊桑 | 张英伦 |
| 文字生涯 | 〔法〕让-保尔·萨特 | 沈志明 |
| 局外人　鼠疫 | 〔法〕加缪 | 徐和瑾 |
| 契诃夫小说选 | 〔俄〕契诃夫 | 汝　龙 |
| 布宁中短篇小说选 | 〔俄〕布宁 | 陈　馥 |
| 一个人的遭遇 | 〔苏联〕肖洛霍夫 | 草　婴 |
| 少年维特的烦恼 | 〔德〕歌德 | 杨武能 |
| 德国，一个冬天的童话 | 〔德〕海涅 | 冯　至 |
| 绿衣亨利 | 〔瑞士〕戈特弗里德·凯勒 | 田德望 |
| 斯特林堡小说戏剧选 | 〔瑞典〕斯特林堡 | 李之义 |
| 城堡 | 〔奥地利〕卡夫卡 | 高年生 |

## 第三辑

| 埃斯库罗斯悲剧二种 | 〔古希腊〕埃斯库罗斯 | 罗念生 |
|---|---|---|
| 索福克勒斯悲剧二种 | 〔古希腊〕索福克勒斯 | 罗念生 |
| 欧里庇得斯悲剧二种 | 〔古希腊〕欧里庇得斯 | 罗念生 |
| 神曲 | 〔意大利〕但丁 | 田德望 |
| 西班牙流浪汉小说选 | 〔西班牙〕克维多　等 | 杨　绛　等 |
| 阿拉伯古代诗选 | 〔阿拉伯〕乌姆鲁勒·盖斯　等 | 仲跻昆 |
| 列王纪选 | 〔波斯〕菲尔多西 | 张鸿年 |
| 蕾莉与马杰农 | 〔波斯〕内扎米 | 卢　永 |
| 莎士比亚喜剧五种 | 〔英〕威廉·莎士比亚 | 方　平 |
| 鲁滨孙飘流记 | 〔英〕笛福 | 徐霞村 |

| 书　名 | 作　者 | 译　者 |
|---|---|---|
| 彭斯诗选 | 〔英〕彭斯 | 王佐良 |
| 艾凡赫 | 〔英〕沃尔特·司各特 | 项星耀 |
| 名利场 | 〔英〕萨克雷 | 杨　必 |
| 人性的枷锁 | 〔英〕威廉·萨默塞特·毛姆 | 叶　尊 |
| 儿子与情人 | 〔英〕D. H. 劳伦斯 | 陈良廷　刘文澜 |
| 杰克·伦敦小说选 | 〔美〕杰克·伦敦 | 万　紫　等 |
| 了不起的盖茨比 | 〔美〕菲茨杰拉德 | 姚乃强 |
| 木工小史 | 〔法〕乔治·桑 | 齐　香 |
| 恶之花　巴黎的忧郁 | 〔法〕波德莱尔 | 钱春绮 |
| 萌芽 | 〔法〕左拉 | 黎　柯 |
| 前夜　父与子 | 〔俄〕屠格涅夫 | 丽　尼　巴金 |
| 卡拉马佐夫兄弟 | 〔俄〕陀思妥耶夫斯基 | 耿济之 |
| 安娜·卡列宁娜 | 〔俄〕列夫·托尔斯泰 | 周　扬　谢素台 |
| 茨维塔耶娃诗选 | 〔俄〕茨维塔耶娃 | 刘文飞 |
| 德国诗选 | 〔德〕歌德　等 | 钱春绮 |
| 安徒生童话选 | 〔丹麦〕安徒生 | 叶君健 |
| 外祖母 | 〔捷〕鲍·聂姆佐娃 | 吴　琦 |
| 好兵帅克历险记 | 〔捷〕雅·哈谢克 | 星　灿 |
| 我是猫 | 〔日〕夏目漱石 | 阎小妹 |
| 罗生门 | 〔日〕芥川龙之介 | 文洁若 |

## 第 四 辑

| | | |
|---|---|---|
| 一千零一夜 | | 纳　训 |
| 培根随笔集 | 〔英〕培根 | 曹明伦 |
| 拜伦诗选 | 〔英〕拜伦 | 查良铮 |
| 黑暗的心　吉姆爷 | 〔英〕约瑟夫·康拉德 | 黄雨石　熊　蕾 |
| 福尔赛世家 | 〔英〕高尔斯华绥 | 周煦良 |

| 书　名 | 作　者 | 译者 |
| --- | --- | --- |
| 月亮与六便士 | 〔英〕威廉·萨默塞特·毛姆 | 谷启楠 |
| 萧伯纳戏剧三种 | 〔爱尔兰〕萧伯纳 | 潘家洵　等 |
| 红字　七个尖角顶的宅第 | 〔美〕纳撒尼尔·霍桑 | 胡允桓 |
| 汤姆叔叔的小屋 | 〔美〕斯陀夫人 | 王家湘 |
| 白鲸 | 〔美〕赫尔曼·梅尔维尔 | 成　时 |
| 马克·吐温中短篇小说选 | 〔美〕马克·吐温 | 叶冬心 |
| 老人与海 | 〔美〕欧内斯特·海明威 | 陈良廷　等 |
| 愤怒的葡萄 | 〔美〕斯坦贝克 | 胡仲持 |
| 蒙田随笔集 | 〔法〕蒙田 | 梁宗岱　黄建华 |
| 悲惨世界 | 〔法〕雨果 | 李　丹　方　于 |
| 九三年 | 〔法〕雨果 | 郑永慧 |
| 梅里美中短篇小说选 | 〔法〕梅里美 | 张冠尧 |
| 情感教育 | 〔法〕福楼拜 | 王文融 |
| 茶花女 | 〔法〕小仲马 | 王振孙 |
| 都德小说选 | 〔法〕都德 | 刘　方　陆秉慧 |
| 一生 | 〔法〕莫泊桑 | 盛澄华 |
| 普希金诗选 | 〔俄〕普希金 | 高　莽　等 |
| 莱蒙托夫诗选 | 〔俄〕莱蒙托夫 | 余　振　顾蕴璞 |
| 罗亭　贵族之家 | 〔俄〕屠格涅夫 | 陆　蠡　丽尼 |
| 日瓦戈医生 | 〔苏联〕帕斯捷尔纳克 | 张秉衡 |
| 大师和玛格丽特 | 〔苏联〕布尔加科夫 | 钱　诚 |
| 茨威格中短篇小说选 | 〔奥地利〕斯·茨威格 | 张玉书　等 |
| 玩偶 | 〔波兰〕普鲁斯 | 张振辉 |
| 万叶集精选 | 〔日〕大伴家持 | 钱稻孙 |
| 人间失格 | 〔日〕太宰治 | 魏大海 |

## 第 五 辑

| 书 名 | 作 者 | 译 者 |
|---|---|---|
| 泪与笑　先知 | 〔黎巴嫩〕纪伯伦 | 冰　心　等 |
| 华兹华斯 柯尔律治 诗选 | 〔英〕华兹华斯　柯尔律治 | 杨德豫 |
| 济慈诗选 | 〔英〕约翰·济慈 | 屠　岸 |
| 汤姆·索亚历险记 | 〔美〕马克·吐温 | 张友松 |
| 大街 | 〔美〕辛克莱·路易斯 | 潘庆舲 |
| 田园三部曲 | 〔法〕乔治·桑 | 罗　旭　等 |
| 金钱 | 〔法〕左拉 | 金满成 |
| 果戈理小说戏剧选 | 〔俄〕果戈理 | 满　涛 |
| 奥勃洛莫夫 | 〔俄〕冈察洛夫 | 陈　馥 |
| 谁在俄罗斯能过好日子 | 〔俄〕涅克拉索夫 | 飞　白 |
| 亚·奥斯特洛夫斯基戏剧六种 | 〔俄〕亚·奥斯特洛夫斯基 | 姜椿芳　等 |
| 复活 | 〔俄〕列夫·托尔斯泰 | 草　婴 |
| 静静的顿河 | 〔苏联〕肖洛霍夫 | 金　人 |
| 谢甫琴科诗选 | 〔乌克兰〕谢甫琴科 | 戈宝权　任溶溶 |
| 维廉·麦斯特的学习时代 | 〔德〕歌德 | 冯　至　姚可崑 |
| 叔本华随笔集 | 〔德〕叔本华 | 绿　原 |
| 艾菲·布里斯特 | 〔德〕台奥多尔·冯塔纳 | 韩世钟 |
| 豪普特曼戏剧三种 | 〔德〕豪普特曼 | 章鹏高　等 |
| 铁皮鼓 | 〔德〕君特·格拉斯 | 胡其鼎 |
| 加西亚·洛尔卡诗选 | 〔西班牙〕加西亚·洛尔卡 | 赵振江 |
| 你往何处去 | 〔波兰〕亨利克·显克维奇 | 张振辉 |
| 显克维奇中短篇小说选 | 〔波兰〕亨利克·显克维奇 | 林洪亮 |
| 裴多菲诗选 | 〔匈〕裴多菲 | 孙　用 |
| 轭下 | 〔保〕伐佐夫 | 施蛰存 |

| 书 名 | 作 者 | 译 者 |
| --- | --- | --- |
| 卡勒瓦拉(上下) | 〔芬兰〕埃利亚斯·隆洛德 | 孙 用 |
| 破戒 | 〔日〕岛崎藤村 | 陈德文 |
| 戈拉 | 〔印度〕泰戈尔 | 刘寿康 |